Mit allem hätte Lilly Campbell gerechnet, aber nicht damit, dass sie eine Hexe ist: Von ihrer Grandma erfährt sie, dass uralte Magie in ihr schlummert – und um diese zu trainieren, soll sie die Ravenhall Academy besuchen. Zwischen Hexensprüchen, mystischen Legenden und sagenumwobenen Wesen muss sich Lilly nun in dieser neuen Welt zurechtfinden. Dabei gerät sie immer wieder mit dem leider viel zu attraktiven Jason aneinander, der ihr nicht mehr aus dem Kopf gehen will. Aber schon bald wird klar, dass auf Ravenhall nicht alles so ist, wie es scheint. Denn Lilly kommt einer dunklen Verschwörung auf die Spur, die das Erbe der Hexen tiefgreifend zu verändern droht …

Julia Kuhn

Ravenhall Academy

Verborgene Magie

Carlsen

Für meine Mama.

Danke, dass du mir gezeigt hast,
wie wertvoll die Welt der Bücher ist.

LILLYS PLAYLIST

Take Me Home – BUNT., Alexander Tidebrink
Someone To You – Banners
It Ain't Me – Lindsey Stirling, Kurt Hugo Schneider
Witch Woods – Emmy
Princesses Don't Cry – Carys
Lost In The Wild – WALK THE MOON
There's Nothing Holdin' Me Back – Into The Nightcore
Good Vibes – Quintino, Laurell
Close To You – Klaas
Ritual – Tiësto, Jonas Blue, Rita Ora
Heat Waves – Glass Animals
Little Do You Know – Alex & Sierra
Coming Home – Sheppard
You Are The Reason – Calum Scott, Leona Lewis
Still Falling For You – Ellie Goulding
Be Alright – Dean Lewis
Wellerman – Sea Shanty – Nathan Evans
She Looks So Perfect – 5 Seconds of Summer
Devil's Dance Floor – Flogging Molly
War – Sum 41

KAPITEL 1

Bei einem Grimoire handelt es sich um ein Hexenbuch, das magisches Wissen beinhaltet. Ab dem späten Mittelalter wurde darin alles über Hexen und deren Geschichte niedergeschrieben.

– AUSZUG GRIMOIRE, KAPITEL 1 –

Da war er wieder, der Rabe, der mich überallhin verfolgte. Pechschwarzes Gefieder, unheilvoller Blick, durchdringendes Krächzen. Er sah aus wie jeder andere Vogel seiner Gattung, wären da nicht die unterschiedlichen Farben seiner Augen. Violett und Grün. Ich würde sie unter hundert anderen erkennen. Sie begleiteten mich jetzt seit mehreren Wochen. Nachts vor meinem Fenster, wenn ich in unserem Garten las oder mich mit meiner besten Freundin Anny traf. Überall, wo ich war, entdeckte ich früher oder später den Raben. Zu Hause hatte ich mich schon fast daran gewöhnt, aber hier, nach mehreren Stunden Zugfahrt, weit von meinem Heimatort entfernt? Das war wirklich unheimlich.

Einen Schauer unterdrückend holte ich meine Kopfhörer hervor, wählte meine Lieblingsplaylist aus und versuchte den Raben zu ignorieren. Die harmonischen Klänge verschiedener

Bands hallten nacheinander durch die In-Ears, doch es dauerte ein wenig, bis sich mein rasender Puls dem Takt der Musik anpasste und ruhiger wurde.

Nachdenklich ließ ich meinen Blick über die leeren Straßen schweifen. Hier saß ich also. Vor dem verlassenen Bahnhof von Watford, einer britischen Stadt mitten im Nirgendwo. Vielleicht ein wenig besser als das Kaff, aus dem ich stammte, aber dort würde ich jetzt zumindest mit einer heißen Tasse Kakao innerhalb der vertrauten quietschgelb gestrichenen Wände unserer Küche sitzen und nicht unter dem notdürftigen Vordach eines geschlossenen Bahnhofskiosks, das den strömenden Regen kaum abhielt. Wenn nicht bald etwas geschah, musste ich mir einen neuen Plan überlegen. Schließlich wartete ich schon über eine halbe Stunde. Dabei wollte ich nicht einmal hier sein.

Genau in dem Moment riss mich ein lautes Hupen aus den Gedanken. Verwirrt schaute ich auf. Direkt vor mir auf der Straße stand ein schwarzes Taxi. Eins der alten Sorte. Solche, die man in London überall sah. Verunsichert stand ich auf und nahm meine Kopfhörer ab. Das schmutzige Fenster der Beifahrertür fuhr ein Stück herunter. Dahinter kam ein älterer Mann mit Vollbart zum Vorschein.

»Zur Academy?« Fragend und mit einem grimmigen Ausdruck in den Augen starrte er mich an.

Academy? Was meinte er? Perplex schüttelte ich den Kopf.

Auf einmal stürmte ein blondes Mädchen an mir vorbei. Wie automatisch fiel mein Blick auf ihre mörderisch hohen und sehr teuer aussehenden Schuhe, die wie durch ein Wunder keinen Tropfen abbekommen hatten. Sie riss die Beifahrertür auf und sprang in einem halsbrecherischen Tempo ins Taxi. Dann beugte sie sich vor und stierte aus dem Auto hinaus ins Freie.

»Pinky, komm her!«, hörte ich sie zischen.

In der Erwartung eines Schoßhündchens schaute ich nach links und rechts und wurde fast zu Tode erschreckt, als etwas in der Luft an mir vorbeisauste und im Wageninneren verschwand. Während ich mich noch fragte, ob ich gerade wirklich etwas gesehen hatte, das eine frappierende Ähnlichkeit mit einer rosafarbenen Handtasche aufgewiesen hatte, schloss sich die Tür und das Taxi brauste davon. Nicht ohne eine Wagenladung kaltes Wasser in meine Richtung zu schicken. Neben mir erklang ein Jaulen.

»O nein, Mrs Blueberry, hat es dich erwischt?«

Meine Golden-Retriever-Hundelady, die bis eben noch ruhig unter der Kioskbank gedöst hatte, kroch nun darunter hervor und schüttelte sich. Sie sah zutiefst beleidigt aus und starrte anklagend in Richtung des verschwundenen Wagens.

Ich konnte sie nur zu gut verstehen. Was um Himmels willen war das gerade gewesen? Und hatte diese Tasche wirklich in der Luft geschwebt? Oder war meine Sicht durch den starken Regen getrübt gewesen?

Kopfschüttelnd ließ ich mich wieder auf die hölzerne Bank fallen. Während ich das nasse Hundefell tätschelte, stöpselte ich meine Kopfhörer erneut ein und drehte die Musik lauter.

Die rhythmischen Klänge des Lieblingsliedes meiner Zwillingsschwester drangen an meine Ohren. Unwillkürlich musste ich an Mia und Mum denken. Was würde ich nicht dafür geben, jetzt mit ihnen im Flieger nach Italien zu sitzen. Statt Pampa und Regen wäre ich umgeben von Sonne, Strand und Meer. Aber nein, natürlich musste ich, die untalentierte Erstgeborene, bei meiner Grandma in der Buchhandlung aushelfen. In der wohl regenreichsten Stadt Englands!

Apropos Grandma. Wo steckte sie bloß? Ob sie mich vergessen hatte? Das würde auf jeden Fall zu diesem miserablen Tag passen! Missmutig kuschelte ich mich enger in meinen Hoodie, doch es half nichts. Die Kälte kroch immer tiefer in meine Knochen und ich sah mich bereits zähneklappernd auf dieser blöden Bank sitzen.

Nein, so weit wird es nicht kommen. Vorher buche ich den nächsten Zug zurück nach Wickham, schwor ich mir.

Gerade als ich mich umdrehen und auf die große hölzerne Uhr des Bahnhofes schauen wollte, quietschte es durchdringend und wieder erschien ein Auto vor uns. Aber diesmal kam es mir bekannt vor. Als eine ältere Frau mit einem breiten Grinsen auf den Lippen ausstieg, wusste ich auch wieso. Ihr außergewöhnlicher Kleidungsstil hatte definitiv Wiedererkennungswert. Ihr langes, dunkelrotes Gewand, das mit kleinen, goldenen Monden und Sternen übersät war, schien direkt aus einem Fantasyfilm zu stammen. Und doch passte es irgendwie zu ihr – genauso wie der dunkelblaue Regenschirm, der von der Größe her eher einem Sonnenschirm glich und mit dem sie mir nun zuwinkte.

Eine Flut von Erinnerungen durchströmte mich und mit ihr ein mittlerweile vertrauter Schmerz. *Tief durchatmen, Lilly. Du schaffst das.* Ich zählte bis drei, nahm meine Kopfhörer heraus und trat ein paar zögerliche Schritte vor.

»Mensch, bist du groß geworden!« Grandma kam auf uns zu und musterte mich von oben bis unten, wobei sie an meinem Hoodie hängen blieb.

Ich folgte ihrem Blick und entdeckte den mir bekannten Aufdruck: *Everything you can imagine, is real.*

Meine Mum hatte heute Morgen darauf bestanden, dass ich den Pulli anzog. Es war mir ein Rätsel, warum ihr das so wichtig gewesen war, denn Mum und Grandma standen sich alles andere als nah und Weihnachtsgeschenke aus Watford wurden in der Regel so hinter dem Tannenbaum platziert, dass Mia und ich sie erst ganz zuletzt fanden. Eigentlich hatte ich mich weigern wollen, ihn anzuziehen, da ich immer noch wütend darüber war, Grandma in der Buchhandlung aushelfen zu müssen, während Mia und Mum durch Traumstädte wie Venedig und Florenz zogen. Aber da war etwas in Mums Augen gewesen, das mich hatte stutzen lassen. Zweifel und eine unterdrückte Traurigkeit. Ganz anders als das, was ich jetzt in Grandmas Augen aufflackern sah und nicht deuten konnte. War es Erkenntnis? Eine Erinnerung? Ich wusste es nicht.

»Hi, Grandma.«

Sie nahm mich fest in die Arme und ich erwiderte ihre Umarmung zaghaft. Dann wandte sie sich meiner Hundelady zu.

»Na, ist das die berühmte Mrs Blueberry, von der mir deine Mutter schon erzählt hat?« Sie streichelte über ihr Fell und kraulte sie hinter den Ohren.

»Ähm, ja, ich hoffe, es ist okay, dass ich sie mitgebracht habe. Sie ist bereits seit fast drei Jahren bei uns. Wir sind quasi unzertrennlich.«

Ein Schmunzeln umspielte Grandmas Lippen. »Das habe ich gehört. Mein Kater Biscuit wird sich sicher über ein wenig Gesellschaft freuen. Aber nun komm, ihr seid ja ganz durchnässt!« Sie wirbelte herum und bedeutete uns, ihr zu folgen.

Beim Auto angekommen nahm sie mir das Gepäck ab und hievte meinen blauen Koffer ins Wageninnere. »Was hast du da drin? Steine?«

»Wenn ich schon hier sein muss, kann ich zumindest meinen Stapel ungelesener Bücher abarbeiten«, erwiderte ich etwas zu forsch.

Als Grandmas Lächeln für eine Sekunde verrutschte, tat mir mein Tonfall direkt wieder leid. Ganz tief in mir drin wusste ich, dass Grandma nichts für mein Elend konnte. Dennoch ließ ich meine Laune an ihr aus. Aber ich wollte einfach nicht hier sein. An diesem verregneten Samstag im Februar. Während Mum und Mia sich eine schöne Zeit machten. Ich seufzte auf. Meine Stimmung war im Keller.

Als wir im Auto saßen, legte mir Grandma eine Hand auf den Arm und schaute mich mit einem gespielt ernsten Blick an. »Für Bücher kann ein Koffer nie schwer genug sein. Denk nur an all die Welten, die sie in sich tragen.«

Ein längst vergessenes Gefühl der Vertrautheit stieg in mir auf. Es war Grandma gewesen, die mir die Liebe zu Büchern vermittelt hatte, wie konnte ich das bloß vergessen?

Als ob sie meine Gedanken gelesen hätte, nickte sie mir wissend zu. »Übrigens tut mir die Verspätung sehr leid. Aber Biscuit hat unbemerkt eine tote Maus mit ins Haus geschleppt. Natürlich musste er sie ausgerechnet in einem meiner Schuhe deponieren. Und als ich sie dann anziehen wollte, bin ich direkt reingetreten. Ich sag dir, das war vielleicht eine Sauerei!«

Jetzt konnte ich nicht anders und musste laut loslachen. »Das hat er nicht wirklich gemacht!«

»O doch, hat er.« Grandma schnaubte verärgert. »Ich habe ihm erst mal Hausarrest erteilt. Zumindest bis wir zurück sind.«

»Wie gut, dass Mrs Blueberry nicht auf Mäuse steht.« Ich schaute zur Rückbank, wo meine Hundelady es sich auf dem Rücksitz bequem gemacht hatte und aufgeregt aus dem Fenster blickte. Sie liebte das Autofahren. Früher hatte sie sich sogar geweigert, aus dem Wagen auszusteigen. Sie war schon immer neugierig gewesen und hatte die große, weite Hundewelt erkunden wollen. Auch jetzt, als wir am riesigen Cassiobury Park vorbeifuhren, der mitten in Watford lag, wedelte Mrs Blueberry aufgeregt mit dem Schwanz. Na, wenigstens eine von uns beiden freute sich auf diesen Ort.

Dabei hatte ich es damals kaum erwarten können, wenn wir Grandma besuchten. Was wohl mitunter daran lag, dass Grandma direkt über ihrer Buchhandlung wohnte. Außerdem glich ihr Zuhause einem dieser Hexenhäuschen, über die man sonst in Märchen las. Die Fassade aus hellen Ziegelsteinen, der uralte Zaun aus weißen Holzbrettern, die geräumige Veranda mit dem alten Schaukelstuhl und die dichten, hohen Tannen vor dem Haus hatten immer eine besondere Wirkung auf mich gehabt. Aber jetzt, wo Grandmas Haus in Sicht kam, hatte ich eher gemischte Gefühle. Und kaum parkten wir vor dem viktorianischen Gebäude, fing auch noch mein Magen an zu knurren.

»Hast du Hunger? Ich habe leckere Sandwiches vorbereitet. Die mochtest du früher so gerne.« Lächelnd blickte Grandma mich an.

Früher. Ein simples Wort. Und doch steckte für mich so viel mehr dahinter. Mein letzter Besuch lag Jahre zurück. Damals waren Mia und ich Kinder gewesen – und die Welt noch in Ordnung.

»Sandwiches klingen gut«, erwiderte ich.

»Na, dann komm«, sagte Grandma, bevor sie die Wagentür aufmachte und ausstieg.

Nachdem wir mein Gepäck aus dem Kofferraum geholt hatten, folgten wir der munter vorpreschenden Mrs Blueberry zur Haustür. Es war schon erstaunlich, dass meine Hundelady genau zu wissen schien, wo wir hinmussten. Sie war schließlich noch nie hier gewesen.

Um in Grandmas Wohnung zu gelangen, gab es einen separaten Nebeneingang, der neben der imposanten Tür zur Buchhandlung ganz unscheinbar wirkte. Dahinter befand sich eine steile Holztreppe, deren bloßer Anblick mir den Magen umdrehte. Denn nicht nur Hunger kündigte sich an, sondern auch

Erschöpfung. Die Kälte der nassen Klamotten forderte gerade so richtig ihren Tribut.

Als wir endlich samt meinem schweren Koffer die steilen Stufen erklommen hatten, kam uns Biscuit entgegen. Mies gelaunt und murrend. Misstrauisch beäugte der rotbraun gestreifte Kater Mrs Blueberry, bevor er einen bedachten Schritt auf sie zu machte. Meine Hundelady, plötzlich sehr feige, winselte leise und versteckte sich blitzschnell hinter mir.

»Biscuit, Lilly kennst du ja bereits und das ist Mrs Blueberry. Sei bitte nett zu ihr.«

Als Antwort erhielt Grandma nur ein Fauchen, was meine Hundelady direkt wieder zum Winseln brachte. Ich verdrehte die Augen. Mrs Blueberry war mindestens doppelt so groß wie Biscuit. Eigentlich sollte nicht sie Angst vor Biscuit haben, sondern der Kater vor ihr.

Und während ich dachte, der immer noch fauchende Biscuit würde gleich meine Hundelady angreifen, fing er an zu schnurren und schmiegte sich an ihr Bein. Mrs Blueberry erwiderte die Geste dankbar.

Grandma schien nicht überrascht zu sein. »Na also. Du musst wissen, dass sich alle Haustiere unserer Familie seit Generationen blendend verstehen. Komm, wir gehen in die Küche und essen erst mal etwas.« Sie verschwand in einem Nebenraum.

Gerade als ich mein Gepäck absetzen und ihr folgen wollte, erhaschte ich einen Blick auf Biscuits Augen. Sie waren grün und blau. So zweifarbig wie die meiner Hündin. Und die des Raben … Schnell schüttelte ich den beunruhigenden Gedanken wieder ab und stürmte regelrecht in die warme Küche hinein.

Grandma stand mit dem Rücken zu mir an der Küchentheke und schien ganz in ihrem Element zu sein. Wie meine Mum liebte sie das Kochen und Backen. Beide hatten einen eigenen

Garten und pflanzten jegliche Art von Gemüse an. Aber mit Grandmas Kräutergarten konnte sich niemand messen.

Dass sie in Sachen Sandwich-Zubereitung ebenfalls eine Meisterin ihres Faches war, bewies sie, indem sie mir zwei köstlich aussehende Sandwiches auf einem Teller präsentierte. Mir lief direkt das Wasser im Mund zusammen und ich verschlang das erste im Stehen. Ich hatte wirklich einen Bärenhunger. »Die schmecken echt lecker!«

»Danke, Liebes. Iss, so viel du willst.«

Das ließ ich mir nicht zweimal sagen. Noch während ich das zweite Sandwich verdrückte, kochte Grandma uns eine heiße Schokolade, die sie in zwei große Tassen goss und mit kleinen Marshmallows und Sahne verzierte. Mitsamt einer Dose selbst gebackener Kekse kuschelten wir uns auf die große Fensterbank im Wohnzimmer. Es war der letzte freie Platz in diesem urigen Raum. Das Sofa wurde bereits von Mrs Blueberry und Biscuit vereinnahmt und auf sämtlichen Sesseln stapelten sich Büchertürme. Ich strich mit der flachen Hand über einen der antiquarischen Einbände auf einem alten Samtsessel neben mir und lächelte versonnen.

Grandma bemerkte meine Geste und lachte. »Ich gebe zu, dass ich meine Arbeit viel zu oft mit nach Hause nehme. Wie gut, dass du jetzt da bist. Morgen gebe ich dir noch Zeit zum Eingewöhnen, aber dann könnte ich deine Hilfe im Laden gut gebrauchen.« Kurz hielt Grandma inne, bevor sie hinzufügte: »Auch wenn morgen Sonntag ist, muss ich arbeiten. Wie so oft zu dieser Jahreszeit finden viele Kunden ihren Weg zu mir.«

Ich nickte nur. Einen Moment lang hatte ich fast vergessen, weshalb ich hier war und wie trist die kommenden Wochen sein würden.

Nachdenklich ließ ich meinen Blick aus dem Fenster schweifen. Die einsetzende Dämmerung legte sich wie ein Schatten über Grandmas Vorgarten und der Wind peitschte den Regen durch die Luft. Gerade als ich mich wieder abwenden wollte, durchdrang ein heiseres Krächzen die Stille. Ein mulmiges Gefühl stieg in mir hoch und ich schaute in die Richtung, aus der das Krächzen gekommen war. Und tatsächlich. Dort, auf dem Ast eines alten Kastanienbaums, saß mein Beobachter. Den Kopf leicht geneigt und die Augen zu schmalen Schlitzen verengt. Mein Herz begann zu rasen, doch da griff Grandma nach meiner Hand. Ich riss mich vom Anblick des Raben los und sah in ihre warmen, braunen Augen.

»Ich danke dir vielmals, dass du so kurzfristig einspringst. Ich kann mir vorstellen, wie viel lieber du nach Italien gereist wärst.«

»Es ist okay, Grandma. Wirklich. Es ist nur …« Kurz stockte ich. Wollte ich Grandma wirklich meinen Frust aufhalsen? Nur weil ich es unfair fand, dass Mia als erfolgreiche Pianistin herumreiste und dabei die volle Aufmerksamkeit von Mum genoss, während ich hier in Watford aushelfen musste? Nein. Das war keine Option. Grandma trug keine Schuld.

Ich schüttelte den Kopf. »Dann werde ich das ausnutzen und morgen mit Mrs Blueberry in den Cassiobury Park gehen«, lenkte ich ab.

»So aufgeregt, wie Mrs Blueberry vorhin das Tor zum Park beobachtet hat, wird sie sich sicher über einen Ausflug freuen. Vielleicht begleitet euch Biscuit. Er mag diesen Park. Vermutlich wegen der vielen Mäuse.« Über Grandmas Züge huschte ein Schmunzeln, als wüsste sie genau, dass ich bewusst das Thema gewechselt hatte.

Biscuit miaute zustimmend, was Mrs Blueberry mit einem aufgeregten Schwanzwedeln quittierte. Die beiden hatten sich aneinandergekuschelt und genossen augenscheinlich die Wärme des Kamins. Ich konnte es ihnen nicht verdenken. Die angenehme Hitze der Flammen war eine Wohltat für meine Haut und je länger ich in das prasselnde Feuer starrte, desto mehr legte sich meine Anspannung. Aber auch das Geräusch der Regentropfen hatte eine beruhigende Wirkung auf mich. Bei diesem Wetter fand man mich meistens mit einem guten Buch in unserem Wintergarten vor. Wenn der Regen unaufhörlich auf das gläserne Dach prasselte und dessen Tropfen sich ein Wettrennen über das Glas lieferten.

Mit der Erinnerung an mein Zuhause kamen mir wieder Mum und Mia in den Sinn. Vermissten sie mich? Oder hatte Mum ihre zweite Tochter, kaum dass sie in Italien gelandet waren, vergessen? Es wäre schließlich nicht das erste Mal. Frustriert versuchte ich mich auf das Hier und Jetzt zu konzentrieren. Und spürte nun, wie mich eine bleierne Müdigkeit überkam.

»Grandma, wo werde ich die kommenden Wochen eigentlich schlafen?« Ich bemühte mich, nicht allzu offensichtlich zu gähnen.

»Im Gästezimmer unter dem Dach. Normalerweise lagere ich dort meine alten Bücher, ein Bett ist jedoch ebenfalls vorhanden.«

Ich nickte schläfrig. »Und Mrs Blueberry?«

Wie aufs Kommando spitzte meine Hundelady die Ohren, hob ihren Kopf und blinzelte mich unter halb geöffneten Lidern an.

»Für sie ist alles hergerichtet«, erwiderte Grandma mit einem wissenden Lächeln auf den Lippen.

Stirnrunzelnd blickte ich sie an. »Aber woher wusstest du …«

»Ein Vöglein hat es mir gezwitschert.« Sie zwinkerte mir über ihre Brille hinweg zu.

Damit meinte sie bestimmt Mum, oder? Schließlich hatten sie erst vor ein paar Tagen telefoniert.

Grandma schaute kurz auf ihre Armbanduhr. »Ich sollte noch einmal kurz in die Buchhandlung. Und du siehst so aus, als ob du heute besonders früh ins Bett gehen solltest.« Sie legte einen Arm um mich und ich schmiegte mich zögernd an sie.

Grandmas vertrauter Duft nach Lavendel stieg mir in die Nase. Sie roch nach meiner Kindheit und plötzlich bereute ich es, so wenig Zeit mit ihr verbracht zu haben. Ich schwor mir, diese jetzt aufzuholen.

»Geh du doch schon einmal nach oben, pack deinen Koffer aus und leg dich ein bisschen hin. Ich bin auch bald wieder da.«

Ich nickte. »In Ordnung, Grandma.«

Einen weiteren Gähner unterdrückend stand ich auf und blickte noch einmal zu Mrs Blueberry und Biscuit. Beide waren bereits eingeschlafen. Um sie nicht zu wecken, schlich ich in den Flur und entdeckte den mit grünen und weißen Perlen besetzten Griff der Dachbodenluke fast sofort. Vorsichtig zog ich daran. Die Luke ging auf und eine alt wirkende Holzleiter klappte nach unten. Bevor ich mir ausführlich Gedanken darüber machen konnte, wie unstabil diese wirkte, kletterte ich schnell nach oben und erblickte bereits nach wenigen Stufen einen urigen Raum unter dem Dach. Er war viel größer als in meiner Vorstellung und verfügte über ein großes Fenster, das über dem Bett in die Decke eingelassen war. Außerdem gab es einen Schreibtisch, einen grauen Ohrensessel mit Stehlampe sowie eine alte, verschnörkelte Kommode aus Holz. Alte und neue Bücher, in gutem wie auch schlechtem Zustand, stapelten sich unterhalb der Schräge. Das Bett war frisch bezogen und auf der Decke waren kleine, rosafarbene Blumen eingestickt. Kurz gesagt, es war ein absolutes Traumzimmer.

Ich überwand die letzte Stufe und trat in den Raum hinein, wobei mein Blick sogleich auf den blauen Koffer direkt neben dem Bett fiel. Offensichtlich hatte Grandma ihn bereits hochgetragen. Die Frage war nur wann? Schließlich war sie die ganze Zeit in meiner Nähe gewesen. Ich hätte es doch mitbekommen, wenn sie den schweren Koffer die schmale Leiter nach oben gestemmt hätte, oder?

Schulterzuckend verdrängte ich den Gedanken und machte mich daran, die Kleidung in die Kommode gegenüber dem Bett zu räumen. Als ich die drei handgeschriebenen Bücher meines Dads aus dem Koffer nahm, strich ich wehmütig über die ledernden Einbände. Mittlerweile waren sie ausgeblichen und an einigen Stellen von Dellen übersät. Aber die Bücher und jedes einzelne Wort darin waren mein Anker. Mein wertvollster Besitz. Sie trugen einzigartige Welten in sich, die mein Dad erschaffen hatte. Welten, die er niemals bereisen würde. Und Welten, die er mit mir hatte bereisen wollen. In meinen Augen sammelten sich Tränen. Vergebens versuchte ich sie wegzublinzeln und für einen kurzen Moment ließ ich den Schmerz zu. Dann atmete ich tief durch und schnappte mir mein Handy. In diesen Momenten der Einsamkeit half nur eins. Anny.

Schnell wählte ich ihre Nummer. Nach dem dritten Klingeln ging sie dran.

»Beste Freundin am Apparat, wie kann ich behilflich sein?«, hallte ihre fröhliche Stimme durch den Hörer.

»Hi, Anny.« Ungewollt schwang Traurigkeit in meiner Stimme mit.

»Bist du gut bei deiner Grandma angekommen?«

Erst nickte ich erschöpft, bis ich merkte, dass Anny diese Geste durchs Telefon ja gar nicht erkennen konnte.

»Ja, ich habe soeben mein Zimmer für die kommenden Wochen bezogen. Es ist zwar schön, Grandma wiederzusehen, dennoch hoffe ich, dass die Zeit schnell vorbeigeht.« Nachdenklich strich ich mit dem Finger über den verschnörkelten Bettpfosten, wobei das eine kleine Staubschicht aufwirbelte.

»Bestimmt! Und schneller als du blinzeln kannst, werden wir schon auf dem College sein!«, quiekte Anny aufgeregt.

Ich sah das Funkeln in ihren blauen Augen bildlich vor mir. Seit Monaten fieberten wir unserer Collegezeit entgegen. Und als die Zusage ins Haus geflattert war, hatten wir direkt angefangen Pläne zu schmieden. Kurz huschte ein Lächeln über meine Lippen.

»Ich kann es kaum erwarten«, erwiderte ich.

»Hast du schon etwas von deiner Mum oder von Mia gehört?«

»Mum hat mir geschrieben, dass sie gut gelandet sind. Aber ich habe noch nicht geantwortet.« Gedanklich fügte ich hinzu, dass ich das so schnell auch nicht machen würde.

Anny seufzte auf. »Du weißt, dass sich deine Mum bloß in die Manager-Rolle deiner Schwester stürzt, weil sie versucht die letzten Jahre zu verdrängen.«

Ein Stich durchfuhr mein Herz. »Das ist deine Theorie.«

»Das ist nicht zu übersehen, Lilly.«

Ich biss mir auf die Unterlippe. Der Tod von Dad hatte uns allen den Boden unter den Füßen weggerissen. Trotzdem brauchte ich meine Mum. Nur dass sie nicht da war. Zumindest nicht für mich.

»Ich leg mich jetzt hin. Das neue Buch von Nicholas Sparks ist erschienen und ich möchte noch ein wenig darin lesen«, sagte ich erschöpft, wobei mir ein Gähnen herausrutschte.

»Knuddle Mrs Blueberry von mir. Wie hält sie es bloß wochenlang ohne die selbst gebackenen Leckerlis von Tante Anny aus? Ich hätte echt mehr zubereiten sollen.«

»Meine ganze Jackentasche und mein Rucksack sind voll mit deinen Hundekeksen. Sie hat genug.« Ich schmunzelte. Anny schaffte es einfach immer, mich aufzumuntern.

»Zu viele Hundekekse gibt es nicht, frag Mrs Blueberry«, verkündete Anny gespielt empört.

»Das ist unfair, du hast sie um den kleinen Finger gewickelt.«

Ein Lachen erklang am anderen Ende der Leitung. »Schlaf gut, Lilly.«

»Du auch, Anny.«

Ich legte das Handy auf das Nachttischchen und zog aus meinem Rucksack das Buch von Nicholas Sparks heraus. Bevor ich es mir im Bett bequem machte, warf ich noch einen Kontrollblick aus dem Dachfenster. Seit der Rabe mich verfolgte, war dies zu einem Ritual geworden. Zu meiner großen Erleichterung war nur der immer dunkler werdende Himmel zu erkennen. Ich seufzte auf und kuschelte mich in die weichen Bettlaken.

Was passte zu einem Kopf voller Gedanken besser als ein gutes Buch?

KAPITEL 2

In der Welt übernatürlicher Wesen gibt es Orte, deren besondere Macht ein jedes Lebewesen zu spüren bekommt. Insbesondere der Cassiobury Park in Watford trägt diese in sich. Die uralte Anlage ist das Zuhause von guten Kobolden, die in Baumhöhlen hausen und über die unzähligen Pflanzen wachen.

– AUSZUG GRIMOIRE, KAPITEL 144 –

Ich wurde von einem lauten Knall geweckt. Verschlafen gähnte ich und öffnete leicht meine Lider. Erneut hallte ein Knall durch die Dunkelheit. Verwirrt blinzelte ich einige Male, bis sich meine Augen der Dunkelheit angepasst hatten und ich mich daran erinnerte, dass ich bei Grandma war. Das aufgeschlagene Buch lag neben mir und ich trug nach wie vor meine Klamotten von vorhin. Offensichtlich war ich während des Lesens eingeschlafen. So etwas passierte mir sonst nie, wenn ich eine gute Geschichte las.

Ein weiteres Mal knallte es. Ich zuckte zusammen und schaute nach oben durch das Dachfenster. Ein Leuchten erhellte den Nachthimmel. War das etwa ein Feuerwerk? Ich setzte mich auf, um besser sehen zu können. Und fragte mich im nächsten Moment, ob ich nicht doch noch schlief. Denn das, was dort über mir prangte, war weitaus mehr als eine pyrotechnische Darbietung. Ungläubig kniff ich mir in den Handrücken, aber das Symbol aus tausend kleinen Lichtern, das über mir am Himmel funkelte, verschwand nicht. Im Gegenteil. Es wurde immer deutlicher und jetzt konnte ich erkennen, was es darstellte: einen Raben in der Mitte einer Halbmondsichel aus Sternen. Wie war das möglich? Ich blinzelte ein paarmal. Das Symbol leuchtete nach wie vor am Nachthimmel.

Plötzlich landete etwas Schweres auf mir.

»Shit!«, fluchte ich, während mein Herz einen Schlag aussetzte.

Grandmas Kater war unsanft auf meinen Beinen gelandet. Er neigte den Kopf zur Seite, bevor er ein aufforderndes »Miaaauuu« von sich gab.

Vorsichtig streichelte ich über sein Fell. Die Launen von Biscuit waren mir nicht geheuer.

»Was machst du denn hier oben?«, flüsterte ich, wobei ich ihn aufmerksam musterte.

Mein Blick wurde von seinen Augen gefesselt, die unnatürlich hell in die Dunkelheit hineinleuchteten. Die Ähnlichkeit zu denen meiner Hundelady war erschreckend.

Bevor ich weiter darüber nachdenken konnte, wurde ich von einem erneuten Knall aus meinen Gedanken gerissen.

»Weißt du, was es mit diesen Lichtern auf sich hat?« Ich hob Biscuit hoch, damit er besser aus dem Fenster sehen konnte.

»Miauuu«, erwiderte er, bevor er sich über eine seiner Pfoten leckte.

»Sehr hilfreich.«

Nachdenklich kraulte ich ihn hinter seinen kleinen, spitzen Ohren und betrachtete das Schauspiel am Nachthimmel. Wie konnte so eine detailgetreue Version eines Symbols den Himmel erhellen? Aber die wohl wichtigste Frage lautete: Wofür stand dieses Symbol?

Während ich nach Antworten suchte, verschwammen die Lichtpunkte. Nach und nach rieselten sie wie Schnee zu Boden. Nur die Silhouette des Raben erwachte zum Leben, hob die Flügel und flog davon, bis er vollständig von der Nacht verschluckt wurde.

Verwirrt stand ich auf, setzte Biscuit ab, zog meinen Pyjama an und ließ mich wieder zurück ins Bett sinken. Der Kater hatte sich in der Zwischenzeit am Bettende zusammengerollt und schnurrte leise vor sich hin.

Unruhig knautschte ich das weiche Kissen zusammen und schloss die Augen. Binnen Sekunden prasselten all die Erlebnisse und Gedanken des heutigen Tages auf mich ein. Na toll. Das würde eine lange Nacht werden.

Sonnenstrahlen kitzelten meine Nase, als ich am nächsten Morgen erwachte. Ausgiebig streckte ich mich, während mir ein lautes Gähnen herausrutschte. Die Geschehnisse der letzten Nacht hatten mir keine Ruhe gelassen. Selbst Biscuit hatte mein unruhiges Hin-und-her-Gewälze irgendwann sattgehabt und war wieder nach unten verschwunden. Ich konnte es ihm nicht verdenken.

Völlig gerädert schälte ich mich aus den weichen Bettlaken. Am liebsten würde ich den ganzen Tag liegen bleiben, lesen und den fehlenden Schlaf nachholen. Mein knurrender Magen hatte allerdings andere Pläne. Also schlurfte ich zur Kommode und kramte ein graues T-Shirt und schwarze Jeans hervor. Mit einem Schaudern erinnerte ich mich an die gestrigen Temperaturen und schnappte mir schnell auch noch einen langen Cardigan. Mein Blick schweifte zu dem kleinen Wandspiegel, der über der Kommode hing. Meine langen Haare standen in alle Richtungen ab. Hastig fuhr ich mir mit den Fingern durch die rötlichen Wellen und versuchte meine Mähne zu bändigen.

Gerade als ich mich von meinem Spiegelbild abwandte, fing mein Handy auf dem Nachttischchen an zu vibrieren. Wer wohl so früh am Morgen etwas von mir wollte? Kaum schoss mir dieser Gedanke durch den Kopf, wusste ich auch schon die Antwort. Mum. Genervt stöhnte ich auf, nahm das Handy, drückte sie weg und schaltete es aus. Auf heile Welt hatte ich keine Lust.

Mit schweren Gliedern kletterte ich die Dachbodenleiter nach unten und wurde von einem herrlichen Duft nach Rührei und Scones, der aus der Küche drang, wie magisch angezogen. Als ich über die Schwelle trat, ertappte ich meine Hundelady, wie sie sich mit zwei Pfoten auf den Küchentresen stemmte und sich den letzten Scone schnappte.

»Mrs Blueberry!« Ich eilte zu ihr, ging in die Hocke und bedeutete ihr, mir den vollgesabberten Scone zu geben. Natürlich ignorierte mich mein kleiner Vielfraß und verschlang das Gebäckstück mit einem Biss. Dabei setzte sie ihre perfekt einstudierte Unschuldsmiene auf und musterte mich aus ihren großen, runden Augen.

Ich seufzte. »Du hättest mir wenigstens den letzten Scone übrig lassen können.«

Als Entschuldigung neigte sie ihren Kopf und fing an zu hecheln.

»Wo ist eigentlich Grandma?« Ich stand auf und ließ meinen Blick über die kleine, vollgestopfte Küche wandern. Neben den Resten des Rühreis entdeckte ich einen kleinen Zettel.

Lilly,
ich bin bereits in der Buchhandlung und besuche dann Mrs Ravenwood, eine Nachbarin.

PS: Das Rührei und die Scones sind für Dich, lass es Dir schmecken.

PPS: Biscuit und Mrs Blueberry haben schon gefrühstückt.

Mit hochgezogener Augenbraue blickte ich zu meiner Hundelady, die mich mit schräg gelegtem Kopf entschuldigend musterte, als wüsste sie genau, was auf dem Zettel stand.

Kopfschüttelnd schnappte ich mir den Teller mit dem Rührei und ließ mich auf einen der Stühle fallen. Unwillkürlich schweiften meine Gedanken wieder zu letzter Nacht. Was war das für ein Symbol gewesen? Und weshalb ein Rabe? Gab es etwa eine Verbindung zu dem Raben, der mich verfolgte? Nachdenklich stocherte ich in meinem Rührei, fand jedoch keine Antworten auf all meine Fragen.

»Lass uns spazieren gehen«, sagte ich. Frische Luft würde meinen wirren Gedanken sicherlich ganz guttun.

»Wuff«, erwiderte sie freudig und flitzte in den Flur.

Ich folgte ihr und spähte kurz aus dem Fenster. Bei dem Anblick der tief hängenden, dunklen Wolken überkam mich eine Gänsehaut und ich schnappte mir schnell meinen olivgrünen Parka. Was sich als genau richtige Entscheidung herausstellte, sobald wir vor Grandmas Haus standen. Fröstelnd zog ich den Reißverschluss der Jacke bis nach oben zu und setzte mich in Bewegung. Glücklicherweise dauerte es nicht allzu lange, bis wir den Cassiobury Park erreichten.

Ein großes, eisernes Tor markierte den Eingang, und Mrs Blueberry rannte schwanzwedelnd hindurch. Schmunzelnd folgte ich ihr, vorbei an verschiedenen Teichen mit Enten und Schwänen, die anmutig über das klare Wasser trieben.

Als Kind war ich oft hier gewesen. Mia und ich waren über die Brücken gejagt, hatten uns hinter den kleinen Häusern versteckt und am Bach gespielt. Am liebsten waren wir geklettert. Kichernd hatten wir uns auf die Äste der hohen Eichen gesetzt und die vorbeilaufenden Menschen beobachtet. Ein Lächeln stahl sich auf meine Lippen, als mein Blick zwischen den dicht bewachsenen Bäumen hin und her wanderte. An einigen Stellen blühten Schneeglöckchen, deren Weiß in zarter Schönheit leuchtete. Es hatte Zeiten gegeben, in denen Mia und ich stundenlang vor diesen Blüten gesessen und gehofft hatten, dass sich uns ein Kobold zeigte. Wofür vermutlich Grandma mit all ihren Fantasy-Geschichten verantwortlich war.

Früher waren Mia und ich uns so nah gewesen und nun glichen wir uns nur noch äußerlich. Wir hatten beide die grünen Augen meiner Mum, genau wie die roten, langen Haare. Doch innerlich waren wir so verschieden wie Tag und Nacht.

Apropos Nacht. Erst jetzt fiel mir auf, dass der Weg steiniger wurde und die Bäume kaum Sonnenstrahlen durchließen. Offensichtlich waren wir in einem Waldstück gelandet. Allerdings schien das Mrs Blueberry nicht zu stören. Begeistert beobachtete sie die Vögel und hielt nach Eichhörnchen Ausschau, die immer mal wieder durch das Laub und über Äste huschten. Eine Weile ließ ich sie gewähren, aber die zunehmende Kälte machte sich mit der Zeit deutlich bemerkbar. Schaudernd zog ich meinen Parka fester um mich und setzte dazu an, Mrs Blueberry zurückzupfeifen. Doch da ertönte ein Fluchen in der Nähe. Meine Hundelady spitzte alarmiert die Ohren und bevor ich reagieren konnte, gab sie ein lautes Bellen von sich und jagte davon.

»Mrs Blueberry, komm zurück«, rief ich meiner Hundelady nach.

Sie ignorierte mich jedoch gekonnt und verschwand hinter einem verwelkten Rosenbusch.

Na großartig. Ich setzte mich ebenfalls in Bewegung und sprintete hinter ihr her. Was sich als gar nicht so leicht erwies, denn je tiefer ich in das dunkle Stück Wald hineinlief, umso dichter wurde das Geäst und ich musste ständig Bäumen ausweichen. Zu allem Überfluss blieb ich bei einem dieser Ausweichmanöver mit meiner Hose an einem Ast hängen, der sich unangenehm in meinen Oberschenkel bohrte. Während ich ihn beiseiteschob, seufzte ich frustriert auf. Wenigstens tauchte Mrs Blueberry wieder neben mir auf. Allerdings beachtete sie mich nicht. Vielmehr galt ihre Aufmerksamkeit einem Fremden, der sich einige Meter von uns entfernt befand.

Reflexartig wich ich zurück und hielt erst inne, als ein Kastanienbaum mich etwas verdeckte. Ich bedeutete meiner Hundelady, hinter mir zu bleiben, und beobachtete neugierig das Geschehen. Der schwarzhaarige Junge, der, wie ich jetzt erkannte, ungefähr in meinem Alter sein musste, stand jedoch nur da und rührte sich nicht.

Darauf bedacht, kein Geräusch zu verursachen, musterte ich ihn, wobei mein Blick an seiner Kleidung hängen blieb. Besser gesagt an seinem dunkelgrünen Sweatshirt. Denn dort prangte das gleiche Symbol wie gestern Abend am Nachthimmel. Ein Rabe mit einem Mond aus Sternen.

Instinktiv machte ich einen Schritt in die Richtung des Jungen. Doch irgendetwas hielt mich davon ab, ihm weiter näher zu kommen. Vielleicht lag es an seiner Ausstrahlung. Sie war düster und abweisend. Mit starrer Miene und geschlossenen Augen hob er nun langsam seine Arme – und mir wurde schlagartig kalt. Eine Gänsehaut überlief meinen ganzen Körper und ich begann zu frösteln. Dann sah ich auf einmal, wie sich um den Jungen Blätter und kleine Äste erhoben und einen kleinen Wirbelwind bildeten. Dieser wurde immer größer und größer. Der Junge war kaum noch zu sehen, so stark nahmen die herumwirbelnden Blätter und das Geäst ihn ein.

Verwirrt blinzelte ich ein paarmal und machte einen Schritt rückwärts. Allerdings verlor ich dabei mein Gleichgewicht und landete rücklings auf einem morschen Ast, der daraufhin laut knackte.

Mrs Blueberry erschrak und gab ein lautes »Wuff« von sich, was dem Jungen wohl nicht entging, denn er drehte sich um und schaute in meine Richtung. Prompt fielen die Blätter um ihn herum zu Boden. Doch bevor ich einen klaren Gedanken fassen konnte, landete plötzlich ein Rabe mit pechschwarzem Gefieder direkt vor mir auf einem Baumstumpf. Sein lautes Krächzen ließ mich erschrocken aufkreischen. Mein schriller Schrei schien den Raben allerdings nicht zu beeindrucken. Ganz im Gegenteil. Neugierig fing er an mich zu mustern.

Nachdem ich mich etwas beruhigt hatte, stellte ich überrascht fest, dass auch er zwei verschiedene Augenfarben hatte. Ein Auge war grün und das andere violett. Aber irgendwas an ihm unterschied sich von meinem Beobachter.

Mir wurde das alles zu viel.

»Husch, husch.« Ich fuchtelte mit den Armen in die Richtung des Raben, doch er blieb seelenruhig vor mir sitzen.

»So wirst du Jasons Gefährtin bestimmt nicht los.«

Vor mir tauchte ein Typ mit lilafarbenen Haaren auf. In aller Ruhe setzte er sich zu dem Vogel. Während ich versuchte seinem amüsierten Blick auszuweichen, bemerkte ich sein Sweatshirt mit dem Raben-Mond-Sterne-Symbol, das auch der schwarzhaarige Junge trug. Fieberhaft suchte ich nach einer schlagfertigen Antwort, versagte jedoch auf ganzer Linie.

»Ich, äh …« Verwirrt schaute ich zwischen dem Jungen und Raben hin und her.

»Heimliche Zuschauer sind immer noch das beste Publikum, oder?« Ein weiterer Kerl mit einer spitzen Nase und hohen Wangenknochen trat neben mir in Erscheinung. Genau wie die anderen beiden Typen trug auch er das dunkelgrüne Sweatshirt. Lachend nickte er zu dem Jungen mit den schwarzen Haaren. »Oder wie siehst du das, Jason?« Dann verschränkte er die Arme und grinste mich schief an, wobei sich seine dunklen Augen regelrecht in meine Seele bohrten.

»Ich habe niemanden beobachtet«, erwiderte ich mit fester Stimme, bevor ich mich aufrappelte.

»Aha, wer ist denn meine heimliche Zuschauerin?«, warf der schwarzhaarige Junge namens Jason ein.

Zu meinem Erschrecken kam er schnellen Schrittes auf uns zu. Mit seinen türkisblauen, leuchtenden Augen, die zu schmalen Schlitzen verengt waren, fixierte er mich. Eine Gänsehaut überzog erneut meinen Körper und ich schaffte es kaum, mich von seinem einnehmenden Blick zu lösen.

»War schön mit euch zu plaudern, aber ich muss jetzt los.« Eilig kramte ich Mrs Blueberrys Leine hervor und legte sie ihr um. Noch einmal riskierte ich es nicht, dass sie einfach verschwand. Dann drehte ich mich um und machte mich aus dem Staub.

»Wir sehen uns an der Academy!«, rief Jason mir mit tiefer, eindringlicher Stimme hinterher.

»Denkst du wirklich, die ist eine von uns?« Ein schallendes Lachen hallte zu mir hinüber.

»Klar, hast du keine Augen im Kopf? Schau dir doch ihren Hund an!«

Was meinten sie damit? Kurz verlangsamte ich das Tempo und wandte mich ein weiteres Mal zu ihnen um. Aber die drei waren verschwunden. Wo waren sie hin? Mit klopfendem Herzen rannte ich los und hörte erst damit auf, als ich wieder auf der großen Grünfläche an einem der Teiche des Parks ankam. Völlig außer Puste schnappte ich nach Luft, bevor ich zu Mrs Blueberry blickte.

»Komm, lass uns endgültig von hier verschwinden«, keuchte ich zwischen zwei tiefen Atemzügen und während wir uns auf den Heimweg machten, ging ich noch mal das Gesehene im Wald in meinen Gedanken durch. Es war kein Wind gegangen, wieso also waren diese Blätter durch die Luft gewirbelt? Einfach so? Ich suchte nach einer Erklärung, fand jedoch keine. Außer … nun ja. Außer es war ein simpler Trick gewesen. Oder ein Schulprojekt in Physik. Das wäre wenigstens eine plausible Lösung.

KAPITEL 3

Seit Anbeginn der Zeit besitzen Hexen und Hexer ihr eigenes Reich der Magie, auch Hexenraum genannt, in dem sie nicht nur ihr Buch der Schatten aufbewahren, sondern Tränke brauen, Vorräte sammeln und sich in der Kunst der Hexerei üben.

– AUSZUG GRIMOIRE, KAPITEL 19 –

Nach meinem abenteuerlichen Ausflug mit Mrs Blueberry nutzte ich den restlichen Tag dafür, mich mit einem Buch im Bett zu verkriechen. Leider schaffte ich es kaum, mich darauf zu konzentrieren. Immer wieder wanderten meine Gedanken zu den Geschehnissen im Park. Wer waren diese drei Jungs? Und vor allem: Wer war der Kerl mit den türkisblauen Augen? Ich überlegte Anny anzurufen, um ihr von alldem zu erzählen, doch irgendetwas hielt mich davon ab. Dafür versuchte meine Mum mich weiter zu erreichen. Aber ich ignorierte ihre Anrufe. Nach dem turbulenten Tag hatte ich keine Lust, mich mit ihrer aufgesetzten mütterlichen Fürsorge auseinanderzusetzen. Irgendwann schaltete ich mein Handy aus und hoffte darauf, dass meine erste Schicht als Aushilfe in Grandmas Buchhandlung erfreulicher verlaufen würde als der merkwürdige Spaziergang.

Glücklicherweise schien das Universum meinen Wunsch erfüllen zu wollen, denn der Start am nächsten Morgen verlief reibungslos und ohne irgendwelche seltsamen Vorkommnisse. Nach einem ausgiebigen Frühstück und einem kurzen Ausflug mit Mrs Blueberry, bei dem sie es sich nicht nehmen ließ, Vögeln hinterherzujagen, schlossen wir um kurz nach neun Uhr Grandmas Buchhandlung auf. Die große, verschnörkelte Holztür, durch die man in den Verkaufsraum gelangte, hatte schon immer eine besondere Anziehungskraft auf mich ausgeübt. Als Kind hatte ich stundenlang vor dieser Tür gespielt. Und auch jetzt kribbelte es mich in den Fingern, über die feinen Schnörkel zu fahren und die wunderschönen Verzierungen zu würdigen.

Doch bevor ich die Hand ausstrecken konnte, schwang sie bereits auf und sofort strömte mir ein herrlicher Duft nach Büchern entgegen. Tief sog ich ihn ein. Gab es etwas Schöneres als den Geruch von alten und neuen Büchern? Andächtig ließ ich meinen Blick über den urigen Raum schweifen. Die Buchhandlung wirkte ziemlich klein, was vermutlich an dem verwinkelten Grundriss und den Holzbalken lag, die zwischen den hohen Regalen standen und quer an der Decke verliefen.

Ehrfürchtig ging ich auf eins der hohen Regale zu und strich vorsichtig mit den Fingern über die Einbände. Grandma sortierte ihre Bücher nicht nach Genres. Trotzdem wusste sie immer, wo welches Werk stand. Sie vertrat die Ansicht, dass man als Buchliebhaber erst auf die wahren Schätze stieß, wenn man nicht nach ihnen suchte. Nur für Kräuterkunde hatte Grandma eine eigene Abteilung. Soviel ich wusste, schätzten die Kunden vor allem Grandmas Fachwissen in diesem Bereich.

»Vor ein paar Tagen ist eine Lieferung mit neuen Büchern angekommen. Möchtest du sie einsortieren?« Grandma lächelte mich fragend an.

Ich nickte und während Mrs Blueberry sich auf einem alten Sessel mit blauem Samtüberzug zusammenrollte und zufrieden vor sich hindöste, machte ich mich an die Arbeit. Der mit Büchern gefüllte Karton, den Grandma aus dem Hinterzimmer geholt hatte, entpuppte sich als wahre Fundgrube. Von Fantasy- und Liebesromanen bis hin zu Krimis und Thrillern war alles dabei. Bei einigen Exemplaren konnte ich nicht widerstehen und musste einfach den Klappentext lesen. Trotzdem füllten sich nach und nach die vereinzelten Lücken in den Bücherregalen – auch wenn ich immer wieder den Drang unterdrückte, die Bücher nach Genre zu sortieren, so wie ich es zu Hause tat. Doch dass Grandmas spezielle Ordnung funktionierte, zeigte sich an den vielen Kunden, die sich die Klinke in die Hand gaben. Viele davon verschwanden mit Grandma in einer der hinteren Abteilungen und kamen wenig später mit ganzen Stapeln voller Bücher zurück.

Gerade als ich auf der hohen Leiter balancierte, um eins der neuen Bücher in dem obersten Regalfach zu platzieren, bog Grandma um die Ecke.

»Lilly, ich muss dich leider bei deiner Arbeit unterbrechen und dich um etwas bitten. Wäre es in Ordnung, wenn du Mrs Ravenwood hilfst? Sie besitzt einige Bücher, die in die Buchhandlung sollen.«

Ich stieg die Leiter nach unten und schaute zu dem leeren Bücherkarton, dessen Inhalt ich bereits einsortiert hatte.

»Okay«, erwiderte ich etwas zaghaft.

»Danke, mein Kind. Das Haus von Mrs Ravenwood befindet sich am anderen Ende der Straße. Es ist von Efeu übersät und nicht zu übersehen. Auf Mrs Blueberry passe ich solange auf.« Grandma legte mir kurz eine Hand auf die Schulter. In ihren Augen lag ein Funkeln, das ich nicht ganz deuten konnte.

Doch ich nickte nur stumm und griff nach meinem Parka, den ich mir überzog, und kramte einen Regenschirm hervor, mit dem ich mich dann auf den Weg machte. Heute herrschte eine Kälte, die mir durch Mark und Bein ging. Der Wind pfiff um die Häuser, fegte vereinzeltes Geäst durch die Luft, während Regentropfen unaufhörlich niederprasselten. Als auch noch ein Donnergrollen über mich hinwegrollte, klammerte ich mich fester an den Regenschirm. Allerdings hielt dieser nur notdürftig den Regen davon ab, meine Kleidung zu durchnässen.

Erneut erklang ein Donnergrollen und ich beschleunigte mein Tempo. Aber je näher ich dem Haus kam, desto unwohler fühlte ich mich. Immer wieder hatte ich den Eindruck, beobachtet zu werden. Das ließ auch nicht nach, als ich das quietschende, von Rost übersäte Gartentor zu Mrs Ravenwoods Haus öffnete. Mit seinem halb zugewucherten Vorgarten und den moosbedeckten Pflastersteinen wirkte es nicht gerade einladend. Dieser Eindruck verstärkte sich um ein Vielfaches, als ich keine Klingel entdecken konnte. Stattdessen blickte mir ein altmodischer Türklopfer entgegen in der Form eines großen, echt wirkenden Rabenkopfes mit weit aufgerissenen Augen und spitzem Schnabel. Erinnerungen an Filme, in denen solche Türklopfer meist an Spukhäusern angebracht waren, schossen mir durch den Kopf.

Ich versuchte nicht allzu offensichtlich den Rabenkopf anzustarren, nahm meinen Mut zusammen und klopfte zaghaft an der Tür. Als hätte man mich bereits erwartet, ging sie in Sekundenschnelle und mit einem lauten Knarzen auf. Ich wollte gerade zu einer Begrüßung ansetzen, aber dort stand niemand. Verwirrt runzelte ich die Stirn. War die Tür von allein aufgegangen? Unsicher betrat ich das Haus, doch sobald ich die Schwelle überschritten hatte, machte sich ein mulmiges Gefühl in meiner Magengrube breit.

Vorsichtig wagte ich mich noch weiter vor und ließ meinen Blick über die alten Möbel schweifen. An der Wand links von mir hing eine uralte hölzerne Kuckucksuhr. Unwillkürlich näherte ich mich ihr. Doch während ich die filigranen Blütenverzierungen auf dem Zifferblatt begutachtete, sprang der große silberne Zeiger auf die volle Stunde. Ein kleines Türchen ging auf und ein Rabe in Miniaturgröße kam zum Vorschein. Schrill krächzte er mit seinem kleinen Schnabel auf. Ich zuckte erschrocken zusammen und presste mir die Hand auf die Brust. Kurz schloss ich die Augen und atmete tief durch.

Das ist nur ein Rabe aus Holz. Kein echter Rabe.

Als sich mein rasendes Herz beruhigt hatte und ich meine Augen wieder aufschlug, war der Rabe verschwunden. Verwundert schaute ich mich im Raum um und erstarrte. Dort, auf dem Wohnzimmertisch, saß ein richtiger Rabe. Und nicht irgendein Rabe. Es war *der* Rabe. Mit seinem durchdringenden Blick, seinen zwei verschiedenen Augenfarben. Violett und Grün. Und mit dem schaurigen Krächzen und pechschwarzen Gefieder.

Wie automatisch hielt ich die Luft an und wagte es kaum, mich zu bewegen. Und der Rabe? Nun ja, er bewegte sich auch nicht. Er gab keinen Ton von sich. Aber er beobachtete mich. Aufmerksam. Lauernd. Wissend. Und dann neigte er den Kopf, breitete seine Flügel aus und krächzte laut. Erschrocken machte ich einen Schritt rückwärts – und stieß dabei eine kleine Engelsstatue um, die direkt neben der Eingangstür stand. Es krachte laut, als die Figur auf dem Boden aufschlug. Der Kopf brach ab und rollte einige Meter über den Boden. Shit! Ich hatte einen Engel auf dem Gewissen! Wie sollte ich das bloß erklären?

Doch lautes Flügelschlagen lenkte mich ab. Mein Blick ging erneut zu dem Raben, der nun zum Abflug ansetzte. Dabei hob er anmutig seine weiten Flügel und stieß sich von dem Wohnzimmertisch ab. Schneller als ich reagieren konnte, flog er haarscharf an mir vorbei, direkt durch die geöffnete Haustür.

Fassungslos schaute ich ihm hinterher. Was war hier nur los? Wieso war dieser Rabe in diesem Haus gewesen? Und die wohl wichtigste Frage – weshalb verfolgte er mich?

»Lilly, wie schön dich kennenzulernen«, erklang plötzlich eine Stimme hinter mir und ließ mich erneut zusammenzucken.

Ich fühlte mich ertappt und drehte mich ein wenig zu schnell um, wobei mir kurz schwarz vor Augen wurde. Dabei geriet ich ins Taumeln, konnte mich jedoch gerade noch fangen.

»Ich bin Mrs Ravenwood.« Eine ältere Dame lächelte mich freundlich an. Mit ihrem langen Kleid, das von silbernen Raben übersät war und Spitze am Saum hatte, erinnerte sie mich sofort an Grandma. Anscheinend war dieser gewöhnungsbedürftige Kleidungsstil nicht nur bei ihr beliebt.

»Du siehst ja wirklich aus wie eine jüngere Version von Charlotte! Ich habe Ingwerkekse gebacken. Möchtest du welche? Ach ja, und was zu trinken. Tee? Kaffee? Oder lieber einen Saft?«

Ein wenig überrumpelt starrte ich Mrs Ravenwood an. Auch wenn sie im ungefähr gleichen Alter wie Grandma sein musste, stach doch eines hervor. Ihre Augen. Inmitten der vielen Fältchen ihres Gesichts wirkten sie jung. Als wäre alles an ihr gealtert, nur ihre Augen nicht. Und dieses intensive Türkisblau hatte eine hypnotisierende Wirkung auf mich. Außerdem … sie kamen mir bekannt vor. Ich wusste bloß nicht, wo ich sie schon einmal gesehen haben sollte.

»Kindchen, ist alles in Ordnung?«, fragte Mrs Ravenwood, wobei sie ihren Kopf leicht neigte. Dabei lösten sich einige der silbernen Haarsträhnen aus ihrem hohen Dutt.

Ich räusperte mich. »Ähm, also, hallo, Mrs, äh Ravenwood. Schön Sie kennenzulernen. Es tut mir leid, dass ich hier einfach so reingeplatzt bin, aber die … die Tür! Sie ging von allein auf!« Ein wenig verlegen gestikulierte ich vage in den Raum hinein. »Außerdem saß hier gerade noch ein Rabe auf Ihrem Wohnzimmertisch. Ich habe mich so erschrocken, dass ich aus Versehen Ihren Engel geköpft … äh, die Statue umgeworfen habe«, korrigierte ich mich und deutete auf das Fiasko zu unseren Füßen.

»Das macht doch nichts, Kindchen. Hauptsache, dir ist nichts passiert. Und es tut mir sehr leid, dass du auf diese Weise Bekanntschaft mit meinem Raben Murray gemacht hast. Er ist ein sehr neugieriger Bursche. Aber nun komm, trinken wir erst mal einen Tee und essen ein paar Kekse. Frisch heute Morgen gebacken, versteht sich. Setz dich gerne schon einmal.« Lächelnd deutete sie zum Sofa und verschwand dann durch eine Tür, die in die Küche führen musste.

Mit einem flauen Gefühl in der Magengrube ließ ich mich auf das lederne Sofa fallen. Unruhig glitt mein Blick zur Haustür. Was, wenn der Rabe wieder zurückkam? Und er hatte dazu auch noch einen Namen! Murray. Diese dunklen Wesen der Nacht waren doch keine Haustiere, oder?

»Mit einem frischen Kräutertee und einer Portion Ingwerkekse lässt es sich gleich besser arbeiten, nicht wahr?« Mrs Ravenwood stellte ein silbernes Tablett mit zwei weißen Porzellantassen und einer Glasschale voller Kekse auf dem Wohnzimmertisch ab. Sie nahm auf einem Sessel gegenüber Platz und verschränkte ihre Finger, an denen etliche Ringe steckten.

»Bedien dich ruhig.« Mit einem Nicken deutete sie auf das Tablett.

Zaghaft griff ich nach einer der Tassen. Dabei fiel mein Blick auf ein schwarzes Etwas, das unterhalb einer Blumenvase lag. Eine Rabenfeder.

»Ist etwas, Liebes?« Mrs Ravenwood musterte mich besorgt,

wobei sich ihre türkisblauen Augen regelrecht in meine Seele bohrten.

Schnell nahm ich einen Schluck von dem brühend heißen Tee. »Äh, nein. Der Tee ist köstlich«, lenkte ich vom Thema ab.

»Ich habe mitbekommen, du bist hier, um Charlotte die kommenden Wochen in der Buchhandlung zu unterstützen. Das ist lieb von dir.« Mrs Ravenwood lächelte mich wohlwollend an.

»Ja, das stimmt. Ich war schon ewig nicht mehr in Grandmas Buchhandlung.« Vorsichtig biss ich in einen der Kekse, stellte jedoch schnell fest, dass er steinhart war. Aus Höflichkeit versuchte ich ihn trotzdem runterzukriegen.

»Gut, dass du diese alten Bücher abholst. Ich hätte sie längst hergeben sollen.«

»Darf ich fragen, um was für Bücher es sich handelt?«

»Ach, überwiegend alte, längst vergessene Werke. Aber Charlotte hat ein Faible für diese Art von Geschichten.« Mrs Ravenwood winkte ab. »Die Bücher befinden sich im Keller und sollten erst noch sortiert werden.«

Dieser Satz schwebte zwischen uns, bis wir den Tee getrunken hatten und Mrs Ravenwood aufstand. Mit einer einladenden Handbewegung bedeutete sie mir, ihr zu folgen. Bereits nach wenigen Stufen die Kellertreppe hinunter keimte jedoch ungewollt ein Hauch von Angst in mir auf. Bei jedem Schritt knarzte es laut und das morsche Holz unter mir sah nicht vertrauenserweckend aus. Dazu kamen Spinnweben an jeder Ecke, schlechtes Licht und modrige Luft. Das perfekte Setting für ein Spukhaus. Ich hatte Kellerräume noch nie gemocht. Für mich waren sie der Inbegriff eines Albtraums. Nachts in einen Keller gehen? Nur über meine Leiche.

Als wir schließlich einen langen Flur erreichten, von dem auf jeder Seite mehrere Türen abgingen, atmete ich erleichtert auf. Nachdem ich mich etwas entspannt hatte, schaute ich mich neugierig um. Eine Tür fiel mir dabei besonders ins Auge. Mit ihrer pechschwarzen Farbe und dem an einem Ring befestigten Rabenkopf unterschied sie sich erheblich von den anderen Zimmern.

»Dieser Raum ist für dich tabu. Ist das klar?« Mrs Ravenwood bedachte mich mit einem strengen Blick.

»Äh, ja, na klar, kein Problem«, erwiderte ich stotternd.

Doch so schnell sich Mrs Ravenwoods Stimmung verändert hatte, so schnell wurde sie auch wieder normal. Mit einem breiten Lächeln auf den Lippen klatschte sie in die Hände.

»Aber nun komm, die Bücher befinden sich ein paar Türen weiter.« Sie steuerte auf einen Raum am Ende des Flures zu.

Kaum hatten wir ihn betreten, fielen mir bereits jede Menge Kartons auf, verstaut in drei hohen Regalen an der Wand. Mrs Ravenwood kam mit einer Leiter hinter der Tür hervor und holte damit die obersten Kartons nach unten.

»Alle Bücher, deren Zustand sehr schlecht sind, egal ob vergilbt oder mit Eselsohren, legst du auf einen Stapel. Bücher in einem guten Zustand lässt du im Karton«, erklärte sie mir. »Ach und die Kartons mit den gut erhaltenen Büchern kannst du stehen lassen. Ich bringe sie die kommenden Tage zu Charlotte. Falls du mich brauchst, ich bin oben.« Ohne meine Antwort abzuwarten, drehte sich Mrs Ravenwood um und verschwand aus dem Raum.

Ich atmete einmal tief ein und aus, wobei mir direkt wieder der modrige Geruch des Kellers in die Nase stieg. Dann zog ich einen der Kartons zu mir heran und machte mich an die Arbeit. Er war alt, ranzig und übersät mit Spinnweben. Angeekelt pustete ich sie beiseite. So alt wie der Karton sah auch der Inhalt aus. Ein Buch nach dem anderen nahm ich heraus und wischte mit meinem Ärmel über die eingestaubten Einbände. Interessanterweise waren es alles Bücher im Bereich Fantasy. Teilweise war die Schrift auf Latein und ich konnte nur anhand vereinzelter Zeichnungen entschlüsseln, um was für eine Geschichte es sich handeln musste.

Regelmäßig ertappte ich mich dabei, wie ich gebannt durch die alten Seiten blätterte. Schon immer hatten mich Fantasyromane begeistert. Für mich bedeuteten sie Träumen. Träumen von einer Welt, die so ganz anders und doch faszinierend zugleich war.

Ein weiteres Mal griff ich in den Karton und zog das letzte Buch heraus. Als mein Blick auf das uralte Werk mit braunem, ledernem Einband fiel, fing mein Herz urplötzlich schneller zu schlagen an. Wie bei den anderen Büchern strich ich den Staub von dem verschnörkelten Buchtitel. Das Wort »Grimoire« sprang mir regelrecht entgegen. Soviel ich aus etlichen Serien wusste, stand es für eine Art Hexenbuch.

Unwillkürlich blätterte ich durch die vergilbten Seiten. Wie alt dieses Buch wohl sein mochte? Ich schlug die letzte Seite auf, in der Hoffnung, eine Antwort zu finden. Und tatsächlich. Bei genauerem Hinsehen erkannte ich eine Jahreszahl. 1896. Wow, kein Wunder, dass es sich in so einem Zustand befand. Ich klappte den Ledereinband zu und streichelte vorsichtig über den Buchrücken. Es war viel zu schön, um weggeworfen zu werden. Dennoch war der Zustand schlecht. Das Buch hatte offensichtlich jahrelange Abenteuer erlebt.

Gerade als ich das Werk auf den Stapel der schlecht erhaltenen Bücher legen wollte, verspürte ich ein nagendes Gefühl. Als würde das Buch spüren, dass ich es aufgab. Andererseits war das ein surrealer Gedanke, oder? Nachdenklich studierte ich den Einband mit den Eselsohren und etlichen Dellen. Selbst wenn es schwachsinnig war zu glauben, dass dieses Buch eine Verbindung zu mir hatte, so wurde ich dieses Gefühl nicht los. Also fasste ich einen Entschluss und legte das Grimoire behutsam beiseite. Das Ende dieses Buches war noch nicht geschrieben.

Ich rappelte mich auf, holte mit der Leiter weitere Kartons aus den Regalen und widmete mich den nächsten Büchern. Die guten ins Töpfchen, die schlechten ins Kröpfchen. Ganz in Aschenputtel-Manier arbeitete ich mich voran und vergaß darüber völlig die Zeit. Als ich schließlich beim letzten Karton angekommen war, hörte ich einen Glockenschlag. Zunächst einen, dann zwei, dann drei. Erst beim dreizehnten Schlag hörte es auf. Danach legte sich eine gespenstische Stille über den modrigen Raum.

So langsam kam erneut dieses ungute Gefühl in mir hoch. Also machte ich mich hastig daran, den Rest zu ordnen. Am Ende gab es insgesamt drei Stapel mit den schlecht erhaltenen Büchern. Daneben lag das Grimoire. Ich ergriff das uralte Werk, drückte den ledernen Einband fest an mich und stand auf. Es wurde Zeit, dass dieses Buch endlich wieder Tageslicht erblickte.

Kaum trat ich in den Flur, ging das Licht in dem Raum automatisch aus. Dunkelheit hüllte mich ein, was leichte Panik in mir hervorrief. Normalerweise störte mich die Düsternis nicht. Ganz im Gegenteil. *»Der Mensch fürchtet sich nicht davor, in der Dunkelheit allein zu sein, sondern davor, in der Dunkelheit nicht allein zu sein.«* Dieser Satz aus einem der Bücher meines Dads begleitete mich seit meiner Kindheit. Er und auch die so vielen anderen Worte von meinem Dad hatten mir bereits in jungen Jahren dabei geholfen, die Nacht und die damit einhergehende Dunkelheit aus einem anderen Blickwinkel zu betrachten. Außerdem hatte Dad seine Romane am liebsten nachts geschrieben. Es gab niemanden, der zu dieser Tageszeit störte, keine Termine, keine Schule. Nachts war alles still, dann schlief die Welt. Irgendwann hatte ich ebenfalls angefangen, meine Bücher zur späten Abendstunde bis in die Nacht hinein zu lesen. Ich war also definitiv an die Dunkelheit gewöhnt, aber diese hier im Keller war anders. Unheimlich, einnehmend und bedrückend.

Fröstelnd tastete ich mich an der Wand entlang und suchte nach einem Lichtschalter. Als ich ihn fand, seufzte ich erleichtert auf und betätigte ihn schnell. Kaum ging das Licht an, fuhr ich erschrocken zusammen. Nur wenige Zentimeter vor mir lag die pechschwarze Tür mit dem Rabenkopf. Und als ob sie auf mich gewartet hätte, knarzte es laut und sie ging einen Spaltbreit auf. Ich blieb wie angewurzelt stehen. Kurz darauf erklang erneut ein Glockenschlag. Er kam direkt aus dem verbotenen Raum.

Eine innere Stimme flüsterte mir zu, dass ich schleunigst von hier verschwinden sollte. Andererseits war da diese neugierige Stimme in mir, die mich dazu drängte, hinter die Tür zu schauen. Und natürlich, wie sollte es auch anders sein, siegte die Unvernunft.

Obwohl ich wusste, dass es eine schlechte Idee war, machte ich einen Schritt auf die Tür zu und schob sie noch ein Stück weiter auf. Hin- und hergerissen blieb ich an der Schwelle stehen und linste in den Raum. Erst konnte ich nichts erkennen. Nach einer Weile gewöhnten sich meine Augen jedoch an die Dunkelheit, die nur vom spärlichen Licht aus dem Flur durchbrochen wurde. Die warnende Stimme in mir wurde lauter. Ich sollte nicht hier sein. Und dennoch trieb es mich wie von Geisterhand in diesen Raum. Was vielleicht daran lag, dass einige Meter vor mir ein großer, schwarzer Kessel mit einem eisernen Rabenkopf stand. Daraus stieg grüner Rauch auf und hüllte den Raum in ein Meer aus Kräutern.

Unsicher ging ich einen weiteren Schritt auf den Kessel zu. Wofür er wohl gut war? Vorsichtig linste ich über dessen Rand und in die Flüssigkeit, die darin brodelte. Nach und nach formte sich aus dem blubbernden Strudel ein verschwommenes Bild. Und je länger ich mich darauf konzentrierte, desto klarer wurde es. War das ein Gebäude aus Backsteinen? Und eine Frauenstatue umringt von Tieren? Verwirrt biss ich mir auf die Unterlippe. Immer mehr Blubberbläschen stiegen aus dem Gebräu empor und der Rauch verdichtete sich so sehr, dass ich erschrocken aufkreischte, als plötzlich eine schwarze rabenhafte Kreatur ins Bild flog. Zeitgleich schlug ich mir die Hand vor den Mund. Ich sollte hier schleunigst verschwinden.

»Du schon wieder! Steckst du deine Nase gern in Angelegenheiten, die dich nichts angehen?«

Ich wirbelte herum und prallte mit dem Kopf direkt gegen einen Körper. Perplex stolperte ich einen Schritt nach hinten. Das kalte Eisen des Kessels bohrte sich in meine überhitzte Haut, was ich jedoch nur am Rande wahrnahm. Denn mit Entsetzen stellte ich fest, dass ich gegen die Brust eines Jungen gestoßen war. Eines großen, muskulösen Kerls. Mein Blick fiel auf sein Gesicht und ich erstarrte. Nein, nein, nein, das konnte nicht sein! Es war der Junge aus dem Wald. Der Junge, der einen Wirbelwind heraufbeschworen hatte. Der Junge, der mich dabei ertappt hatte, wie ich ihn beobachtete. Wie hieß er noch gleich? Jason? Verunsichert starrte ich ihn an und bekam keinen Ton heraus, was vielleicht auch an meiner Kehle lag, die sich staubtrocken anfühlte.

»Hat es dir etwa die Sprache verschlagen oder könntest du mir endlich erklären, was du hier machst?« Er verschränkte die Arme und schaute mich finster an.

Und obwohl ich eigentlich fieberhaft nach einer Ausrede

suchen sollte, konnte ich nicht verhindern, dass ich ihn genau musterte. Er hatte markante Wangenknochen und volle Lippen. Seine Nase hingegen sah leicht schief aus, als wäre sie schon mal gebrochen gewesen. Und seine Augen hatten eine verblüffende Ähnlichkeit mit denen von Mrs Ravenwood.

Verlegen räusperte ich mich. »Ich, ich … die Tür ging von allein auf und ich, äh, stand nur zufällig davor!« *Na toll, großartige Ausrede*, schoss es mir durch den Kopf.

»Ist klar!« Genervt verdrehte er die Augen. »Komm jetzt, wir gehen nach oben.« Er drehte sich um und marschierte davon.

Als ich mich ebenfalls in Bewegung setzte, erklang erneut ein Glockenschlag. Ich zuckte wieder einmal zusammen und drehte mich um. Der Klang kam von einer weiteren Kuckucksuhr, die ich vorhin offensichtlich nicht bemerkt hatte. Sie war direkt hinter dem Kessel über einem hölzernen Tisch angebracht, auf dem ein aufgeschlagenes Buch ruhte. Und sie war nicht weniger furchteinflößend als die, die oben im Wohnzimmer hing.

Schnell wandte ich mich ab und folgte Jason.

»Da seid ihr ja! Lilly, offensichtlich hast du meinen Enkel bereits kennengelernt.« Mrs Ravenwood kam mit einer umgebundenen rot karierten Kochschürze aus der Küche. Kurz huschte ein Lächeln über ihre Züge. »Ich wollte gerade Abendessen machen. Habt ihr Hunger?«

Jason schaute mich an. Jetzt war mir auch klar, warum die Augen der beiden sich so ähnelten. Davon abgesehen konnte ich seinen Blick nicht ganz deuten. Leichte Panik flammte in mir auf. Hätte ich nur gleich die Treppe nach oben genommen und mich nicht von meiner Neugierde leiten lassen. Ich wusste, dass diese Eigenschaft mir eines Tages zum Verhängnis werden würde. Angespannt hielt ich die Luft an.

»Kann man so sagen«, knurrte Jason.

Erleichtert atmete ich auf. Offensichtlich hatte er nicht vor, Mrs Ravenwood von meinem Ausflug in den verbotenen Raum zu erzählen.

»Also, habt ihr Hunger? Schließlich warst du stundelang dort unten beschäftigt, Lilly.«

»Äh, danke für die nette Einladung. Ich würde jedoch gerne nach Hause gehen. Meine Hündin Mrs Blueberry wartet bestimmt schon.« Erst jetzt fiel mir wieder auf, dass ich ja das Grimoire in der Hand hielt. »Allerdings wollte ich Sie noch fragen, ob es in Ordnung wäre, dieses Buch hier auszuleihen. Es gehört eigentlich auf den Stapel der schlecht erhaltenen Exemplare, allerdings fand ich den Titel interessant.« Ich streckte Mrs Ravenwood das Buch entgegen.

»Du kannst es gerne behalten, Kindchen. Ich danke dir für deine Hilfe. Jason wird die kommende Woche oft hier sein. Bestimmt freut er sich über gleichaltrige Gesellschaft. Nicht wahr, Jason?« Mrs Ravenwood schaute ihren Enkel auffordernd an.

»Das glaube ich eher nicht«, murmelte er, während er mich abweisend musterte.

Was war sein Problem mit mir? Natürlich, er hatte mich in ungünstigen Situationen ertappt, trotzdem kannte er mich nicht und schien dennoch über mich zu urteilen. Genervt schob ich den Gedanken beiseite, versuchte seine Laune zu ignorieren, bedankte mich bei Mrs Ravenwood für das Buch und verabschiedete mich. Als ich aus der Tür trat, fiel mein Blick nochmals auf die Kuckucksuhr im Wohnzimmer. Doch sie war verschwunden. An ihrer Stelle hing nun ein Bild mit einem Raben. Genauer gesagt, *dem* Raben. Verwirrt runzelte ich die Stirn, wandte mich ab und verließ dieses merkwürdige Haus.

Über die Straßen hatte sich eine dicke Nebelschicht gelegt und der leichte Nieselregen ließ mich frösteln. Wir hatten bereits Ende Februar, aber dieses Jahr kam es mir so vor, als würde uns eher der Herbst statt der Frühling willkommen heißen.

Ich beeilte mich zu Grandma zu kommen. In den letzten Tagen waren so viele unerklärliche Dinge passiert, die meine Gedanken vollkommen in Besitz nahmen. Wofür ich mit anbahnenden Kopfschmerzen belohnt wurde. Tief atmete ich die klare Abendluft ein, wobei mir die gespenstische Stille auffiel, die mich umgab. Der Gehweg war bloß spärlich beleuchtet. Keine Menschenseele war mehr unterwegs und mir kam kein Auto entgegen. Eine der Laternen flackerte leicht, als ich vorbeiging. Und ich hatte gedacht, der Tag könnte nicht gruseliger werden. Dabei war heute nicht mal Freitag, der Dreizehnte. Ich hätte mich zwar nicht für abergläubisch gehalten, doch gerade fehlte nur noch eine schwarze Katze, die meinen Weg kreuzte, und ich würde meine Meinung ändern.

Während ich schnellstmöglich über den Gehweg eilte, huschte in meinem Augenwinkel etwas an mir vorbei. Vielleicht ein Vogel? Kurz blieb ich stehen und starrte zu den Baumkronen hinauf. Dann hörte ich ein Krächzen. Es kam aus einer der hohen Tannen, die am Wegesrand standen. Ich lauschte in die Stille, wobei ich meinen schweren Atem deutlich wahrnahm. Kam dieses Krächzen von einem Raben? Genug von diesen Geschöpfen hatte ich heute ja bereits gesehen. Bei dem Gedanken daran überlief mich erneut ein Schauder.

Als das Krächzen ein weiteres Mal durch die Baumkronen hallte, erkannte ich es. Zwischen den Ästen befanden sich zwei leuchtende Punkte. Ein violetter und ein grüner. Augen. Die gleichen Augen wie bei dem Raben von Mrs Ravenwood. Mich fröstelte es am ganzen Körper.

Schnell setzte ich mich wieder in Bewegung, wurde immer schneller und rannte schon fast, als ich erneut ein Krächzen wahrnahm. Dieses Mal kam es mir näher vor. Und lauter. Eindringlicher. Obwohl ich bereits das Haus von Grandma sah, überkam mich Panik. Vielleicht steigerte ich mich in etwas hinein. Aber in diesem Moment fühlte ich mich wie in einem schlechten Horrorfilm.

Lediglich ein paar Meter und ich würde an der Haustür sein. Erneut ein Krächzen. Tief durchatmen. Gleich hatte ich es geschafft. Nur noch wenige Meter. Als ich endlich die Haustür erreichte, kramte ich meinen Schlüssel heraus und öffnete sie mit zittrigen Fingern. Kaum war ich eingetreten, warf ich die Tür hektisch hinter mir zu. Dieser Rabe raubte mir den letzten Nerv. Weshalb verfolgte er mich bloß?

Ich schaute auf das Grimoire in meinen Händen und dachte an den Kellerraum bei Mrs Ravenwood zurück. Wieso hatte Mrs Ravenwood einen Kessel im Keller stehen? Und was hatte es mit dem abgebildeten Gebäude auf sich? Und den ganzen Raben? So viele Fragen, deren Beantwortung meine anbahnenden Kopfschmerzen nicht zuließen. Erschöpft rieb ich mir die Schläfe. Schlafen. Das klang gut. Kurz überlegte ich noch, ob ich Grandma von dem Raben und Raum erzählen sollte, entschied mich jedoch dagegen. Schließlich hatte ich in Letzterem nichts verloren gehabt und konnte nur hoffen, dass Jason mich nicht verraten würde.

Jason. Meine Gedanken wanderten zu dem Kerl, dessen bloße Anwesenheit viel zu viel Einfluss auf mich gehabt hatte. Aber wie könnte ich ihn vergessen? So jemanden wie ihn hatte ich an meiner ehemaligen Schule noch nie gesehen. Er war die Art Junge, über den man in Büchern schrieb. Arrogant. Geheimnisvoll. Attraktiv. Stopp. Ich wollte nicht an ihn denken, geschweige denn von ihm schwärmen. Irgendetwas sagte mir, dass ich mich besser von ihm fernhalten sollte. Also versuchte ich Jason aus meinem Kopf zu verbannen und ging nach oben, in Grandmas Wohnung.

Kaum machte ich die Tür auf, begrüßte mich auch schon Mrs Blueberry. Hinter ihr stolzierte Biscuit und murrte mies gelaunt vor sich hin. Außer dem Licht im Flur war es dunkel in der Wohnung. Anscheinend war Grandma nicht zu Hause. Ich ging in die Hocke und schmiegte mein Gesicht an Mrs Blueberrys Fell.

»Na, meine Süße, hast du dich hier gut eingelebt? War Biscuit heute brav zu dir? Mein Nachmittag war merkwürdig. Ich will nur ins Bett! Davor muss ich jedoch dringend etwas essen, die Ingwerkekse von Mrs Ravenwood waren leider nicht für Menschenzähne geeignet.«

Mrs Blueberry blickte mich fragend an. Manchmal überlegte ich, wie viel sie von dem, was ich ihr tagtäglich erzählte, wirklich verstand.

Als ich mich von ihr löste, fing mein Magen wie auf Kommando laut zu knurren an. Hastig lief ich in die Küche und steuerte auf den Kühlschrank zu. Auf der knallroten Tür klemmte ein kleiner Zettel.

Lilly,
ich bin nochmals kurz in der Buchhandlung.
Im Kühlschrank befindet sich ein Stück Pizza. Habe ich richtig in Erinnerung, dass Margeritha Deine Lieblingssorte ist?
Ich hoffe es!

Bei dem Wort Pizza lief mir das Wasser im Mund zusammen. Schnell nahm ich den Zettel ab und legte ihn beiseite. Für einen kurzen Moment blieb mein Blick an den unzähligen Magneten hängen, die sich auf der Kühlschranktür tummelten. Besonders einer stach mir ins Auge. Darauf war das Symbol mit dem Mond aus Sternen und dem Raben in der Mitte abgebildet. Vorsichtig nahm ich den Magneten und ließ ihn in meine Hand gleiten. Nachdenklich strich ich mit den Fingerspitzen darüber. Die Sterne waren erhaben und fühlten sich rau an. Ich fragte mich, wofür dieses Symbol stand und weshalb ich es überall sah. Doch um weiter darüber nachzudenken, war ich zu hungrig. Und zu müde. Ich pinnte den Magneten wieder an den Kühlschrank und gähnte laut. Der Tag forderte seinen Tribut. Ich holte die Pizza aus dem Kühlschrank und verschlang sie noch im Stehen. Glücklich seufzte ich auf. Kalte Pizza war ein Gedicht für sich.

Hinter mir erklang Mrs Blueberrys leises Winseln. Ich wandte mich zu ihr um und beobachtete meine Hundelady dabei, wie sie in die Küche tapste und mich aus ihren großen Augen müde anschaute. Mit ihrer Schnauze zog sie eine Decke hinter sich her, auf der kleine, kunterbunte Hunde mit Hexenhüten abgebildet waren.

»Hat dir die Decke Grandma geschenkt?« Gerührt über so viel Aufmerksamkeit und Liebe lächelte ich.

Mit einem Schwanzwedeln stimmte sie mir zu, bevor sie wieder mit ihrer Decke ins Wohnzimmer auf die Fensterbank verschwand.

Erschöpft ging ich duschen, zog meinen Lieblingspyjama an und kletterte die Dachbodenleiter nach oben. Mit dem Grimoire in der Hand kuschelte ich mich in die weiche Bettdecke. Und während über mir die Regentropfen auf das große Dachfenster prasselten, schlug ich das Buch auf und blätterte durch die uralten, zerbrechlichen Seiten. Mein Blick blieb bei der Kapitelüberschrift *Geschichte der Hexen* hängen. Interessiert begann ich zu lesen:

Die Geschichte über die Entstehung der Hexen nahm ihren Anfang bereits im vierzehnten Jahrhundert. Laut Volksglauben gab es damals dreizehn Frauen, für die das Wohlergehen ihrer Familien in Zeiten der Pest an oberster Stelle stand. Sie entschieden sich für einen Pakt mit der wohl dunkelsten Kreatur, die die Menschheit seit jeher fürchtete. Den Teufel. Damit sie für die Gesundheit derer, die sie liebten, sorgen konnten, schenkte er den Frauen Kräfte. Zwar heilten sie damit keine Menschen, doch sie beschützten ihre Liebsten. Diese Kräfte nannte man im Volksmund auch Magie. Der Preis, den die Frauen dafür zahlten, war ihre Seele. Magie im Tausch für ein Stück ihrer Seele, sobald das Elend auf dieser Welt beendet sein mochte.

Als die Pest vorüber war und die Familien sich in Sicherheit wiegten, holte sich der Teufel seinen Lohn. Das Stück Seele, welches nun fehlte, brachte die Frauen um ihren Verstand, was sie nicht hinnehmen wollten. Ihre Magie war stärker geworden und hatte sich über die Jahre weiterentwickelt. Schon längst konnten sie nicht nur ihre Liebsten beschützen. Die Frauen entschieden sich dafür, den Teufel hinters Licht zu führen. Dafür lockten sie ihn mit einem Neugeborenen in der uns heute bekannten Walpurgisnacht zu sich in eine tief unter der Erde liegende Grotte. Kaum hatte sich ihnen der Teufel gezeigt, um das Kind zu empfangen, wirkten sie ihre Magie. Dabei legten sie den Teufel in dreizehn Eisenketten. Jede der Frauen belegte jeweils eine der Ketten mit demselben Fluch. Die Magie der dreizehn Frauen war stark, aber auch die Worte des Teufels hatten eine unvorstellbare Kraft. Daher verfluchte er die dreizehn Frauen, auf das sie und all ihre Nachkommen sowie deren Nachfahren ewig an ihn und an die Magie gebunden sein mochten …

Weiter kam ich nicht, denn ein Stück der Buchseite fehlte. Es schien fast so, als wäre sie rausgerissen worden. Aber weshalb? Ich blätterte eine Seite um, in der Hoffnung, dass das Kapitel weitergehen würde. Doch nichts dergleichen. Das Ende des Kapitels fehlte tatsächlich. Ich klappte das Grimoire zu und strich über die goldene Schrift. Dieses Buch war so viel spannender, als ich für möglich gehalten hätte. Ob an der Geschichte wohl etwas Wahres dran war? Fasziniert und abgeschreckt zugleich dachte ich über die geschriebenen Worte nach. Allerdings warfen sie noch viel mehr Fragen auf und ich war zu erschöpft, um mir weiter Gedanken darüber zu machen. Mit einem Gähnen legte ich das Buch auf mein Nachttischchen und kontrollierte wie jede Nacht das Fenster. Zu meiner großen Erleichterung war kein Rabe weit und breit zu sehen. Müde ließ ich mich auf das weiche Kissen sinken. Hoffentlich würde morgen ein ganz normaler Tag anbrechen.

KAPITEL 4

Das Wappen der Ravenhall Academy wird durch einen Halbmond aus Sternen repräsentiert. Innerhalb des Mondes ist ein Rabe abgebildet, zum Andenken an Samantha Ravenwood, erste Schulleiterin und Gründerin der Ravenhall Academy in London, Hampstead.

– AUSZUG GRIMOIRE, KAPITEL 73 –

»Aufwachen, Liebes. Bald mache ich die Buchhandlung auf.«

Verschlafen drehte ich mich um und blinzelte Grandma entgegen, die am Bettrand saß und meinen Arm tätschelte. Ich richtete mich auf und spähte zum Wecker. Es war erst sieben Uhr.

»Gestern hat mich die Arbeit etwas länger aufgehalten. Und als ich dann später nach dir gesehen habe, hast du bereits tief und fest geschlafen. Da wollte ich dich nicht wecken.« Ein Schmunzeln huschte über ihre Züge. »Ich mach uns jetzt Frühstück. Du kannst dir aber Zeit lassen und dich in Ruhe fertig machen. Ach ja, wie hast du es hinbekommen, diese Vase hier auf der Kommode kaputt zu machen? Fandest du sie etwa so schrecklich?« Sie lachte vergnügt los.

Ich blickte zu der Vase. Besser gesagt zu dem, was von ihr noch übrig war.

»Ich, äh, habe keine Ahnung«, stotterte ich in Grandmas Richtung.

Doch in dem Moment, in dem die Worte meinen Mund verlassen hatten, kam eine vage Erinnerung in mir hoch. Ich hatte geträumt.

Ich hatte davon geträumt, dass ich mit der Kraft meiner Gedanken Magie wirken konnte. Immer und immer wieder hatte ich versucht die Vase in tausend Teile zerspringen zu lassen.

»Merkwürdig. Heute Nacht habe ich geträumt, dass die Vase kaputtgeht …« Ein schlechtes Gewissen machte sich in mir breit. Was, wenn Grandma an dieser Vase hing?

»Ach, das ist doch nicht schlimm. Ich bring dir schnell etwas zum Zusammenkehren.« In Grandmas Augen flackerten wieder diese gemischten Gefühle auf. War es Stolz? Erkenntnis? Ich runzelte die Stirn und blickte ihr nach, als sie nach unten verschwand.

Kurze Zeit später brachte sie mir Kehrbesen und Blech und ich widmete mich dem Scherbenhaufen. Nachdem ich das Chaos beseitigt hatte, zog ich mich rasch an und versuchte das Geschehene zu vergessen. Vielleicht war ich auch nur geschlafwandelt und hatte die Vase aus Versehen umgeworfen. Wobei ich das Gefühl nicht loswurde, dass das bloß eine miese Ausrede war.

Ich machte noch einen raschen Spaziergang mit Mrs Blueberry, der mir half, die wirren Fragen in meinem Kopf ein wenig zu ordnen. Danach schlossen Grandma und ich die Buchhandlung auf.

»Gestern ist eine weitere Bestellung angekommen. Übernimmst du erneut das Einsortieren?« Grandma schaute mich über den Rand ihrer Lesebrille, die tief auf ihrer Nase saß, fragend an.

»Sehr gerne«, erwiderte ich mit einem Lächeln auf den Lippen.

Sie nickte zufrieden und gemeinsam holten wir die Kartons aus dem Lager. Mit unerwartet viel Vorfreude stürzte ich mich in meine Aufgabe. Auch wenn meine Gedanken immer wieder zu meinem Traum sowie den Geschehnissen von gestern schweiften, brachte mich das Einsortieren zur Ruhe. Ein Exemplar nach dem anderen fand seinen Platz in den unzähligen Bücherregalen.

Und während ich mit der Leiter umherlief und Bücher hin und her schichtete, kamen nach und nach Kunden in den Laden. Doch sie marschierten alle zielsicher durch die Holztür mit dem geschwungenen Griff aus Gold, die in die Kräuterkunde-Abteilung führte. Die meisten von ihnen kamen wenig später mit einem beachtlichen Bücherstapel in den Händen zurück.

Irgendwann warf sich Grandma ihr dunkelrotes Gewand über ihre Alltagskleidung und schnürte die vordere Kordel zu einer Schleife.

»Traust du dir zu, kurz allein auf die Buchhandlung aufzupassen? Ich möchte noch einen Shepherd's Pie auf dem Markt gegenüber ergattern.« Sie blickte mich fragend an.

»O-okay«, erwiderte ich etwas verunsichert.

»Danke, Liebes!« Mit einem Lächeln auf den Lippen verschwand sie durch die Ladentür.

Während ich mir den nächsten Bücherstapel schnappte, betete ich, dass die Kunden erst wieder aufkreuzen würden, sobald Grandma zurück war. Doch so viel Glück hatte ich natürlich nicht. Denn im nächsten Augenblick betrat ein schwarzhaariges Mädchen mit pinken Strähnen das Geschäft. Zögernd legte ich die Bücher beiseite. Schließlich hatte ich nie zuvor einen Kunden bedient. Ich atmete einmal tief durch. Vielleicht wollte sich das Mädchen nur umschauen.

Meine Hoffnung erlosch, als sie lächelnd auf mich zukam. »Hi, kannst du mir weiterhelfen?«

Für einen kurzen Moment blieb mein Blick an ihrem viel zu weiten T-Shirt hängen. Die Gesichter der Salvatore-Brüder aus *Vampire Diaries* prangten überdimensional darauf. Aha, sie war offensichtlich ein Fan. Vielleicht suchte sie nach einem guten Fantasyroman? Da konnte ich ihr bestimmt behilflich sein.

»Was möchtest du denn wissen?« Ich versuchte zu lächeln.

»Oh, Moment.« Das Mädchen griff nach ihrem Rucksack, der übersät war von Buttons mit den Darstellern aus *Vampire Diaries,* und kramte einen zerknitterten Zettel hervor.

»Da haben wir ihn doch. Mal sehen …« Aufmerksam studierte sie das Stück Papier. Ihr Blick wanderte von Zeile zu Zeile und sie ließ sich ausgiebig Zeit. »Ah, da steht es! Ich brauche das Buch *Magie für Anfänger.*« Mit einem aufgeregten Funkeln in den Augen grinste sie mich schief an.

Ich runzelte verwirrt die Stirn. »Magie für Anfänger? Bist du dir da sicher? Ist das ein neuer Fantasyroman?«

Das Mädchen schüttelte den Kopf, wobei ihr einige der pinken Strähnen ins Gesicht fielen. »Quatsch! Es ist ein Buch für –«

Weiter kam sie nicht, denn das kleine Glöckchen über der Ladentür bimmelte und Grandma kam herein. In den Händen balancierte sie einen eingepackten Pie.

»Ich habe noch den letzten ergattert!« Triumphierend hob sie den Karton empor.

»Hi, Grandma, hier möchte jemand ein Buch kaufen. Magie für Anfänger oder so.« Ich warf ihr einen verwunderten Seitenblick zu, doch sie konzentrierte sich voll und ganz auf ihre neue Kundin.

»Na, dann komm mal mit!« Mit einer Handbewegung bedeutete Grandma dem Mädchen, ihr zu folgen.

Kurze Zeit später kamen die beiden mit einem dicken Wälzer aus der hinteren Abteilung zurück. Während es zahlte, wandte sich das Mädchen ein weiteres Mal an mich.

»Ich bin übrigens Elanor.«

»Lilly«, erwiderte ich und studierte den Buchrücken des Werkes in ihrer Hand. Und tatsächlich. Dort stand *Magie für Anfänger*. Das musste bestimmt ein neuer Fantasyroman sein. Ganz bestimmt. Was denn auch sonst?

Mit einem Lächeln auf den Lippen winkte mir das Mädchen noch einmal zu, bevor es den Laden verließ.

Kaum war die Tür hinter ihr ins Schloss gefallen, setzte ich dazu an, Grandma auf das besagte Werk anzusprechen, aber sie war schon wieder in die Kräuterkunde-Abteilung verschwunden. Ich seufzte auf und machte mich weiter an das Einsortieren. Als ich einen neuen Karton öffnete, sprang mir direkt ein Buch ins Auge. Eine neue Ausgabe von Sherlock Holmes. Ich zog es heraus und strich ehrfürchtig über den Einband. In meiner Kindheit hatte Dad mir oft aus den Sherlock-Büchern vorgelesen. Ich drückte dieses einzigartige Werk fest an mich und ließ die Erinnerungen für einen kurzen Moment zu. Allerdings wurde ich aus meinen Gedanken gerissen, als erneut das Glöckchen über der Ladentür bimmelte.

Da Grandma nicht zu sehen war, wollte ich unseren neuen Kunden empfangen. Unmittelbar drehte ich mich um und wollte ihn gerade begrüßen, als mir die Worte im Hals stecken blieben. Jason. Was wollte er hier? Er hatte auf mich nicht den Eindruck gemacht, als würde er gerne und viel lesen.

»Na, wen haben wir denn da?« Jason grinste leicht herablassend, während er die Arme verschränkte und sich lässig an einen der Holzbalken lehnte, wobei ihm sein schwarzes, welliges Haar in die Stirn fiel. »Du liest Sherlock Holmes? Scheint offensichtlich gut zu dir zu passen. Du steckst deine Nase schließlich gern in Angelegenheiten, die dich nichts angehen, oder, Schnüfflerin?«

Erstickt lachte ich auf. Was bildete er sich eigentlich ein? Ich legte das Buch beiseite und machte einen Schritt auf Jason zu.

»Wie hast du mich genannt?«, zischte ich.

»Das weißt du genau«, erwiderte er achselzuckend.

Wut flackerte in mir auf und gleichzeitig durchfuhr ein Kribbeln meine Fingerspitzen. Ich versuchte es zu ignorieren, auch wenn es immer stärker wurde. Im gleichen Moment, als ich zu einem Konter ansetzte, hörte ich ein lautes Poltern. Perplex schaute ich mich um. Die Bücherregale. Sie … sie bebten. Und dann geschah es. Gerade noch rechtzeitig konnte ich zur Seite springen, bevor alle Bücher, die ich die letzten Stunden so sorgfältig einsortiert hatte, im hohen Bogen aus den Regalen flogen. Eins nach dem anderen flatterte heraus und schoss durch die Luft.

Geschockt starrte ich die Bücher an, die jetzt in allen möglichen Ecken und Positionen in der Buchhandlung verteilt auf dem Boden lagen. Was … was zur Hölle war soeben passiert? Mit weit aufgerissenen Augen blickte ich zu Jason. Doch der war damit beschäftigt, amüsiert das Chaos zu begutachten.

»Tja, ich hatte wohl recht mit meiner Annahme.« Er hob eine Augenbraune.

Welche Annahme? Wieso blieb er denn so ruhig?

»Ist hier alles in Ordnung? Ich habe ein lautes Poltern gehört und dachte – oh, was ist passiert?« Grandma kam um die Ecke gestürmt und blieb vor dem Durcheinander stehen. Ihr Blick fiel auf die Bücher, ging zu mir, dann wieder zurück zu den Büchern und schlussendlich zu Jason, der sie angrinste.

»Guten Tag, Mrs Campbell. Ich wollte ein paar meiner Schulbücher für das kommende Jahr abholen.«

Grandma lächelte ihn an. »Jason, wie schön dich zu sehen! Wie geht es deinem Vater?«

Bei der Frage verfinsterten sich Jasons Züge. »Ich vermute, dass es ihm gut geht. Allerdings habe ich ihn in den vergangenen Wochen kaum zu Gesicht bekommen.«

Grandma ging einen Schritt auf ihn zu und tätschelte seinen Arm. »So kennt man ihn. Aber nun komm, holen wir deine Schulbücher.«

Zusammen verschwanden die beiden um die Ecke und ließen mich mit dem Chaos zurück. Immer noch verwirrt sammelte ich die Bücher wieder ein und stellte sie zurück in das Regal. Ich verstand es nicht. Und egal, welche logische Erklärung ich mir dafür versuchte zurechtzulegen, ich fand einfach keine.

Diese Stadt schien verhext zu sein. Seit ich in Watford angekommen war, sah ich entweder merkwürdige Dinge oder sie passierten in meiner Gegenwart. Aber dafür musste es einfach einen Grund geben. Also entschied ich mich dafür, heute Abend mal durch Grandmas alte Bücher zu stöbern, die sie im Dachbodenzimmer gelagert hatte. Vielleicht würde ich dort Antworten finden.

»Möchtest du mit uns zu Mittag essen?« Grandma kam mit Jason, der jetzt einen beachtlichen Stapel mit Büchern vor sich hertrug, zurück.

»Danke für die Einladung. Allerdings habe ich Granny versprochen, ihr noch ein wenig beim Entrümpeln zu helfen.«

Jason wandte sich an mich. Sein Lächeln wirkte aufgesetzt. »Bis dann, Schnüfflerin. Auch wenn ich es nur ungern sage, aber wir werden uns wohl in kommender Zeit öfter über den Weg laufen.«

Was meinte er denn damit schon wieder? Der Typ war mir ein einziges Rätsel. Ich versuchte ebenfalls ein Lächeln aufzusetzen.

»Bis dann, Jason.«

Nachdem er die Buchhandlung verlassen hatte, drehte ich mich zu Grandma um. »Das mit den Büchern tut mir leid. Sie sind einfach aus dem Regal geflogen! Wie das passieren konnte, kann ich mir selbst nicht erklären.«

Grandma lächelte mich sanft an. Erneut sah ich Stolz in ihren Augen aufblitzen. »Das ist überhaupt nicht schlimm, Liebes. Komm, wir essen erst einmal.«

Es dämmerte bereits, als ich mit Mrs Blueberry einen abendlichen Spaziergang machte. Die Luft roch nach frischem Regen, während Nebel am Bürgersteig entlangwaberte. Außerdem war da wieder diese gespenstische Stille, die mich umgab. Ein Grund mehr, mich nach dem gestrigen Rabenvorfall nicht allzu weit von Grandmas Haus zu entfernen. Zwar hatte ich dieses Mal eine Begleiterin, aber meine schreckhafte Hundelady würde bei dem ersten Krächzen das Weite suchen.

Nach einigen Metern kamen wir an einer hölzernen Parkbank vorbei. Mein Blick fiel auf eine Steintafel, die direkt neben der Sitzgelegenheit in einer uralten Eiche eingelassen war. Mit dem Ärmel meines Parkas wischte ich die grobe Verschmutzung beiseite.

Geburtsstätte der Hexen im vierzehnten Jahrhundert.

Schmunzelnd las ich die Zeilen. Hexen? Als ob es so etwas geben würde. Diese Stadt war wirklich ein wenig merkwürdig und ich hatte immer mehr das Gefühl, in einem Fantasyroman festzustecken.

»Lass uns zurückgehen.« Ich schaute zu Mrs Blueberry, die meine Bitte allerdings gekonnt ignorierte. Aufgeregt jagte sie voraus und erkundete neugierig die Umgebung. Aber da es sie anscheinend Richtung Innenstadt trieb, ließ ich ihr ihren Willen. Wir schlenderten durch ein Wohnviertel, aus dessen Häusern helles Licht drang und in dem ein Vorgarten schöner als der andere war.

Irgendwann wurde der Lärm der Autos immer lauter und je näher wir dem Zentrum kamen, desto mehr Menschen mit vollen Einkaufstüten liefen uns entgegen. Meine Aufmerksamkeit wurde auf zwei Mädchen gelenkt, die gerade aus einem der unzähligen Läden traten. Eine der beiden hielt eine schwarzhaarige Katze auf dem Arm, die sie hinter den Ohren kraulte. Kurz blickte ich schmunzelnd zu Mrs Blueberry und fragte mich, wer denn bitte mit einer Katze auf dem Arm durch die Stadt marschierte. Doch meine Hundelady beachtete mich nicht und fixierte stattdessen das ungewöhnliche Gespann vor uns.

»Meine Mutter erlaubt mir noch keinen Seherkessel.« Das andere, braunhaarige Mädchen verschränkte genervt die Arme.

Meinte sie etwa so einen Kessel, wie ich ihn bei Mrs Ravenwood gesehen hatte? Jetzt war meine Neugier geweckt und ich versuchte so unauffällig wie möglich näher an die Mädchen heranzukommen.

»Vermutlich, weil du nicht verantwortungsbewusst damit umgehen kannst, Violet. Außerdem beherrschen nicht alle die Macht des Seherkessels.« Das Mädchen mit der Katze auf dem Arm warf ihre blonden Haare in den Nacken und lächelte zynisch. Irgendwie kam sie mir bekannt vor, aber ich kam nicht drauf woher.

»Hach, Vicky, deine Fähigkeiten hätte ich auch gerne.« Das brünette Mädchen namens Violet seufzte theatralisch.

»Dann solltest du im Unterricht besser aufpassen.«

Als Antwort verdrehte Violet nur die Augen, doch Vickys Aufmerksamkeit wurde auf drei Jungs gelenkt, die um die Ecke bogen. Zu meiner Überraschung stellte ich fest, dass es Jason und seine zwei Freunde aus dem Park waren. Schnell schnappte ich mir Mrs Blueberry und huschte hinter eine Hauswand. Er durfte mich hier auf keinen Fall sehen.

»Da seid ihr ja endlich!«, fauchte Vicky. »Die Nacht ist perfekt. Wir sollten keine Sekunde verschwenden.«

»Hältst du es wirklich für sinnvoll, einen so kniffligen Spruch außerhalb der Academy durchzuführen?« Der Junge mit den lilafarbenen Haaren runzelte die Stirn, wobei sein graues Haarband, das er sich tief ins Gesicht gezogen hatte, leicht nach oben verrutschte.

»Der Spruch ist reine Übungssache. Wenn ich bald mein erstes Duell antreten und gewinnen möchte, muss ich ihn perfektionieren.« Vickys Augen funkelten aufgeregt.

Duell? Was für ein Duell meinte sie?

»Vicky, das Thema hatten wir bereits.« Jason verschränkte die Arme.

»Nicht nur du bist unschlagbar, Jason.« Vicky hob eine Augenbraue und lächelte ihn auffordernd an. »Ich beweise es dir gerne.«

»Ich werde nicht gegen dich antreten«, knurrte er.

Vicky seufzte auf. »Na gut, ich suche mir einen anderen Gegner. Finley, stellst du dich zur Verfügung?« Ihr Blick ging zu dem Jungen mit den lilafarbenen Haaren.

»Ich? Vergiss es!« Finley schüttelte so stark den Kopf, dass sich einige seiner Haarsträhnen aus dem Haarband lösten.

»Dann du, Henry.«

Vickys Freundin Violet schlang ihre Arme fest um den

blondhaarigen Jungen. »Nein, Vicky«, erwiderte sie mit fester Stimme.

»Irgendeiner von euch wird gegen mich antreten, ob es euch passt oder nicht. Und nun kommt.« Sie drehte sich um und schaute über die Schulter auf den Boden, wo eine pinke Handtasche stand. »Komm, Pinky!«

Dieser Name … ich hatte ihn schon einmal gehört. Da fiel es mir wie Schuppen von den Augen. Der Bahnhof, das Taxi! In dieser Sekunde erhob sich die besagte Tasche und schwebte hinter dem Mädchen her. Ungläubig schüttelte ich den Kopf. Wie war das möglich?

»Wuff«, ertönte es plötzlich von meiner Hundelady, die diese fliegende Handtasche offensichtlich genauso faszinierend fand.

»Psssst, Mrs Blueberry!« Panisch spähte ich zu der Gruppe. Alle waren bereits zwischen einer der Seitengassen verschwunden. Alle bis auf einen. Jason. Und der starrte direkt in meine Richtung. Verdammt. Er hatte uns entdeckt. Als ich seinen Blick erwiderte, verengten sich seine Augen zu schmalen Schlitzen. Dann wandte er sich ab und verschwand ebenfalls in dem Durchgang.

Erst als ich die Luft ausstieß, merkte ich, dass ich sie angehalten hatte. Für einen Moment schaute ich noch zur Gasse, doch schließlich siegte meine Neugier. Was war das für ein Shop, den die Mädchen besucht hatten? Ich wartete ein paar weitere Sekunden ab und trat anschließend aus dem Schatten der Hauswand hervor.

»Komm, Mrs Blueberry, finden wir heraus, was es in diesem Laden gibt.«

Meine Hundelady nieste einmal. Das deutete ich als Zustimmung. Gemeinsam liefen wir über den mittlerweile menschenleeren Platz und steuerten direkt auf den urigen Laden zu.

Gwendolyns Academy Shop stand auf einem Schild über der hölzernen Tür. *Academy.* Schon wieder dieses Wort. Und da ich endlich wissen wollte, was es damit auf sich hatte, drückte ich entschlossen die Türklinke nach unten und betrat den Laden, aus dessen Schaufenster noch helles Licht drang.

Ein kleines Glöckchen bimmelte und starker Kräuterduft hüllte uns ein, was mich an den Kellerraum von Mrs Ravenwood erinnerte. Das Geschäft war klein und von oben bis unten vollgestopft. In hohen Holzregalen stapelten sich Bücher, Taschen und Kleidung. Von der Decke baumelten büschelweise getrocknete Pflanzen und Kräuter. Und in der Mitte des Raums stand ein Kessel. Genau der gleiche wie bei Mrs Ravenwood. Nur ohne Rabenkopf. Vorsichtig ging ich darauf zu. War das dieser Seherkessel, von dem die Mädchen gesprochen hatten?

»Lilly Campbell! Ich habe mich schon gefragt, wann du wohl in meinen Laden findest.«

Erschrocken zuckte ich zusammen, wobei ich meiner Hundelady aus Versehen auf eine ihrer Pfoten trat. Beleidigt jaulte sie auf. Ich war jedoch zu sehr abgelenkt von der kleinen, rundlichen Frau mit der spitzen Nase und der eckigen Brille, die hinter einem der Regale auftauchte, um wirklich darauf zu reagieren.

»Woher kennen Sie meinen Namen?«, rutschte mir die Frage raus.

»Ach, so viele Campbells gibt es schließlich nicht, oder?« Sie lächelte mich an, nahm ihre Brille ab und putzte sie mit dem Ärmelsaum ihres Kleides. »Hat dich deine Grandma geschickt? Brauchst du deine Schuluniform für die Academy?«

Schuluniform? Wieso sollte ich denn eine Schuluniform kaufen wollen? Schnell schaute ich mich im Raum um und suchte nach einer Ausrede, weshalb ich hier war. Mein Blick fiel auf einen kleinen Ständer mit Halstüchern. Darauf abgebildet war das mir mittlerweile bekannte Symbol. Ein Rabe und ein Mond aus Sternen.

»Ich, äh, wollte nur ein Halstuch für meine Hündin kaufen.«

Wissend nickte die ältere Dame. »Gute Wahl. Eine Gefährtin sollte stets zu der Kleidung ihrer Besitzerin passen, nicht wahr?«

Gefährtin? Fragend hob ich eine Augenbraue, doch die Dame eilte bereits zu den Halstüchern.

»Dunkelgrün, wie die Schuluniform?« Sie hob ein Halstuch in der besagten Farbe hoch.

Langsam nickte ich und kramte mein Geld hervor.

»Bis bald, wir werden uns sicher noch einmal sehen!« Sie reichte mir mit funkelnden Augen das Halstuch.

Mir kam nur ein flüchtiges Danke über die Lippen, bevor ich hastig den Laden verließ.

»Diese Stadt wird immer merkwürdiger«, murmelte ich leise, während ich Mrs Blueberry ihr neues Halstuch umlegte.

KAPITEL 5

Die Vollmondblüte entfaltet sich ausschließlich bei Vollmond auf dem Rathmore-Hügel in Rathcroghan, gelegen in Irland. Um die dunkelblau schimmernde Blüte mit ihrer goldenen Maserung zu ernten, bedarf es einer Klinge, die in einer Vollmondnacht geschmiedet wurde. Ansonsten verliert diese kostbare Pflanze ihre einzigartige Wirkung.

– AUSZUG GRIMOIRE, KAPITEL 129 –

Wenig später saß ich nach einem heißen Bad und eingehüllt in eine Wolldecke vor dem Bücherstapel unterhalb der Dachschräge und studierte die unzähligen Werke. Interessanterweise erinnerten mich die meisten davon an die von Mrs Ravenwood. Eins nach dem anderen zog ich von dem Stapel und blätterte durch die Seiten. Als ich bei den letzten Titeln ankam, traute ich meinen Augen kaum. Dort lag ein Buch mit *dem* Symbol. Ein Rabe mit einem Mond aus Sternen. *Buch der Schatten* stand in silberner Schreibschrift fein säuberlich über dem Symbol. Was dies wohl bedeuten mochte? Bisher kannte ich diesen Begriff nur aus der Serie *Charmed*. Ich nippte an meinem heißen Kakao und schlug das Buch gespannt auf.

Ganz gleich, womit ich gerechnet hatte, damit auf jeden Fall nicht. Auf der ersten Seite befand sich ein Bild von mir. Ich betrachtete es genauer. Nein, das war nicht ich. Sondern meine Mum. Eine jüngere Version meiner Mum. Erst jetzt fiel mir die Prägung unter dem Bild auf. *Grace Campbell, Ravenhall Academy.* War meine Mum etwa auf dieser Academy gewesen? Hastig blätterte ich um, in der Hoffnung, mehr Informationen zu finden. *Pendere* prangte als Überschrift auf der nächsten Seite und darunter stand in eleganter Schreibschrift: *Hexenspruch, um Gegenstände schweben zu lassen.*

Vor meinem inneren Auge ploppten immer mehr Fragezeichen auf und gesellten sich zu den bereits vorhandenen. *Jetzt reicht es,* schoss es mir durch den Kopf und ich beschloss, Grandma mit meinen unzähligen Fragen zu konfrontieren. Also zog ich die Dachbodenluke auf, um nach unten zu gehen. Bevor ich jedoch die erste Stufe betreten konnte, drangen von unten Stimmen an mein Ohr. Mrs Ravenwood und Grandma unterhielten sich aufgebracht.

»Wann sagst du es ihr endlich?« Mrs Ravenwood klang zornig.

Ich runzelte die Stirn. Redeten sie über mich? Ich setzte mich an den Rand der Luke und lauschte.

»Sie hat die Wahrheit verdient! Die Anzeichen sind alle da und ihre Gefährtin ist ebenfalls ein deutliches Indiz. Was hält dich noch davon ab, es ihr endlich zu erzählen?« Kurz herrschte Stille, dann fügte Mrs Ravenwood hinzu: »Schau dir ihre Gefährtin mal genauer an. Siehst du das Halstuch? Das Schulwappen! Charlotte, du weißt genauso gut wie ich, dass man diese Halstücher nur bei Gwendolyn bekommt. Sie ahnt bereits mehr, als du denkst.«

»Ich weiß, Elizabeth. Aber was soll ich machen? Ich habe ihrer Mutter versprochen, sie selbst entscheiden zu lassen, wann die Zeit reif ist. Sonst hätte sie niemals zu mir kommen dürfen und du weißt selbst, wie unvermeidbar das war.« Wieder war es kurz ruhig. »Außerdem ist das Halstuch außerordentlich entzückend, findest du nicht?«

»Grace ist schon längst nicht mehr ein Teil von uns. Sie hat sich damals abgewandt und damit ihre Entscheidung getroffen.«

Grandma seufzte. »Ich weiß. Dennoch ist sie meine Tochter und Lilly meine Enkelin. Ich möchte sie mit alldem nicht vor den Kopf stoßen. Siebzehn Jahre lang wusste sie nichts von ihrem Schicksal und jetzt prasselt alles auf sie ein.«

Ein Stuhl scharrte über den Boden und Mrs Ravenwood lief unterhalb der Luke durch den Flur, auf die Haustür zu. Gott sei Dank schien sie mich nicht bemerkt zu haben.

»Du musst es ihr sagen. Bald beginnt das neue Schuljahr. Du weißt, dass Lilly dann an der Academy zu sein hat.«

Die folgenden Worte nahm ich kaum noch wahr. Mir schwirrte der Kopf. Welche Academy meinten denn alle?

In dem Moment hörte ich die Haustür zuknallen. Kurz darauf war es still. Ich nahm meinen ganzen Mut zusammen und kletterte die Dachbodenleiter nach unten.

Grandma saß am Küchentisch. Das Gesicht in beide Hände gestützt. Als ich reinkam, drehte sie sich zu mir um. Unter ihren Augen zeichneten sich tiefe Ringe ab.

»Liebes, ich dachte, du schläfst bereits.«

»Was hat es mit dieser Academy auf sich? Was meinte Mrs Ravenwood mit meinem Schicksal? Und wieso sehe ich überall dieses Symbol?« Ich deutete auf den Magneten am Kühlschrank. All die Fragen, die mir in den letzten Tagen unruhige Nächte bereitet hatten, drängten nun unaufhörlich auf mich ein und wollten endlich beantwortet werden.

Grandma nickte ergeben. »Es ist wohl an der Zeit, dir so einiges zu erklären. Komm, ich möchte dir etwas zeigen.«

Gemeinsam mit Mrs Blueberry und Biscuit stiegen wir die Treppe nach unten zur Buchhandlung und blieben vor einem alt aussehenden Regal im hinteren Eck stehen. Gespannt musterte ich Grandma von der Seite, die schwungvoll mit den Fingern schnipste. Es erklang ein lautes Quietschen und das Regal schwang nach innen auf. Verdutzt riss ich die Augen auf. Eine Geheimtür! Und ich hatte die letzten Tage, ohne es zu wissen, stundenlang Bücher darin einsortiert.

Grandma ließ mir den Vortritt und gemeinsam mit Mrs Blueberry trat ich über die Schwelle ins Dunkle hinein. Hinter mir hörte ich Grandma ein weiteres Mal schnipsen und sofort erhellten unzählige Kerzen den Raum. Ich fragte mich nicht mal mehr, wie sie das gemacht hatte. Denn ich war zu abgelenkt von dem großen, schwarzen Kessel, der im Zentrum der Kammer stand. Kleine Blubberbläschen stiegen daraus empor und Rauch schlängelte sich über den Rand. Fasziniert beobachtete ich, wie ein lavendelfarbenes Bläschen nach dem anderen in der Luft zerplatzte und tausend winzig kleine Wassertropfen zurück in den Kessel rieselten. Grandma hatte also auch einen – wie hatten ihn die Mädchen genannt – Seherkessel. Nur dass auf diesem ein eiserner Katzenkopf prangte, der Ähnlichkeit mit Biscuit hatte.

Ich ließ meinen Blick schweifen und entdeckte neben dem Kessel ein Podest mit einem großen, aufgeschlagenen Buch aus Leder und einem schwarzen Kerzenständer, der bereits von Wachstropfen übersät war. Des Weiteren stapelten sich auf einer hölzernen Arbeitsfläche kleine Schälchen, ein Mörser und mehrere Gefäße mit waberndem Gebräu. Darüber befand sich ein hohes Regal voll mit Reagenz- und Einmachgläsern. Ich ging darauf zu und schaute sie mir genauer an. *Warze einer Kröte, Werwolfszahn, Hexenkraut* und *Vollmondblüte* stand auf den vordersten runden Einmachgläsern.

Doch der Raum hatte noch mehr zu bieten. Von der Decke baumelten Hängepflanzen, aus deren hellblauen Blättern kleine silberne Nebelschwaden aufstiegen. Und neben dem Regal mit den Gläsern hatten einige weitere Pflanzen ihren Platz auf einer hölzernen Kommode gefunden. Die Blüten der Pflanzen schimmerten in einem hellen Rosa und Lila, während goldene Fühler sich daraus emporstreckten und kleine leuchtende Schleier in die Luft schickten. Immer wieder fuhren die Pflanzen ihre Fühler und Blüten ein, schüttelten sich einmal, um dann wenig später in vollem Glanz zu erblühen. Begeistert, aber auch mit jeder Menge Fragen drehte ich mich zu Grandma um.

»Was ist das hier?«

»Das ist mein eigenes kleines Reich der Magie. Hier findest du alles Mögliche. Unter anderem Zutaten für die Kräuterkunde der Hexen, meine Bücher über Magie oder meinen Kessel mit Seherfunktion.«

»Hexen?«, krächzte ich leise.

Sie nickte lächelnd. »Lilly, du bist eine Campbell-Hexe.«

»Moment mal, bitte was? Grandma, ich glaube, du hast zu viele Bücher gelesen«, sagte ich ungläubig, kurz vor einem hysterischen Lachanfall.

Sie schaute mich mitfühlend an. »Nein, Liebes. Das ist die Wahrheit. Du bist eine Hexe. Hast du die Anzeichen nicht bemerkt? Zum Beispiel die zerplatzte Vase oder die herumfliegenden Bücher? Hast du dabei nichts gespürt?«

Verunsichert erwiderte ich ihren Blick. »Doch schon, aber … aber ich dachte, dafür gibt es eine logische Erklärung. Ich meine, Hexen? Grandma, so etwas gibt es nur in Märchen.«

Sie schüttelte den Kopf. »Nein, nicht nur in Märchen.«

»Wieso besitzt du dann keinen Hexenbesen und hast keinen Zauberstab? Weshalb kochst du noch oder machst selbstständig deinen Tee, wenn du doch eine Hexe bist?«, entgegnete ich sarkastisch.

»So ein Quatsch. Hexenbesen und Zauberstab. Aber ja, die anderen Dinge sind durchaus möglich. Was denkst du, wie dein Koffer seinen Weg auf den Dachboden gefunden hat?« Demonstrativ hob sie ihre freie Hand und flüsterte etwas, das sich nach »*Pendere*« anhörte.

Ungläubig sah ich dabei zu, wie ein Buch aus einem der hohen Regale auf uns zuschwebte. O mein Gott. Das Buch! Es schwebte! Langsam legte es sich auf einen braunen Sessel, der in der hinteren Ecke des Raumes stand.

»Das ist nur ein Trick, oder, Grandma?«

Ich konnte mir beim besten Willen nicht vorstellen, dass das real war. Hektisch scannte ich den Raum nach einer versteckten Kamera ab.

»Mrs Ravenwood hat mir erzählt, dass du ihr altes Grimoire entdeckt hast. Ich bin mir sicher, sie hat dieses alte Buch verhext und nicht ohne Hintergedanken in den Karton gelegt. Sie wollte, dass du das Grimoire dort findest und das Gefühl bekommst, es mitnehmen zu müssen. Sie war schon immer eine starrsinnige Frau. Hast du bereits angefangen, es zu lesen?«

Langsam nickte ich. »Ja, das Kapitel *Geschichte der Hexen*.«

»Dann weißt du ja bereits, wie wir Hexen erschaffen wurden. Das ist lange her und mittlerweile gibt es sehr viele von uns, auf der ganzen Welt verteilt.«

Ich dachte über das Geschriebene in dem Buch nach. Was, wenn es wirklich Hexen gab? Weshalb sollte sich Grandma einen Scherz mit mir erlauben?

»Ich habe das *Buch der Schatten* von Mum auf dem Dachboden gefunden. Bisher dachte ich, so was gäbe es nur in irgendwelchen Serien.«

Grandma schüttelte schmunzelnd den Kopf, wobei sich ein paar der Strähnen aus der Spange in ihrem weißen Haar lösten. »Das *Buch der Schatten* galt schon immer als ständiger Begleiter der Hexen. Darin werden jahrhundertealte Hexensprüche gesammelt.«

Verstehend nickte ich, obwohl mein Kopf drohte vor Fragen zu platzen. »Also ist Mum ebenfalls eine Hexe?«

In Grandmas Augen flackerte für einen kurzen Moment Traurigkeit auf. »Ja, deine Mutter ist eine Hexe. Allerdings eine passive. Das bedeutet, sie kann nur noch sehr wenig Magie wirken. Das liegt daran, dass deine Mutter vor vielen Jahren der Magie den Rücken gekehrt hat. Lässt man die Magie nach der Entfaltung längere Zeit nicht in sein Herz, wendet sie sich von der Hexe oder dem Hexer ab.«

Verwirrt schaute ich Grandma an. »Aber wieso hat sie nie etwas gesagt? Sie wusste doch, dass ich dann auch eine Hexe bin?«

Grandma seufzte. »Deine Mutter hat sich, nachdem sich ihre Magie entfaltet hat, gegen die Ausbildung an der Ravenhall Academy entschieden. Es muss wohl damals irgendetwas vorgefallen sein. Leider möchte sie bis heute nicht mit mir darüber reden. Ich vermute, sie wollte dich einfach nur beschützen und dir solange es geht ein normales Leben ermöglichen.«

»Und was ist mit Mia? Sie ist schließlich meine Zwillingsschwester. Ist sie dann nicht automatisch auch eine Hexe?«

Grandma schaute aus dem kleinen, rundlichen Fenster neben der Arbeitsfläche und schien kurz in Gedanken versunken, bevor sie sich mir wieder zuwandte.

»Tatsächlich waren wir uns anfangs unsicher, wer von euch

beiden die Gabe geerbt hat. Bei Zwillingen ist das schwer zu erkennen, da sie im selben Mutterleib heranwachsen. Und leider geht dabei nur auf einen Zwilling die Magie über. Also hat Mrs Ravenwood dich in meinem Auftrag von ihrem Raben beobachten lassen. Auch wenn Murray offensichtlich Gefallen daran gefunden hat, dich mehr in Augenschein zu nehmen, als nötig gewesen wäre. Er scheint dich zu mögen.« Grandma räusperte sich. »So konnten wir herausfinden, dass du ein inniges Verhältnis zu deiner Hündin hast. Und irgendwann waren wir uns sicher, du würdest die Magie in dir tragen und nicht Mia. Als du dann noch mit Mrs Blueberry hierherkamst, wusste ich, du bist die nächste Campbell-Hexe.«

»Zumindest habe ich mir meine Paranoia wegen meinem gefiederten Beobachter nicht eingebildet. Aber was hat Mrs Blueberry mit alldem zu tun?«

Grandma streichelte meiner Hundelady über das Fell. »Sie ist deine Gefährtin. Alle Hexen und Hexer haben solch ein besonderes Tier. Man sucht sie sich nicht aus, sondern sie treffen diese Wahl. Allerdings sind es meistens Tiere, die sich den Menschen verbunden fühlen. Du kannst einen Gefährten oder eine Gefährtin anhand der Augen erkennen. Sie haben immer zwei verschiedene Farben. Sobald sich ein Tier für eine Hexe oder einen Hexer entschieden hat, passt sich die Augenfarbe den Familienfarben an. Entsprechend haben Biscuit und Mrs Blueberry ein blaues und ein grünes Auge. Die Raben der Ravenwood-Familie haben stets die Farben Violett und Grün.«

Ich musterte Mrs Blueberry. Meine wunderschöne und besondere Hundelady.

»Und weshalb haben in der Ravenwood-Familie alle einen Raben?«

»Die Ravenwoods sind seit jeher eine der mächtigsten Hexenfamilien Englands und auch Hauptgründungsmitglied der Ravenhall Academy.«

So langsam setzten sich die Puzzleteile von dem Gespräch zwischen Mrs Ravenwood und Grandma zusammen.

»Also gibt es eine extra Schule nur für H-Hexen?« Ich stolperte über das Wort. Noch immer kam mir all das surreal vor.

Grandma nickte. »Genau, und du wirst in wenigen Tagen eine Schülerin der Ravenhall Academy in London sein.«

Ich hielt die Luft an. Mein Studium brach bald an. Ich konnte doch jetzt nicht alles hinschmeißen!

»Was ist mit meinem Studium? Kann ich die Schule nicht erst danach absolvieren?« Meine Stimme zitterte und ich war den Tränen nah. Das Studium war Annys und mein großer Traum gewesen.

Grandma lächelte mich mitfühlend an. »Ich weiß, das ist alles sehr viel für dich. Es tut mir leid, dass du das alles erst jetzt erfährst. Aber ich musste deiner Mum versprechen, nichts zu sagen, bis die Zeit gekommen ist. Leider gibt es keine andere Möglichkeit, als dass du auf die Ravenhall Academy gehst. Deine Kräfte können sich bloß in der Gegenwart einer aktiven Hexe entwickeln. Und um am besten auf die Magie, die sich an deinem achtzehnten Geburtstag in dir entfaltet, vorbereitet zu sein, musst du trainiert werden. Das funktioniert bloß an der Ravenhall Academy.«

»Also versteh ich das richtig … ich soll auf eine Academy für Hexen und Hexer, um dort meine Magie zu trainieren?« Ungläubig schüttelte ich den Kopf. »Grandma, das klingt alles so surreal.«

»Ich weiß. Aber die Ravenhall Academy ist ein magischer Ort, es wird dir dort gefallen, mein Kind.« Liebevoll streichelte sie über meinen Arm.

Zögernd nickte ich und dachte an meine Mum. Wie viel davon hatte sie meinem Dad erzählt?

»Wusste mein Dad über all das Bescheid?«

Grandma zögerte kurz, vermutlich, weil sie abwägte, wie viel sie mir erzählen durfte. »Ja, dein Dad wusste Bescheid. Er hat deine Mum, kurz nachdem sie die Schule abgebrochen und der Hexengemeinschaft den Rücken gekehrt hat, kennengelernt. Ich bin dankbar dafür, dass er für sie da gewesen ist, als ich es nicht sein konnte.«

Grandmas braune Augen sahen so unendlich traurig aus, wie ich mich in dem Moment fühlte.

Der Gedanke, mit meinem Dad über all das nicht reden zu können, war schmerzhaft.

»Weshalb spricht man im Allgemeinen eigentlich von Hexen? Schließlich gibt es doch auch Männer, die hexen können?«, versuchte ich vom Thema abzulenken und wie automatisch wanderten meine Gedanken zu Jason.

»Ja, sie nennt man Hexer. Aber tatsächlich wird der Begriff der Hexen seit jeher als Oberbegriff in unserer Welt verwendet. Was bedeutet, dass man zwar von Hexen spricht, aber damit auch die Hexer einschließt.« Grandma zwinkerte mir zu.

»Und was ist mit Grandpa? War er ein Hexer?« Mia und ich waren noch klein gewesen, als er verstarb.

Kurz schweifte Grandmas Blick wieder aus dem Fenster, wobei sie tief ein- und ausatmete. Ich wusste, dass es ihr schwerfiel, über ihn zu sprechen.

»Ja, das war er. Und sehr begabt dazu. Als ihr klein wart, hat er euch immer mit einfachen Hexensprüchen zum Lachen gebracht. Bis eines Tages deine Mutter dahinterkam und es ihm verboten hat.«

Die Worte und mit ihnen verbundenen Erinnerungen an die

Menschen, die viel zu früh von uns gegangen waren, hingen zwischen uns.

Nach einer Weile setzte Grandma erneut zum Sprechen an. »Eine Sache gibt es da noch, die du wissen solltest. Das mit der Aushilfe in meiner Buchhandlung war bloß eine Ausrede. Die Idee kam von deiner Mum. Nur so hat sie mir erlaubt, dich hierherzuholen. Aber wie schon erwähnt, ohne eine aktive Hexe in deiner Nähe hätten sich die Anzeichen der Magie in dir nie richtig gezeigt.«

Ich dachte kurz nach. »Was wäre dann eigentlich passiert? Wäre die Magie in mir verloren gegangen?«

Grandma schüttelte den Kopf. »Nein, ganz im Gegenteil. Würde sich deine Magie ohne Kontakt zu einer aktiven Hexe sowie ohne Training in dir entfalten, könntest du von dieser Kraft überwältigt werden. Das kann schlimme Konsequenzen nach sich ziehen, über die ich jetzt lieber nicht reden möchte.« Grandmas Blick ging zu meiner Hundelady, die nun zusammengerollt auf dem Sessel lag. »Aber gut, dass du Mrs Blueberry hast, die auf dich aufpasst. Du musst nämlich wissen, dass deine Hündin nicht ohne Grund deine Gefährtin ist. Wenn deine Magie überhandnehmen sollte und du sie nicht mehr kontrollieren kannst, kann Mrs Blueberry einen Teil deiner Kraft durch eine einzige Berührung absorbieren. Dazu sind alle Gefährten und Gefährtinnen in der Lage. Allerdings muss die dafür nötige Verbindung zwischen euch auch an der Ravenhall Academy trainiert werden.«

Ich dachte an den Tag zurück, an dem Mrs Blueberry ein Teil meines Lebens geworden war. Es hatte eine Rettungsaktion des örtlichen Tierheims gegeben, bei der man herrenlose Hunde aufnehmen konnte. Meine Hundelady war einer von fünf Golden Retrievern gewesen, die nur eine Woche zuvor in einem kleinen Karton in einer Gosse gefunden worden waren. Als ich Mrs Blueberry zum ersten Mal gesehen hatte, hatte ich gewusst, sie gehörte zu mir. Nachdem ich dann meine Mum eine gefühlte Ewigkeit angebettelt hatte, hatte sie schlussendlich nachgegeben.

Ich schaute zu Grandma, die gerade damit beschäftigt war, Biscuit davon abzuhalten, die Wolldecke von dem Sessel mit seinen Krallen zu zerpflücken.

»Haben passive Hexen wie Mum ebenfalls eine Gefährtin oder einen Gefährten? Selbst wenn sie keine Magie mehr wirken können? Soviel ich weiß, hat Mum kein Haustier.«

Grandma nahm Biscuit auf ihren Arm und fing an ihn zu streicheln. Er genoss es sichtlich. Zufrieden schnurrte er vor sich hin und wackelte mit seinen kleinen Ohren.

»Ja, auch passive Hexen können welche haben. Deine Mutter besaß ein Kaninchen. Nachdem es gestorben ist, hat kein anderes Tier mehr den Platz an ihrer Seite eingenommen. Das lag wohl daran, dass sie sich von der Hexengemeinschaft abgewandt und die Magie nicht mehr in ihr Herz gelassen hat.«

Bei der Vorstellung, dass meine Hundelady eines Tages nicht mehr an meiner Seite sein würde, überkam mich ein Schauder. »Und was passiert, nachdem der Gefährte oder die Gefährtin einer aktiven Hexe verstorben ist?«

»Dann wird ein neues Tier seinen Weg zu dir finden. Meistens sind es die gleichen Tierarten. Ich hatte zum Beispiel immer eine Verbindung zu Katzen. Genau wie die Ravenwood-Familie zu ihren Raben.« Grandma setzte Biscuit wieder ab, der sofort zu Mrs Blueberry zurücktrottete. »Aber nun komm, lass uns ins Bett gehen. Das muss heute alles sehr viel für dich gewesen sein und es ist schon spät.«

Hätte mir jemand vor einer Woche gesagt, ich sei eine Hexe,

hätte ich denjenigen für vollkommen verrückt erklärt. Doch nun würde sich mein Leben in kürzester Zeit komplett verändern. Ob ich wollte oder nicht. Die Frage war nur, ob ich bereit dafür war.

KAPITEL 6

Die Ravenhall Academy wurde im Jahre 1807 in Hampstead, London erbaut. Zum Schutz der Hexen und Hexer musste die Academy im Verborgenen existieren. Ein uralter Schutzzauber hält den Schleier aufrecht und lässt ausschließlich übernatürliche Wesen passieren. Allein die Schutzmauer lässt darauf schließen, dass sich hinter den Steinen der hohen Mauer mehr verbirgt.

– AUSZUG GRIMOIRE, KAPITEL 54 –

»Lilly Campbell, das ist nicht dein Ernst!«, hatte mir Anny entgegengeschrien, als ich sie angerufen hatte. Drei Tage hatte es gebraucht, bis ich den Mut gefunden hatte, auf den grünen Anruf-Button zu drücken. Denn nach einem längeren Gespräch mit Grandma war mir klar gewesen, dass ich ihr eine Notlüge auftischen musste. Schließlich wusste der Großteil der Menschheit nichts von Hexen. Also hatte ich mir die Worte, die ich meiner besten Freundin sagen wollte, auf ein Stück Papier geschrieben und sie ihr mit zittrigen Fingern am Telefon vorgelesen. Ich erzählte Anny, dass ich weiterhin für Grandma arbeiten und erst mal hier, in Watford, bleiben würde. Gefühlt waren Minuten verstrichen, bis sich Anny am anderen Ende der Leitung geräuspert hatte. Und in diesem einen Moment hatte sich unsere jahrelange Freundschaft verändert. Das gemeinsame Ziel, unser Studium, war nur noch eins – ein verblassender Traum. Kaum hatte Anny mit zittriger Stimme aufgelegt, war ich schluchzend in Grandmas Armen zusammengebrochen. Immer wieder hatte sie mir beruhigende Worte zugemurmelt und meine Tränen abgewischt.

Davon abgesehen waren die letzten Tage wie im Flug vergangen. Ich hatte viel Zeit damit verbracht, über alles nachzudenken und mich mit dem Gedanken abzufinden, dass ich eine Campbell-Hexe war. Ansonsten hatte ich abends Grandmas Geschichten gelauscht, mittags in ihrer Buchhandlung Bücher sortiert und ausgiebige Spaziergänge mit Mrs Blueberry gemacht. Und seit ich wusste, warum der Rabe mich verfolgt hatte, war mein Beobachter nicht mehr aufgetaucht.

»Bist du bereit, deine Schuluniform anzuprobieren?«, riss Grandma mich aus meinen Gedanken.

Zaghaft nickte ich. Es war bereits Mittag und wir standen vor dem Schaufenster von *Gwendolyns Academy Shop*. Bevor wir zur Ravenhall Academy aufbrachen, brauchte ich laut Grandma noch eine Uniform.

»Dann los.« Grandma zwinkerte mir zu und bedeutete mir, ihr zu folgen.

Kaum betraten wir das Geschäft, eilte Gwendolyn bereits auf uns zu.

»Charlotte! Ich habe mich bereits gefragt, wann ihr beide auftaucht.« Die alte Dame ging in die Hocke und kraulte Mrs Blueberry hinter den Ohren, was meine Hundelady mit einem freudigen Winseln quittierte. »Deiner Hündin steht das Halstuch ausgezeichnet.«

»Wir brauchen für Lilly eine Schuluniform, bevor wir zur

Academy fahren. Heute Nachmittag findet die Begrüßung der neuen Schüler und Schülerinnen statt«, erklärte Grandma, während sie ihre von der Kälte beschlagene Brille abnahm und mit dem Ärmel ihres Gewands putzte.

»Ihr seid spät dran. Die meisten waren bereits hier. Eine turbulente Woche, Charlotte, ich sags dir.«

»Wolltest du den Shop nicht deinem Enkel übergeben?« Grandma lächelte sie fragend an.

Die Ladenbesitzerin seufzte. »Der möchte ihn noch nicht führen. Und wo sollen denn sonst all die Schüler und Schülerinnen ihre Schulsachen kaufen? Das hier ist der einzige Academy-Shop in ganz England.« Ohne eine Antwort abzuwarten, ließ sie hastig ihren Blick über mich wandern und eilte um die Ladenzeile herum, durch eine Hintertür. Wenige Minuten später kam sie mit einem Stapel Kleidung zurück.

»Hier, diese Schuluniform sollte dir passen.« Sie strahlte mich über den Rand ihrer Brille hinweg an.

»D-danke.« Suchend schaute ich mich nach einer Umkleidekabine um. »Wo, äh, kann ich mich denn umziehen?«

»Oh, Moment! Das haben wir gleich. *Mutare vestimenta sua.*« Gwendolyn deutete an mir herab. »Siehst du, passt wie angegossen!«

Verwirrt spähte ich zu dem hölzernen Spiegel an der Wand. Ich steckte in einem schwarzen Rock und einem dunkelgrünen Pullover, darunter lugte eine Bluse hervor. Langsam schüttelte ich den Kopf. Ich hatte mich noch lange nicht daran gewöhnt, dass Hexerei tatsächlich existierte. Vor allem nicht, wenn sie an mir ausgeübt wurde. Ich trat etwas näher an den Spiegel heran und betrachtete das auf Brusthöhe eingestickte Schulwappen. Sanft fuhr ich mit dem Finger über die goldenen Erhebungen. Der Mond aus Sternen und ein Rabe.

Von Grandma wusste ich mittlerweile, dass die Sterne für die ersten dreizehn Hexen standen, da sie in einer sternenklaren Nacht erschaffen worden waren. Der Rabe sollte an Samantha Ravenwood, Gründerin der Ravenhall Academy, erinnern und der Mond stellte die Stärke der Hexen dar.

»Dieses Wappen ziert die offizielle Schuluniform der Ravenhall Academy. Bereits als Gwendolyn und ich die Schulbank gedrückt haben, war es ein wichtiger Bestandteil der Uniform«, erklärte mir Grandma und musterte mich einen Moment lang. »Apropos Schuluniform.« Sie wirbelte herum, eilte dann zu einem Regal mit verschiedenen Umhängetaschen aus Leder und zog eine hellbraune Tasche hervor. »Bücher brauchen schließlich ihren Platz, nicht wahr?«, sagte sie zwinkernd und überreichte mir ihr Geschenk.

»Danke, Grandma. Die Tasche ist perfekt«, erwiderte ich gerührt und strich über das weiche Leder. Sie sah genauso aus wie die Umhängetasche von meinem Dad. Ohne sie hatte er nie das Haus verlassen. Der Unterschied bestand lediglich darin, dass ihr keine goldene Schnalle fehlte, wie es bei meinem Dad der Fall gewesen war. Ich drückte sie fest an mich. Dafür würde ich mit dieser Tasche meine eigenen Abenteuer erleben.

Grandma tätschelte meinen Arm, bevor sie sich an Gwendolyn wandte und bezahlte.

Kaum waren wir bei ihrem Jeep angekommen und hatten meine neue Kleidung im Kofferraum verstaut, zog mich Grandma nochmals beiseite. »Liebes, bevor wir aufbrechen, möchte ich dir etwas erzählen. Vor ein paar Tagen kam ein Anruf von dem Schulleiter der Academy. Er bat mich, die Vertretung für Ms Harris in *Kräuterkunde* im kommenden Schulhalbjahr zu übernehmen. Sie unterrichtet immer die Schüler und Schülerinnen aus dem ersten Jahr. Was bedeutet, dass ich deine Lehrerin in *Kräuterkunde* sein werde. Allerdings nur ein paar Stunden in der Woche. Ich hoffe, das ist in Ordnung.« Ihr Lächeln fiel etwas wackelig aus.

»Grandma! Das ist großartig!«

Offenbar erleichtert seufzte sie auf und kramte dann etwas aus der Innentasche ihres Gewands hervor. »Außerdem möchte ich dir noch etwas geben. Seit Jahrhunderten tragen Hexen und Hexer Amulette. Sie verstärken und kanalisieren die Magie.« Grandma öffnete ihre Hand und eine Halskette kam zum Vorschein. Der Anhänger bestand aus einem ovalen Stein, der von der Größe her perfekt in ihre Handfläche passte. Unnatürlich hell vermischten sich darin die Farben Grün und Blau mit einem runden Emblem, das sich durch zarte Verschnörkelungen abhob.

»Die Farben passen sich der Hexenfamilie an. Genau wie die Augen unserer Gefährten und Gefährtinnen. Und in der Mitte ist unser Familienwappen eingearbeitet.« Grandma bedeutete mir, mich umzudrehen, und legte mir die Halskette an. Der warme Stein schmiegte sich sofort an meine Haut. »Das Amulett hat deiner Mutter gehört. Sie hat es mir hinterlassen, nachdem sie sich von der Hexengemeinschaft abgewandt hat.«

Mum. Die vergangenen Tage hatte ich bewusst all ihre Anrufe ignoriert. Ich wollte nicht mit ihr reden. Noch immer war ich sauer. Nicht nur wegen Italien. Hauptsächlich wegen alldem hier. Wie hatte sie bloß so lange vor mir verheimlichen können, was ich war?

»Sie wollte dich beschützen, mein Kind.« Anscheinend hatte Grandma bemerkt, was in mir vorging. Tröstend strich sie mir eine Haarsträhne hinter mein Ohr.

Ich nickte nur knapp und stieg ins Auto, was Grandma mir gleichtat. Nachdem es sich auch Mrs Blueberry auf dem Rücksitz bequem gemacht hatte, starteten wir und fuhren unserem Ziel entgegen. Die Academy befand sich laut Grandma nördlich von London, in der unmittelbaren Nähe von Hampstead. Und auch wenn ich unter anderen Umständen die Fahrt sogar genossen hätte, wurde ich mit jedem Meter, den der Jeep zurücklegte, nervöser. Was würde mich an der Academy erwarten? Würde ich Freunde finden? Und schaffte ich es überhaupt, meine Magie zu beherrschen?

Erst als wir eine halbe Stunde später von der Hauptstraße abbogen und holprige Waldwege bewältigten, brachte ich es fertig, mich aus der düsteren Gedankenspirale zu befreien. Zu der Nervosität schlich sich nun Neugier, die ihren Höhepunkt erreichte, als vor uns wie aus dem Nichts eine hohe Steinmauer auftauchte. Ohne langsamer zu werden, hielt Grandma weiter darauf zu und wenige Sekunden später erkannte ich auch warum. Inmitten der scheinbar unüberwindbaren Hürde wurde ein Tor sichtbar, vor dem wir schließlich zum Stehen kamen. Ich versuchte hindurchzuspähen, doch zu meiner Überraschung befand sich dahinter nur Wald. Weit und breit nichts als Bäume. Wieso war hier dann ein Tor?

»*Aperi et ostende nobis quid lates ab hominibus*«, murmelte Grandma und machte eine schwingende Handbewegung. Im gleichen Moment ging das Tor auf und die Bäume dahinter verschwanden. Stattdessen erschien ein weitläufiger Kiesweg, der von Bäumen gesäumt wurde, und in der Ferne sah ich Wasser schimmern.

Grandma schien meinem Blick gefolgt zu sein. »Der See ist ein Wahrzeichen der Academy. Er birgt Mythen und uralte Sagen in sich«, erklärte sie, während sie den Jeep wieder startete.

Und als wir schließlich den Weg entlangfuhren, kam ich nicht mehr aus dem Staunen heraus. Grandma hatte versucht mir die

Ravenhall Academy so gut es ging zu beschreiben. Aber ganz gleich, wie ich mir die Schule in meiner Vorstellung ausgemalt hatte, der Anblick, der sich uns nun bot, übertraf alles. Ein altes, schlossartiges Gebäude aus braunen Backsteinen erstreckte sich vor unseren Augen. Zwei große Türme, die rechts und links emporragten, rundeten das Bild ab. Sprossenfenster mit steinernen Dämonen und Gargoyles als Zierde verliehen der efeubewachsenen Academy etwas Ehrfurchtgebietendes. Dazu kamen zwei pompös geschwungene Treppen, die zum Eingang hochführten. Aber nichts von alldem zog mich so in seinen Bann wie der Brunnen direkt in der Mitte des Hofs. Darauf thronte eine steinerne Frau mit einem Raben auf der Schulter und dreizehn verschiedenen Tieren, die sich nahezu majestätisch um sie schlängelten.

»Die Statue soll die Hauptgründerin der Ravenhall Academy darstellen. Samantha Ravenwood«, erklärte mir Grandma, während sie den Wagen auf einen geräumigen Parkplatz lenkte, der umringt war von hohen Tannen. Wenig später erstarb das Motorengeräusch.

Kurz bevor wir ausstiegen, zögerte ich noch einmal. Denn wenn ich jetzt die Tür öffnete, gab es keinen Weg mehr zurück.

»Du schaffst das.« Ermutigend lächelte mich Grandma von der Seite an.

Ich nickte stumm, atmete ein weiteres Mal tief durch und öffnete die Tür zu meinem Schicksal.

Mit meinem Koffer machten wir uns auf den Weg zum Eingang. Scharen von Schülern und Schülerinnen in Uniform liefen mit ihren Eltern in die gleiche Richtung. Dabei trugen einige der Älteren ähnliche Gewänder wie Grandma. Außerdem hatten alle ihre Gefährten und Gefährtinnen dabei. Ich sah Vögel, Katzen, aber auch hin und wieder Hunde und sogar einen

Waschbären. Mrs Blueberry schien sichtlich Freude an den Tieren zu haben, denn sie wollte bei jedem, der an uns vorbeikam, stehen bleiben und schnuppern.

Als wir vor einer der großen Treppen standen, seufzte ich auf und schaute gequält auf meinen schweren Koffer.

»Moment, das haben wir gleich.« Grandma machte eine schwungvolle Handbewegung in Richtung des Koffers. »*Pendere!*«

Das Gepäckstück erhob sich, schwebte einige Sekunden auf der Stelle und sauste dann durch die Eingangstür.

»Wo fliegt er hin?« Leichte Panik stieg in mir auf, als ich ihn nicht mehr entdeckte. Schließlich waren darin die Bücher meines Dads.

»Direkt in dein neues Zimmer.« Grandma legte eine Hand auf meinen Rücken. »Komm, lass mich dir die Ravenhall Academy zeigen.«

Mit einem nervösen Flattern in der Magengrube folgte ich ihr die Treppe nach oben. Ihr dunkelblaues Samtgewand mit den kleinen silbernen Raben und Kätzchen streifte dabei vor mir anmutig über die steinernen Stufen.

Als wir die große Eingangshalle betraten, hatte ich das Gefühl, mich in einem wahr gewordenen Märchen zu befinden. Die Decke, von der ein großer, goldener Kronleuchter hing, war mindestens zehn Meter hoch und wurde von Säulen aus Stein gehalten. Heller Marmor in Schachbrettmuster verlief quer über den Boden. Hohe, bodentiefe Fenster ließen genug Sonnenlicht herein, um den ganzen Raum zu beleuchten. Und dann gab es an den Wänden noch Gemälde, die die Halle ein Stückchen eindrucksvoller erscheinen ließen.

»Auf den Gemälden siehst du die ehemaligen Schulleiter und Schulleiterinnen sowie einige der mächtigsten und bekanntesten Hexen und Hexer unserer Zeit. Sie war ebenfalls hier auf der Schule«, erklärte mir Grandma, wobei sie auf ein Porträt deutete, das eine ältere Frau abbildete. »Heather Kingston. Sie ist eine begabte Schriftstellerin und war in meinem Jahrgang.«

Ich dachte kurz nach. »Der Name sagt mir was. Ich glaube, ich habe schon ein paar ihrer Werke gelesen.«

Grandma nickte. »Gut möglich. Ironischerweise hat sie ein Händchen für Fantasyromane.«

Als Antwort nickte ich nur, denn mein Blick wurde von einer großen hölzernen Flügeltür gefesselt. Zwei steinerne Gargoyles waren links und rechts mit jeweils zwei lodernden Fackeln in den Klauen neben ihr angebracht. Als wären sie die Wächter dessen, was sich dahinter verbarg.

»Man erzählt sich, dass diese Gargoyles von Samantha Ravenwood verhext worden sind. In ihnen schlummern angeblich die Seelen ihrer Vorfahren«, erzählte Grandma. »Hinter dieser Flügeltür befindet sich der Festsaal.«

Sie warf einen kurzen Blick auf ihre Armbanduhr. »Ich sollte noch bei Mr Ravenwood vorbeischauen. Die Zimmer der Mädchen befinden sich im ersten Stock. Die Zimmer der Jungen im zweiten. Nimm die Treppe und du gelangst geradewegs dorthin.« Grandma zeigte auf eine unübersehbare Wendeltreppe aus Marmor, direkt am anderen Ende der Eingangshalle. Dahinter lag eine große Glastür, die in eine Art Wintergarten zu führen schien. Helles Tageslicht schien hindurch und ließ Staubkörner auf dem Geländer der Treppe tanzen.

»Hoffentlich finde ich das Zimmer«, erwiderte ich nervös. Ich wusste ehrlich gesagt nicht, ob ich bereit war, allein loszuziehen.

»Du hast die Zimmernummer dreizehn. Das gleiche Zimmer, in dem einst deine alte Grandma und deine Mutter untergebracht waren.« Sie gab mir einen schnellen Kuss auf die Stirn, bevor sie meine Hand drückte. »Später findet übrigens die Begrüßungszeremonie statt, vergiss das nicht.«

Verdutzt schaute ich sie an. »B-Begrüßungszeremonie?« Davon hatte Grandma nichts erzählt.

»Das schaffst du schon. Wir sehen uns in Kräuterkunde!« Sie warf mir noch ein letztes Lächeln zu und verschwand in einem der zahlreichen Flure.

Für einen kurzen Moment starrte ich auf die Stelle, wo sie eben gestanden hatte, doch dann gab ich mir einen Ruck. »Dann lass uns mal unser neues Zuhause aufsuchen.« Ich blickte zu meiner Hundelady, die voller Vorfreude vorauslief.

Ich beneidete sie. Eigentlich sollten in mir die gleichen Gefühle herrschen. Vorfreude, Aufregung und Neugierde. Dabei empfand ich nichts vonall dem. Einsamkeit legte sich wie ein Schatten über mein Herz. Obwohl unzählige Schüler und Schülerinnen um mich herumschwirrten. Aber hier kannte mich niemand. Es gab nur Mrs Blueberry und mich.

Kaum hatten wir die Tür mit der Nummer dreizehn erreicht, schlug mein Herz schneller. Gleich würde ich zum ersten Mal das Zimmer sehen, das die kommenden Monate ein Zuhause für mich sein würde. Aufgeregt drückte ich die Klinke nach unten und schritt über die Schwelle.

Der Raum war mindestens genauso beeindruckend wie das ganze Gebäude. Geräumig, lichtdurchflutet und einladend. Mein Blick wurde sogleich von der breiten Fensterbank unterhalb eines großen Sprossenfensters angezogen. Unzählige karierte Kissen stapelten sich darauf, ergänzt durch eine dunkelgrüne Wolldecke mit dem Schulwappen. Links und rechts von dem perfekten Leseplatz standen zwei Himmelbetten, die beide mit Lichterketten dekoriert waren. Auf dem rechten entdeckte ich *Vampire Diaries*-Bettwäsche. Elena, Damon und Stefan Salvatore sprangen mir regelrecht entgegen. Kurz huschten meine Gedanken zu dem Mädchen mit den pinken Haarsträhnen aus Grandmas Buchhandlung. Vielleicht war sie meine Zimmergenossin? Andererseits gab es viele Fans der Serie. Ich selbst hatte jede Staffel schon einige Male durchgesuchtet.

Als Mrs Blueberry in die Richtung von meinem Bett tapste, seufzte ich auf und ein Lächeln stahl sich auf meine Lippen. Grandma. Die Bettwäsche, die am Tag meiner Ankunft in Watford auf meinem Bett unter dem Dachfenster gelegen hatte, war darauf ausgebreitet.

»Wuff!« Mrs Blueberry bellte auffordernd. Sie stand neben dem Bett und schaute auf ein großes, flauschiges Körbchen im Schottenmuster. Darauf war in goldener Schreibschrift *Mrs Blueberry* gestickt. Daneben befanden sich ein Fress- und Trinknapf, ebenfalls mit ihren Initialen versehen.

»Na, von wem ist denn dieses Körbchen?«

Mrs Blueberry winselte leise, bevor sie einen kleinen Zettel aus dem Körbchen zog und zu mir brachte. In Grandmas fein säuberlicher Schreibschrift stand dort:

Damit Mrs Blueberry einen Platz zum Träumen hat.
Passt gut aufeinander auf.

Als ich von der Nachricht aufblickte, hatte sich Mrs Blueberry zufrieden in dem Körbchen zusammengerollt. Ich grinste und schaute mich weiter im Raum um. Gegenüber den Betten gab es zwei weiße Wandschränke. Das filigrane Muster der Schranktüren passte perfekt zu den Stuckverzierungen an der Decke. Von dort baumelten auch vereinzelte Hängepflanzen herab, deren Blätter mit silbernen Lichtfäden durchzogen waren.

Einen Moment lang sah ich noch dabei zu, wie sich die hauchzarten Blätter sanft hin und her bewegten, und widmete mich dann meinem Koffer. Schnell klappte ich ihn auf und sortierte meine wenigen Halbseligkeiten in den noch leeren Schrank. Meinen Laptop stellte ich auf dem geräumigen Schreibtisch ab, auf dem sich bereits einige Bücher stapelten. Zu guter Letzt nahm ich die drei Bücher meines Dads heraus. Vorsichtig legte ich sie auf den Nachttisch und strich sanft mit den Fingerspitzen über die Einbände. Das hier war also ihr neues Zuhause für die nächsten Monate. Ob Dad geahnt hatte, dass ich die Nachfahrin der Campbell-Hexen sein würde? Oder hatte er gedacht, Mia würde es sein? Ich wünschte mir, er hätte mich bei diesen Schritten begleiten können. Aber tief in mir drin wusste ich, dass er immer bei mir war.

Bevor mein schmerzendes Herz noch schwerer wurde, wandte ich mich von den Büchern ab und lief auf die Tür zu, hinter der ich das Badezimmer vermutete. Bis es später zu der Begrüßungszeremonie ging, wollte ich mich ein wenig frisch machen.

Im Gegensatz zu dem Hauptzimmer, in dem ein Holzboden verlegt war, zierten weiße Fliesen das Badezimmer. Ein großer beleuchteter Spiegel nahm fast die komplette Wand für sich ein. Mein Blick blieb an meinem Spiegelbild hängen. Unzufrieden fing ich an, an meiner Bluse herumzuzupfen, die ich soeben gegen den Pullover eingetauscht hatte. Sie war definitiv unbequemer. Frustration machte sich in mir breit und ich seufzte auf. Vergebens versuchte ich meine Haare zu bändigen, indem ich sie zu einem hohen Zopf band. Einige Strähnen führten dennoch ein Eigenleben und standen in alle Richtungen ab.

Gerade als ich das Bad verlassen wollte, hörte ich ein lautes Bellen. Meine Mitbewohnerin schien gekommen zu sein. Nervosität keimte in mir auf. Ich tat mich immer schwer damit, neue Freundschaften zu schließen. Tief atmete ich einmal durch und lief zurück ins Zimmer.

»Lilly! Wie cool ist das denn?«

Vor mir stand tatsächlich das Mädchen aus Grandmas Buchhandlung. Wie hieß sie noch gleich? Auf jeden Fall konnte ich mich an ihr *Vampire-Diaries*-T-Shirt erinnern. Und an die pinken Haarsträhnen. Selbst wenn diese mittlerweile nicht mehr ihr schwarzes, langes Haar zierten.

Sie hüpfte auf mich zu und nahm mich in die Arme. »Kannst du dich an mich erinnern? Ich bin es, Elanor! Das Mädchen aus der Buchhandlung deiner Grandma.«

Ein wenig überrumpelt erwiderte ich die Umarmung. »Elanor, schön dich wiederzusehen!«

Sie ließ mich los und lächelte mich an, wobei ihre lavendelfarbenen Augen schimmerten. Moment mal, was? Ich musterte Elanor noch einmal genauer. Aber tatsächlich. Elanors Augen hatten die Farbe von Lavendel.

»Ich hatte Angst, dass ich hier in meinem Austauschjahr keinen Anschluss finden würde. Doch das hat sich ja jetzt erledigt.« Elanor klatschte freudig in die Hände.

Ein Austauschjahr? War sie etwa keine Hexe?

»Austauschjahr?«

Elanor nickte, wobei einige ihrer Haarsträhnen im Takt mitwippten. »Ich bin eine Fee und darf ein Austauschjahr an der Ravenhall Academy machen. Ansonsten besuche ich die Feen-Academy in Irland.«

Überrascht riss ich die Augen auf. Vor mir stand eine echte Fee! Ich hatte einiges über diese anmutigen Wesen in meinem

Grimoire gelesen. Was sie wohl für Fähigkeiten hatte? Dank Grandma wusste ich, dass diese von Fee zu Fee variierten. Es gab Feen, die mit Tieren sprechen, Gedanken lesen oder die Gefühle von anderen spüren konnten. Aber auch solche, die mit Geistern kommunizierten. Bei dem Gedanken daran, dass es tatsächlich echte Geister geben könnte, schüttelte es mich noch immer. Schnell konzentrierte ich mich wieder auf Elanor.

»Also kommst du aus Irland?«

»Genau. Ich bin schon vor ein paar Tagen angereist. Ich hoffe, es stört dich nicht, dass ich mich bereits ein wenig eingerichtet habe.«

Ich schüttelte den Kopf. »Nein, überhaupt nicht. Ich mag deine Bettwäsche.« Amüsiert deutete ich auf ihr Bett.

Elanors Wangen färbten sich rot. »Ach ja, die … Sie war ein Geburtstagsgeschenk meines Bruders. Da musste ich sie einfach mitnehmen.« Die Fee ging in die Hocke und streichelte Mrs Blueberry. Wohl, um schnell vom Thema abzulenken.

»Ist sie deine Gefährtin?«

Meine Hundelady schien die Streicheleinheiten sichtlich zu genießen und musterte Elanor aus ihren großen Augen aufmerksam, während sie freudig winselte.

»Ja, genau. Das ist Mrs Blueberry, meine Hundelady.«

Elanor strahlte über beide Ohren. »Wie großartig! Ich wollte schon immer einen Hund, aber meine Eltern haben es mir nicht erlaubt. Wir Feen haben leider keine Gefährten oder Gefährtinnen.« Sie verzog ihren Mund zu einer Grimasse.

»Nun ja, jetzt hast du eine Hündin als Zimmergenossin.« Ich grinste sie an.

»Ich freue mich auf unsere gemeinsame Zeit!«, erwiderte Elanor mit strahlenden Augen und ging zu ihrem Bett, um sich im Schneidersitz darauf niederzulassen.

Ich tat es ihr gleich und machte es mir auf meiner Seite bequem. Mrs Blueberry schaute von ihrem Körbchen auf und blickte neugierig zwischen uns beiden hin und her. Fieberhaft überlegte ich, was ich am besten fragen sollte, um das Gespräch aufrechtzuerhalten.

»Also, äh, wie ist es so, eine Fee zu sein?«

Kaum waren mir die Worte über die Lippen gerutscht, wollte ich sie wieder zurücknehmen. Sie waren einfallslos. Sehr einfallslos. Innerlich stöhnte ich auf.

Doch zu meiner Erleichterung lachte Elanor los. »Ich kenne nichts anderes. Mein Dad, meine Mum und mein Bruder sind Mondfeen. Genau wie ich. Wie ist es denn, eine Hexe zu sein?«

Bisher hatte ich gar nicht gewusst, dass sich die Feen, abgesehen von ihren Fähigkeiten, auch sonst noch unterschieden. Das Bedürfnis, Elanor mit tausend Fragen zu löchern, keimte in mir auf, aber ich hielt mich zurück und konzentrierte mich darauf, ihre zu beantworten.

»Ich wusste bis vor einer Woche nicht, dass ich eine Hexe bin. Meine Mum hat sich von der Hexengemeinschaft abgewandt und erst durch Grandma erfuhr ich von meinen Kräften.«

»Wow, echt? Bestimmt musst du dadurch noch einiges nachholen. Ist dein Dad ein Hexer?«

»Ja, das stimmt. Nein, mein Dad war ein Mensch.«

»War?«, hakte Elanor vorsichtig nach.

Ich schluckte schwer. »Er ist vor drei Jahren verstorben.«

Elanor keuchte auf. »Das tut mir schrecklich leid!«

Ich lächelte sie traurig an. »Ist schon okay. Du meintest gerade, du bist eine Mondfee. Was bedeutet das genau?«, versuchte ich vom Thema abzulenken. Ich wollte nicht über den Verlust meines Dads reden. Nicht hier und nicht jetzt.

Elanors Gesicht hellte sich ein wenig auf, wobei ihre lavendelfarbenen Augen leuchteten. »Eine Mondfee fühlt sich der Nacht und dem Mond verbunden. Wir richten uns nach dem Mondrhythmus. Ich kann in Träumen wandeln und habe Visionen. Letzteres kommt jedoch eher selten vor.«

Beeindruckt und ein wenig verängstigt starrte ich Elanor an. Zwar konnte sie keine Gedanken lesen, aber in Träumen wandeln, was für mich ähnlich war. Schließlich waren Träume ebenfalls eine Art von Gedanken, oder?

»Heißt das, du kannst sehen, was ich träume?« Die Frage kam mir ein wenig zu schnell über die Lippen.

Elanor nickte. »Genau. Aber nur, wenn ich das bewusst steuere. Normalerweise versuche ich es zu vermeiden. Die Privatsphäre anderer ist mir sehr wichtig. Ich möchte schließlich auch nicht, dass jemand in meinen Träumen herumschnüffelt. Außerdem raubt es mir jede Menge Energie.«

Ich atmete auf und der Kloß in meinem Hals löste sich. Also würde sie nicht in meinen Träumen wandeln. Zumindest nahm ich das an. Irgendetwas sagte mir, dass ich Elanor trauen konnte. Sie schien ehrlich und aufrichtig zu sein. Ich hoffte nur, dass mich mein Gefühl nicht täuschte.

»Wollen wir nach unten gehen? Die Begrüßung der neuen Schüler und Schülerinnen beginnt in fünfzehn Minuten und vielleicht können wir einen guten Platz ergattern.« Noch während sie den Satz aussprach, sprang Elanor vom Bett auf und lief zur Tür.

Ich schaute zu meiner Hundelady und überlegte, ob ich sie mitnehmen sollte. Allerdings war sie meine Gefährtin und genauso ein Teil dieser Hexengemeinschaft wie ich. Also entschied ich mich dafür. Beim Aufstehen fiel mein Blick erneut auf die *Vampire Diaries*-Bettwäsche. Amüsiert räusperte ich mich und machte eine nickende Kopfbewegung zu ihrem Bett.

»Team Stefan oder Team Damon?«

Verwirrung lag auf ihren Zügen, bis sie zu verstehen schien. »Anfangs war ich Team Stefan, aber Damon hat mich einfach in seinen Bann gezogen. Also Team Damon«, kicherte Elanor.

Ich grinste und deutete mit dem Finger auf mich selbst. »Ebenfalls Team Damon.«

KAPITEL 7

Bei dem Hexenamulett handelt es sich um ein Familienerbstück, das von Generation zu Generation weitergegeben wird. Sobald eine Hexe oder ein Hexer dessen Stein berührt, verändert sich seine Farbe und passt sich der Familie an. Durch das Amulett wird die Magie kanalisiert, besser kontrolliert und verstärkt.

– AUSZUG GRIMOIRE, KAPITEL 110 –

Ehrfürchtig ließ ich meinen Blick über den in Kerzenschein getauchten Festsaal gleiten. Dunkelblaue Samtvorhänge waren vor die bodentiefen Fenster gezogen, sodass nur vereinzelte Sonnenstrahlen ihren Weg in den großen Raum fanden.

»Wow, schau dir das an!« Elanor deutete in die Richtung eines Podests, hinter dem ein großes Banner angebracht war. In feinster Kunstarbeit waren auf diesem dreizehn verschiedene Tierarten verewigt worden.

»Das Wappen der ersten Hexen«, flüsterte ich, woraufhin Elanor bestätigend nickte. Laut Grandma war das flaggenähnliche Gebilde ein Einzelstück. Angefertigt im sechzehnten Jahrhundert zum Gedenken an die dreizehn ersten Hexen und ihre tierischen Gefährten und Gefährtinnen. Fasziniert betrachtete ich die zart gezeichneten dunkelroten Blütenblätter, die sich anmutig mit den Silhouetten der Tiere verwoben. Als ich auch einen illustrierten Hund entdeckte, der mich vage an Mrs Blueberry erinnerte, verspürte ich zum ersten Mal, seit ich hier angekommen war, ein Hauch von Zugehörigkeit.

»Wo sollen wir uns hinsetzen?«, riss mich Elanor aus den Gedanken.

Schnell konzentrierte ich mich wieder auf das Hier und Jetzt und schaute zu den Schülern und Schülerinnen, die bereits im ganzen Saal verteilt auf hölzernen Stühlen saßen. Ich wollte gerade zu einer Antwort ansetzen, als plötzlich jemand hinter mir »Bounty!« quiekte.

Stirnrunzelnd drehte ich mich um, wobei ich fast über ein braunhaariges Mädchen gestolpert wäre, das sich auf den Boden gekniet hatte und im Begriff war, ein kleines braun-weiß gestreiftes Flauschknäuel einzufangen. Das kleine Meerschweinchen versuchte jedoch Mrs Blueberry auszuweichen, die es immer wieder mit ihrer Schnauze anstupste.

»Mrs Blueberry, aus!«, zischte nun auch ich.

Mit großen Augen wandte sich meine Hundelady zu mir um und blinzelte einige Male. Als ich ihr einen weiteren warnenden Blick zuwarf, nieste sie bloß beleidigt.

»Tut mir leid, aber Bounty hat ein Talent dafür, ständig auszubüxen!« Das Mädchen hob das eingefangene Meerschweinchen hoch und strich sanft über das flauschige Köpfchen. Bounty fiepte zustimmend.

Ich konnte mir ein Grinsen nicht verkneifen, da ich dieses Talent nur zu gut von Mrs Blueberry kannte.

»Oh, ich habe mich ja noch gar nicht vorgestellt! Ich bin Melina«, brachte sie ein wenig verlegen hervor.

»Hast du mal wieder Bounty verloren?« Ein Mädchen mit

einem Igel auf der Schulter bahnte sich ihren Weg durch die Menge und gesellte sich zu uns.

»Ich habe ihn nicht verloren, er hat nur sein eigenes Ding durchgezogen«, protestierte Melina.

»Das ist immer deine Ausrede.«

»Das ist keine Ausrede, sondern ein Fakt.« Melina lächelte das Mädchen vielsagend an, bevor sie sich wieder an uns wandte. »Das ist übrigens Tessa, meine Cousine.«

Ich schaute zwischen den beiden hin und her. Die Ähnlichkeit war verblüffend und allein die Haarlängen unterschieden sich.

»Ich bin Elanor und das ist Lilly«, erwiderte meine Zimmergenossin.

»Wow, deine lavendelfarbenen Augen! Du bist eine Fee, oder?«, sagte Tessa in Elanors Richtung, die jetzt rot anlief und nickte. »Ich darf hier mein Austauschjahr machen.«

»Das klingt aufregend«, warf Melina grinsend ein.

»Wir sollten uns einen Platz suchen, die Begrüßungszeremonie beginnt gleich«, wandte sich nun wieder Tessa an uns.

Wir nickten zustimmend und steuerten auf die Stühle in der vorletzten Reihe zu. Kaum ließen wir uns darauf nieder, betrat ein Mann das Podest, der eine Autorität und Strenge ausstrahlte, die ich so noch nie zuvor erlebt hatte.

Elanor beugte sich zu mir vor. »Das ist Mr Ravenwood, unser Schulleiter. Angst einflößend, findest du nicht?«, flüsterte sie mir ins Ohr.

Ich nickte zustimmend. Mir entging auch nicht, dass er eine starke Ähnlichkeit zu Jason hatte. Ebenfalls dunkles Haar und markante Gesichtszüge. Die türkisblauen Augen stachen genau wie die von Jason unverkennbar hervor. Sein Gesichtsausdruck hingegen wirkte kühl.

»Es freut mich, Sie alle hier an der Ravenhall Academy begrüßen zu dürfen. Die kommenden zwei Jahre werden für Sie mit Sicherheit eine Herausforderung, aber nur daran wächst man. Ich hoffe, Sie haben schon alle Ihre Zimmer bezogen. In diesem Zusammenhang möchte ich auf unsere Hausregeln aufmerksam machen.« Er räusperte sich und ließ seinen Blick über die Schülermenge schweifen, wobei das Kerzenlicht Schatten auf seine Gesichtszüge warf. »Zum einen ist das Tragen der Schuluniform während der Unterrichtszeit Pflicht. Außerdem gilt eine Nachtruhe ab zehn Uhr. Frühstück gibt es um sieben, Mittagessen um zwölf und Abendessen um sechs Uhr. Den Speisesaal finden Sie direkt gegenüber. Der Unterricht beginnt in der Regel um acht Uhr und endet um drei Uhr. Unentschuldigtes Fehlen wird nicht geduldet und zieht Konsequenzen nach sich. Sollten Sie sich krank fühlen, wenden Sie sich bitte an Mrs Smith.« Kurz huschte ein Lächeln über sein Gesicht. Doch es wirkte aufgesetzt. »Ihre tierischen Gefährten und Gefährtinnen sind hier gern gesehen. Sie dürfen sie zum Unterricht mitbringen. Bedenken Sie jedoch, für welche Fächer die Tiere als Begleitung eher ungeeignet sind. Die Stundenpläne bekommen Sie gleich ausgehändigt. Ihr Schuljahrgang besteht aus zwei Klassen. Für jede gibt es einen Mentor, an den Sie sich bei Fragen wenden können. Bei der Klasse von Mrs Taylor ist die Mentorin Vicky Davies. Bei der Klasse von Mr Robinson steht Ihnen mein Sohn, Jason Ravenwood, als Mentor unterstützend zur Seite. Ich wünsche Ihnen einen guten Start und übergebe hiermit an die Lehrkräfte.« Damit verließ Mr Ravenwood das Podest und überließ es einer freundlich aussehenden Frau.

»Ich bin Mrs Taylor und rufe jetzt alle Namen der Schüler und Schülerinnen auf, die in meiner Klasse sind. Bitte halten Sie Ihr Amulett bereit. Dieses wird nun durch meine Magie aktiviert.« Sie linste über den Rand ihrer Brille und studierte kurz die Namensliste in ihrer Hand. »Als Erstes hätten wir die Anderson-Cousinen. Bitte kommen Sie nach vorne. Sobald Sie den Stundenplan haben, dürfen Sie sich in den Speisesaal zum Abendessen begeben.«

Neben mir erhoben sich Tessa und Melina und schritten auf die Hexe zu, die sie mit einem kurzen Lächeln in Empfang nahm. Dann legte Mrs Taylor die Namensliste beiseite, hob ihre Hände und hielt sie über die Amulette, die die beiden stolz um den Hals trugen. Dabei murmelte sie ein paar Worte, die ich nicht verstand. Sekunden später erhellten die Farben ihrer Amulette den in Kerzenschein getauchten Raum. Ein warmes Braun vermischte sich mit einem klaren Meeresblau, wobei die Lichtstrahlen anmutig um die Wette tanzten und sich mit dem aufleuchtenden Ebenbild ihres Familienwappens verwoben. Anschließend nahmen die Mädchen ihren Stundenplan entgegen und verließen den Saal mit einem breiten Grinsen auf den Lippen.

In der nächsten halben Stunde rief Mrs Taylor immer mehr Schüler und Schülerinnen auf. Jedes Mal, wenn ein Amulett aktiviert wurde, gab es Lichtstrahlen, die jeweils in den Farben der Familie funkelten und das Familienwappen erstrahlen ließen. Es war ein wahres Spektakel und ich kam aus dem Staunen nicht mehr heraus.

»Ms Lilly Campbell.«

Als mein Name durch den Saal hallte, zuckte ich kurz zusammen. Dann jedoch stand ich langsam auf und ging durch die Stuhlreihen nach vorne. Meine Hundelady folgte mir brav.

Meine zukünftige Klassenlehrerin stellte sich lächelnd vor mich und legte vorsichtig ihre Hand auf mein Amulett. »*Amuletum connectit cum magica*«, flüsterte sie mit sanfter, melodischer Stimme.

Ein angenehmes, warmes Kribbeln durchfuhr meinen Körper, während sich das Amulett erhitzte. Gleichzeitig fühlte es sich an, als würde ein Energieschub nach dem anderen durch meine Adern jagen. Ein Lichtspiel aus grünen und blauen Farben tanzte durch den Saal und verflocht sich mit dem Campbell-Familienwappen, das aus einem Kreis mit feinen Verschnörkelungen, zwölf äußeren Zacken und einem viereckigen Stern in der Mitte bestand. Ein Lächeln stahl sich auf meine Lippen, als eine Woge Magie in das Amulett und durch mich hindurchströmte, mein Herz ummantelte und meine Fingerspitzen kribbeln ließ.

»Willkommen an der Ravenhall Academy, Ms Campbell. Als Enkelin von Charlotte wird von Ihnen Großes erwartet.« Mrs Taylor reichte mir meinen Stundenplan.

Mit einem dankbaren Nicken und weichen Knien nahm ich ihn entgegen. Hastig drehte ich mich um und lief aus dem Saal, vorbei an den ganzen Schülern und Schülerinnen, die mich aufmerksam musterten.

Kaum stand ich in der Eingangshalle, fühlte ich mich allein. Das aufgeregte und zugleich nervöse Flattern in meiner Magengrube hatte nachgelassen und eine bleierne Erschöpfung holte mich ein. Was sollte ich nun tun? Elanor war noch immer im Festsaal und zum Abendessen wollte ich nicht ohne sie. Also entschied ich mich, auf sie zu warten.

Suchend blickte ich mich nach einer Sitzgelegenheit um, doch außer zwei Bänken aus Marmor, auf denen sich bereits ein paar Schüler und Schülerinnen aufgeregt miteinander unterhielten, entdeckte ich nichts. Da sich meine Beine jedoch wie Pudding anfühlten, lief ich gemeinsam mit Mrs Blueberry auf die Wendeltreppe zu und ließ mich auf einer der untersten Stufen nieder, während sich meine Hundelady neben mir zusammenrollte.

Mit müden Augen lehnte ich meinen Kopf gegen das goldene Geländer und ließ meinen Blick durch die große Eingangshalle schweifen. Dies war mein neues Zuhause. Eine Academy für Hexen und Hexer mitten in einem Wald. Verborgen vor der Menschheit. Ich seufzte auf. In den letzten Tagen hatte ich viel gezweifelt. An der mir bisher vertrauten Welt und daran, ob ich meinem Schicksal gewachsen war. Ich wusste nicht einmal, ob ich bereit war, mich als Hexe zu bezeichnen. Es gab noch so vieles, was ich nicht verstand. Dennoch war da diese Hoffnung in mir. Die Hoffnung, dass ich es schaffte. Stark genug war, mit alldem fertigzuwerden. Und dass ich mich eines Tages in dieser Welt zurechtfand.

»Du sitzt hier wie bestellt und nicht abgeholt. Worauf wartest du?«

Ich fuhr zusammen und sprang auf. Dann wirbelte ich herum. »Erschreck mich doch nicht so!« Ich ballte die Hände zu Fäusten und blickte Jason entgegen, der auf mich zukam. Die oberen Knöpfe seines Hemds waren geöffnet und die hochgekrempelten Ärmel zeigten seine definierten Unterarme. Die schwarze Jeans, in deren Hosentaschen er nun seine Hände schob, saß tief auf seinen Hüften. Die Schuluniform sah an ihm verboten gut aus, das konnte ich nicht leugnen.

»Hey, bist du nicht die Campbell-Hexe? Stimmt es, dass du erst seit ein paar Tagen von unserer Existenz weißt?«

Nun bemerkte ich auch die zwei Jungs, die hinter Jason aufgetaucht waren. Der eine mit den lila gefärbten Haaren und dem Nasenpiercing grinste mich schräg an. Wie hieß er noch gleich? Finley?

»Das würde zumindest den erschrockenen Ausdruck in ihrem Gesicht erklären, als sie dich im Wald gesehen hat«, warf der andere Hexer mit den schwarzen Augen ein.

»Henry, Finley. Verschwindet.«

»Wir sind nur neugierig.« Henry hob eine Augenbraue.

Jason verschränkte die Arme, wobei sein Blick keine Widerrede duldete.

»Bis bald!«, rief mir Finley über die Schulter hinweg zu, als die beiden Richtung Speisesaal verschwanden.

»Also, worauf wartest du?«, fragte Jason weiter.

Verwirrt schaute ich ihn an und verstand nicht, weshalb ihn das so brennend interessierte. »Ich warte auf meine Zimmergenossin Elanor. Wir werden gerade unseren Klassen zugeteilt. Mrs Taylor ist meine Klassenlehrerin.«

Jason grinste. »Ah, die alte Mrs Taylor. Gutmütige Frau. Dann ist wohl Vicky eure Mentorin.«

Leicht ungläubig blinzelte ich. Sein Lächeln kam unerwartet. Und ich war mir nicht sicher, ob es echt war.

»Scheint so«, murmelte ich daher nur.

»Jason, da bist du ja!«, hörte ich plötzlich eine Stimme zu uns hinüberhallen.

Jason drehte sich um und ich spähte an ihm vorbei. Auf uns lief eine mir mittlerweile vertraute Hexe zu. Als sie mich sah, hob sich eine ihrer Augenbrauen.

Doch ich wurde von ihrer schwarzen Katze abgelenkt, die laut zu fauchen begann, als sie Mrs Blueberry entdeckte.

»Queenie, so ein Köter ist es gar nicht wert. Hör auf zu fauchen.« Vicky hielt inne und nahm die Katze auf den Arm.

Mein Mund klappte auf. Hatte ich mich gerade verhört? Köter? »Meine Hündin ist kein Köter. Sie ist meine Gefährtin und hat einen Namen!«, zischte ich.

Vicky strich sich mit den Fingern durch das blonde Haar, bevor sie es in den Nacken warf. »Wie auch immer.« Abfällig musterte sie mich und machte dann einen weiteren Schritt auf Jason zu.

»Lass uns gehen. Wir sollten uns mit dem Abendessen beeilen, schließlich will dein Vater uns später sehen.« Ohne Jasons Antwort abzuwarten, griff sie nach seinem Unterarm und zog ihn hinter sich her. »Was wollte denn diese Erstklässlerin von dir?«, hörte ich Vicky noch sagen, bevor sie aus meinem Sichtfeld verschwanden.

Ehe ich mich jedoch weiter über das Verhalten der beiden ärgern konnte, tauchte Elanor plötzlich vor mir auf und strahlte bis über beide Ohren. »Lilly, wir sind in einer Klasse!«

Mein Versuch, ein Lächeln aufzusetzen, scheiterte kläglich.

»Wie schön. Das wird bestimmt großartig!«

Elanor musterte mich. »Was ist los? Du machst ein Gesicht, als hättest du gerade einen Geist gesehen.«

Ich seufzte. Eigentlich wollte ich nicht darüber reden. Vor allem, da es mir egal sein sollte.

»Könnte man so sagen. Es gibt da diesen Jungen …«

Die Augen der Fee begannen zu leuchten. »Oh, also eine Liebesgeschichte!«

Schnell schüttelte ich den Kopf. »Nein, keine Liebesgeschichte. Wir können uns nicht mal besonders gut leiden. Außerdem kenne ich ihn kaum.« Frustration machte sich in mir breit. »Unsere Grandmas sind miteinander befreundet.«

Auffordernd schaute Elanor mich an und zog dabei eine Augenbraue nach oben. »Und weiter?«

»Nichts weiter. Das wars. Ich habe soeben seine Freundin kennengelernt. Obwohl, ich weiß nicht mal, ob sie seine Freundin ist. Auf jeden Fall wirkten sie sehr vertraut miteinander.

Auch sonst scheinen sie gut zusammenzupassen«, gab ich zu. »Ach, und sie hat Mrs Blueberry als Köter bezeichnet!«

Elanor fluchte laut, wobei ihr irischer Akzent herauskam, dann hakte sich bei mir unter und tätschelte meinen Arm.

»Komm, wir gehen zum Abendessen.«

Der Speisesaal war um einiges lichtdurchfluteter als der Festsaal. Die schweren Samtvorhänge waren zur Seite geschoben worden und gewährten einem einen einzigartigen Blick auf den See vor der Academy. Fasziniert betrachtete ich die Kronleuchter, die von der Decke hingen, und die uralten Gemälde, die sich an den Wänden aneinanderreihten. In ihrer nahezu majestätisch anmutenden Präsenz standen sie jedoch im starken Kontrast zu den etlichen Schülern und Schülerinnen, die an Holztischen saßen und sich ausgelassen unterhielten.

Ein wenig unsicher schauten Elanor und ich uns nach Plätzen um, doch da entdeckte ich bereits Tessa und Melina, die uns über ein paar Tische hinweg zuwinkten. Schnell liefen wir zu den beiden.

»Und, in welcher Klasse seid ihr?« Tessa lächelte uns fragend an.

»Ebenfalls in der von Mrs Taylor.« Elanor strahlte begeistert.

»Oh, wie schön. Das wird bestimmt ein gutes Schuljahr«, erwiderte Melina, während Tessa ihr nickend zustimmte.

Elanor grinste breit. »Das glaube ich auch. Habt ihr euch schon was zu essen geholt?«

Tessa schüttelte den Kopf. »Nein, noch nicht.«

Also begaben wir uns gemeinsam zur Schlange der Essensausgabe. Bereits von Weitem kam mir der herrliche Duft von Pizza entgegen. Während mir das Wasser im Mund zusammenlief, fiel mir auf, dass ich seit dem Frühstück nichts mehr gegessen hatte.

Doch als wir an die Reihe kamen, stutzte ich. Hinter der Essensausgabe stand kein Personal. Sondern eine Pizza nach der anderen erhob sich zeitgleich mit einem Teller und schwebte zu den Schülern und Schülerinnen.

»Wie ist das möglich?«, fragte ich in die Richtung der anderen, als ich mein Abendessen entgegennahm. Dabei meinte ich vor allem die Tatsache, dass ich genau meine Lieblingspizza bekommen hatte, obwohl es noch etliche andere Sorten gab.

»Eine alte Legende der Ravenhall Academy besagt, dass das Personal aus Kobolden besteht, die sich in die Academy verirrt und nicht mehr zurückgefunden haben. Seitdem stehen sie in den Diensten der Academy«, erklärte Tessa.

»Tatsächlich ist es nur eine Legende. Ansonsten würde ich diese kleinen, frechen Racker sehen«, ergänzte Elanor mit einem Zwinkern.

»Soll das etwa bedeuten, Feen können Kobolde sehen und Hexen nicht?«, fragte ich stirnrunzelnd. Ich hatte zwar bereits in dem Grimoire gelesen, dass es Kobolde gab, dieser Fakt war mir jedoch neu.

Aufgeregt nickte Elanor, wobei ihr einige ihrer schwarzen Haarsträhnen ins Gesicht fielen. »In der Tat. Kobolde bevorzugen die Wälder Irlands, sind jedoch ebenfalls in England vorzufinden. Es gibt gute und dunkle Exemplare. Die guten erkennt man an ihren langen Hängeohren und den großen Augen. Die meisten von ihnen haben auch ein flauschiges Fell. Die dunklen Kobolde hingegen haben spitze, lange Ohren, kleine Fangzähne und eine grünliche ledrige Haut.«

»So hatte ich mir Kobolde irgendwie nicht vorgestellt«, murmelte ich, während ich die Margeritha-Pizza auf meinem Teller betrachtete. »Aber wer sind dann die unsichtbaren Helferlein in der Küche?«

»Was glaubst du denn? Das ist einfach nur reine Magie«, warf Jasons Kumpel Finley ein, der gerade an uns vorbeilief.

Perplex schüttelte ich den Kopf. Ob ich mich je an diese Magie gewöhnen würde?

Kaum waren wir zurück am Platz, machten wir uns über die Pizza her und ich genoss jeden Bissen. Immer wieder schob ich kleine Randstückchen zu meiner Hundelady unter den Tisch. Zwar gab es für meine Gefährtin ebenfalls Fressen, dennoch konnte ich ihrem flehenden Winseln nicht widerstehen.

»O mein Gott. Da ist er.«

»Wo ist wer?« Stirnrunzelnd beobachtete ich, wie Tessa und Melina gleichzeitig in eine Richtung starrten und sich mit ihren Händen theatralisch Luft zufächelten.

»Dort drüben sitzt Jason Ravenwood. Sohn des Schulleiters. Bester Bogenschütze der U21 in England. Und wohl der heißeste Hexer, den diese Academy jemals gesehen hat«, erklärte Tessa.

Als hätte ich für eine Sekunde das Schlucken und Kauen verlernt, blieb mir ein Stück Pizza im Hals stecken und ich fing laut zu husten an.

Schnell klopfte mir Elanor auf den Rücken. »Gehts wieder?«

»Alles gut«, krächzte ich, sobald ich mich beruhigt und zu Atem gekommen war. Leider konnte ich nicht verhindern, dass mein Blick automatisch zu Jason wanderte, der sich angeregt mit ein paar Jungs unterhielt.

Als hätte er gespürt, dass ich ihn musterte, schaute er in diesem Moment hoch und fixierte mich mit seinen Augen. Die Stimmen der anderen rückten in weite Ferne und mein Herz begann zu rasen.

Doch der Moment verflog so schnell, wie er gekommen war,

als sich plötzlich Vicky zu den Jungs gesellte und zwischen Finley und Jason quetschte. Rasch wandte ich mich ab und starrte auf meine Pizza.

»Lilly?« Elanors Stimme drang an mein Ohr.

»Hmmm …«, murmelte ich.

»Hast du schon auf den Stundenplan geschaut?«

Ich schüttelte den Kopf. Leider half es nicht dabei, meine Gedanken an Jason zu vertreiben. Ich fluchte innerlich.

»Als Erstes haben wir morgen Geschichte der übernatürlichen Wesen. Danach geht es weiter mit *Tierkunde* und mittags steht dann *Bogenschießen* auf dem Plan.«

Ich versuchte mich zusammenzureißen und nahm meinen Stundenplan, um die anderen Tage zu studieren. Es gab noch die Fächer *Kräuterkunde, Hexenschriften* und *Kunst der Magie*. Aber vor allem war ich auf das Fach *Bogenschießen* gespannt. Und selbst wenn ich es mir nur ungern eingestand: Vielleicht hing das auch mit einem gewissen Jungen zusammen.

»Auf dem Stockwerk der Mädchen gibt es einen Aufenthaltsraum. Sollen wir dort den Abend ausklingen lassen?« Tessa blickte uns fragend an.

Wir nickten alle zustimmend und machten uns auf den Weg zu unserem Stockwerk. Kurz schaute ich noch einmal unauffällig in Jasons Richtung, nur um festzustellen, dass er nicht mehr an seinem Platz saß. Schnell wandte ich mich wieder ab und folgte den anderen zu unserem Ziel.

Kaum ging die Tür zum Aufenthaltsraum auf, wanderte mein Blick zu dem riesigen bodentiefen Fenster, das fast die gesamte Wand einnahm. Die letzten Sonnenstrahlen des Tages warfen ihr Licht in den Raum und tanzten anmutig auf dem einladenden dunkelgrünen Sofa. Tessa eilte direkt zu einem Kühlschrank und reichte uns jeweils eine Coladose. Wir ließen uns auf dem Sofa nieder und ich genoss die Wärme des prasselnden Feuers im Kamin, der an der Wand neben dem Fenster eingelassen war.

»Seid ihr eigentlich auch Zimmergenossinnen?«, wandte sich Elanor an Tessa und Melina.

»Ja. Eine andere Möglichkeit kam für uns schlichtweg nicht infrage. Wir sind in London aufgewachsen – und schon immer unzertrennlich.« Tessa lächelte. »Habt ihr Geschwister?«

Elanor nickte. »Ja, ich habe einen älteren Bruder.«

Tessa wandte sich an mich. »Und du?«

»Ja, ich habe eine Zwillingsschwester.« Schnell trank ich einen Schluck von meiner Cola, um nicht weiter darauf einzugehen. Alle drei musterten mich jedoch neugierig, was die Situation nicht gerade besser machte.

»Und deine Eltern? Sind sie beide magiebegabt?« Melina schaute mich aufmerksam an.

Was sollte ich sagen? Wollte ich ihnen direkt anvertrauen, dass ich eine Halbwaise war? Aber es führte sowieso kein Weg daran vorbei. Irgendwann würden sie dahinterkommen. »Meine Mum ist eine Hexe. Mein Dad war ein Mensch. Er ist leider verstorben.« Ich biss mir auf die Unterlippe, um die aufkommenden Tränen zu unterdrücken.

Kurz herrschte Stille, die allein von Mrs Blueberrys leisem Winseln durchbrochen wurde.

»Das tut mir leid«, erwiderte Tessa schließlich mit traurigem Blick.

Melina nickte zustimmend. »Ich habe gehört, dass bei Zwillingsgeschwistern nur der eine Zwilling eine Hexe oder ein Hexer werden kann«, lenkte sie vom Thema ab, wofür ich ihr dankbar war. Über den Tod meines Dads zu reden, fiel mir selbst nach drei Jahren noch schwer.

Ich nickte. »Ja, das stimmt.«

»Wie hat sie denn die Neuigkeit aufgenommen, als sie erfahren hat, dass du die Magie geerbt hast?« Tessa wirkte aufrichtig interessiert.

Ich atmete tief durch. Jetzt oder nie. Ich musste ihnen davon erzählen. Wenigstens eine Kurzversion. Wenn ich mir zu diesen drei Mädchen eine Freundschaft aufbauen wollte, dann gab es nur die Wahrheit.

»Tatsächlich wusste ich bis vor ein paar Tagen nicht einmal von der Existenz der Hexen.«

Entgeistert blickten Tessa und Melina mich an.

»Moment mal. Wie geht denn so was?« Tessas Stimme klang eine Oktave höher.

Ich seufzte auf. »Meine Mum hat sich von der Hexengemeinschaft abgewandt. Daher hatte ich keine Ahnung von alldem hier, bis mir meine Grandma vor ein paar Tagen alles erzählt hat.«

Die beiden schauten mich immer noch mit offenem Mund an. »Wow. Dann muss das alles ganz schön viel für dich sein.« Melinas Blick wurde mitfühlend.

»Stimmt. Aber ich komm schon klar«, winkte ich mit einem Lächeln ab und versuchte schnell vom Thema abzulenken. »Welches ist eigentlich euer Zimmer?«

»Unser Zimmer hat die Nummer zwei. Wir …«

Weiter kam Tessa nicht, denn die Tür zum Aufenthaltsraum ging auf und Vicky spazierte mit ihrer Katze auf dem Arm herein. Hinter ihr kam ihre Freundin Violet zum Vorschein. Im nächsten Moment war mir das jedoch völlig gleichgültig, denn Vickys Katze hatte Mrs Blueberry entdeckt und fuhr unter lautem Gefauche ihre Krallen aus. Schnell sprang ich auf und stellte mich schützend vor meine Hundelady. Selbst das Meerschweinchen von Melina flitzte beim Anblick der Katze hinter sie und Tessas Igel rollte sich blitzschnell zusammen.

»Ach, die Anderson-Cousinen. Jetzt muss ich euch ja wieder öfter sehen«, sagte Vicky, während sie stehen blieb und uns nacheinander abfällig musterte. Dann wandte sie sich ab und holte sich mit Violet ebenfalls etwas zu trinken aus dem Kühlschrank.

Stumm verständigten wir uns darauf, den Aufenthaltsraum zu verlassen.

Kaum war die Tür hinter uns zugegangen, räusperte sich Tessa. »Vicky Davies ist in unserer direkten Nachbarschaft aufgewachsen, doch wir haben uns noch nie sonderlich gut verstanden.«

Melina nickte zustimmend und fügte hinzu: »Dabei war ihr älterer Bruder Trevor immer so nett. Aber seit er nach seinem Abschluss an der Ravenhall Academy um die Welt reist, haben wir ihn nicht mehr gesehen.«

»Der arme Trevor war stets das schwarze Schaf der Davies, während Vicky von klein auf das Vorzeigekind ihrer mächtigen Hexenfamilie gewesen ist.«

»Vicky kommt aus einer mächtigen Hexenfamilie?«, fragte ich neugierig und musste dabei einem Kehrbesen ausweichen, der wie von Geisterhand flink durch den Korridor fegte.

»In der Tat. Mr Davies, ihr Vater, ist nicht nur einer der bekanntesten Politiker Englands, sondern auch ihre Mutter ist als Mitglied des Hexenrats hoch angesehen«, erklärte Melina, wobei die Ehrfurcht in ihrer Stimme kaum zu überhören war.

»Moment mal, es gibt unter den Politikern Hexen?«, erwiderte ich blinzelnd.

»Na klar! Schon immer haben Hexen und Feen in der Politik mitgemischt«, meldete sich nun Elanor zu Wort.

»Nur so kann für unsere Sicherheit gesorgt werden«, fügte Tessa hinzu.

Während ich diese Neuigkeit erst einmal sacken ließ, schweifte mein Blick über den Korridor, an dessen Wänden etliche Porträts hingen. Genau wie eine große, hölzerne Uhr, deren Zeiger in der Luft zu schweben schienen. Mittlerweile war es fast neun Uhr und so langsam merkte ich die Erschöpfung in mir, hervorgerufen durch den ereignisreichen Tag.

Einen Gähner unterdrückend wandte ich mich den anderen zu. »Auch wenn die Cola vorhin einige Wunder bewirkt hat, holt mich jetzt doch die Müdigkeit ein.«

»Der Tag war wirklich lang. Cookie ist sogar schon in meiner Hand eingeschlafen.« Tessa hob ihre Hand, in der sich der kleine Igel zusammengerollt hatte und leise schnarchte.

»Dann sehen wir uns wohl morgen zur ersten Unterrichtsstunde«, sagte Elanor mit einem Lächeln auf den Lippen.

»Bis morgen«, erwiderten die Anderson-Cousinen im Chor und verschwanden den Korridor hinunter.

KAPITEL 8

Das Buch der Schatten ist ein ständiger Begleiter jeder Hexe und jeden Hexers. Uralte Sprüche auf Latein unterstützen die Hexen bei der Ausübung ihrer Magie. Der Umgang mit dem Buch der Schatten erfordert Respekt, Sorgfalt und Fingerspitzengefühl. Verstößt eine Hexe oder ein Hexer gegen die Regeln des Buchs, wird er vor das oberste Gericht des Hexenrats gestellt.

– AUSZUG GRIMOIRE, KAPITEL 18 –

Elanor und Mrs Blueberry schliefen noch tief und fest, als ich mich am nächsten Morgen für eine ausgiebige Dusche aus dem Bett schälte. Das warme Wasser beruhigte meine Nerven und half, die angespannten Muskeln zu entspannen.

Sobald ich wieder aus dem dampfenden Bad geschlüpft war, nutzte ich die verbleibende Zeit bis zum Frühstück und machte es mir mit dem Grimoire und Kopfhörern auf der geräumigen Fensterbank bequem. Während die ersten Songs meiner Playlist ertönten, schloss ich kurz die Augen und musste unwillkürlich an Anny denken. Wie gerne hätte ich in diesem Moment nach meinem Handy gegriffen, um sie anzurufen. Ihr all meine Gedanken und Gefühle anvertraut und ihrer Stimme gelauscht, die mir so viele Jahre ein Anker gewesen war. Ich vermisste sie. Vermisste meine beste Freundin. Vermisste ihr Lachen, ihre aufmunternden Worte und das Funkeln in ihren Augen, wenn sie mir von einem neuen Buch erzählte. Doch ich wusste, dass es keinen gemeinsamen Weg für uns gab. Nie wieder würde es so sein wie früher. Das Vertrauen, die Gespräche und die unvergesslichen Momente. Mir blieben nur die Erinnerungen, die tief in meinem schmerzenden Herzen verankert waren.

Wehmütig ließ ich meinen Blick aus dem Fenster gleiten. Hinter der gefrorenen Glasscheibe schien die Welt noch zu schlafen und dichter Nebel hatte sich wie eine Decke über die große Grünfläche gelegt, die sich hinter der Academy erstreckte. Ich seufzte leise und schüttelte die melancholischen Gedanken ab. Dort draußen wartete eine komplett neue Welt auf mich und ich war entschlossen, mich ihr mit all ihren Wundern zu stellen. Und der erste Schritt bestand darin, mich dem Grimoire in meinem Schoß zu widmen. Ich drehte die Laustärke der Musik etwas runter und las ein Kapitel nach dem anderen, bis Elanor neben mir laut gähnte.

»Du bist ja schon wach!« Sie streckte sich ausgiebig und blinzelte mir müde entgegen.

Ich legte das Buch beiseite und nahm die Kopfhörer heraus. »Ja, meine innere Uhr hat mich vor den ersten Sonnenstrahlen geweckt«, gestand ich, bevor ich langsam von der Fensterbank rutschte.

Mrs Blueberry war mittlerweile ebenfalls aufgewacht und beobachtete uns verschlafen mit halb geöffneten Lidern. Ich grinste in mich hinein. Meine Hundelady war definitiv keine Frühaufsteherin.

»Ich habe geschlafen wie ein Stein.« Elanor setzte sich auf und gähnte erneut. »Ich spring noch kurz unter die Dusche.

Wartest du auf mich? Dann machen wir uns gemeinsam auf den Weg zum Frühstück.«

Zustimmend nickte ich und sobald Elanor im Bad verschwunden war, zog ich rasch die Schuluniform über. Danach legte ich mein Amulett um und sammelte meine Bücher für den Unterricht zusammen.

»Bereit für den ersten Schultag?« Eine Viertelstunde später tauchte Elanor in der Badezimmertür auf und schnappte sich ihren Rucksack.

»Bereit.« Ich grinste sie an und schulterte meine neue Tasche.

Elanor erwiderte mein Lächeln und gemeinsam machten wir uns auf den Weg zum Frühstück. Mrs Blueberry begleitete uns und machte sich ebenso hungrig wie wir über das Essen her. Dann war es so weit und wir fanden uns zu unserer allerersten Stunde im Klassenzimmer ein. Und ich wurde nicht enttäuscht. Der Raum, den wir betraten, war genau wie der Rest der Academy. Eindrucksvoll, alt und eher historisches Zimmer als Unterrichtsraum. Auf verschiedenen Ebenen waren dunkelbraune, verschnörkelte Tische verteilt, die allesamt auf eine riesige Tafel ausgerichtet waren. Im Licht der aufgehenden Sonne, das durch große Sprossenfenster fiel, wirkte alles noch beeindruckender und vielleicht auch ein ganz bisschen einschüchternd. Doch das Gefühl verflog schnell, als ich mit Elanor an einem Tisch Platz nahm und Mrs Blueberry zu meinen Füßen erst einmal niesen musste.

Gerade als ich das kommentieren wollte, ging die Tür auf und Mrs Taylor kam mit einem beachtlichen Stapel Bücher, der gefährlich hin und her schwankte, herein.

»Guten Morgen!«, hallte ihre fröhliche Stimme über unsere Köpfe hinweg, woraufhin die Gespräche und das Gelächter im Raum umgehend verstummten. Mrs Taylors Blick schweifte zu jedem Einzelnen von uns, bis sie sich räusperte. »Heute möchte ich damit beginnen, Ihnen die Geschichte der übernatürlichen Wesen näherzubringen. Ein sehr vielfältiges und spannendes Fach. Am Ende jedes Jahres findet eine schriftliche sowie eine mündliche Prüfung statt. Das gilt übrigens auch für die anderen Unterrichtsfächer. Um meine Prüfungen bestmöglich zu absolvieren, bitte ich während des Unterrichts um Ihre Aufmerksamkeit sowie um Mitschrift.« Sie deutete auf den Stapel Bücher, den sie auf dem Lehrerpult abgestellt hatte. »Das sind Ihre Bücher der Schatten. Geben Sie gut darauf acht.«

Anmutig hob sie eine Hand und sprach mit melodischer Stimme: »*Invenies dominum tuum.*« Keine Sekunde später erhob sich ein Exemplar nach dem anderen und schwebte zu den Schülern und Schülerinnen.

Als ich meins in den Händen hielt, schlug ich es direkt auf. *Lilly Campbell, Ravenhall Academy* stand dort in einer eleganten Schreibschrift. Jetzt hatte ich genau wie Mum mein eigenes Buch der Schatten. Für einen kurzen Augenblick stellte ich mir vor, wie Mum als siebzehnjähriges Mädchen hier, genau in demselben Klassenzimmer wie ich, gesessen hatte. Nachdenklich fuhr ich mit dem Zeigefinger die Einkerbungen auf dem hölzernen Tisch nach. War das vielleicht ihrer gewesen? War sie eine gute Schülerin gewesen? Und hatte sie viele Freunde gehabt? Je länger ich darüber nachdachte, desto mehr wurde mir bewusst, dass ich meine Mum überhaupt nicht kannte. War alles, was sie mir von der Vergangenheit erzählt hatte, eine Lüge gewesen? Und weshalb hatte sie ihr Schicksal hinter sich gelassen? Es gab so viele Fragen, auf die ich keine Antworten hatte. Aber noch war ich nicht bereit, mich diesen zu stellen.

Mrs Taylors lautes Räuspern katapultierte mich wieder ins Hier und Jetzt. Blinzelnd schaute ich auf. Die kleine Dame stand mit einem aufgeschlagenen Buch in der Hand vor dem Pult, während sich hinter ihr ein Kreidestück erhob und wie von Geisterhand an der Tafel zu schreiben begann. Fasziniert beobachtete ich das Schauspiel.

»Holen Sie nun bitte Ihre Geschichtsbücher hervor und schlagen Sie Seite zweiundsechzig auf. Heute sprechen wir über das Buch der Schatten und die Bedeutung von Hexensprüchen. Bei Ersterem handelt es sich um das wohl älteste Buch in der Geschichte der Hexen. In diesem finden Sie Hexensprüche jeglicher Art und das gesammelte Wissen der Hexengemeinschaft. Wie Sie sich vorstellen können, ist das eine ganze Menge, weshalb es inzwischen nicht nur einen Band gibt, sondern gleich mehrere. Außerdem sollte gesagt sein, dass anspruchsvolle Hexensprüche bloß mit jahrelanger Erfahrung angewandt werden sollt–« Ein Klopfen an der Tür unterbrach Mrs Taylors Vortrag.

Unsere Lehrerin machte eine schwungvolle Handbewegung und prompt schwang diese auf. Ein blondhaariges Mädchen streckte ihren Kopf hindurch. Erst konnte ich ihr Gesicht nicht sehen, da ihre langen Haare wie ein Schleier davor fielen. Als sie sich zu uns umwandte und hereinkam, erkannte ich sie jedoch. Vicky. Was machte sie hier? Verwirrt schaute ich zu Elanor, die mir ebenfalls einen fragenden Blick zuwarf.

»Guten Morgen, Ms Davies! Wie schön, dass Sie sich Zeit nehmen konnten.« Mrs Taylor legte eine Hand auf ihre Schulter. »Meine Damen und Herren, ich möchte Ihnen Vicky Davies vorstellen. Ihre Mentorin für das kommende Schuljahr.« Kurz nickte Mrs Taylor Vicky zu, bevor sie weitersprach. »Bei Fragen und Problemen wenden Sie sich bitte an Ms Davies. Sie wird Ihnen stets behilflich sein.«

Vickys blaue Augen blitzten auf. »Herzlich willkommen an der Ravenhall Academy. Es freut mich, eure diesjährige Mentorin sein zu dürfen. Für eure Anliegen und Fragen werde ich jederzeit ein offenes Ohr haben. Also schreckt nicht davor zurück, euch an mich zu wenden.« Mit einem hollywoodreifen Lächeln strahlte sie uns an. Als ihr Blick dabei jedoch an mir hängen blieb, verrutschte ihre Miene für einen kleinen Moment. Aber natürlich hatte sie sich schnell wieder im Griff und verabschiedete sich kurz darauf.

Und obwohl es mich maßlos ärgerte, hatte unsere neue Mentorin es mit ihrem Auftritt geschafft, dass meine Gedanken während der nächsten Stunden permanent um sie kreisten. Um sie und Jason. Waren sie wirklich ein Paar? Und wie lang kannten sie sich wohl schon?

Glücklicherweise ließ das Chaos in meinem Kopf in *Tierkunde* nach. Was vielleicht auch an unserer Lehrerin Mrs O'Neill lag. Denn nicht nur ihr Charakter schien quirlig, bunt und lebensfroh zu sein; ihr Kleidungsstil war ähnlich extravagant. Die zierliche Frau trug große, runde Ohrringe mit Leopardenmuster sowie einen Hut, der mit Trockenblumen verziert war. Und auf ihrer Schulter hatte es sich ein kleines, flauschiges Kaninchen bequem gemacht.

Nachdem sie fast eine Stunde lang über ihren Gefährten Bunny geschwärmt hatte, musste sich jeder von uns der Reihe nach vorstellen. Mrs Blueberry erledigte das für sich gleich selbst, denn da sich die Tiere in diesem Fach frei im Klassenraum bewegen durften, machte sie direkt Bekanntschaft mit den anderen und freundete sich schnell mit einer Dackeldame an. Aika hatte ein braunes und ein graues Auge und gehörte damit zu einem Jungen namens Chris.

»Unsere Hündinnen scheinen sich gut zu verstehen.« Mit einem charmanten Lächeln fing mich dieser nach dem Unterricht ab.

»Ja, das stimmt.« Ich packte meine Bücher in die Umhängetasche und erwiderte sein Lächeln.

»Aika hat sich mit anderen Hunden immer schwergetan. Als ich sie damals halb verwahrlost zwischen den Mülltonnen in unserem Hof gefunden habe, war sie auch mir gegenüber mehr als skeptisch. Nachdem ich ihr dann ein Zuhause geschenkt habe, schenkte sie mir ihr Herz.« Mit einem schiefen Grinsen zwinkerte er mir zu. »Sorry, aber bei ihr werde ich oftmals etwas schmalzig.« Bei seinen Worten funkelten seine grünen Augen humorvoll auf.

»Das verstehe ich. Ich bin ebenfalls sehr dankbar, dass ich meine Hundelady an meiner Seite habe«, gab ich mit einem Schmunzeln zu.

»Hey, kommst du mit zum Essen? Ich bin übrigens Elanor.« Meine Mitbewohnerin kam zu uns hinüber und winkte Chris zu.

»Äh, ja. Sehr gerne. Ich bin Chris.« Er hob grüßend die Hand. »Dort drüben ist mein Zimmergenosse Dave. Ich würde ihn auch noch fragen, ob er mit zum Essen möchte.« Chris fuhr sich durch die blonden Haare und nickte in Richtung eines Jungen, der gerade seine Brille mit goldenem Rahmen richtete.

»Ja, klar«, erwiderte ich grinsend.

Offensichtlich hatte ich mir in den letzten Tagen zu viele Gedanken gemacht. Zu meiner großen Erleichterung war es einfacher als gedacht, neue Freunde zu finden.

Nach der Mittagspause, die wie im Flug vergangen war, brachte ich Mrs Blueberry eilig auf unser Zimmer zurück, denn als Nächstes stand *Bogenschießen* auf dem Stundenplan. Meine

Hundelady schien sich nicht daran zu stören und hatte sich schon in ihrem Körbchen zusammengerollt, bevor ich überhaupt wieder einen Schritt Richtung Tür machen konnte.

Kurz darauf stand ich in Sportkleidung im Freien und wartete mit den anderen darauf, dass unsere erste Stunde begann. Tief atmete ich den Geruch nach frischem Regen ein und schaute mich um. Wir befanden uns direkt am Waldrand, neben einer großen Hütte, in der vermutlich die Ausrüstung gelagert wurde. Insgesamt drei Bogenschießstände waren vor uns aufgebaut, neben denen sich Bogen und Pfeile stapelten.

»Auf meiner Schule in Irland haben wir auch Bogenschießen als Unterrichtsfach. Ist eine sehr beliebte Sportart unter übernatürlichen Wesen, musst du wissen. Allerdings war ich nie besonders gut darin«, erzählte Elanor, während sie skeptisch die Schießausrüstung begutachtete.

Plötzlich pfiff es laut hinter uns und alle Schüler und Schülerinnen drehten sich wie auf Kommando um. Ein großer, kräftig gebauter Mann mit einem dichten Bart war dort aufgetaucht und schaute uns streng unter buschigen Augenbrauen an. In der rechten Hand hielt er einen Pfeil und dazu einen hölzernen Bogen. Am Unterarm war ein Armschützer aus Leder angebracht. Das musste bestimmt unser Lehrer Mr Brown sein.

Dieser räusperte sich nun. »Ich begrüße Sie im Fach *Bogenschießen*. Ihnen wird heute die Kunst dieser Sportart nähergebracht. Bogenschießen erfordert Konzentration, Kraft sowie Geschick. Für Hexen und Hexer ist diese Art von Training deshalb so wichtig, weil kontrollierte Magie einzig durch Konzentration und Genauigkeit Erfolge erzielen kann.« Unser Lehrer machte einen Schritt zur Seite und erst jetzt bemerkte ich die Person mit Pfeil und Bogen, die in seinem Schatten gestanden hatte. Für eine Sekunde setzte mein Herz einen Schlag aus, was nicht zuletzt den eindringlichen, türkisblauen Augen geschuldet war, die mich intensiv zu mustern schienen. Jason. Allein seinen Namen zu denken, ließ meine Gefühle Achterbahn fahren. Dabei verstand ich es nicht. Verstand nicht, was der Grund für die widersprüchlichen Gefühle und meine Reaktion auf seine Gegenwart war.

Erst als Mr Brown ihm zunickte und auf die Schulter klopfte, wurde ich wieder in die Realität zurückkatapultiert.

»Das ist Jason Ravenwood. Bester Bogenschütze der U21 in England. Er wird Ihnen nun anhand einiger Durchgänge demonstrieren, wie ein perfekter Schuss aussieht.«

Jason nickte und begab sich etwa fünfzig Meter vor einer Zielscheibe in Position. Da wir seitlich zu ihm standen, hatte ich einen perfekten Blick auf ihn. Er nahm den Bogen in seine rechte Hand, hob ihn hoch, legte einen Pfeil an, spannte den Bogen und schoss. In Sekundenschnelle raste der Pfeil auf die Zielscheibe zu und blieb direkt in der Mitte stecken. Mit einem weiteren Pfeil, den Mr Brown ihm reichte, führte Jason uns denselben Schuss ein weiteres Mal vor, jedoch um einiges langsamer.

Beim Beobachten des Zusammenspiels seiner Oberarmmuskeln, das beim Spannen der Sehne entstand, breitete sich eine ungewollte Gänsehaut auf meinem Körper aus. Neben mir sah ich, wie einige Mädchen Jason ebenfalls anstarrten. Auch Tessa und Melina gehörten dazu.

Nachdem Jason uns noch drei weitere Male einen Bogenschuss demonstriert hatte, wandte sich Mr Brown wieder uns zu. »Beim Bogenschießen gibt es eine wichtige Regel. Umso stärker die Spannkraft ist und je länger der Auszug der Sehne, desto weiter, präziser, schneller und durchschlagkräftiger trifft der Pfeil auf die Zielscheibe.«

Mr Brown ging auf den Stapel mit den Bogen und Pfeilen zu. »Heute dürfen Sie alle der Reihe nach selbst mit Pfeil und Bogen schießen. Dabei ist erst mal nicht wichtig, ob Sie perfekt oder überhaupt etwas treffen, sondern vielmehr, dass Sie ein Gefühl für den Bogen bekommen. Diese Pfeile hier«, er holte einen aus einer Tragetasche und hielt ihn in die Höhe, »haben Saugnäpfe. Was bedeutet, dass Sie damit niemanden verletzen können. Erst wenn Sie Sicherheit und Geschick im Umgang mit Pfeil und Bogen bewiesen haben, dürfen Sie echte Pfeile verwenden. Bitte holen Sie sich nun einen der Pfeile und stellen Sie sich der Reihe nach vor dieser Zielscheibe auf.« Mr Brown deutete auf eine, die gerade mal zehn Meter von der Linie entfernt war.

Wir taten wie uns geheißen und als wir uns endlich alle auf eine Reihenfolge geeinigt hatten, ging es los. Jason hatte sich neben den Zielscheiben positioniert. Vermutlich um fehlgeleitete Pfeile einzusammeln.

Als Elanor mir schließlich den Bogen reichte, wurde mir ein wenig mulmig zumute. Was, wenn ich mich blamieren würde? Mit zittrigen Händen holte ich tief Luft, versuchte meine Zweifel zu verdrängen. Dann hob ich ein wenig ungeschickt den Bogen, legte den Pfeil ein und schoss.

Vielleicht hätte ich nicht meine Augen zusammenkneifen sollen, als sich der Pfeil löste. Denn in dem Moment, in dem ich sie wieder aufmachte, stellte ich mit Erschrecken fest, dass der Pfeil direkt auf Jason zuraste. Vorbei an der Zielscheibe. O shit. Ich wollte am liebsten wegschauen, vor Angst, was gleich passieren würde. Aber zu meiner Überraschung fing Jason den Pfeil noch im Flug auf. Unbeeindruckt hob er eine Augenbraue, bevor er lässig in meine Richtung grinste. »Gut, dass die Pfeile mit Saugnäpfen ausgestattet sind, Ms Campbell.«

Ich spürte, wie ich rot anlief. Weshalb konnte sich in solchen

Momenten nicht einfach die Erde unter mir auftun? Peinlich berührt widmete ich mich dem Bogen in meiner Hand, um ihn an Chris weiterzureichen, konnte aber nicht verhindern, dass mein Blick abermals zu Jason huschte. Allerdings galt seine Aufmerksamkeit mittlerweile einer kleinen Frau, die aufs Feld geeilt kam. Wer war das? Eine Lehrerin?

»Mrs Smith, was ist passiert?« Jason lief ihr entgegen.

O nein, das war keine Lehrerin. Soweit ich mich erinnerte, war Mrs Smith die Hexe, die für die Krankenstation der Academy verantwortlich war.

Unterdessen legte sie Jason eine Hand auf die Schulter und flüsterte ihm etwas ins Ohr. Auch wenn alle gespannt lauschten und sich eine bedrückende Stille über den Bogenschießplatz gelegt hatte, verstand ich nichts von dem Gespräch. Doch als sich Jason wieder etwas in unsere Richtung drehte, erschrak ich. Aus seinem Gesicht war jegliche Farbe gewichen und seine Miene wirkte völlig starr. Ohne ein weiteres Wort ließ er meinen Pfeil fallen und eilte mit Mrs Smith in Richtung eines kleinen, viereckigen Gebäudes, das wohl die Krankenstation beherbergen musste.

Mr Brown räusperte sich. Alle Blicke richteten sich auf ihn.

»Die Unterrichtsstunde ist beendet. Bitte begeben Sie sich bis zum Abendessen zurück auf Ihre Zimmer.« Damit wandte er sich von uns ab und begann die Pfeile einzusammeln.

KAPITEL 9

Gefährten und Gefährtinnen sind Tiere, in denen eine alte Seele schlummert. Sie besitzen die Fähigkeit, die Magie von ihren Hexen oder Hexern zu absorbieren. Der Grund für ihre zwei verschiedenen Augenfarben ist bis heute noch unerforscht. Es wird jedoch vermutet, dass die ersten Hexen ihre Tiere so verhexten, dass anhand ihrer Augen festgestellt werden konnte, welcher Familie sie angehörig waren.

– AUSZUG GRIMOIRE, KAPITEL 53 –

Nachdenklich schob ich meinen Salat mit der Gabel hin und her, während mein Blick aus einem der großen Fenster des Speisesaals schweifte. Die untergehende Sonne verschwand gerade hinter dem See und ließ das Wasser beinahe magisch aufleuchten. Doch ich konnte mich nicht wirklich an dem beeindruckenden Naturschauspiel erfreuen. Meine Gedanken drehten sich um Jason. Sein entsetzter Gesichtsausdruck wollte mir einfach nicht aus dem Kopf gehen. Und obwohl er mir gegenüber oft genug nicht unbedingt freundlich gewesen war, so etwas verdiente niemand. Wobei dieses mysteriöse »Etwas« mich noch immer vor ein großes Rätsel stellte.

Ich griff nach einem Stück Brot und kaute lustlos darauf

herum, hätte mich aber fast daran verschluckt, als ich Vicky entdeckte, die mit zwei weiteren Mädchen an einem Tisch saß. Für einen kurzen Moment begegneten sich unsere Blicke. Ihre Augen verengten sich zu schmalen Schlitzen und ich widmete mich schnell wieder meinem Abendessen. Warum war sie nicht bei Jason? Und wo war er? Weiterhin auf der Krankenstation? All diese Fragen bereiteten mir Kopfschmerzen und ich rieb mir die Schläfen.

»Habt ihr die Neuigkeit schon gehört?« Chris und Dave tauchten vor Elanors und meinem Tisch auf, um sich mit ihren vollen Tabletts zu uns zu gesellen.

»W-was gehört?« Aufmerksam musterte ich Chris.

»Na, das mit Jason.« Seelenruhig nahm er einen Bissen von seinem Salat und kaute genüsslich darauf herum. »Angeblich geht es um seine Gefährtin. Sein Rabe wurde bewusstlos am Waldrand gefunden«, erklärte Chris dann endlich, als er geschluckt hatte.

Elanor und ich wechselten einen fassungslosen Blick. Automatisch vergrub ich meine Finger in dem weichen Fell von Mrs Blueberry, die unter dem Tisch im selben Moment leise zu winseln begann. Ich wüsste nicht, was ich tun sollte, wenn ihr was zustoßen sollte.

»Bewusstlos?«, krächzte Elanor.

»Auf dem Stockwerk der Jungs wird gemunkelt, dass der Rabe vergiftet wurde«, sagte Chris zwischen zwei Bissen.

Ungläubig riss ich die Augen auf. »Vergiftet? Welches Monster tut so etwas einem unschuldigen Tier an?«

Kurz funkelte etwas in Chris' grünen Augen auf, was ich nicht ganz deuten konnte.

»Ich hoffe, sie finden den Verantwortlichen«, meldete sich nun Dave zu Wort.

Während die anderen Theorien aufstellten, weshalb man einen Raben vergiften sollte, schaute ich mich erneut im Speisesaal um. Jason war bis jetzt nicht aufgetaucht. Dabei hatten sich nun auch Finley und Henry zu Vicky ans Fenster gesellt. Offensichtlich schienen sie über irgendetwas zu diskutieren, denn Vicky riss regelmäßig entgeistert ihre Hände in die Höhe. Finley spielte dabei nervös an seinem Haarband herum und Henry saß, ohne die Miene zu verziehen, daneben.

»Lilly, ist alles in Ordnung?« Elanor legte eine Hand auf meinen Rücken.

Schnell wandte ich mich wieder um. »Äh, ja. Mrs Blueberry sollte ein wenig Frischluft schnappen. Ich glaube, wir gehen eine Runde spazieren.« Mit einem aufgesetzten Lächeln erhob ich mich und ließ die anderen abrupt hinter mir. Erst als ich in der Eingangshalle stand, konnte ich wieder etwas durchatmen. Ich blickte zu meiner Hundelady, die mir brav gefolgt war. »Komm, meine Süße, lass uns einen Spaziergang machen.«

Wir durchquerten die Eingangshalle und traten durch die große Flügeltür nach draußen. Allzu weit wollte ich mich nicht von der Academy entfernen, doch ich musste einen klaren Kopf bekommen und schleunigst die anbahnenden Kopfschmerzen loswerden. Also folgte ich Mrs Blueberry über den menschenleeren Hof, der von hohen Tannen umringt wurde. Tief hängende dunkle Wolken kündigten Regen an und Nebel stieg zwischen den Baumkronen des Waldes empor. Mein Blick wanderte über die steinerne Fassade der Academy, die Sprossenfenster und blieb schließlich an einem Gebäude hängen, an dem sich Efeu an zwei Türen entlangrankte. Auf einer der beiden stand in großen, verschnörkelten Buchstaben *Ravenwood* und auf der anderen *Bibliothek*. Neugierig lief ich darauf zu. Allein das Wort *Bibliothek* zog mich magisch an.

Doch als ich näher kam, nahm ich mit einem Mal Stimmen wahr, die die Stille der einbrechenden Dunkelheit durchdrangen.

»Was dort wohl los ist?« Ohne eine Reaktion von Mrs Blueberry abzuwarten, machte ich einen weiteren Schritt auf das Gebäude zu.

»Was willst du hier, Castor?«, hörte ich plötzlich Mr Ravenwood durch ein hell erleuchtetes Fenster brüllen.

»Nach all den Jahren begrüßt du so deinen Zwillingsbruder, Callum?« Ein kehliges Lachen erklang.

Vorsichtig spähte ich durch das Fenster. Ein Mann, der Jasons Vater sehr ähnlich sah, stand mit verschränkten Armen vor einem Regal mit unzähligen Akten. Mr Ravenwood hingegen saß hinter einem großen, hölzernen Schreibtisch. Unzählige Papiere und Bücher lagen kreuz und quer darauf verteilt. Hinzu kam ein Rabe, der auf der Lehne des Schreibtischstuhls thronte. Vermutlich Mr Ravenwoods Gefährte. Im Gegensatz zu Shadow wirkte dieser irgendwie grimmig, genau wie sein Hexer, der jetzt die Arme vor der Brust verschränkte und seine Augen zusammenkniff.

»Ich wiederhole meine Frage: Was willst du hier, Castor?«

»Ich wollte nur vorbeischauen.« Die Augen von Mr Ravenwoods Zwillingsbruder funkelten boshaft. Auch wenn sie das gleiche Türkisblau wie Jason und sein Vater hatten, lösten sie in mir eine Gänsehaut aus.

»Du kommst nie ohne einen Hintergedanken. Denkst du wirklich, mich interessieren deine Spielchen?« Mr Ravenwood erhob sich von seinem Platz und machte einen bedrohlichen Schritt auf seinen Bruder zu. So nah beieinander hätten sie fast identisch gewirkt, wenn nicht der Dreitagebart und das kurzgeschorene Haar von Castor gewesen wären.

Jasons Onkel lachte erneut auf. »Du hast es nicht begriffen, Bruderherz. Und das nach all den Jahren.«

»Und du hast die Tatsache nicht überwunden, dass ich der Stärkere von uns beiden bin«, erwiderte Mr Ravenwood kühl.

»Du hättest die Magie niemals in dir tragen dürfen. Das weißt du. Du hast sie mir gestohlen!«

»Immer noch so paranoid, Castor?« Mr Ravenwood hob seine Hand und eine kleine Lichtkugel erschien in seiner Handfläche. »Im Mutterleib geht die Magie auf den stärkeren Fötus über, das weißt du doch.«

»Und genau das hätte niemals passieren –«

Plötzlich nieste Mrs Blueberry. Erschrocken fuhr ich zusammen und duckte mich.

»Hast du das gehört?«, knurrte Castor bedrohlich.

Panik machte sich in mir breit. Dann hörte ich Schritte näher kommen. Schnell schnappte ich Mrs Blueberry an der Leine und eilte zur Tür der Bibliothek. Kaum fiel sie hinter uns ins Schloss, atmete ich erleichtert auf. Das war knapp gewesen.

Mit rasendem Herzen ließ ich meinen Blick über den abgedunkelten Raum schweifen. Einzig zwei Laternen an den Wänden warfen ihr spärliches Licht auf die Bücher. Aber das reichte völlig, um mich davon zu überzeugen, dass diese Bibliothek ein wahr gewordener Traum war. Bücherregale, so weit das Auge reichte. Dazwischen befanden sich kleine Sitzecken mit verschiedenfarbigen Stühlen. Ein alter, goldener Kronleuchter hing in der Mitte des Raumes von der Decke. Und an den hohen Regalen war in jeder Reihe eine Rollleiter angebracht, mit der man sich die obersten Bücher herunterholen konnte.

Ehrfürchtig lief ich durch die erste Reihe und begutachtete die ganzen Werke in den Regalen aus Kiefernholz. Alte und neue Bücher. Im guten sowie im schlechten Zustand.

»Das ist wirklich fantastisch, oder, Mrs Blueberry?«, murmelte ich meiner Hundelady zu, doch in dem Moment nahm ich eine Bewegung in meinem Augenwinkel wahr. Abrupt blieb ich stehen und spähte um die Ecke des Regals. Nicht weit von mir entfernt saß ein Junge in einem rot-grün karierten Sessel und beugte sich über ein Buch. Die Kapuze seines Sweatshirts war tief ins Gesicht gezogen, sodass ich ihn nicht sofort erkannte.

Ich trat einen Schritt vor und räusperte mich. Der Junge hob seinen Kopf und ich schaute in zwei mir sehr bekannte Augen. Türkisblau und hypnotisierend.

»Was … was machst du denn hier?«, kam es mir überrascht über die Lippen.

»Das Gleiche könnte ich dich fragen. Müsstest du nicht beim Abendessen sein?« Jason musterte mich gleichgültig.

»Ich habe schon gegessen, danke der Nachfrage«, gab ich sarkastisch zurück, wobei mein Blick auf das Buch in seiner Hand fiel. Shakespeare.

»Du interessierst dich für Klassiker?«

»Erwischt, Sherlock.« Er klappte das alte Werk zu und murmelte etwas, das sich wie »*Libri obediunt me*« anhörte. Dazu machte er eine Handbewegung Richtung hinteres Bücherregal.

Prompt erhob sich das Buch und zischte haarscharf an mir vorbei. Perplex schaute ich dem Exemplar von Shakespeare hinterher, das nun seinen ursprünglichen Platz im Regal einnahm.

Zögernd wandte ich mich wieder Jason zu, doch der schien mich bloß ignorieren zu wollen und starrte aus einem Fenster. Trotzdem entschloss ich mich aus einem Impuls heraus, ihm Gesellschaft zu leisten. Auch wenn er mich offensichtlich nicht leiden konnte, war es bestimmt nicht gut, in so einer Situation allein zu sein. Also nahm ich meinen ganzen Mut zusammen und setzte mich gegenüber von ihm in einen Sessel. Mrs Blueberry folgte mir und rollte sich zwischen uns auf dem Teppich zusammen. Kurz herrschte Stille. Mein Blick glitt ebenfalls aus dem Fenster. Von hier aus hatte man eine herrliche Sicht auf den See. Regentropfen, die immer stärker wurden, prasselten auf die Wasseroberfläche. Ich hörte das Geräusch von Regen regelrecht. Moment mal. Verdutzt runzelte ich die Stirn. Ich hörte den Regen? Tatsächlich. Jetzt spürte ich auch den kalten Windhauch. Ein kleines Fenster, direkt neben einem Erker, stand offen. Unwillkürlich fröstelte ich und Gänsehaut überzog meinen Körper.

»Du frierst ja.«

Ich schaute wieder zu Jason, der gerade dabei war, sein Sweatshirt auszuziehen. Dabei verrutschte sein T-Shirt und ich erhaschte einen kurzen Blick auf seinen Oberkörper. Eine Spur feiner Härchen zog sich unterhalb des Bauchnabels entlang. Unwillkürlich biss ich mir auf die Unterlippe.

»Hier.«

»Mhmmm?«, nuschelte ich leise.

»Mein Sweatshirt, ziehs dir über.«

Nun erst realisierte ich, dass Jason mir sein Sweatshirt entgegenstreckte.

»Äh, da…danke«, stammelte ich verwirrt, bevor ich es zögernd annahm. »Das wäre nicht nötig gewesen.« *Zumal du ja bis jetzt auch nicht wirklich freundlich warst,* fügte ich in Gedanken hinzu.

Er seufzte. »Wir wollen ja nicht, dass du dir direkt in der ersten Schulwoche eine Grippe einfängst.«

Ich nickte langsam und streifte mir den dunkelroten Stoff über mein Langarmshirt. Sofort hüllte mich der Duft seines Aftershaves ein. Erdig, waldig, männlich. Ich musste mich beherrschen, nicht daran zu schnuppern. Gott. Was war nur los mit mir?

»Du kannst es behalten.«

Ich lächelte ihn an. »Danke.«

Erneut herrschte Schweigen zwischen uns.

»Wie geht es dir eigentlich?«, fragte ich vorsichtig.

Jason drehte sich von mir weg und sein Blick glitt wieder zum Fenster. »Shadow, mein Rabe, wurde vergiftet. Aber das wusstest du bereits, nicht wahr? Finley, unser Gossip der Academy, konnte seine Klappe nicht halten und hat die Neuigkeit direkt auf dem Korridor herumposaunt.« Er fuhr sich mit der Hand durch sein zerzaustes Haar. Dabei verirrte sich eine Locke in seine Stirn. »Mrs Smith hat Shadow ein Gegenmittel gegeben. Sie müsste die kommenden Tage wieder ganz die Alte sein.«

»Deine arme Rabendame. Das tut mir leid.«

»Mir auch. Wer immer das war, wird bestraft werden.« Der Blick, den er mir nun zuwarf, spiegelte all die Wut wider, die in seinem Inneren gebrodelt haben musste.

»Ich hoffe, dass sich alles aufklärt«, stimmte ich ihm zu.

Jason nickte und holte dann tief Luft. »Shadow hat mich kurz nach dem Tod meiner Mutter gefunden. Als ich sie auf dem Friedhof besucht habe, entdeckte ich Shadow, die auf dem Grabstein saß. Sie sah genauso traurig aus, wie ich mich fühlte. Seit dem Tag weicht Shadow mir nicht mehr von der Seite.«

Ein, zwei Sekunden lang schaute ich ihn an und dachte über seine Worte nach. Darüber, wie sehr sein Verlust dem meinen ähnelte. Und plötzlich war da dieses Gefühl von Verständnis und Verbundenheit in mir.

»Ich weiß genau, wie –«, ich stockte und presste die Lippen aufeinander.

Jason erwiderte fragend und gleichermaßen aufmerksam meinen Blick.

Ich seufzte leise und begann mit zittriger Stimme zu sprechen. »Ich weiß genau, wie du dich fühlst«, wiederholte ich meine eigenen Worte. »Mein … mein Dad ist vor drei Jahren verstorben. Mrs Blueberry ist nur wenig später in mein Leben getreten. Und immer wenn mich der Schmerz über seinen Verlust zu überwältigen droht, ist sie an meiner Seite und fängt mich auf.« Ich schaute zu Boden, damit er die Tränen nicht sah, die mich zu überwältigen drohten. Nach all der Zeit fiel es mir nach wie vor schwer, darüber zu reden. Denn ich wollte nicht, dass mich die Menschen mit diesem mitfühlenden Blick bedachten, wie sie es oft taten. Alles, was ich wollte, war, dass sie mir zuhörten, wenn ich ihnen von den schönen Momenten mit ihm erzählte.

Erneut sah ich zu Jason, der sich mit der Hand über sein Gesicht fuhr. »Danke, dass du mir das erzählt hast. Es ist nicht leicht, über den Verlust eines geliebten Menschen zu sprechen.« In seinen Augen flackerte eine Emotion auf, die ich selbst nur allzu deutlich spürte. Verständnis.

»Und Shadow wird wieder gesund werden. Da bin ich mir sicher«, sagte ich mit fester Stimme. Ohne darüber nachzudenken, beugte ich mich zu Jason und drückte seine Hand.

Langsam neigte er den Kopf etwas und musterte mich ausgiebig. Ich konnte nicht anders, als ihn ebenfalls zu betrachten. Seine Augen wirkten so unendlich traurig, auch wenn seine Lippen ein kleines Lächeln umspielte. Gefühlt vergingen Minuten, bis Jason sich räusperte und seine Hand wegzog. Erst jetzt bemerkte ich, was ich gerade getan hatte. Was dachte ich mir dabei?

»Äh, ich gehe nun besser.« Schnell erhob ich mich.

»Ich begleite dich.«

Verwundert schaute ich ihn an. »Brauchst du aber nicht.«

»Ich muss ebenfalls zurück. Eigentlich war ich nur hier, weil mein Vater auf meine Anwesenheit beim Abendessen bestanden hat.«

»Dein Vater wohnt hier an der Academy?«

Jason nickte. »Direkt neben der Bibliothek. Ich bin hier aufgewachsen. Seit ihrer Gründung führen die Ravenwoods diese Academy. Das hier ist mein Zuhause. Und meine Zukunft.« Kurz verfinsterte sich sein Blick. »Mein Vater und ich haben seit dem Tod meiner Mutter nicht das beste Verhältnis. Daher schlafe ich ebenfalls drüben und nicht bei meinem Vater im Haus.«

Darauf erwiderte ich nichts, auch wenn mir noch so viele Fragen auf der Zunge lagen. Vor allem zu seiner Mutter. Doch die Situation hätte unpassender nicht sein können und gleichzeitig rechnete ich es Jason hoch an, dass er sich mir anvertraute.

»Was ist mit deiner Granny? Ihr scheint euch gut zu verstehen«, durchbrach ich die Stille zwischen uns, während wir gemeinsam mit Mrs Blueberry aus der Bibliothek traten und den Hof überquerten.

»Sie ist die Einzige, der ich wirklich nahestehe. Aber seit dem Verschwinden meines Onkels und dem Tod von Grandpa vor einigen Jahren hat sie mit ihren ganz eigenen Dämonen zu kämpfen.« Jason presste die Lippen aufeinander und schaute an mir vorbei.

»Dein Onkel ist verschwunden?« Ich runzelte die Stirn. Sprach er von Mr Ravenwoods Zwillingsbruder?

»Er war verschwunden«, korrigierte mich Jason. »Vorhin stand er wie aus heiterem Himmel vor unserer Tür. Ich bin dann in die Bibliothek geflüchtet. Noch mehr Drama halte ich heute nicht aus.«

Ich nickte nur. In meinem Kopf herrschte ein Chaos an Gedanken. Aber ich merkte Jason an, dass auch in ihm ein Sturm toben musste. Verständlich, wenn man bedachte, was er die letzten Stunden durchgemacht hatte.

Während wir die Eingangshalle durchquerten und die Treppe nach oben liefen, schwiegen wir erneut. Doch es war kein unangenehmes Schweigen. Ganz im Gegenteil.

Als wir im Stockwerk der Mädchen ankamen, beugte Jason sich zu mir vor und murmelte leise ein »Schlaf gut, Lilly«.

Ohne dass ich darauf noch etwas erwidern konnte, drehte er sich um und verschwand.

»Dir ist hoffentlich klar, dass wir gleich acht Uhr haben. Ab mit dir ins Bett. Kleine Mädchen brauchen ihren Schlaf.«

Ich wirbelte herum und entdeckte Vicky, die gerade den Korridor entlangstolziert kam. Hatte sie Jason und mich beobachtet? Hitze stieg mir in die Wangen.

»Und weshalb hast du zu entscheiden, wann es für mich Zeit ist, ins Bett zu gehen?«, kam es mir etwas zu schnell über die Lippen.

Vicky blieb vor mir stehen und stemmte ihre Hände in die Hüften. »Weil ich deine Mentorin bin und du besser auf mich hören solltest.« Zuckersüß grinste sie mich an.

Ich seufzte und lief einfach an ihr vorbei.

»Ach und übrigens … bilde dir nichts darauf ein, dass du Jasons Sweatshirt bekommen hast. Davon habe ich schon unzählige in meinem Schrank.« Sie lachte auf.

Noch einmal drehte ich mich zu ihr um. »Weißt du … ich frage mich, wo du warst, als sein Rabe vergiftet wurde. Solltest du als seine Freundin nicht für ihn da sein?«

Vickys Blick wurde zornig. »Ich wüsste nicht, was dich das angeht.«

Achselzuckend machte ich auf dem Absatz kehrt und murmelte »Wie auch immer«, bevor ich in mein Zimmer flüchtete.

Und wie so oft in den letzten vierundzwanzig Stunden geisterte wieder diese eine Frage in meinem Kopf herum: War sie seine Freundin? Aber eigentlich sollte mir egal sein, was zwischen den beiden lief. Oder?

KAPITEL 10

Pendere ist der wohl bekannteste und am häufigsten verwendete Hexenspruch in der Geschichte der Hexen. Der Schwebezauber kann durch reine Konzentration in fast allen Situationen eingesetzt werden. Durch die Vielseitigkeit und Leichtigkeit raubt er Hexen kaum Energie.

– AUSZUG GRIMOIRE, KAPITEL 133 –

»Lilly, Lilly! Aufwachen!«

Ich blinzelte ein paarmal, bis ich realisierte, woher die Stimme kam. Elanor stand über mich gebeugt und rüttelte an mir.

»Was … was ist los?«, fragte ich unter einem lauten Gähnen.

»Wir haben verschlafen!«

Schlagartig war ich hellwach und setzte mich auf. »Verschlafen?« Ungläubig starrte ich auf den Wecker, der seinem Dienst nicht nachgegangen war. Verdammt, Elanor hatte recht!

»Los, in zehn Minuten müssen wir im Unterricht sein!« Sie schmiss mir meine Schuluniform aufs Bett.

Als ich aufsprang, um mir den Rock überzuziehen, gab Mrs Blueberry ein beleidigtes »Wuff« von sich. Ups, da hatte ich sie wohl ziemlich unsanft aus ihrem Schlaf gerissen.

»Zehn Minuten?« Provisorisch fuhr ich mir mit den Fingern

durch das zerzauste Haar, um meine rote Mähne wenigstens ein wenig zu bändigen.

»Lilly, was ist das da?«

Ich folgte Elanors Blick, die jetzt mit großen Augen Jasons Sweatshirt musterte.

»Das Sweatshirt sieht nicht so aus, als würde es dir gehören«, ergänzte sie neugierig.

Ich konnte mir ein Grinsen nicht verkneifen. »Das gehört Jason.«

»Aber wieso …« Weiter kam Elanor nicht, denn ich schnitt ihr das Wort ab.

»Fünf Minuten, bis der Unterricht beginnt. Los, los! Wir müssen uns beeilen!«

Die Fee hob eine Augenbraue und bedachte mich mit einem Blick, der mir klarmachte, dass dieses Gespräch noch nicht beendet war. Vorerst packten wir jedoch schnell unsere Schultaschen und machten uns zu dritt auf den Weg.

Laut Schulplan fand der Unterricht im Trainingssaal des Nordflügels statt, weshalb wir einen ordentlichen Sprint hinlegen mussten, um rechtzeitig anzukommen. Völlig aus der Puste stützte ich mich mit den Händen auf den Knien ab und brauchte erst mal einige Sekunden, um wieder zu Atem zu kommen.

Leicht keuchend richtete ich mich schließlich wieder auf. Da unsere Lehrerin bislang nicht da war, nutzte ich den Moment, um mich in der Halle umzuschauen. Ich entdeckte ein großes Podest, das von einem Erker eingerahmt wurde und durch mehrere Treppenstufen zu erreichen war. Bodentiefe Sprossenfenster ließen die ersten Sonnenstrahlen des Tages herein und brachten die goldenen Verzierungen der dunkelroten Samtvorhänge zum Funkeln. Außerdem warteten die Räumlichkeiten mit einer stuckverzierten Decke und moosgrünen Marmorsäulen auf. Kopfschüttelnd blickte ich zu Elanor. »Ehrlich gesagt verbinde ich einen Trainingssaal nicht mit so einer nahezu majestätischen Einrichtung.«

»Sie wird auch nicht für richtigen Sport genutzt. Hier findet hauptsächlich das Fach *Kunst der Magie* statt«, erwiderte sie.

Kaum hatte sie ihren Satz beendet, löste sich Chris aus einer Gruppe Schüler und kam auf uns zu. Mrs Blueberry wedelte aufgeregt mit dem Schwanz, als sie Aika, die Dackeldame von Chris, entdeckte.

»Ladys. Ihr seht so aus, als hättet ihr verschlafen.« Er grinste uns an.

»Du hast mit deiner Annahme völlig ins Schwarze getroffen«, stimmte ich ihm zu.

»Aufregende Nacht gehabt?«

»Wenn du damit Mrs Blueberry meinst, die so laut geschnarcht hat, als würde sie einen ganzen Wald roden? Dann ja.« Ich hob schmunzelnd eine Augenbraue.

»Ich hatte schon Angst, Mrs Blueberry würde das ganze Stockwerk aufwecken«, kicherte Elanor.

»Schnarchende Hunde sollte man nicht unterschätzen«, ergänzte Chris mit einem spitzbübischen Grinsen.

Daraufhin kam von meiner Hundelady ein beleidigtes »Wuff«, obwohl es sich eher nach einem Nieser anhörte.

»Wer ist noch mal unsere Lehrerin in diesem Fach?«

»Ich glaube, sie hat soeben das Podest betreten«, sagte Chris.

Tatsächlich kam in diesem Moment eine ältere Frau mit hochgesteckten, grauen Haaren in unser Sichtfeld. Ich blinzelte ein paarmal. Konnte das wahr sein? Dort vorne stand Mrs Ravenwood, Jasons Granny! Ihr Rabe Murray saß auf ihrem Arm und betrachtete die Schüler und Schülerinnen mit skeptischem Blick.

»Willkommen, meine Damen und Herren. Ich bin Mrs Ravenwood und unterrichte an der Ravenhall Academy das Fach *Kunst der Magie*. Hier lernen Sie, wie man mit Magie umgeht. Es erfordert einiges an Konzentration und Durchhaltevermögen, wenn man Magie richtig einsetzen möchte. Da sich Ihre erst an Ihrem achtzehnten Geburtstag vollständig entfalten wird, trainieren wir im ersten Halbjahr vor allem die Grundlagen. Denn auch jetzt schon können Sie leichte Magie wirken, sofern Sie diese zulassen. Was wiederum bedeutet, dass Sie diese in Ihr Herz lassen müssen.« Bedeutungsvoll musterte sie uns, bevor sie fortfuhr. »Die Magie besteht aus drei Grundbausteinen. Der Konzentration, dem richtigen Hexenspruch und dem Vorstellungsvermögen. Bitte holen Sie nun ein Buch heraus und legen Sie es vor sich auf den Boden.«

Durch die Klasse ging ein Raunen und alle kramten nach einem ihrer Schulbücher. Ich entschied mich für mein Buch der Schatten und platzierte es behutsam vor mir.

»Sehr gut. Schließen Sie jetzt Ihre Augen und konzentrieren Sie sich auf das Buch. Stellen Sie sich vor, wie Sie es zurück in ihre Tasche legen, ohne es zu berühren. Das Szenario sollte bildlich vor Ihrem inneren Auge erscheinen.« Kurz hielt Mrs Ravenwood inne. »Sprechen Sie mir nach: *Pendere*.«

»*Pendere*«, erklangen die Stimmen meiner Mitschüler und Mitschülerinnen im Chor. Auch ich wiederholte die Worte.

Tief atmete ich ein und aus, bevor ich mich der Magie hingab. Es dauerte nicht lange, bis sich das vertraute Kribbeln durch meine Fingerspitzen bahnte und sich mein Amulett erhitzte.

»Jeder nimmt seine Magie unterschiedlich wahr. Bei den einen kann es ein Ziehen in der Magengegend oder im Kopf sein, bei den anderen vielleicht ein Kribbeln in den Händen oder Fingerspitzen. Jede Hexe oder jeder Hexer hat einen individuellen Spürsinn für die Magie«, erklärte uns Mrs Ravenwood.

Konzentriert stellte ich mir vor, wie mein Buch zurück in die Tasche wanderte. Dabei kniff ich so fest die Augen zu, dass mir ein wenig schwindlig wurde.

»Sie dürfen Ihre Augen nun wieder öffnen.«

Ich atmete noch einmal tief durch und schaute dann auf den Boden. Und zu meiner großen Überraschung lag dort nichts. Das Buch der Schatten war verschwunden! Hatte ich es tatsächlich geschafft? Eilig schnappte ich mir meine Tasche und freute mich bereits über meinen Erfolg. Doch zu meiner Ernüchterung stellte ich schnell fest, dass ich mich zu früh gefreut hatte. Denn im Inneren konnte ich das Buch nicht entdecken. Aber wo ... ich blickte mich suchend um. Und dann sah ich es.

»Mrs Blueberry! Aus!« Hastig eilte ich zu meiner Hundelady, die ein paar Meter von mir entfernt stand und genüsslich mein Buch vollsabberte, indem sie es mit ihrer Schnauze herumtrug. Ich ging in die Hocke und nahm es ihr weg. Beleidigt blickte sie mich aus ihren großen Augen an.

»Schau mich nicht so an! Du kannst das nicht einfach nehmen und es halb auffressen«, tadelte ich Mrs Blueberry.

Einzig ein lautes »Wuff« bekam ich als Antwort.

Einige Schüler und Schülerinnen hatten sich zu uns umgedreht und betrachteten uns belustigt. O Gott, wie peinlich! In Sekundenschnelle erhob ich mich und tat so, als wäre nichts passiert.

»Mr Edwards. Wie ich sehe, haben Sie es als Einziger hinbekommen. Wie schön!« Mrs Ravenwood klatschte in die Hände, nachdem sich alle wieder auf ihren Plätzen eingefunden hatten.

Chris lief rot an und murmelte nur ein leises Dankeschön.

»Bei anderen von Ihnen scheinen sich die Bücher ebenfalls

bewegt zu haben. Wenn auch nicht unbedingt dank der Magie, sondern durch ihre Vierbeiner.« Vielsagend hob sie eine Augenbraue und zwinkerte mir dann zu.

Ich seufzte auf und warf Mrs Blueberry einen *Du hast uns in diese Situation gebracht*–Blick zu, der sie allerdings wenig zu interessieren schien.

»Ich demonstriere Ihnen jetzt die korrekte Durchführung.« Mrs Ravenwood legte ein Buch vor sich ab und schaute, ohne das Gesicht zu verziehen, zur Klasse. Als wäre es etwas ganz Normales, erhob sich das Buch und landete wie von selbst auf einem Tisch, direkt hinter Jasons Granny.

»Je stärker Sie Ihre Fähigkeiten trainieren, desto leichter fällt Ihnen die Magie. Versuchen Sie es noch ein weiteres Mal.«

Leises Gemurmel ging durch die Klasse, während meine Mitschüler und Mitschülerinnen begannen, den Hexenspruch aufs Neue zu üben.

Ich legte mein Buch der Schatten ebenfalls wieder auf den Boden und schloss die Augen. Erneut spürte ich das Kribbeln in meinen Fingerspitzen und die Hitze meines Amuletts.

»*Pendere*«, flüsterte ich und wie auch beim ersten Versuch strömte die Magie fast sofort durch meinen Körper. Aufgeregt hob ich die Lider. Doch zu meiner großen Enttäuschung lag das Buch noch an derselben Stelle wie zuvor.

Elanor kam zu mir hinübergelaufen und flüsterte mir grinsend ins Ohr: »Auch wenn ich jetzt eine schlechte Freundin bin, aber ich fand es amüsanter zu beobachten, wie Mrs Blueberry dein Buch verschleppt hat.«

Meine Zimmergenossin kicherte, als ich sie verwirrt anblickte. »Da ich als Fee keine Magie wirken kann, schaue ich in diesem Unterrichtsfach nur zu. Aber es sah so niedlich aus, wie Mrs Blueberry dein Buch gestohlen hat!« Elanor biss sich auf die Unterlippe, um wahrscheinlich ein Lachen zu unterdrücken.

Ich konnte nicht anders, als loszuprusten. Meine Hundelady hatte ein Händchen dafür, Aufmerksamkeit auf sich zu ziehen. Ob mit ihrer Neugier oder durch ihre Tollpatschigkeit.

In der nächsten halben Stunde übte ich mich ein paar weitere Male in dem Umgang mit meiner Magie, doch ich blieb erfolglos. Im Gegensatz zu meinen Mitschülern und Mitschülerinnen. Immer wieder hallten Jubelschreie durch die Klasse.

Als der Gong zur zweiten Stunde erklang, gesellten sich Chris und Aika wieder zu uns.

»Sag mal, was steht denn eigentlich gleich für ein Fach an?«, fragte ich ihn.

Ein Grinsen schlich sich auf sein Gesicht. »Na, heute noch nicht dazu gekommen, auf den Stundenplan zu schauen, was?«

»Haha, sehr witzig«, ich verdrehte die Augen und stupste ihn auffordernd an.

Mit einem Zwinkern gab Chris nach. »*Hexenschriften* ist das nächste Fach auf dem Stundenplan«, erklärte er, während er Aika hochnahm. Der kleine Dackel rollte sich schläfrig auf seinen muskulösen Armen zusammen.

Ich schulterte meine Umhängetasche und gemeinsam liefen wir in Richtung des Südflügels, zu dem gleichen Klassenzimmer, in dem wir gestern bereits in *Geschichte der Hexen* unterrichtet worden waren. Ein paar Meter vor der Klassenzimmertür wurde Chris langsamer und hielt mich zurück.

Elanor drehte sich zu uns und als sie bemerkte, dass Chris' Hand auf meinem Arm ruhte, umspielte ein Schmunzeln ihre Züge. »Mrs Blueberry und ich gehen schon einmal rein und halten euch einen Platz frei.«

Kaum war sie mit meiner Hundelady durch die Tür verschwunden, erklang der erste Schulgong. Zehn Minuten und der Unterricht würde beginnen.

Chris, der noch immer Aika auf dem Arm trug, räusperte sich. »Ich wollte dich fragen, ob du vielleicht mit mir –«, er unterbrach sich und sein Blick ging an mir vorbei.

Neugierig schaute ich ebenfalls in die Richtung und sah Jason auf uns zukommen. Allein mit seiner bloßen Anwesenheit nahm er den Raum für sich ein. Selbstbewusst blieb er vor uns stehen.

Chris grinste Jason an und streckte ihm seine Hand entgegen.

»Edwards«, knurrte dieser nur und ignorierte die Hand. Dann wandte Jason sich mir zu. »Lilly. Meine Granny kam gerade auf mich zu und meinte, dass es sinnvoll wäre, dir Nachhilfe in *Kunst der Magie* zu geben. Schließlich weißt du erst seit Kurzem von der Existenz der Hexen. Mittwoch in einer Woche findet deine erste Nachhilfestunde statt. Kurz nach drei an der Steintafel zum Verhexten Wald.«

Verblüfft schaute ich ihn an. War das sein Ernst? Nachhilfe? »Aber –«, setzte ich an, wurde jedoch von Jason unterbrochen.

»Keine Widerrede.« Er drehte sich um und ging einfach davon.

Ich starrte ihm hinterher und schüttelte ungläubig den Kopf. Offensichtlich war seine freundliche Anwandlung von gestern Abend nicht von langer Dauer gewesen.

Chris räusperte sich. »Also … was ich dich fragen, äh, wollte …« Er fuhr sich verlegen mit der Hand durchs Haar.

»Ja?« Ich lächelte ihn auffordernd an.

»Sollen wir heute Abend einen Spaziergang machen? Mit unseren Hunden? Ich meine, die beiden scheinen sich gut zu verstehen und …«

»Sehr gerne, Chris«, warf ich ein.

Erleichtert atmete er auf. »Treffen wir uns am Eingang?«

Ich nickte zustimmend, als auch schon der zweite Gong zum Unterricht erklang. Im selben Moment tauchte vor uns wie aus dem Nichts ein schwarzer Rabe in Miniaturgröße auf.

»Ms Campbell, Mr Edwards. Man erwartet Sie im Unterricht«, krächzte er leise, wobei er mit seinen kleinen Flügeln auf und ab flatterte.

»Der Rabe kann sprechen?« Verdutzt kniff ich die Augen zusammen.

»Das ist ein verhexter Rabe. Er soll uns daran erinnern, dass wir uns unverzüglich in den Unterricht begeben.«

Bevor ich Chris fragen konnte, woher er das wusste, machte der Rabe einen Bogen um uns herum und lotste Chris und mich ins Klassenzimmer. Offensichtlich hatte ich nicht einmal an der Academy Ruhe vor hartnäckigen Raben.

Gemeinsam mit Mrs Blueberry hastete ich die Treppe zur Eingangshalle hinunter. Dabei nahm ich immer zwei Stufen auf einmal, denn wir waren bereits einige Minuten zu spät dran. Elanor und ich hatten beim Auswendiglernen der Hexenrunen und Sprüche völlig die Zeit vergessen. Noch während ich die letzte Stufe übersprang, krachte ich mit einem braunhaarigen Mädchen zusammen.

»Pass doch auf, wo du hinläufst«, fuhr sie mich an.

»S-sorry«, stammelte ich völlig außer Atem in ihre Richtung. Erst als mein Blick den ihren traf, bemerkte ich, dass es sich bei dem Mädchen um Violet, Vickys beste Freundin, handelte. Auf ihrem Handgelenk saß ein kleines Eichhörnchen, das beleidigt fiepte.

Violet hob nur genervt eine Augenbraue, bevor sie kopfschüttelnd die Treppe nach oben verschwand.

Kurz schaute ich ihr noch nach, bevor wir unseren Weg ebenfalls fortsetzten und durch die große Eingangshalle liefen. Sobald ich die Tür aufgezogen hatte, entdeckte ich schon Chris und Aika, die auf der obersten Treppenstufe standen und misstrauisch den Himmel beäugten.

»Es ziehen dunkle Wolken auf«, wandte sich Chris an uns, als wir vor den beiden zum Stehen kamen.

Zögernd spähte ich nach oben. Die letzten Sonnenstrahlen des Abends kämpften sich gerade durch die aufkommende Wolkendecke.

»Hoffen wir mal, dass der Regen sich noch zurückhält.« Jetzt war ich froh darum, dass ich meine dicke Wolljacke angezogen hatte.

»Dann sollten wir keine Sekunde verschwenden und uns direkt auf den Weg machen.« Mit diesen Worten lief Chris mit Aika die Treppe nach unten und wir folgten ihm über den großen Hof, vorbei an der Bibliothek, weiter Richtung See. Das Gelände der Academy durften wir zwar nicht verlassen, doch wie ich schnell feststellen musste, war es groß genug, um sich zu verlaufen. Als wir uns dem Wasser näherten, entdeckte ich sogar eine kleine Mühle mit einem hölzernen Wasserrad, das ratternde Geräusche von sich gab.

»Ich weiß, es geht mich nichts an … aber stimmt es, was Ravenwood heute gesagt hat?«

Fieberhaft überlegte ich, was Chris meinen könnte. Mein Gesichtsausdruck schien das widerzuspiegeln, denn er ergänzte: »Dass du erst vor Kurzem von der Existenz von Hexen und Hexern erfahren hast?«

Ich atmete tief ein und aus. Mittlerweile hatte ich das Gefühl, dass jeder an der Academy Bescheid wusste und es längst kein Geheimnis mehr war, dass ich ohne das Wissen um die Existenz der Magie aufgewachsen war.

»Ja, meine Grandma hat mir vor ungefähr einer Woche davon erzählt. Meine Mum hat sich von der Hexengemeinschaft abgewandt und mich nie eingeweiht.«

Chris blieb auf dem Kiesweg stehen, den wir inzwischen entlangliefen, und schaute mich überrascht an.

»Wow, echt? Das alles muss ziemlich viel für dich sein. Wie geht es dir damit?«

Ich hielt ebenfalls inne und dachte über seine Worte nach. Tatsächlich war er der Erste, der mich danach fragte, wie es mir mit alldem ging.

»Anfangs war ich verwirrt und auch ziemlich frustriert. Schließlich musste ich mein altes Leben hinter mir lassen. Ich bin immer davon ausgegangen, so etwas wie Magie kommt nur in Büchern vor. Mittlerweile habe ich mich mit dem Gedanken angefreundet. Auch wenn ich meine Familie und beste Freundin schrecklich vermisse. Dafür unterrichtet uns meine Grandma in *Kräuterkunde*. Wenigstens sie ist in meiner Nähe.« Als ich daran dachte, dass ich meine Grandma bald wiedersehen würde, musste ich lächeln.

»Also ist Mrs Campbell tatsächlich deine Grandma? Ich bin ein großer Fan von ihr. Sie ist in der Hexengemeinschaft sehr bekannt für ihre Kräutermixturen.«

Mein Lächeln wurde noch ein Stück breiter und Stolz machte sich in mir breit. »Sie ist wirklich großartig.«

Wir setzten unseren Weg fort und für einige Minuten spazierten wir schweigend nebeneinanderher. Währenddessen tollten Aika und Mrs Blueberry auf dem Fleck Wiese vor dem Waldrand herum.

»Komm, dort vorne ist ein Steg. Lass uns hinlaufen.« Chris zeigte auf einen alten, modrig aussehenden Steg, der ein paar Meter in den See hineinragte.

»Ich weiß nicht …« Skeptisch musterte ich die morsche Holzkonstruktion.

»Vertrau mir«, erwiderte Chris grinsend und bedeutete mir, ihm zu folgen.

Kurz wägte ich noch ab, ob es wirklich eine gute Idee war, allerdings schien er sich seiner Sache ziemlich sicher zu sein. Also wagte ich mich ebenfalls auf den Steg. Und auch wenn ich bei jeder meiner Bewegungen Sorge hatte, die Holzlatten könnten unter mir nachgeben, geschah nichts dergleichen. Am vordersten Rand setzte sich Chris schließlich auf den Boden, zog seine Schuhe inklusive Socken aus und tauchte seine Füße in das Wasser. Ich bekam allein vom Zusehen eine Gänsehaut.

»Brrrr. Ist dir nicht kalt?« Ich nahm neben ihm Platz und schaute dabei zu, wie er mit seinen Füßen Kreise im Wasser zog.

»Ganz im Gegenteil. Das Wasser ist warm.«

War das sein Ernst?

»Du Spinner! Mich friert es schon bei dem Gedanken daran.« Ich streckte ihm einen Arm hin und zeigte ihm die Gänsehaut, die mich überlief.

Chris blieb allerdings unbeeindruckt und bedachte mich mit einem ruhigen Blick. »Probiere es doch auch und überzeuge dich vom Gegenteil.«

Ich schüttelte den Kopf. »Vergiss es!«

»Wenn du es nicht versuchst, kannst du dich nicht vom Gegenteil überzeugen.«

Ich dachte über seine Worte nach. Er hatte recht. Außerdem ging ich viel zu selten über meine eigene Komfortzone hinaus.

»Okay, okay. Überredet!« Entschlossen zog ich meine weißen

Sneaker und Socken aus. Dabei streiften meine Finger das geflochtene, rote Fußkettchen, an dem ein kleines Herz aus Holz angebracht war. Anny hatte dasselbe in Grün. Für einen kurzen Moment dachte ich an den letzten Sommer zurück, als wir die Kettchen auf dem Camden Market in London gekauft hatten. Damals hatten wir uns versprochen, das Fußkettchen niemals abzunehmen. Es war ein Symbol für unsere Freundschaft. Wehmütig strich ich darüber und hoffte, dass ich es nicht im See verlor.

Ich holte noch einmal tief Luft und streckte meinen rechten Fuß aus. Als meine Zehenspitzen die Oberfläche berührten, rechnete ich fest damit, dass mich ein Kälteschock erwartete. Doch ganz im Gegenteil. Das Wasser war warm. Sehr warm sogar. Perplex schaute ich zu Chris, der mich vielsagend angrinste.

»Das Wasser wurde vor vielen Jahrzehnten verhext, sodass es selbst im Winter eine angenehme Temperatur hat. Kein Wunder also, dass der See unter den Schülern und Schülerinnen sehr beliebt ist. Einmal im Monat finden hier sogar Mitternachtsduelle statt.« Chris lehnte sich zurück und lag nun auf dem Steg, die Arme hinter dem Kopf verschränkt.

»Woher weißt du das alles? Schließlich bist du genau wie ich erst seit zwei Tagen hier.«

Er nickte. »Das stimmt. Aber innerhalb der Hexengemeinschaft erfährt man einiges über diese Academy. Vor allem die Mitternachtsduelle sind ein besonderes Ereignis. Offiziell sind sie verboten, da es bereits Vorfälle gab. Doch inoffiziell wissen selbst die Lehrer und Lehrerinnen Bescheid. Es ist wie eine Art Tradition. Dem Gewinner oder der Gewinnerin gebührt Ruhm und Ehre. Teilnehmen darf, wer bereits die Entfaltung seiner Magie hinter sich hat.«

»Wann finden diese Duelle denn immer statt?«

Kurz studierten Chris' grüne Augen den dunklen Himmel, bevor er auf meine Frage einging. »Immer in der Nacht des Vollmondes.«

»Und was meintest du mit den Vorfällen?«

Chris' Gesichtszüge verhärteten sich. »Vor vielen Jahren ist ein Schüler spurlos verschwunden. Erst nach einigen Tagen hat man ihn im Verhexten Wald gefunden. Seine Kleidung war zerrissen und dunkelrotes Blut klebte daran. Gerüchten zufolge ist er wohl verrückt geworden und war nie wieder der Alte.«

Mich überlief ein Schauder. Was waren das für Duelle, wenn sogar Schüler für mehrere Tage verschwanden und verrückt wurden?

Völlig in Gedanken versunken bemerkte ich die vereinzelten Regentropfen erst, als sie die Wasseroberfläche berührten.

»Lass uns zurückgehen. Ich glaube, lange lässt das Gewitter nicht mehr auf sich warten.« Chris deutete auf die dunkle Wolkenfront, die jetzt bedrohlich schnell auf uns zusteuerte.

Ich nickte und zog mir hektisch meine Socken und Schuhe an. Chris tat es mir gleich. Bei einem Gewitter an einem See zu sein, schien mir nicht die beste Idee.

Als wir losliefen, zuckten bereits die ersten Blitze über den Himmel. Mrs Blueberry winselte und zog ihren Schwanz ein. Sie hatte große Angst vor Gewitter und versteckte sich währenddessen meistens unter meiner Bettdecke.

Über uns öffnete der Himmel nun vollständig seine Pforten und die Gewitterfront würde binnen Sekunden über uns hereinbrechen. Wir steigerten unser Tempo, doch die Blitze über unseren Köpfen jagten kreuz und quer.

Plötzlich erklang ein lauter Donnerschlag, woraufhin Mrs Blueberry erschrocken aufjaulte. Ich zuckte ebenfalls zusammen und wurde langsamer. Erneut ein Donnerschlag. Chris packte mich am Arm und rannte mit mir weiter. Unsere Hunde dicht hinter uns. Der Regen wurde stärker und die Sicht vor uns unscharf. Ein Blitz zuckte direkt über uns durch die dunkle Himmelsdecke. Meine Füße trugen mich schneller und schneller über den Kiesweg. Kaum kam der Eingang zum Schulgebäude in Sicht, gaben wir noch mehr Gas. Wieder ein Blitz, dicht gefolgt von einem lauten Donnergrollen. Wir sprinteten die Treppen nach oben, wobei ich immer zwei Stufen auf einmal nahm. Geschafft. Keuchend blieb ich unter dem Dach stehen, Chris und unsere Gefährtinnen klatschnass neben mir.

»Komm, wir sollten reingehen und trockene Kleidung anziehen.« Chris hob Aika hoch und ich schaute nach Mrs Blueberry. Ihr Fell war komplett durchnässt und hing strähnig von ihrem Körper. Außerdem zitterte sie. Ob aus Angst oder Kälte, wusste ich nicht.

Wir setzten uns wieder in Bewegung und auch wenn wir uns beeilten, hinterließen wir auf dem Weg zu unseren Zimmern eine deutliche Wasserspur. Als wir schließlich das erste Stockwerk erreichten, verabschiedete ich mich hektisch von Chris und steuerte mit Mrs Blueberry auf unser Zimmer zu.

»Pssst! Sei leise. Lilly schläft bereits.«

Stimmen drangen von Weitem an mein Ohr und ich blinzelte ein paarmal. Als ich von unserem Spaziergang zurückgekommen war, war Elanor noch nicht zurück gewesen. Und als ich mir dann eine ausgiebige heiße Dusche gegönnt und Mrs Blueberry eine gefühlte Ewigkeit trocken geföhnt hatte, war ich direkt unter die Bettdecke geschlüpft und wenig später eingeschlafen.

»Ist ja schon gut. Ich wollte dich nur bis zu deinem Zimmer begleiten. Schlaf gut, meine Schönheit.«

Verschlafen hob ich den Kopf und schaute in die Richtung, aus der die Stimmen kamen. An der Tür standen Elanor und ein Junge. Moment mal. Ein Junge? Hatte mir Elanor vorhin nicht erzählt, dass sie mit einer Freundin verabredet war?

»Schlaf gut. Wir sehen uns in meinen Träumen.« Eine tiefe, harmonische Stimme hallte durch den Raum.

Ich hörte die Tür zugehen und Elanor schien zu ihrem Bett zu schleichen. Jetzt war ich neugierig und gleichzeitig hellwach. Ich streckte die Hand aus und knipste meine Nachttischlampe an.

Elanor quiekte auf. »Du bist ja wach!«

Ich grinste sie vielsagend an. »Sieht wohl so aus. Wer war denn dein Mr Romance?«

Mein Lächeln wurde noch ein Stück breiter, als ich Elanors ertappten Gesichtsausdruck bemerkte. Sie hatte genau den gleichen schuldbewussten Blick wie meine Hundelady, wenn sie mal wieder eine Vase umgeschmissen oder ein Kissen zerpflückt hatte.

»Ich, äh, nun ja … Mist.« Elanor atmete einmal tief aus, während sie sich auf die Fensterbank setzte und ein Kissen zu sich heranzog. »Da wir in den kommenden Monaten bestimmt öfter in solche Situationen kommen werden, erzähl ich es dir. Aber du musst mir versprechen, es für dich zu behalten.«

Ich setzte mich auf und legte meine Hand grinsend auf das Grimoire, das auf dem Nachttisch lag. »Versprochen auf all die Schriften in diesem Grimoire, die ebenfalls uralte Geheimnisse in sich tragen.«

Elanor nickte und zupfte nervös an dem Kissenbezug herum. »Okay. Also. Ich habe dich vorhin ein wenig angeflunkert.

Zwar habe ich mich mit einer Fee getroffen, allerdings nicht mit einer Freundin. Sondern mit …« Sie zögerte und die folgenden Worte schienen ihr nur schwer über die Lippen zu kommen. »Mit Elijah. Er ist sozusagen mein Freund. Oder zumindest glaube ich das.« Elanor seufzte frustriert auf und stützte ihr Gesicht in beide Hände.

»Wir machen dieses Austauschjahr gemeinsam. Es ist unsere einzige Möglichkeit, zusammen zu sein. Unsere Eltern wissen nichts von unseren Gefühlen füreinander und das ist auch besser so. Du musst nämlich wissen, dass in der Feenwelt sehr viel Rivalität herrscht. Auch unter den verschiedenen Feenarten. Denn es gibt außer Mondfeen noch etliche andere. Zum Beispiel Wald-, Wetter- und Meeresfeen. Jedenfalls sind Elijahs und meine Familie seit vielen Jahren zerstritten. Dennoch hat sich während unserer Schulzeit etwas zwischen uns entwickelt. Elijah ist gebildet, leidenschaftlich und humorvoll. Er bringt mich zum Lachen und lässt mich alle Sorgen vergessen.«

Elanors Wangen wurden rot und ich konnte nicht anders, als sie anzulächeln. Es war schön, dass die Fee so jemanden gefunden hatte.

»Die Beziehung geheim zu halten, ist schwierig, aber nicht unmöglich. Meistens besuche ich ihn über seine Träume. Zwar raubt mir das viel Energie, aber das ist mir seine Nähe wert.« Ihre Hand glitt zum Kragen ihres Pullovers. Vorsichtig zog sie eine einfache silberne Kette hervor und drehte sie einmal herum. Darauf war ein Satz eingraviert, den ich nicht entziffern konnte.

»Die gehört Elijah. Er hat sie von seinem Vater geschenkt bekommen. Doch wenn seine oder meine Eltern davon Wind bekommen sollten, ist es vorbei mit Geschenken oder überhaupt mit allem …« Sie schaute mich traurig an. »Daher ist dieses

Austauschjahr so wichtig für mich. Es ist die einzige Möglichkeit, über den Streitereien unserer Familien zu stehen und Elijah in meiner Nähe zu haben.«

Ich stand auf, setzte mich neben Elanor und legte einen Arm um sie. »Unterstützt euch denn wirklich niemand oder wäre bereit dazu?«

»Mein Bruder weiß Bescheid. Er hat uns eines Tages erwischt. Bis jetzt hat er zwar unseren Eltern nichts von uns erzählt, aber wer weiß, ob die Wahrheit nicht doch irgendwann ans Licht kommt.«

Mitfühlend drückte ich sie an mich. »Ihr bekommt das hin. Und außerdem helfe ich dir sehr gerne bei der Mission Geheimhaltung«, fügte ich augenzwinkernd hinzu.

Elanor lehnte ihren Kopf gegen meine Schulter. »Ich hoffe es«, erwiderte sie mit zittriger Stimme.

»Du meintest vorhin zu Elijah, du besuchst ihn gleich in seinen Träumen?«

Elanor rieb sich die Augen. »Ja und deswegen werde ich jetzt auch schlafen.« Sie löste sich von mir und gähnte laut.

»Danke für dein Vertrauen, Elanor.«

Sie drehte sich noch einmal zu mir um. »Ich weiß, dass du mehr für Jason empfindest, als du zugeben magst. Wenn du darüber reden möchtest, habe ich ein offenes Ohr. Dafür sind Freundinnen schließlich da.« Elanor lächelte mich an.

Ich lächelte zurück. Freundinnen, das klang schön.

KAPITEL 11

Kräuter sind in der Geschichte der Hexen ein wichtiger Bestandteil der Magie. Tränke jeglicher Art, Salben und Arzneimittel werden durch die heilende und ausgeprägte Wirksamkeit der Kräuter hergestellt. Die Lehre der Kräuter ist vielseitig und in jeder Situation einsetzbar.

– AUSZUG GRIMOIRE, KAPITEL 91 –

»Wow«, hauchte Elanor, als wir in der darauffolgenden Woche zum ersten Mal das Gewächshaus betraten.

Ich konnte ihr nur zustimmen. Wohin man auch blickte, überall sprossen Pflanzen und Kräuter jeglicher Art. Sie hingen von der Decke und rankten an den Wänden entlang. Selbst die alte Tafel wurde von ihnen eingerahmt und das Lehrerpult aus Eichenholz diente als Abstellfläche für Blumentöpfe. Nur die im Raum verteilten Tischgruppen waren verschont geblieben und stattdessen mit Kesseln, Mörsern, Schalen und Einmachgläsern ausgestattet. Unwillkürlich musste ich grinsen. Das alles erinnerte doch sehr stark an Grandma und ich fühlte mich sofort wohl.

»Sieh mal!« Elanor deutete auf eine Reihe hölzerner Regale, die neben einem Fenster platziert waren.

Ich folgte ihrem Fingerzeig und betrachtete fasziniert die unzähligen Gläser mit Kräutermixturen, die sich aneinanderreihten und im Licht der Mittagssonne geheimnisvoll um die Wette funkelten. Was jedoch noch beeindruckender war, waren die Pflanzen, die in den höher gelegenen Fächern standen. Eine nach der anderen fuhr immer wieder ihre Blätter ein, um dann wenige Sekunden später in voller Pracht zu erblühen und kleine, farbige Rauchschwaden und goldene Lichtpunkte in die Luft zu schicken. Lila, rosa, blau und gelb. Jede Pflanze hatte ihre eigene Farbe.

»Es ist bezaubernd«, fügte ich lächelnd hinzu.

»Komm, lass uns zu Tessa und Melina gehen.« Elanor nickte zu einem Tisch direkt vor dem Pult.

»Gute Idee.« Ich zog meine Tasche zurecht und folgte ihr gemeinsam mit Mrs Blueberry zu den beiden, die uns gut gelaunt begrüßten. Während ich mich setzte und meine Hundelady sich unterhalb des Tisches zusammenrollte, entdeckte ich auch Chris, der sich mit Dave und anderen Jungs aus unserer Klasse unterhielt. Kurz fing er meinen Blick auf und winkte mir zu. In den letzten Tagen waren wir immer regelmäßiger mit unseren Hündinnen spazieren gegangen. Und obwohl ich bis jetzt nicht so ganz aus Chris schlau wurde, war ich froh, neben Elanor noch jemanden gefunden zu haben, mit dem ich reden konnte.

Gedankenversunken drehte ich mich zur Tafel um und erkannte überrascht, dass Grandma bereits vor uns stand. Heute trug sie ihr dunkelrotes, langes Gewand und eine rundliche Lesebrille auf der Nasenspitze. Einige silberne Strähnen hatten sich aus der Frisur gelöst und umrahmten ihr Gesicht. Sie lächelte warmherzig, wobei sich kleine Fältchen um ihre braunen Augen bildeten. Als sie mich entdeckte, wurde ihr Lächeln noch ein wenig wärmer und sie zwinkerte mir zu. Ermutigend streckte ich einen Daumen nach oben.

»Willkommen, willkommen. Ich bin Mrs Campbell und darf euch heute in die Welt der Kräuter entführen. *Kräuterkunde* ist ein sehr facettenreiches Fach, das viel Praxis umfasst. Hier lernt ihr Tränke zu mixen, Salben anzufertigen sowie alle möglichen Kräuterarten kennen. Vor euch liegen mehrere Werkzeuge, die in diesem Fach ein wichtiger Bestandteil sind. Die Mörser sind zum Zerkleinern der Kräuter gedacht. Der Kessel, um ihre Aromen zu entfalten. In den Einmachgläsern werden die Tränke aufbewahrt.«

Grandma machte eine kurze Pause und holte einen Stapel Bücher hervor. »Nun kommen wir zum Kern dieses Unterrichtsfachs. Weshalb sind Kräutermixturen so relevant in der Hexengemeinschaft? In diesen Büchern findet ihr die Antwort. Hexen und Hexer haben seit jeher ein Händchen für Kräuter und ihre Wirkungen. Es gibt Tausende Formeln. Heute möchte ich eine davon mit euch anwenden.«

Sie ging durch den Raum und verteilte immer an zwei Schüler und Schülerinnen ein Buch. Als sie an unseren Tisch kam, flüsterte sie mir zu: »Und, wie schlage ich mich als Lehrerin?«

Ich grinste sie an. »Hervorragend!«

Liebevoll strich sie mir über den Rücken und legte Elanor und mir eins der alten Bücher hin. Die filigranen Kräuter- und Blumen-Muster darauf waren ausgeblichen und hatten ihren goldenen Glanz verloren. In großen Buchstaben prangte dazwischen die Überschrift *»Lehre der Kräuterkunde«*.

»Schlagt nun bitte Seite dreiundvierzig auf. Wir probieren heute einen Beruhigungstrank aus. Hinter euch findet ihr eine Auswahl an Kräutern. Mithilfe der Abbildungen in eurem Buch könnt ihr die benötigten Kräuter zusammensuchen. Sobald ihr alles beisammenhabt, geht es an den zweiten Schritt. Das Brauen.«

Ein Raunen ging durch die Klasse und die Schüler und Schülerinnen unterhielten sich aufgeregt. Elanor hingegen stand direkt auf und griff nach dem Lehrexemplar zwischen uns. »Komm, wir nehmen das Buch einfach mit zu den Kräutern und vergleichen diese direkt mit den Bildern.«

Ich nickte zustimmend und schnappte mir ein Messer vom Tisch, um die benötigten Kräuter abzutrennen.

»Also, zuerst brauchen wir eine Brennnessel.«

Bei dem Namen dieser Pflanze überlief mich ein ungewollter Schauder und ich dachte an einen Spaziergang mit meiner Hundelady im vergangenen Sommer zurück. Mrs Blueberry hatte einem Vogel hinterherjagen wollen und sich dabei von der Leine losgerissen. Ärgerlicherweise hatte ich das Gleichgewicht verloren und war in ein Feld voller Brennnessel gestolpert. Da es allerdings Sommer und ausnahmsweise sehr heiß gewesen war, hatte ich natürlich kurze Kleidung getragen. Tagelang war ich herumgelaufen wie ein Streuselkuchen, mit roten, juckenden Flecken, die meinen Körper übersät hatten.

Schnell konzentrierte ich mich wieder auf die abgetrennte Brennnessel vor mir, die ich nun vorsichtig in eine Schale legte, die Elanor ebenfalls mitgenommen hatte. Danach ging es weiter mit der Mitternachtsblüte. Vorsichtig zupfte ich eins der dunkelblauen mit Silberfäden durchzogenen Blätter ab. Als es sich löste, schüttelte sich die kleine Pflanze plötzlich und ein neues kam zum Vorschein. Fasziniert wanderte ich weiter und sammelte noch ein Büschel Lavendelblüten ein, ehe ich mit Elanor wieder zu unseren Plätzen zurücklief.

»Jetzt geht es an das Brauen«, tönte Grandmas Stimme über das Gewusel. »Bei diesem Schritt kommt eure Magie ins Spiel.

Für Tränke werden allerlei Hexensprüche verwendet. Diese richtet ihr auf den Mörser, mit dem ihr die Kräuter zerkleinert.« Grandma nahm ihre Schale und zeigte uns das nötige Zubehör. »*Sedandum*«, sagte sie anschließend mit fester Stimme. Wie auf Kommando setzten sich alle Mörser in Bewegung und zerkleinerten die Kräuter.

»Nun gebt die Kräuter in den brodelnden Kessel.«

Verwirrt runzelte ich die Stirn, da in unserem Kessel überhaupt nichts brodelte.

»*Calefiant.*« Grandma klatschte in die Hände und prompt begann das Wasser zu blubbern.

Ich mischte die Kräuter unter. Eine dunkelblaue Brühe mit den silberfarbenen Fäden der Mitternachtsblüte entstand, wobei kleine Bläschen emporstiegen.

»Sehr gut. Der Trank wird jetzt einige Minuten köcheln. Bis er allerdings seine vollständige Wirkung in der Vollmondnacht entfaltet, dauert es noch. Für jede Rezeptur gibt es den perfekten Mondzyklus. Der Beruhigungstrank sollte stets in der zunehmenden Mondphase gebraut werden.« Kurz hielt Grandma inne und schaute in ihren Kessel. »Der Trank ist so weit. Ihr dürft ihn nun in eins der Reagenzgläser umfüllen und auf die Fensterbank stellen.« Wieder ging ein Raunen durch die Klasse, während alle mit dem Umfüllen begannen und die gläsernen Röhrchen nacheinander an ihren vorgesehenen Platz brachten. In der Zwischenzeit sprach Grandma weiter: »Es ist sehr wichtig, dass das Licht des Vollmondes –« Der ertönende Schulgong unterbrach sie und sorgte dafür, dass das übliche Chaos ausbrach, wenn das Mittagessen rief.

»Bitte bringt eure Aufgabe noch zu Ende«, versuchte sie sich Gehör zu verschaffen, doch die Ersten waren bereits nach draußen verschwunden. Seufzend stemmte sie die Arme in die Hüften und schüttelte den Kopf. »Das hätte besser laufen können«, murmelte sie.

»Haltet ihr mir einen Platz im Speisesaal frei? Ich helfe kurz meiner Grandma«, sagte ich zu Elanor, Tessa und Melina, bevor diese nickend aus dem Raum verschwanden.

»Na, wie war deine alte Grandma als Lehrerin?«

Schnell klappte ich meine Tasche zu und drehte mich zu Grandma um, die mich warmherzig anlächelte.

»Du warst klasse!« Ich grinste sie an, während ich die liegen gebliebenen Kräuterkunde-Bücher einsammelte und auf dem Pult stapelte.

»Das freut mich. Und jetzt los zum Mittagessen mit dir!« Sie drückte mich fest an sich, bevor sie mich zur Tür begleitete. »Ach und vergiss unsere Einladung morgen Abend bei den Ravenwoods nicht.«

Wie angewurzelt blieb ich stehen und schaute blinzelnd zu Grandma. Hatte ich mich etwa verhört?

»Welche Einladung?«

Grandma runzelte die Stirn. »Entschuldige, mein Kind. Ich dachte, das habe ich dir erzählt. Wir wurden zu den Ravenwoods zum Dinner eingeladen. Morgen Abend, sieben Uhr.« Sie strahlte mich an, als wäre das ein Grund zur Freude.

»Oh, okay. Ähm, dann bis morgen Abend.« Ich versuchte ein Lächeln aufzusetzen und floh regelrecht aus dem Gewächshaus. Kaum hatte ich den von Kies bedeckten Weg erreicht, stieß ich frustriert die Luft aus.

»Weshalb laden uns ausgerechnet die Ravenwoods zum Dinner ein? Es reicht doch schon, dass Jason mir die Nachhilfestunden aufgezwungen hat!« Bei dem Gedanken daran, dass ich mich noch mehr mit ihm und seiner undurchschaubaren Art auseinandersetzen musste, schnaubte ich und blickte zu meiner Hundelady, die das alles recht wenig zu interessieren schien. Stattdessen lief sie mit wedelndem Schwanz vor mir her, während sie mit ihrer Stupsnase den Rasen, Bäume und herumliegendes Geäst beschnüffelte.

Als mir schließlich zu kalt wurde, rief ich sie zu mir und steuerte mit ihr den Wintergarten an, der den Übergang zwischen Außengelände und Schulgebäude markierte. Sobald wir durch die gläserne Tür traten, hüllte uns sofort ein angenehmer und mir mittlerweile bekannter Duft nach Zitrone ein. Die letzte Woche hatten Elanor und ich viel Zeit hier verbracht, um zu lernen. Denn die Atmosphäre hier hatte etwas Einzigartiges und lud regelrecht dazu ein, es sich an den vielen kleinen Tischen mit den nahezu majestätischen Rabenverzierungen gemütlich zu machen. Hinzu kamen die historischen Bücherregale, deren Werke von alten Laternen, die an den stuckverzierten Wänden angebracht waren, perfekt in Szene gesetzt wurden. Für weitere Behaglichkeit sorgten die Pflanzen, die in Töpfen von der Decke hingen und sowohl auf den Bücherregalen als auch auf den Tischen standen. Am meisten faszinierte mich jedoch der große Kamin aus Backstein, in dem tagsüber immer ein Feuer prasselte und vor dem zwei Sofas mit großen Wolldecken im Schottenmuster einen Platz gefunden hatten.

Kurz blieb ich vor den tanzenden Flammen stehen und genoss die angenehme Wärme auf meiner Haut. Doch plötzlich erklang ein lautes Miauen. Mein Blick ging zu meinen Füßen, wo eine mir vertraute Katze mit golden-grauen Augen um meine Beine strich. Mrs Blueberry wedelte freudig mit dem Schwanz und stupste die schwarzhaarige Katze mit ihrer Nase an.

Vorsichtig bückte ich mich zu ihr hinunter und streichelte über ihr Fell, was sie mit einem zufriedenen Schnurren kommentierte. »Du bist ja offensichtlich doch eine ganz Verschmuste«, murmelte ich überrascht und begann das kleine Fellknäuel hinter den Ohren zu kraulen, was sie sichtlich genoss.

»Lass Queenie in Ruhe!«

Erschrocken zuckte ich zusammen, wirbelte herum und stand Vicky gegenüber, die mich misstrauisch anfunkelte. Ohne mich aus dem Blick zu lassen, hob sie Queenie hoch, streichelte beschützend über ihr Fell und murmelte in deren Ohr: »Ist schon gut, meine Prinzessin.« Dann wandte sie sich wieder mir zu. »Hast du eigentlich nichts Besseres zu tun, als meine Katze zu belästigen?«

Ich hob eine Augenbraue. »Nur um das klarzustellen: Deine Katze hat sich zu uns gesellt, nicht andersherum. Außerdem habe ich einen Bärenhunger, also bitte entschuldige mich.« Ohne ein weiteres Wort drehte ich mich um und ließ sie einfach stehen.

✦

Da wir genau wie in den letzten Tagen einige Hausaufgaben aufbekommen hatten und heute kein Nachmittagsunterricht stattfand, setzte ich mich gemeinsam mit Elanor nach dem Mittagessen an den Schreibtisch. Obwohl es mir von Minute zu Minute immer schwerer fiel, mich zu konzentrieren. Meine Gedanken galten vor allem Jason und dem, was er mir wohl beibringen wollte. Als sich dann zu der schwindenden Konzentration auch noch Kopfschmerzen gesellten, gab ich die Lernerei auf. Erschöpft lehnte ich mich auf dem Stuhl zurück und rieb mir die Schläfe.

»Geht es dir gut?« Elanor warf mir einen besorgten Blick zu.

»Ja. Es ist nur«, ich stockte und überlegte, wie viel ich ihr anvertrauen wollte, »gleich habe ich eine Nachhilfestunde mit

Jason.« Gedankenverloren kraulte ich Mrs Blueberry hinter den Ohren. »Und Grandma und ich sind morgen Abend zu einem Dinner bei den Ravenwoods eingeladen.«

Elanor riss die Augen auf. »Dinner? Nachhilfe? Davon hast du mir gar nichts erzählt!« Aufgeregt wippte sie auf ihrem Stuhl auf und ab.

»Von dem Dinner weiß ich erst seit ein paar Stunden und die Nachhilfe habe ich versucht aus meinen Gedanken zu verbannen. Leider vergebens.«

Elanor schaute mich weiterhin aus großen, fragenden Augen an und kaute dabei auf ihrem Bleistift herum. »Aber wieso hast du so ein Problem mit diesem Nachhilfethema?«

»Weil Jason einfach Jason ist. Außerdem ist er mit dieser Vicky zusammen. Ich hatte vor dem Mittagessen mal wieder einen unschönen Zusammenstoß mit ihr.«

Elanor legte den Bleistift beiseite, stand auf und räumte ihre Schulsachen zurück in ein Regal, das direkt über unserem Schreibtisch angebracht war. »Du weißt doch gar nicht, ob sie wirklich ein Paar sind.«

»Ist das nicht offensichtlich?« Ich klappte mein Buch der Schatten ebenfalls zu und schob es beiseite. Hexensprüche auswendig lernen war nicht unbedingt meine Lieblingsbeschäftigung.

»Hmm … es scheint, als wären sie vertraut miteinander, ja. Andererseits wirken sie nicht wie ein verliebtes Pärchen.« Elanor lächelte mich an. »Frag ihn doch einfach.«

»I-ich soll ihn fragen, ob er mit Vicky zusammen ist?« Verwirrt runzelte ich die Stirn, während ich aufstand und im Zimmer nervös auf und ab lief. Für einen kurzen Augenblick dachte ich ernsthaft über Elanors Vorschlag nach. Verwarf ihn dann aber schnell wieder. Ich konnte sein Verhalten einfach nicht deuten. An dem Abend in der Bibliothek war er außergewöhnlich nett zu mir gewesen, aber als er mir das mit der Nachhilfe verkündet hatte, war er kurz angebunden gewesen. Außerdem sollte mich sein Beziehungsstatus wirklich nichts angehen.

»Was soll ich überhaupt anziehen?«, lenkte ich vom Thema ab. »Ich habe gehofft, dass du mich das fragst.« Freudig eilte Elanor zu meinem Kleiderschrank, riss ihn auf und wühlte darin herum.

»Elanor, was wird das?«, warf ich lachend ein.

Ohne auf meine Frage einzugehen, zog sie ein schwarzes Kleid hervor.

Ich schüttelte den Kopf. »Nachhilfe, Elanor, kein Date!«

Vielsagend hob sie eine Augenbraue und grinste mich frech an. »Bist du dir da sicher?«

»Du spinnst doch. Außerdem ist das Kleid viel zu kurz.«

»Na gut, dann etwas Einfaches.« Sie zog eine enge, schwarze Hose, dazu ein weißes T-Shirt und eine Jeansjacke aus meinem Schrank und hielt sie mir entgegen.

»Besser?«

Ich nickte zustimmend. »Besser!«

KAPITEL 12

Der Verhexte Wald. So nennt sich der umliegende Wald der Academy. Um ihn ranken sich viele Mythen, was nicht zuletzt an den kleinen Kobolden liegt, die dort zu Hause sind und sich nur an Vollmond aus ihren Höhlen wagen.

– AUSZUG GRIMOIRE, KAPITEL 49 –

Wie von Jason verlangt, wartete ich wenig später gemeinsam mit Mrs Blueberry am Rande des Waldes, in der unmittelbaren Nähe des Bogenschießstandes auf ihn. Noch war allerdings von meinem Nachhilfelehrer weit und breit nichts zu sehen und so schlenderte ich gemächlich zu einer großen Steintafel, auf der in kaum leserlicher Schrift etwas eingraviert war. Ich trat näher heran und entzifferte die Worte. »*Mystische Gestalten und sagenumwobene Wesen verbergen sich zwischen den Bäumen des Verhexten Waldes. Daher sei Vorsicht denjenigen geraten, die in tiefster Vollmondnacht die Düsternis dem Licht des Mondes vorziehen.*« Sanft fuhr ich mit dem Zeigefinger die Buchstaben nach und betrachtete die eisernen Blütenranken und kleinen metallischen Raben, die den Satz einrahmten. Was wohl für eine Geschichte dahintersteckte?

»Ah, du hast die Steintafel meiner Vorfahren entdeckt.«

Ich wirbelte herum und sah mich Jason gegenüber, der mit verschränkten Armen vor mir stand. »Deiner Vorfahren?«

Er seufzte. »Wenige Jahre nach der Gründung der Ravenhall hat sie diesen Platz am Rande des Waldes bekommen. Sie soll Schüler und Schülerinnen davor warnen, sich an Vollmond in den Wald zu begeben.«

»Und weshalb ist es gerade in dieser Nacht so gefährlich?«, fragte ich stirnrunzelnd.

»Weil nicht nur die Kraft der Hexen und Hexer zu diesem Zeitpunkt stärker ist«, erklärte Jason. »Aber Schluss jetzt mit der kleinen Geschichtsstunde. Schließlich bist du nicht deswegen hier.«

»Na dann bin ich mal gespannt, was mich die nächste Stunde erwartet«, gab ich sarkastisch zurück.

»Erst mal die Basics und wenn wir schon dabei sind, auch der richtige Umgang mit Pfeil und Bogen.«

Ich bedachte ihn mit einem verwirrten Blick. »Wieso Pfeil und Bogen? Ich dachte, das Ziel dieser Nachhilfe ist das Erlernen von einfacher Magie.«

Jason nickte und löste sich aus seiner gelangweilten Haltung. »Das stimmt, aber ich dachte mir«, er griff nach dem Tragegurt, den er über seine Schulter gelegt hatte. Daran befestigt waren sein Bogen sowie ein moderner Köcher mit Pfeilen, »dass es nicht schaden kann, dir auch die Kunst des Bogenschießens näherzubringen. Dein erster Schuss war nämlich ziemlich kläglich.«

»Okaaaay.« Ich schluckte schwer. Das Thema Bogenschießen hatte ich nach meinem missglückten ersten Versuch komplett aus meinen Gedanken radiert. Aber so wie Jason gerade wirkte, würde ich wohl nicht drum herumkommen, mich erneut meinem Versagen zu stellen.

Schicksalsergeben schaute ich zu ihm, doch dieser lief bereits an mir vorbei und pfiff einmal laut. Ein Krächzen antwortete daraufhin und wenige Sekunden später landete Shadow vor uns.

»Shadow!«, murmelte ich erfreut und eine Woge der Erleichterung breitete sich in mir aus. »Also geht es ihr wieder gut?«, wandte ich mich an Jason.

Er blieb stehen und drehte sich zu mir um. »Ja, sie ist auf dem Weg der Besserung.« In seinen Augen lag ein Ausdruck, den ich nicht ganz deuten konnte. Für einen kurzen Moment hatte ich das Gefühl, Sorge über seine Züge huschen zu sehen. Dann blinzelte er ein paarmal, drehte sich erneut um und marschierte davon.

»Kommst du, Ms Campbell? Oder brauchst du eine Extraeinladung? Und glaub mir, ich habe genauso wenig Lust auf diese Nachhilfestunde wie du«, rief er mir über die Schulter hinweg zu.

Ich schnaubte, folgte ihm aber über einen moosbedeckten Pfad, der uns immer weiter in den Wald hineinführte, bis wir nach einer gefühlten Ewigkeit auf einer weitläufigen Lichtung ankamen. Und obwohl diese auf den ersten Blick relativ normal wirkte, so stellte ich bei genauerem Betrachten schnell fest, dass dieser Eindruck täuschte. Nicht nur, dass im Zentrum zwei Felsen standen, die an männliche Gesichter erinnerten und wie die Wächter dieses magischen Orts wirkten. Nein, es gab auch eine bunte Blumenwiese, die sich wie ein Teppich um die Felsen legte.

»Wir haben Anfang März. Wie kann es sein, dass hier eine blühende Blumenwiese ist? Mohn, Tulpen, Sonnenblumen und Löwenzahn. Die blühen doch eigentlich nicht um diese Jahreszeit.«

Jason legte den Köcher mit den Pfeilen und seinen Bogen auf einem Baumstumpf ab und betrachtete mich einen Moment lang nachdenklich. »Ich vergesse immer wieder, dass das alles hier neu für dich ist. Unsere magische Welt mit all ihren Möglichkeiten.« Er machte eine ausladende Handbewegung. »Das ist ein verhexter Wald, Sherlock. Diese Blumenwiese blüht das ganze Jahr. Im Winter sowie im Sommer. Egal, ob Schnee liegt oder die Sonne scheint.«

Fasziniert betrachtete ich die Wiese. Inmitten des Meers aus Blumen jagte Mrs Blueberry fröhlich Shadow hinterher, die regelmäßig in den Sinkflug ging, um dann wie eine Rakete in die Luft abzuheben. Dabei wirbelten die Blumen jedes Mal ihren Blütenstaub auf, was meine Hundelady zum Niesen brachte.

Mit einem Lächeln drehte ich mich zu Jason um. »Kommst du oft hierher?«

Sein Blick schweifte über die Lichtung, wobei er seinen Gedanken hinterherzuhängen schien.

»Als meine Mutter verstorben ist, habe ich hier viel Zeit mit Bogenschießen verbracht.« Er zeigte auf einen großen Kastanienbaum, der am Rande der Lichtung stand, und lief darauf zu.

Zögerlich folgte ich ihm und beobachtete, wie er mit seiner linken Hand über die uralte Rinde fuhr. Unweigerlich drängte sich mir die Frage auf, weswegen er sich mir nun wieder anvertraute, obwohl er Minuten zuvor noch so distanziert war.

»Siehst du diese Löcher? Dieser Kastanienbaum war meine Zielscheibe.«

Unwillkürlich streckte ich ebenfalls meine Hand aus und berührte die raue Rinde sowie die Einkerbungen, die noch deutlich sichtbar waren. Doch in dem Moment, als ich meine Finger zurückziehen wollte, streiften sie die von Jason. Ein elektrisierendes Kribbeln jagte in meine Fingerspitzen und von dort aus durch meinen gesamten Körper. Scharf zog ich die Luft ein und blickte zu Jason, der mich mit seinen türkisblauen Augen intensiv musterte. All die widersprüchlichen Emotionen, die in mir tobten, spiegelten sich in seinen wider. Als würde auch er versuchen zu verstehen, was da zwischen uns war, ob da was war und weshalb es so war.

Aber so schnell, wie der Moment uns gefangen genommen hatte, ließ er uns wieder fallen. Denn obwohl uns nur wenige Zentimeter trennten, waren da doch so viele unausgesprochene Worte und Gedanken, die uns voneinander fernhielten.

Mit angehaltenem Atem verfolgte ich, wie sich Jason nun von mir entfernte. Erst ein, dann zwei und schlussendlich drei Schritte rückwärts machte, als müsste er Abstand gewinnen. Wie in Zeitlupe schüttelte er den Kopf und fuhr sich mit den Händen durch das schwarze, zerzauste Haar. »Also, äh, wir sollten mal mit dem Training beginnen.«

Wie betäubt nickte ich und wir bahnten uns einen Weg auf die Lichtung, auf der Mrs Blueberry nach wie vor freudig durch die Blumenwiese hüpfte und Shadow dabei beobachtete, wie sie ihre Kreise über unseren Köpfen zog.

»Lass uns als Erstes deine Magie in Angriff nehmen.«

Ich verzog meinen Mund zu einer Grimasse. »Meine Magie hat sich noch nicht entfaltet. So viel gibt es also nicht zu üben.«

»Das stimmt, Sherlock. Aber da du bereits leichte Magie wirken kannst, trainieren wir diese. Sobald sie sich nämlich in dir entfaltet, wirst du froh sein, dich bereits mit den Basics auseinandergesetzt zu haben. Heute bringe ich dir bei, wie du Farben verändern kannst.«

»Moment mal. So was geht?«, fragte ich ungläubig.

Jason lachte auf. »Ja, natürlich. Die Magie ist vielseitig. Je mehr Training du darin hast, desto einfacher und vielfältiger kannst du sie einsetzen. Ich zeige es dir.« Er lief über die Blumenwiese und blieb vor einer wunderschönen Tulpe stehen.

Dann legte er eine Hand auf sein Amulett und streckte die andere über der Blume aus.

»*Mutare color*«, intonierte Jason den Hexenspruch leise, aber mit fester Stimme.

Erst passierte nichts. Doch nach wenigen Sekunden sah ich es. Die rosafarbenen Blätter der Tulpe wurden heller und ein Blatt nach dem anderen wechselte die Farbe, bis die Blume in einem anmutigen Weiß erstrahlte.

»Jetzt du.«

Ich riss den Blick von der Tulpe los und schaute verunsichert zu Jason.

»Keine Widerrede.« Auffordernd hob er eine Augenbraue. »Nimm ein Gänseblümchen. Im Grunde genommen basiert die Magie immer nur auf einem. Konzentration. Versuch es einfach. Streck deine Hand über der Blume aus und schließ deine Augen.«

Ich tat wie befohlen und atmete einmal tief ein und aus. Warme Wellen gingen von meinem Amulett aus und erhitzten meinen Körper.

»Gut so. Jetzt konzentriere dich darauf, welche Farbe die Blüten haben sollen, und lass deine Magie wirken.«

Ich probierte es, doch das laute Bellen, das plötzlich von Mrs Blueberry kam, riss mich aus meinen Gedanken. Ich schlug die Augen auf und suchte die Lichtung nach meiner Hundelady ab. Sah ich richtig? Was tat sie da? Mrs Blueberry bellte tatsächlich wie verrückt die zwei Felsen an. Was zum …?

»Mrs Blueberry!«, rief ich sie. »Was wird das? Das sind nur zwei Felsen.«

Meine Hundelady hörte jedoch nicht auf mich. Was komisch war, denn normalerweise gehorchte sie mir immer. Mein Blick ging zu Jason. Er musste Mrs Blueberry für komplett bekloppt halten. Aber dieser schien das Szenario bloß nachdenklich zu beobachten.

»Was ist los?«

»Eine alte Legende der Hexen besagt, dass diese zwei Felsen die Hüter des Waldes sind. Zwei uralte Seelen, die die Hexen durch ihre Macht hier gefangen halten, nachdem sie sich vor ihrem Tod der Sicherheit der Hexengemeinschaft verschrieben haben.«

Bei seinen Worten überlief mich eine Gänsehaut. »Das höre ich heute zum ersten Mal.«

Jason nickte. »Viele wissen nichts von dieser Legende. Doch so was hat mir meine Granny gerne als Gutenachtgeschichte erzählt, als ich noch klein war.«

Ich konnte mir ein Lächeln nicht verkneifen. Es war wirklich süß, wie liebevoll Jason über seine Granny sprach. »Also glaubst du tatsächlich an diese Legende?«

Jason zuckte mit den Schultern. »Anfangs nein. Aber jetzt? Mrs Blueberry scheint zu spüren, dass dort etwas Geheimnisvolles existiert. Du musst nämlich wissen, dass Gefährten und Gefährtinnen ein Gespür für Verborgenes und Übernatürliches besitzen.«

Ich schaute wieder zu meiner Hundelady, die nun an einem der Felsen schnupperte.

»Mrs Blueberry, komm her!«, rief ich erneut.

Sie ignorierte mich weiterhin.

»Weshalb bemerkt es Shadow dann nicht?«

Jason überlegte kurz. »Vermutlich, weil sie als Luftelementar eine Verbindung zum Himmel und somit zur Luft hat. Mrs Blueberry hingegen gehört zu den Erdelementaren.«

»Faszinierend«, sagte ich leise.

»Da stimme ich dir zu.« Jason holte tief Luft. »Komm, lass

uns weitermachen. Strecke deine Hand über der Blume aus, schließ dann erneut deine Augen und stelle dir vor, wie das Gänseblümchen seine Farbe verändert.«

Ich tat wie geheißen. In den ersten Sekunden fiel es mir schwer, mich zu konzentrieren. Meine Gedanken schweiften immer wieder zu den Felsen und deren Legende.

»*Mutare* –« Ich seufzte und hob meine Lider. Der Hexenspruch wollte mir nicht mehr einfallen.

»Keine Sorge, das wird dir noch häufiger passieren. Sich Hexensprüche zu merken, dauert eine Weile. Selbst die erfahrensten Hexen und Hexer müssen regelmäßig ihr Buch der Schatten zur Hand nehmen.« Amüsiert hob er einen Mundwinkel. »Mutare color«, sagte er dann den Hexenspruch erneut auf.

Wieder atmete ich tief durch und fokussierte mich auf das Gänseblümchen. »*Mutare color*«, murmelte ich und das Bild von Gänseblümchen mit lilafarbenen Blättern tauchte vor meinem inneren Auge auf. Sogleich erhitzte sich auch mein Amulett. Ich spürte das aufkommende Kribbeln in meinen Fingerspitzen und die Magie, die nur darauf wartete, freigelassen zu werden. Als sie durch mich hindurchströmte und ich langsam die Augen öffnete, hatte ich das Gefühl, es wirklich geschafft zu haben.

Erwartungsvoll schaute ich zu dem Gänseblümchen. Doch dieses blühte munter in einem satten Weiß vor sich hin. Na ja, zumindest hatte ich einen kleinen Erfolg zu verbuchen. Denn dem Gänseblümchen fehlten jetzt einige Blätter, die auf dem Boden verteilt lagen. Bei diesem Anblick schoss mir ein dämlicher Gedanke durch den Kopf und ich wusste nicht, ob ich lachen oder heulen sollte. Für Jason musste es so aussehen, als hätte ich mithilfe meiner Magie das Spiel »Er liebt mich, er liebt mich nicht« ausprobiert. Peinlich berührt spürte ich meine Wangen heiß werden und schaute verlegen zu Jason.

Tatsächlich blickte dieser schmunzelnd abwechselnd zu der Pflanze und zu mir.

»Versuch es noch mal, aber mit einem neuen Gänseblümchen. Lass deine Augen geschlossen, bis du wirklich das Gefühl hast, dass die Magie vollständig durch dich hindurch, nach draußen geströmt ist.«

Ich nickte nur, streckte meine Hand über einem Gänseblümchen aus, das direkt neben dem anderen wuchs, und schloss die Augen.

»*Mutare color.*«

Wieder flammte das Bild von der lilafarbenen Blume vor meinem inneren Auge auf. Das mir mittlerweile bekannte Kribbeln machte sich in mir breit. Ich konzentrierte mich noch intensiver auf das Gänseblümchen. Die Magie strömte durch meine Fingerspitzen und ich ließ die Augen geschlossen, bis ich das Gefühl hatte, sie wäre vollständig durch mich hindurch und nach draußen geströmt.

Ich atmete tief durch und öffnete vorsichtig die Augen. Kaum erblickte ich das verfärbte Gänseblümchen, jubelte ich vor Freude. Ich hatte es geschafft. Wirklich geschafft!

»Sehr gut. Siehst du, mit der richtigen Konzentration funktioniert es.« Jason zwinkerte mir zu.

»Wird es eigentlich leichter, wenn sich meine Magie entfaltet hat?«

Jason nickte leicht. »Könnte man so sagen. Du kannst dann vor allem stärkere Magie wirken. Zum Beispiel einen großen Ast bewegen oder Bienen dazu bringen, aufzuhören zu summen. Deine Magie wird mächtiger sein und dir einfacher gehorchen.«

Jason erzählte und erzählte, doch ich hörte ihm nur noch halb zu, denn plötzlich überkam mich eine starke Erschöpfung. Es fühlte sich so an, als ob jede Bewegung besonders anstrengend für meinen Körper wäre.

»Ich fühle mich gerade ziemlich erschöpft. Kommt das auch von der Magie?«, fragte ich träge, während ich mich umblickte und nach einer Sitzgelegenheit suchte. Schließlich entdeckte ich einen Baumstumpf und wankte unsicher darauf zu.

Jason eilte zu mir und gab mir Halt. Er half mir, mich hinzusetzen. Aber jetzt wurde es noch schlimmer. Mir wurde schwarz vor Augen und meine Ohren pfiffen. Gänsehaut überzog meinen Körper und eine Eiseskälte hüllte mich ein.

Erneut hörte ich Jason etwas sagen, doch ich nahm seine Worte kaum wahr. Und ich bekam nur am Rande mit, dass meine Hundelady auf mich zuraste, um dann wenige Sekunden später ihren Kopf in meinen Schoß zu legen. Schwach strich ich ihr mit einer Hand über das Fell. Dabei durchströmte meinen Körper eine wohlige Wärme und ich seufzte erleichtert auf. Was immer das war, es tat gut. Die Wärme machte sich in jedem Zentimeter meines unterkühlten Körpers breit und der Schwindel ließ langsam nach. Auch das Ohrenpfeifen war fast verschwunden.

»Geht es wieder?« Jason war in die Hocke gegangen und hatte eine Hand auf meinen Rücken gelegt. Besorgt schaute er mich an. Genau wie Shadow, die mittlerweile neben ihm im Gras gelandet war.

Ich nickte schwach. »Ja, ich glaube schon. Aber was … was war das?«

Jason strich sich mit seiner freien Hand durch das schwarze Haar. »Wie du sicher weißt, kann die Magie in Ausnahmefällen überhandnehmen. Hexen und Hexer, deren Magie sich noch nicht entfaltet hat, sind davon häufiger betroffen.«

So fühlte sich das also an.

»Ich habe mich so schwach gefühlt. Außerdem war da dieser Schwindel und die unnatürliche Kälte.« Bei der Erinnerung überlief mich erneut eine Gänsehaut. Prompt schmiegte sich meine Hundelady enger an mich.

»Ja, das sind typische Symptome. Mrs Blueberry hat jedoch deine Magie absorbiert.«

Ich blickte erst zu Jason, dann zu meiner Hundelady, die mich nach wie vor besorgt aus ihren großen Augen musterte.

»Daher also die plötzliche Wärme.«

Jason nickte, kramte etwas aus seiner Hosentasche und reichte es mir.

»Hier, iss. Traubenzucker bringt deinen Kreislauf wieder in Schwung.«

Ich nahm das Stück entgegen, befreite den Traubenzucker aus der Verpackung und kaute eilig. Kurz darauf fühlte ich mich tatsächlich ein wenig besser.

»Ich hätte dir für den Anfang nicht so viel zumuten sollen. Die Farbe einer Pflanze zu verändern, raubt viel Kraft.« Schuldbewusst schaute Jason mich an. Er kniete noch immer vor mir im Gras, seine Hand weiterhin auf meinem Rücken. Erst jetzt wurde ich mir seiner Berührung richtig bewusst. Ich atmete einmal tief durch. Es fühlte sich gut an. Zu gut.

»Ich bin froh, dass du mit mir trainiert hast. Allein, weil ich es zum ersten Mal geschafft habe, meine Magie anzuwenden«, besänftigte ich ihn.

Jason stieß einen erleichterten Seufzer aus.

»Bringst du mir nun Bogenschießen bei?«

Seine Lippen umspielte ein Schmunzeln. »Denkst du nicht, das war für heute genug? Die Magie hat dich offensichtlich ziemlich ausgeknockt. Außerdem dachte ich, du bist kein Fan des Bogenschießens? Zumindest hat es vorhin so gewirkt.«

Jetzt musste ich grinsen. »Stimmt. Irgendwann komme ich

da aber bestimmt nicht mehr drum herum und deswegen kann ich es auch gleich hinter mich bringen. Wie beim Pflasterabziehen. Kurz und schmerzlos.«

Jason lachte laut los. Dann stand er auf und holte seinen Köcher samt Bogen. »Interessanter Vergleich. Los, Ms Campbell. Lass mich dir die Kunst des Bogenschießens beibringen.« Er verbeugte sich spielerisch vor mir.

Langsam erhob ich mich ebenfalls. Tatsächlich fühlte ich mich besser. Mrs Blueberry und der Traubenzucker hatten wahre Wunder gewirkt.

»Ich denke, wir fangen erst mal mit der richtigen Haltung des Bogens an«, erklärte Jason, während wir wieder zu unserer ursprünglichen Position auf der Lichtung zurückkehrten.

Ich nickte und Jason reichte mir einen Pfeil und seinen Bogen, der schwer in meiner Hand lag.

»Die richtige Haltung ist das A und O. Stell ein Bein vor das andere, sodass du einen festen Stand hast. Dann hebst du den Bogen mit deiner dominanten Hand an. Dabei sollte dein Griff jedoch nicht verkrampfen.« Er deutete die Pose an.

Ich biss mir auf die Unterlippe und tat es ihm gleich. Im gleichen Moment spürte ich, wie Jason sich hinter mich stellte und seine Hände vorsichtig auf meine Hüften legte.

»Dein Stand sollte ebenfalls nicht verkrampft sein. Lass locker.«

Ich schluckte schwer. Mit jeder Faser meines Körpers nahm ich seine Berührung überdeutlich wahr. Spürte, wie nah er mir war und was es mit mir anstellte. Kaum in der Lage, einen klaren Gedanken zu fassen, umklammerte ich den Bogen fester und hob ihn hoch.

»Genau so. Außerdem wäre es gut, wenn du den Bogen noch ein Stück präziser auf das Ziel richtest.« Langsam fuhr seine rechte Hand aufwärts und umschloss meinen Oberarm. Sanft hob er meinen Arm an. Dabei kitzelte sein Atem meinen Nacken, worauf mein verräterischer Körper mit einer ungewollten Gänsehaut reagierte.

»Lilly ...«, murmelte er.

»Ja ...«, erwiderte ich erstickt und ließ den Bogen automatisch wieder sinken. Langsam drehte ich mich um. Seine eine Hand lag nach wie vor auf meiner Hüfte, einzig sein Griff wurde fester. Ich blickte in seine unendlich türkisblauen Augen, in denen so viele Fragen lagen, auf die es keine Antwort gab.

Bedächtig strich er mir eine verirrte Haarsträhne aus dem Gesicht. »Lilly ...«, flüsterte er erneut.

Er war mir so nah. So verdammt nah. Mit allen Sinnen nahm ich wahr, wie sein Daumen von meinem Haar den Hals aufwärts zu meiner Wange fuhr. Für den Bruchteil einer Sekunde erlaubte ich mir, die Augen zu schließen und mich dem Gefühl hinzugeben.

»Wir sollten zurückgehen.«

Wie ein Kübel eiskaltes Wasser rissen mich Jasons Worte aus der Trance. Schlagartig öffnete ich die Augen und erwiderte seinen Blick, in dem ein Sturm tobte.

»Gute Idee«, sagte ich mit zittriger Stimme.

Kapitel 13

Die Kunst der Hexentränke findet nicht nur auf dem Gebiet der Kräuterlehre, Heilkunde und der traditionellen Magie Anwendung, sondern auch im Bereich der dunklen Künste. Ein Gesetz aus dem siebzehnten Jahrhundert untersagt jedoch die Herstellung verbotener Tränke und zitiert Schuldige bei Nichteinhaltung vor das oberste Gericht des Hexenrats.

– AUSZUG GRIMOIRE, KAPITEL 138 –

Während wir den schmalen Waldpfad schweigend zurückliefen, musste ich permanent an den Moment auf der Lichtung denken. Noch immer spürte ich Jasons Finger auf meiner Haut. Seine Nähe, seinen Atem. Allein bei der Erinnerung jagte ein ungewollter Schauder durch meinen Körper. Was war da zwischen uns? War da überhaupt etwas zwischen uns? Ich hatte so viele Fragen und keine Antworten auf all die widersprüchlichen Gefühle in mir, die ich nicht verstand.

Völlig in Gedanken versunken stolperte ich fast in Jason hinein, als dieser sich plötzlich vor mich stellte und Mrs Blueberry aufjaulte.

»Was ist los?« Verwirrt blinzelte ich ihn an und bemerkte sogleich, dass etwas nicht stimmte.

»Lilly. Du musst jetzt ruhig bleiben.«

Für einen Moment verstand ich nicht, was er mir damit sagen wollte, und begann die Umgebung abzuscannen. Und dann sah ich es. Entsetzt keuchte ich auf, nicht in der Lage, meinen Blick von der Katze zu lösen, die direkt vor uns in dem hohen Gras, nahe dem Waldrand lag. Ihre Pfoten hingen schlaff herab und die Augen waren unnatürlich verdreht. War sie … war sie etwa tot? O Gott, bitte nicht!

»Jason!«, rief ich seinen Namen, als er bereits auf die Katze zulief. Er kniete sich neben das leblose Tier und tastete nach seinem Puls. Gefühlt verstrichen Minuten, in denen ich die Luft anhielt. Ich wollte wegschauen. Mir einreden, dass es bloß ein Albtraum war. Und nicht die grausame Realität. Aber das konnte ich nicht. Konnte und wollte nicht verleugnen, was für eine grausame Tat dieser Katze widerfahren sein musste.

Endlich drehte sich Jason zu mir um. »Die gute Nachricht ist, dass sie lebt und nur bewusstlos ist. Die schlechte, dass sich ihr Zustand mit jeder Sekunde verschlimmert. Wir müssen Queenie sofort auf die Krankenstation bringen.«

»Queenie?«, krächzte ich.

Jason nickte und zog seine schwarze Lederjacke aus, in die er Queenie vorsichtig legte.

Ungläubig schüttelte ich den Kopf. Als könnte ich damit das grausame Bild vor meinen Augen vertreiben. Seine Worte hallten in mir nach, schnürten mir die Kehle zu. *Queenie.* Katze und Gefährtin von Vicky. Diese Erkenntnis sickerte nur langsam zu mir hindurch und ich folgte Jason wie in Trance bis zur Krankenstation. Einzig das gequälte Winseln von Mrs Blueberry übertönte das Rauschen in meinen Ohren, das von meinem eigenen Puls herrühren musste.

Kaum erreichten wir die hölzerne Tür, riss Jason sie auf und eilte über den Flur, direkt auf Mrs Smith zu, die gerade im Begriff war, einige Handtücher in einen Schrank einzusortieren. Als sie uns entdeckte, ließ sie diese fallen und kam uns mit schnellen Schritten entgegen.

»Was ist passiert?« Ihr Blick glitt über uns hinweg und landete dann auf Queenie, die ihr Jason nun behutsam in die Arme drückte.

»Das arme Fellknäuel! Ihr Körper ist ganz starr und unterkühlt.«

»Wir haben sie bewusstlos am Waldrand gefunden«, erklärte Jason knapp.

Mrs Smith nickte nur und bedeutete uns, ihr in einen der Behandlungsräume zu folgen. Dort legte sie Queenie behutsam auf eine Untersuchungsliege, holte ein Stethoskop hervor, horchte sie dann ab und bereitete zu guter Letzt alles für eine Infusion vor.

»Was für ein Drama. Erst dein Rabe und jetzt diese Katze. Wer tut unschuldigen Tieren so etwas an?« Mrs Smith schüttelte fassungslos den Kopf. »Ich kann es natürlich noch nicht mit Sicherheit sagen, aber sie scheint vergiftet worden zu sein.« Kurz machte sie eine Pause und schaute zu Jason, der soeben seinen Köcher und Bogen auf einem Stuhl abgelegt hatte. Tiefes Mitgefühl überlagerte ihre Züge. »Genau wie Shadow.«

Jason fuhr sich ruppig durch die Haare, bevor sein Blick unruhig aus dem Fenster neben dem Krankenbett wanderte.

»Alles gut bei dir?« Ich machte einen Schritt auf ihn zu und legte eine Hand auf seinen Unterarm.

»Ja, nur die Erinnerungen an Shadow setzen mir etwas zu.«

Verständnisvoll nickte ich und zog ihm einen Stuhl heran, der in unserer Nähe stand. »Setz dich.«

Während er sich auf die Sitzgelegenheit fallen ließ, schaute er mich gequält an. »Kannst du Vicky Bescheid geben?« Jason zog sein Handy hervor, tippte darauf herum und reichte es mir. »Hier hast du ihre Nummer. Bitte ruf sie an. Ich bleib solange bei Queenie.«

Stumm nickte ich und verließ mit dem Handy in der Hand den Raum. Auf dem Flur angekommen, lehnte ich mich gegen die Wand, atmete tief ein und aus, um mein rasendes Herz unter Kontrolle zu bekommen, und drückte auf die Wahltaste. Nach dem dritten Klingeln hob Vicky ab.

»Jason, was gibt es?«, trällerte ihre Stimme durch den Hörer.

»Hier ist nicht Jason. Ich bin es, Lilly.«

Kurz herrschte Stille am anderen Ende der Leitung.

»Lilly. Was willst du?« Ihre Stimme klang schlagartig eiskalt.

»Es geht um Queenie. Du … du solltest besser zur Krankenstation kommen.« Ich brachte es nicht über mich, ihr am Telefon zu sagen, was mit Queenie war.

Erneut Stille. Dann ein Rascheln und vier erstickte, kaum hörbare Worte. »Ich bin gleich da.« Vicky legte auf und ich machte mich schnell auf den Weg zurück in das Behandlungszimmer. Jason saß nach wie vor auf dem Stuhl. Seine Hände umklammerten die Lehne, als bräuchte er einen Anker, der ihn im Hier und Jetzt hielt. Sein Blick war starr auf Queenie gerichtet, während Mrs Blueberry ihren Kopf in seinen Schoß gebettet hatte und leise winselte.

»Wird sie wieder gesund?« Nachdem ich die Worte ausgesprochen hatte, hielt ich die Luft an.

»So wie es aussieht, hat sie Glück gehabt. Doch hier hat jede Minute gezählt. Hättet ihr sie nur wenig später gefunden, hätte sie tot sein können. Vermutlich lag sie schon über eine halbe Stunde dort.«

Ich stieß die angehaltene Luft wieder aus. Der Gedanke, dass

Jason und ich nichtsahnend auf der Lichtung trainiert hatten, während eine Gefährtin nur ein Stück weiter vergiftet worden war, ließ mich nicht los.

»Ihr seid Queenies Retter.« Mrs Smith lächelte uns aufmunternd an.

Plötzlich knallte die Tür auf und Vicky stürmte herein, ihre blonden Haare hingen ihr wirr ins Gesicht und ihre Wangen glühten.

»Wo ist sie?« Panisch schaute Vicky sich im Raum um und als sie ihre Katze entdeckte, wurde ihr Blick komplett starr. Ihre Augen weiteten sich vor Schock und ihr Gesicht verlor jegliche Farbe.

»Queenie!«, schrie sie entsetzt auf.

»Vermutlich wurde sie vergiftet. Hätten Mr Ravenwood und Ms Campbell sie nicht rechtzeitig gefunden, hätte es schlimmer um sie stehen können«, erklärte Mrs Smith.

Erst nach einigen Minuten riss sich Vicky wieder von Queenie los. Das Make-up war von den vielen Tränen komplett verschmiert und ihre Lippen bebten.

»Duuuuu!« Mit bebendem Zeigefinger deutete sie auf mich. »Gib es doch zu! Du hast etwas damit zu tun!«

Bitte was? »Ganz bestimmt nicht.«

Vicky machte einen drohenden Schritt auf mich zu, woraufhin meine Hundelady laut aufbellte und sich zwischen uns schob. »Als ich dich das letzte Mal gesehen habe, warst du mit Queenie allein. Wer weiß, was du ihr gegeben hast.« Misstrauisch schaute sie mich an.

»Ich war das nicht. Wir haben sie am Rande des Waldes gefunden, als wir auf dem Rückweg vom Training waren«, erwiderte ich ruhig. Viel ruhiger als der Sturm, der in mir drohte überhandzunehmen.

»Lügnerin! Gib es doch einfach zu!« Bevor ich reagieren konnte, packte Vicky mich am Arm und krallte ihre Fingernägel in meine Haut.

»Lass mich los!«, keuchte ich vor Schmerz und im gleichen Moment spürte ich es. Spürte, wie eine Welle fremder Magie durch meinen Körper floss und meine Sinne benebelte. Wie flüssige Lava, die mich von innen zu verbrennen drohte, breitete sie sich in mir aus und nahm mir die Luft zum Atmen. Panisch versuchte ich mich aus Vickys Griff zu winden und zu schreien. Aber kein Ton drang aus meiner zugeschnürten Kehle.

Hilfe suchend blickte ich zu Jason, der mittlerweile von seinem Stuhl aufgesprungen war und auf uns zueilte. »Vicky«, donnerte seine Stimme durch den Raum, während Mrs Smith laut »Ms Davies! Was ist denn das für ein Benehmen? Ms Campbell hat nichts dergleichen getan!« rief. Mit einem wütenden Bick zog sie Vicky zum anderen Ende des Raums.

»Lilly war das nicht. Wir sind im Wald gewesen und haben trainiert«, bekräftigte nun auch Jason.

»Ach ja? Trotzdem glaube ich dir nicht!«, schnaubte Vicky. Erneut machte sie einen Schritt auf mich zu, wurde allerdings von Mrs Smith zurückgehalten. Dabei entging mir der verzweifelte Ausdruck in ihren Augen nicht, selbst wenn sie ihn versuchte zu verbergen.

»Es tut mir verdammt leid, dass Queenie so Schreckliches widerfahren ist. Ich hoffe, sie erholt sich gut, und ich bin froh, dass wir sie rechtzeitig gefunden haben«, brachte ich mühsam hervor und wirbelte dann herum, um aus dem Behandlungsraum nach draußen zu stürmen. Mrs Blueberry lief mir winselnd hinterher.

Kaum war ich einige Meter über den von Kies bedeckten Weg gelaufen, rief Jason plötzlich meinen Namen. »Lilly!«

Ich ignorierte ihn und setzte meinen Weg fort, doch er holte mich ein.

»Vickys Verhalten war nicht fair und sie hätte keine Magie gegen dich anwenden sollen. Aber sie –«

Abweisend schüttelte ich den Kopf und hob meine Hand. »Es ist alles in Ordnung. Ich kann Vicky verstehen. Wäre Mrs Blueberry …« Ich atmete tief ein und aus, nicht in der Lage, an die Worte zu denken, geschweige denn sie auszusprechen. »Nun ja, ich wüsste nicht, wie ich in dieser Situation reagiert hätte. Obwohl das mit der Magie vielleicht eine Spur zu weit ging.« Wie zur Erinnerung wurde diese Tatsache von einem unangenehmen Kratzen bei jedem Wort unterstrichen.

Für ein paar Sekunden ruhte sein Blick auf mir, wobei mir die Sorge und Erschöpfung, die sich in seinen Augen widerspiegelten, nicht entging. »Wenn Vicky etwas wichtig ist, kann sie manchmal sehr temperamentvoll sein. Natürlich ist das aber keine Entschuldigung.«

»Geh zurück zu ihr und sei für sie da. In dieser Situation sollte niemand allein sein«, erwiderte ich und deutete in Richtung Krankenstation.

Jason schob die Hände in seine Hosentaschen, nickte knapp und wandte sich dann zum Gehen. Gerade als ich mich ebenfalls auf den Weg zurück machen wollte, drehte er sich noch einmal um. »Danke, Lilly.«

»Wofür?«

»Für dein Verständnis.«

»Vickys Katze wurde ebenfalls vergiftet?« Fassungslos schüttelte Elanor den Kopf.

Nachdem wir den ganzen Abend mit Lernen verbracht hatten, saßen wir nun auf der Fensterbank, wo Elanor meinen Erzählungen zu dem Vorfall heute Nachmittag lauschte. Mrs Blueberry lag währenddessen zusammengerollt in ihrem Körbchen und hatte sich an ihr Plüschschaf gekuschelt. Schläfrig verfolgte sie unsere Unterhaltung.

»Ja, wir haben sie am Rande des Waldes gefunden«, erwiderte ich mit leicht zittriger Stimme. Das Bild der hilflosen Queenie tauchte wieder vor meinem inneren Auge auf. Tief atmete ich ein und aus und versuchte meinen rasenden Puls zu beruhigen. »Ehrlich gesagt dachte ich, das wäre das Gesprächsthema Nummer eins beim Abendessen«, gestand ich.

Zu meinem Erstaunen war aber alles ruhig geblieben. Was vielleicht auch daran lag, dass ich Finley und Henry nicht beim Essen gesehen hatte. In den letzten Tagen hatte ich nämlich verstanden, was Jason damit gemeint hatte, als er Finley als Gossip der Academy bezeichnet hatte. Fast in jeder Pause setzte dieser ein neues Gerücht in die Welt. Vor ein paar Tagen hatte unsere Tierkunde-Lehrerin Mrs O'Neill angeblich ihrem Kaninchen Flügel gehext. Dann hatte man gemunkelt, dass Vickys Freundin Violet im Unterricht einen Zusammenbruch erlitten hatte, weil Henry mit ihr Schluss gemacht hatte. Angeblich war Violets Magie mit ihr durchgegangen, woraufhin sämtliche Blumentöpfe im Raum in tausend Teile zersprungen waren.

»Das alles ist einfach nur schlimm. Wer tut so etwas unschuldigen Tieren an?« Traurig schaute Elanor aus dem Fenster.

Ich folgte ihrem Blick und meinte für einen kurzen Moment Shadow auf einer großen Eiche sitzen zu sehen.

»Ist eigentlich bekannt, wo Shadow aufgefunden wurde?«

»Ich habe von Elijah gehört, dass sie ebenfalls am Rande des

Waldes abgelegt wurde.« Gedankenverloren spielte Elanor mit der Halskette von ihm.

»Warum nur genau diese Stelle und dann noch innerhalb so kurzer Zeit?« Ich ließ meinen Kopf gegen das kühle Fensterglas sinken.

»Vielleicht war es bloß ein Zufall?«, erwiderte Elanor und schaute wieder zu mir.

»Aber was, wenn nicht?«, grübelte ich.

»Das wäre nicht gut.«

Mich überkam ein Schauder und wie automatisch rappelte ich mich auf, um zur Tür zu eilen. Als könnte ich so vor dem Gedanken, dass es sich nicht um einen Zufall handelte, davonlaufen.

»Ich hole mir im Aufenthaltsraum noch etwas zu trinken. Möchtest du auch etwas?«, fragte ich Elanor. Mit irgendetwas musste ich mich ablenken, bevor mein Gedankenchaos überhandnahm.

»Gerne.« Sie nickte dankbar.

Ich zog die Tür auf und trat auf den menschenleeren Korridor. Nur ein einsamer Wischmopp, der in kreisenden Bewegungen über den Boden wischte, kam mir entgegen. Fasziniert betrachtete ich ihn einige Sekunden, wurde jedoch von Stimmen abgelenkt, die offensichtlich aus dem Aufenthaltsraum kamen. Die Tür war angelehnt und Licht schien auf den Gang. Langsam ging ich weiter darauf zu, bis ich Vickys Stimme erkannte. Abrupt hielt ich inne.

»Was willst du?«

»Du solltest jetzt nicht allein sein.«

Jason. Was machte er hier?

»Lass mich in Ruhe. Seit *sie* da ist, behandelst du mich doch eh wie Luft«, zischte sie.

»Vicky, du weißt, dass das mit uns …«

»Ja, verdammt. Aber denk daran, dass wir keine andere Wahl haben. Das ist unser Schicksal, unsere Zukunft und die Erwartung an uns«, erwiderte sie mit eiskalter Stimme. »Du musst sie vergessen, Jason. Ob du willst oder nicht.«

Einen kurzen Moment herrschte Stille, dann wurden Schritte laut. Schnell duckte ich mich hinter eine große Pflanze, die auf einer Marmorsäule neben der Tür stand, und hielt die Luft an.

Sie darf mich nicht sehen. Auf keinen Fall darf sie erfahren, dass ich dem Gespräch gelauscht hatte, wiederholte ich in Dauerschleife in meinem Kopf, während die Tür aufging und Vicky herausspazierte. Zu meiner großen Erleichterung lief sie jedoch in die andere Richtung und verschwand schließlich in einem der Zimmer auf dem Korridor.

Leise atmete ich auf und überlegte fieberhaft, was ich jetzt tun sollte. Schließlich war Jason nach wie vor im Aufenthaltsraum. Aber wenn ich mich nun an der noch geöffneten Tür vorbeistahl, würde er mich höchstwahrscheinlich sehen. Andererseits war ich ja nicht ohne Grund auf dem Korridor unterwegs. Also blieb nur eine Option. Angespannt straffte ich die Schultern, kam aus meinem Versteck hervor, setzte eine neutrale Miene auf und trat über die Schwelle.

Als Jasons Blick den meinen traf, hob ich eine Augenbraue. »Hast du dich etwa im Stockwerk vertan oder weshalb bist du im Aufenthaltsraum der Mädchen?«, sagte ich mit gespielt überraschter Stimme.

»Lilly«, begrüßte er mich und legte den Kopf schief, wobei das Licht der Flammen im prasselnden Kamin seine Züge erhellte.

»Jason«, entgegnete ich.

»Du kannst wirklich schlecht schauspielern, weißt du das?« Belustigt funkelte er mich aus seinen türkisblauen Augen an.

»Ich … Moment mal, was?« Verwirrt blinzelte ich.

»Ist dir noch nie aufgefallen, dass du an deiner Kleidung herumzupfst, wenn du nervös bist?« Mit einem Grinsen fügte er hinzu: »Oder wenn du flunkerst?«

»Ich tue was …«, noch während ich die Worte aussprach, schaute ich an mir herunter und ertappte mich genau dabei. Shit. Schnell ließ ich den Ärmel meines Hoodies los und verschränkte die Arme. »Ach Quatsch, das hat gar nichts zu sagen.« Energisch schüttelte ich den Kopf.

»Wie viel hast du von unserem Gespräch mitbekommen?«

Ich tat so, als würde ich überlegen. »Welches Gespräch meinst du? Versteckt sich etwa noch jemand hier?« Suchend blickte ich mich um.

»Lilly«, wiederholte Jason und hob auffordernd eine Augenbraue.

Ich seufzte auf, gab mich geschlagen und ließ mich neben ihm auf das weiche Sofa sinken.

»Na gut. Ich habe …«, kurz stockte ich und war mir unsicher, wie ich es am besten formulieren sollte. »Ich habe mitbekommen, dass Vicky und du über mich geredet habt.«

Mein Blick ging zu Jason, der mich aufmerksam musterte. »Okay«, entgegnete er.

»Okay? Mehr hast du dazu nicht zu sagen?«, erwiderte ich blinzelnd.

»Na ja, außer dass Vicky und ich uns oft uneinig sind, wüsste ich nicht, was.« Ein dunkler, nachdenklicher Schatten huschte über seine Züge, als würde er sich noch mal an das Gespräch erinnern.

»O-okay«, antwortete ich nur. Dabei war mein Kopf voller Fragen, auf die ich keine Antworten hatte.

Jason fuhr sich mit der Hand durch sein schwarzes Haar.

»Lilly, es ist kompliziert. Alles. Und es gibt noch so viel, das ich dir sagen –« Plötzlich wurde er von einem lauten Glockenschlag unterbrochen.

Ich schaute zu der großen Uhr an der gegenüberliegenden Wand, die eine frappierende Ähnlichkeit zu der aus Mrs Ravenwoods Haus aufwies.

Neben mir erhob sich Jason, drehte sich aber ein weiteres Mal zu mir um. »Ein gut gemeinter Tipp: Du solltest jetzt besser in dein Zimmer gehen. Gute Nacht, Sherlock.« Er grinste mich schief an und war bereits durch die Tür verschwunden, bevor ich überhaupt reagieren konnte.

Schnell stand ich ebenfalls auf und eilte zum Kühlschrank, um die zwei Wasserflaschen für Elanor und mich zu holen. Mit dem kühlen Glas in der Hand lief ich dann aus dem Aufenthaltsraum. Doch noch während die Tür hinter mir ins Schloss fiel, wurde ich von einem unnatürlichen Windstoß in Richtung meines Zimmers geschubst und von einer großen fliegenden Uhr mit Rabenflügeln begrüßt.

»*Wenn die Uhr zehn schlägt, der erste Rabe seine Runde dreht, ist Nachtruh und das Herumgeistern auf den Fluren tabu*«, kam es aus dessen kleinem Schnabel.

Erschrocken fuhr ich zusammen und starrte entgeistert die Raben-Uhr an, deren unnatürlich hell leuchtende Zeiger sich in einer immensen Geschwindigkeit im Kreis drehten und letztendlich auf der vollen Stunde zum Stehen kamen.

»Ms Campbell, bitte begeben Sie sich unverzüglich ins Bett.« Die Stimme duldete keine Widerrede und der Windhauch beförderte mich erneut den Korridor entlang, bis ich stolpernd vor meinem Zimmer ankam.

Extrem verwirrt musterte ich noch einmal die Uhr, bevor ich die Tür eilig aufstieß und hinter mir schloss. Erleichtert atmete ich tief ein und aus, doch die Ruhe währte nicht lange, denn mein Gedankenchaos holte mich wieder ein. Und es war in den letzten Minuten um neue Fragen angewachsen. Was hatte Jason mir sagen wollen, bevor der Glockenschlag unser Gespräch unterbrochen hatte? Und was hatte Vicky damit gemeint, als sie von einem Schicksal gesprochen hatte und davon, dass mich Jason vergessen sollte?

Frustriert ließ ich den Kopf gegen die Tür sinken und stieß einen tiefen Seufzer aus. Im gleichen Moment vernahm ich Elanors Flüstern. Mein Blick wanderte zu ihrem Bett, auf dem sie mit Kopfhörern über ihren Laptop gebeugt dasaß und offensichtlich *Vampire Diaries* schaute. Zumindest hörten sich ihre mitgesprochenen Zitate danach an. Mrs Blueberry hatte sich zu ihr gesellt und starrte mindestens genauso gespannt auf den Bildschirm. Gerade als ich mich von der Tür abstieß, blickten beide gleichzeitig auf. Schlagartig veränderten sich Elanors Züge.

»Du siehst … verwirrt aus«, sagte sie und traf mit ihren Worten völlig ins Schwarze. Dann stellte meine Zimmergenossin den Laptop beiseite, nahm die Kopfhörer ab, hüpfte vom Bett, eilte auf mich zu und drückte mich fest an sich.

»Jason?«, flüsterte sie mir fragend ins Ohr.

Schwach nickte ich. Sie löste sich von mir und zog mich hinter sich her, auf die Fensterbank. Dort legte sie die Decke meiner Grandma um uns beide, während ich ihr eine der Wasserflaschen reichte und meine eigene beiseitelegte. Mrs Blueberry sprang ebenfalls auf die Sitzfläche und bettete ihren Kopf in meinen Schoß. Beruhigend kraulte ich sie hinter den Ohren.

»Willst du darüber reden?«

Ich überlegte. Wollte ich? Wollte ich über all das reden? Andererseits hatte sich Elanor mir auch anvertraut, obwohl es ihr sichtlich schwergefallen war. Also holte ich tief Luft und erzählte ihr bis ins kleinste Detail, was heute Nachmittag passiert war, bis hin zu dem Zusammentreffen im Aufenthaltsraum gerade eben.

Als ich geendet hatte, schüttelte Elanor nur ungläubig den Kopf. »Ich glaube, Vicky ist eifersüchtig auf dich.«

Ich lachte erstickt auf. »Was hätte sie für einen Grund?«

Elanor hob vielsagend eine Augenbraue und ihre lavendelfarbenen Augen begannen amüsiert zu funkeln. »Weil er nur noch dich sieht. Sind dir in den vergangenen Tagen nicht die Blicke aufgefallen, die er dir im Speisesaal und auf den Korridoren immer wieder zugeworfen hat?«

Ich dachte über ihre Worte nach. Denn ja, da waren gewisse Momente gewesen, in denen ich seinen Blick auf mir ruhen gespürt hatte. Doch die widersprüchlichen Emotionen, die sich in seinen Augen spiegelten, ließen mich zweifeln.

»Aber er hatte offensichtlich nicht viel Lust auf die Nachhilfestunde, zumindest waren das seine Worte«, murmelte ich.

»Denkst du nicht, dass dir auch jemand anderes Nachhilfe gegeben hätte, wenn sich Jason geweigert hätte?«

Nachdenklich entwirrte ich mit meinen Händen Mrs Blueberrys Fell. Diese monotone Arbeit beruhigte in den meisten Fällen meine Nerven. »Vielleicht … vielleicht hast du recht.«

»Alles wird gut werden, Lilly. Immer.« Elanor legte ihre Hand auf meine und drückte sie sanft.

»Danke. Danke, dass du für mich da bist und dir mein Drama anhörst.«

Sie lächelte mich an. »Du warst auch da, als ich dir von Elijah erzählt habe.«

Jetzt musste ich ebenfalls lächeln. »Du musst mir Elijah unbedingt vorstellen. Eine Fee, die dir so viel bedeutet, kann nur besonders sein.«

»Das hast du schön gesagt«, schniefte sie.

Ich legte einen Arm um sie und für eine Weile blieben wir genau so nebeneinander sitzen. Als meine Hundelady schließlich laut zu schnarchen begann, entschieden wir uns dafür, ins Bett zu gehen. Es war schon kurz nach Mitternacht. Ich duschte ausgiebig und als ich zurück ins Zimmer kam, hörte ich Elanors und Mrs Blueberrys gleichmäßiges Atmen.

Mein Blick fiel auf mein Bett, neben dem die Nachttischlampe leuchtete. Am Bettende lag noch immer Jasons Sweatshirt. Ich ging darauf zu, nahm es in die Hand und ließ mich aufs Bett sinken. Wie aus Reflex roch ich an dem Stoff. Der waldige Duft hüllte mich ein, ließ mein Herz verrücktspielen und für einen kurzen Moment erlaubte ich mir den Gedanken, dass Jason hier bei mir wäre. Neben mir. Doch leider war dem nicht so.

Seufzend legte ich das Sweatshirt wieder beiseite und deckte mich zu. Voller Gedanken, die nicht aufhören wollten in meinem Kopf umherzuschwirren, blickte ich aus dem Fenster. Bildete ich es mir ein oder sah ich dort zwei violett-grün leuchtende Augen?

KAPITEL 14

Hexen haben seit jeher eine besondere Verbindung zu Tieren. Ein Gefährte oder eine Gefährtin kann durch jede Tierart repräsentiert werden. Dennoch präferiert jede Hexe und jeder Hexer meist das ganze Leben lang nur ein und dieselbe Tierart.

– AUSZUG GRIMOIRE, KAPITEL 13 –

Wie zwei Frostbeulen standen Elanor und ich am nächsten Morgen zitternd und übermüdet zwischen den aufsteigenden Nebelschwaden im Hof der Academy. Zumindest Mrs Blueberry schien sich auf unsere Stunde in *Tierkunde* zu freuen, so freudig, wie sie die Gefährten und Gefährtinnen meiner Mitschüler und Mitschülerinnen begrüßte. Leider änderte das gar nichts daran, dass ich am liebsten wieder zurück ins Bett gefallen wäre. In der vergangenen Nacht hatte ich mich ständig unruhig hin und her gewälzt. Andauernd waren meine Gedanken zu Jason und seinem Gespräch mit Vicky gewandert. Doch gebracht hatte das nichts. Ich war heute auch nicht schlauer als gestern.

Bevor ich jedoch erneut zu tief in den deprimierenden Gedankenstrudel hinabgezogen werden konnte, sorgte meine Hundelady für Ablenkung. Fröhlich jagte sie dem Kaninchen von

Mrs O'Neill hinterher und nahm dabei nicht wirklich Rücksicht auf alle anderen Anwesenden. Schmunzelnd schüttelte ich den Kopf und konzentrierte mich auf unsere Lehrerin, die ein paar Meter von uns entfernt stand.

Sie räusperte sich vernehmlich und begann dann zu sprechen. »Die Gefühle ihres Gefährten oder ihrer Gefährtin zu spüren, ist eine der wichtigsten Fähigkeiten einer Hexe. Sie sind in der Lage, Angst, Sorge, Zuneigung, aber auch Traurigkeit und Liebe zu erkennen. Es erfordert allerdings einiges an Arbeit und Konzentration.« Mrs O'Neill schaute uns unter ihrer großen, runden Brille an. Heute trug sie einen spitzen, lilafarbenen Hut mit leuchtenden Sternen, wie er in etlichen Hexenfilmen vorkam. Irgendwie war ich ganz froh, dass es auch Lehrer und Lehrerinnen gab, die in normaler Kleidung herumliefen, sonst hätte ich mich wahrscheinlich auch wie in einem gefühlt.

»Ihre Tiere können Ihre Gefühle ebenfalls wahrnehmen. Da in ihnen alte Seelen schlummern, sind sie sensibler für jegliche Art von Emotionen, als wir Hexen und Hexer es je sein könnten. Stellen Sie sich nun bitte neben Ihre Gefährten und Gefährtinnen.«

Mrs Blueberry schien diese Aufforderung offensichtlich nicht zu interessieren. Sie hatte sich abgewandt und schnüffelte mit ihrer Nase im Gras herum. Ich pfiff sie zu mir, doch das zeigte keine Wirkung. Also rief ich sie beim Namen.

Eines ihrer großen Hängeohren schnellte in die Höhe. Sie gab ein lautes Wuff von sich und folgte dann endlich meiner Aufforderung. Als sie neben mir stand, zupfte ich ihr noch schnell einige Blätter und kleine Äste aus dem goldenen Fell. Anscheinend hatte sie sich ein wenig zu sehr auf der Wiese ausgetobt. Vorsichtig legte ich meine Hand auf ihren Kopf. So, wie es uns Mrs O'Neill gesagt hatte.

»Nun schließen Sie die Augen und konzentrieren sich ganz auf Ihren Gefährten oder Ihre Gefährtin. Spüren sie unter Ihren Fingerspitzen und sehen sie bildlich vor sich. Lassen Sie Ihre Seele baumeln und befreien Sie Ihren Geist. Öffnen Sie Ihr Herz.«

Ich tat wie geheißen und spürte Sekunden später tatsächlich eine Wärme, die von meiner Handfläche zu meinem Herzen floss. Das Gefühl von unzähligen Emotionen, die meinen Körper durchfluteten, wurde präsenter. Dabei handelte es sich jedoch nicht um meine eigenen Emotionen. Sie waren fremd und dennoch vertraut. Wie konnte das sein? Langsam trat eine Emotion immer stärker in den Vordergrund. Was war das? Ich fokussierte mich ein weiteres Mal und nahm ein innerliches Zittern wahr. Vielleicht Angst? Nein, das stimmte nicht. Traurigkeit? Auch nicht. Aber was dann? Erst als ich das Gefühl hatte, mir würde es die Kehle zuschnüren, durchzuckte mich die Erkenntnis. Das war das gleiche Gefühl, das ich seit Wochen in mir trug. Das mir schlaflose Nächte und gedankenreiche Tage bescherte. Sorge. Viel Sorge, gefolgt von Neugier und Liebe. Drei so gegensätzliche Emotionen, was faszinierend und erschreckend zugleich war. Meine arme Hundelady. Was beschäftigte sie nur? Spürte sie meine Gefühle? Machte sie sich deshalb Sorgen? Ich seufzte und ein Kloß bildete sich in meinem Hals.

»Nun öffnen Sie wieder die Augen«, sagte Mrs O'Neill in einem sanften Tonfall.

Ich folgte ihrer Anweisung und schaute direkt zu meiner Hundelady. Sie streckte mir ihre Zunge raus und wedelte mit dem Schwanz.

»Meine Süße.« Schnell gab ich ihr einen Kuss auf die Schnauze und kraulte sie hinter den Ohren.

Als ich mich wieder erhob, stupste mich Tessa von der Seite an. »Hast du irgendetwas gespürt? Also, ich nicht.« Sie hielt ihren kleinen Igel hoch. Dieser hatte sich zusammengerollt und sah dadurch aus wie ein kleiner, runder Kaktus.

»Mein Meerschweinchen hat auch keine Emotionen gezeigt. Da war nichts«, warf Melina schulterzuckend ein.

Verwirrt runzelte ich die Stirn. Wieso hatten die beiden nichts wahrgenommen? Ich war von Mrs Blueberry regelrecht mit Emotionen überflutet worden.

»Wie ich heraushöre, hat es nicht bei jedem funktioniert. Das ist nicht schlimm. Ihr Gefährte oder Ihre Gefährtin muss sich auf diese Verbindung einlassen und sich Ihnen ebenfalls öffnen«, erklärte Mrs O'Neill.

»Du hast ihre Emotionen gespürt, oder?« Elanor sah mich vielsagend an.

Ich nickte. »Wie hast du das erkannt?«

»Ich habe die Verbindung zwischen euch buchstäblich gefühlt. Das war wirklich schön.«

Ich lächelte sie an. »O ja, das war es.«

Mrs O'Neill klatschte in die Hände. »Für diejenigen, die beim ersten Mal nichts gespürt haben: Sie dürfen es noch mal versuchen. Aber diejenigen, die bereits Erfolge erzielt haben, können jetzt etwas ganz Neues ausprobieren.« Sie strahlte regelrecht bei den Worten. »Manche Hexen und Hexer sind in der Lage, in die Gedanken ihrer Tiere einzutauchen. Das erfordert allerdings einiges an Energie und Kraft. Außerdem muss die Verbindung sehr stark sein. Diese wird unterstützt, wenn Sie Ihre Hände auf den Kopf Ihres Gefährten oder Ihrer Gefährtin legen und selbst an gar nichts denken. Außer an Ihr Tier.« Sie nickte uns zu. »Legen Sie los.«

Skeptisch betrachtete ich Mrs Blueberry. Ich konnte mir nicht vorstellen, dass das funktionierte. Trotzdem schloss ich erneut die Augen, legte beide Hände auf den Kopf meiner Hundelady und versuchte alle störenden Gedanken zu verbannen. Doch sosehr ich mich auch konzentrierte, es geschah nichts. Ich probierte es ein weiteres Mal. Stellte mir meine Hundelady bildlich vor meinem inneren Auge vor. Nach wie vor keine Reaktion. Frustration machte sich in mir breit. Aber versagen kam nicht infrage. Also holte ich tief Luft und fokussierte mich. Wieder sah ich nur Schwärze, bis sie plötzlich anfing sich aufzulösen und etwas anderem Platz zu machen. Im ersten Moment war ich mir nicht sicher, was es war, doch dann wurde die Szene klarer. Mrs Blueberry war mit ihren Gedanken auf einer Blumenwiese. Neben ihr ein riesiger, ja fast überdimensionaler Hundeknochen. Außerdem jede Menge Plüschtiere und Quietscheenten. Bei dem Anblick musste ich laut loslachen. Das war so typisch für sie. Meine verträumte, verspielte Hundelady.

Als ich meine Augen wieder öffnete, schauten mich einige Mitschüler und Mitschülerinnen seltsam an. Doch ich schaffte es nicht, mit dem Lachen aufzuhören.

»Wie es scheint, hat Ms Campbell Erfolg gehabt. Das freut mich sehr.« Mrs O'Neill lächelte mich an und nickte beeindruckt.

»Mist, bei mir hat es immer noch nicht funktioniert«, zischte Tessa frustriert.

»Beim nächsten Mal wird es bestimmt klappen«, beruhigte Melina sie.

»Ja, ganz bestimmt!«, stimmte ich ihr nickend zu.

»Der Unterricht ist hiermit beendet«, hallte Mrs O'Neills Stimme über den Schulgong hinweg.

Eilig packten wir unsere Sachen zusammen und machten uns auf den Weg zur nächsten Stunde, die wie im Flug verging. Nach dem Mittagsunterricht, in dem uns Mrs Smith einen spannenden Vortrag über das Hexenalphabet gehalten hatte, verbrachten Elanor und ich den Nachmittag im Wintergarten und lernten auf den Sofas vor dem Kamin. Oder wir versuchten es zumindest, denn heute herrschte ein unüberschaubarer Trubel an dem sonst so ruhigen Ort. Nachdem sich Henry einige Meter weiter eine hitzige Diskussion mit Violet geliefert hatte, während Finley die zugegebenermaßen spannende Aufführung der beiden wie ein Moderator kommentiert hatte, gaben wir schließlich auf und verschwanden zurück auf unser Zimmer. Dort checkte ich schnell mein Handy. Mum hatte mir eine Nachricht geschrieben, in der sie mir mitteilte, dass sie mich vermisste, und mich fragte, ob ich mich schon auf der Academy eingelebt hatte. Kurz durchfuhr mich ein Stich. Mal abgesehen von den paar knappen Antworten über den Chat hatte ich nicht mehr mit ihr gesprochen. Ab und zu rief sie mich an, doch ich ging nicht ran. Der Schmerz saß nach wie vor tief. Ich verstand nicht, weshalb sie all die Jahre mein Schicksal vor mir geheim gehalten hatte. Trotzdem antwortete ich ihr in kurzen Sätzen und mit einem Daumen-hoch-Smiley.

Einen Moment starrte ich noch auf meine Chatverläufe. Normalerweise war Anny fast durchgängig an oberster Stelle, doch inzwischen war sie Stück für Stück nach unten gerutscht. Nach meiner Lüge hatte sie sich nicht mehr bei mir gemeldet. Auch wenn ich das Bedürfnis verspürte, ihr zu schreiben, wusste ich, dass es besser so war.

»Was willst du heute Abend eigentlich anziehen?«, unterbrach Elanor meine düsteren Gedanken und erinnerte mich damit an das bevorstehende Dinner mit den Ravenwoods, das ich den ganzen Tag über erfolgreich verdrängt hatte.

»Ich weiß es nicht«, seufzte ich frustriert und versuchte die aufkeimende Nervosität zu ignorieren, was mir jedoch kläglich misslang.

»Aber ich weiß es.« Die Fee klappte ihr Buch zu, sprang vom Bett auf, wobei sie fast über Mrs Blueberry stolperte, die auf dem Teppich zwischen unseren Betten zusammengerollt lag, und zog die Türen ihres Kleiderschranks auf.

»Wie findest du das hier?« Elanor zog ein schwarzes, elegantes Kleid mit einer A-Linie und langen Ärmeln hervor. Ihre lavendelfarbenen Augen funkelten, als sie es mir reichte.

Dankbar nickte ich. Und als ich das schwarze Kleid überstreifte, wusste ich, dass es perfekt war. Der samtige Stoff schmiegte sich wie eine zweite Haut an meine Kurven. Passend dazu zog ich schwarze Ballerinas an. Meine Haare steckte ich mit einer silbernen Spange hoch, ließ jedoch ein paar lockere Strähnen meiner rötlichen Mähne raushängen, die mein Gesicht umschmeichelten. Creolen und eine alte Kette mit Herzanhänger, die meiner Mum gehörte, legte ich ebenfalls an. Durch die Wimperntusche stachen meine grünen Augen hervor und meine Sommersprossen kamen zur Geltung. Als ich mein Spiegelbild betrachtete, fühlte ich mich wahrhaftig hübsch. Denn anders als heute Morgen sah man meine Augenringe kaum noch. Was vielleicht auch an den Unmengen an Cola lag, die ich den Tag über getrunken hatte.

Um kurz vor sieben Uhr fand ich mich vor dem Haus der Ravenwoods ein und wartete hibbelig auf Grandma. Mrs Blueberry hatte ich bei Elanor gelassen, die mir hoch und heilig versprochen hatte, gut auf sie aufzupassen.

In der Bibliothek nebenan leuchtete noch ein spärliches Licht. Ich widerstand der Versuchung, ein Blick hineinzuwerfen und den vertrauten Duft von Büchern in mir aufzunehmen, und konzentrierte mich stattdessen auf den Hof vor der Academy. Einen Moment später tauchte bereits Grandma in meinem Sichtfeld auf. Sie hatte ein knöchellanges, mit Blumen verziertes Kleid an, über dem sie ein moosgrünes Gewand trug.

Kaum hatte sie mich erreicht, strahlte sie mich an. »Du siehst bezaubernd aus!« Sie streckte ihre Arme aus und drückte mich fest an sich.

»Du auch, Grandma«, erwiderte ich lächelnd.

Dankend neigte sie ihren Kopf, bevor sie auf den Eingang zuging und klingelte.

Prompt schnellte meine Nervosität in die Höhe. Ich wollte nur, dass dieser Abend rasch endete.

Als die Tür aufging, stand uns Mr Ravenwood in einem schicken grauen Anzug gegenüber.

»Willkommen, bitte treten Sie ein.«

Als er meinen Händedruck erwiderte, blieb sein Blick an Mums Halskette hängen. Für einen kurzen Moment hatte ich das Gefühl, eine längst vergessene Erinnerung in seinen Augen aufflackern zu sehen. Doch dann schüttelte er leicht den Kopf und lächelte knapp. Mit einer ausholenden Handbewegung bedeutete er uns vorauszugehen.

Grandma nickte freundlich und gemeinsam traten wir ins Innere des Hauses. Bereits ein kurzer Blick genügte und mir war klar, dass die Einrichtung sehr hochwertig und schlicht gehalten war. Nur ein Bild mit weißen Strichen auf einem schwarzen Untergrund hing einsam an der Wand des Flures. Das Einzige, was darauf schließen ließ, dass wir uns in einem Zuhause befanden, war ein großer schwarzer Flügel, der in einem Raum zu unserer Linken stand. Einige Sekunden lauschte ich den harmonischen, engelsgleichen Klängen, die die Tasten mit geisterhaften, rhythmischen Bewegungen von sich gaben. Dann riss ich mich jedoch schnell wieder los und folgte Grandma und unserem Gastgeber in ein helles Esszimmer mit vielen Porträts an den Wänden.

»Wie schön, dass ihr da seid!« Mrs Ravenwood, die mit Jason bereits an einem großen Tisch Platz genommen hatte, erhob sich, um uns in eine feste Umarmung zu ziehen.

Jason stand ebenfalls auf und schüttelte Grandma zur Begrüßung die Hand. Als er auf mich zukam, wurde es sichtlich komisch. Ich wusste nicht, wie ich mich ihm gegenüber verhalten sollte. Ihm die Hand zu reichen, nachdem wir uns gestern so nah gekommen waren, war eine lächerliche Vorstellung. Um aus der peinlichen Situation herauszukommen, hob ich nur kurz die Hand und sagte knapp »Hi«. Was im Nachhinein allerdings peinlicher war als angenommen. In Fettnäpfchen treten konnte ich hervorragend.

»Setzen Sie sich doch bitte«, forderte uns Mrs Ravenwood auf.

Grandma und ich taten wie uns geheißen und ließen uns gegenüber von Mrs Ravenwood und Jason an dem Esstisch nieder. Mr Ravenwood nahm seinen Platz am Kopfende ein und während er sich räusperte, blickte er in die Runde.

»Es freut mich, dass Sie der Einladung gefolgt sind. Mrs Campbell, Sie sind eine große Bereicherung für unsere Academy. Ihr Wissen in Kräuterkunde ist beeindruckend. Tatsächlich muss ich gestehen, dass ich dieses Treffen mit einem Hintergedanken arrangiert habe. Unsere ehemalige Kräuterkunde-Lehrerin Ms Harris wird bedauerlicherweise nicht mehr an die Ravenhall Academy zurückkehren. Daher meine Bitte. Würden Sie diesen Posten dauerhaft übernehmen? Es wären insgesamt zwei Tage in der Woche, die Sie der Schule opfern würden. So könnten Sie weiterhin Ihre Buchhandlung führen.«

Bei Mr Ravenwoods Worten hellte sich Grandmas Gesicht auf. Bereits ihre erste Unterrichtsstunde hatte deutlich gemacht, wie viel Freude sie dabei hatte, ihr Wissen weiterzugeben.

»Es wäre mir eine Ehre.«

Mrs Ravenwood klatschte erfreut in die Hände. »Jetzt sind wir offiziell Kolleginnen!«

Jasons Vater räusperte sich erneut und wandte sich dann mir zu. Kurz betrachtete er mich durchdringend. »Ms Campbell, Sie sind eine ganz besondere junge Hexe. Nicht nur, dass Sie bisher nichts von Ihrem Schicksal wussten und sich dennoch gut schlagen. Nein, Sie sind außerdem ein Kind der Walpurgisnacht und des Vollmonds. Wissen Sie, was das bedeutet?«

Verwundert schüttelte ich den Kopf. Warum sprach er mich auf meinen Geburtstag an?

Mit einer Hand strich Mr Ravenwood eine Falte in der Tischdecke glatt. »Nun ja. Man sagt, dass Hexen und Hexer, die in einer Walpurgisnacht bei Vollmond das Licht der Welt erblickt haben, eine besondere Macht in sich tragen. Bisher ist mir nur eine Hexe begegnet, auf die das zutrifft. Daher sind Sie heute ein Ehrengast.«

Ich und eine besondere Macht? Verwirrt griff ich nach der Wasserkaraffe, um mir mehr Zeit für eine passende Antwort zu verschaffen. Zu spät realisierte ich, dass im selben Moment auch Jason danach fasste. Seine rauen Finger streiften die meinen, während sich unsere Hände um das kühle Glas legten. Wie automatisch schaute ich zu ihm auf, nicht in der Lage, meinen Griff von der Karaffe und somit meine Finger von seinen zu lösen. Mit seinen türkisblauen Augen, die von einem dunklen, fast schon geheimnisvollen Schatten verschleiert wurden, erwiderte Jason meinen Blick. Er musterte mich auf eine Art und Weise, die mein Herz schneller schlagen ließ und meine Gefühle durcheinanderbrachte. Die Luft um uns herum wurde dünner, die Stimmen leiser und der Raum kleiner. Als würde es nur uns beide geben. Jason und mich.

Erst als der Teller mit der Vorspeise vor mir platziert wurde, holte mich die Realität wieder ein. Ich nahm die Wasserkaraffe, schenkte mir ein und schob sie dann zu Jason hinüber. Ohne ihn noch einmal anzuschauen, wandte ich mich wieder zu Mr Ravenwood, dem ich noch immer eine Antwort schuldig war.

»Sir, das kann ich mir wirklich nicht vorstellen. Sehen Sie, ich schaffe es jetzt ja schon kaum, Magie kontrolliert zu wirken«, sagte ich ein wenig unsicher.

Jasons Vater nickte verständnisvoll. »Ich verstehe Ihre Bedenken. Daher sind die Trainingsstunden mit meinem Sohn so unerlässlich für Sie. Damit Sie bereits vor der Magieentfaltung lernen, mit Ihrer Magie umzugehen.« Mr Ravenwood klopfte Jason, der links von ihm saß, auf die Schulter. »Außerdem wird Ihnen diese Kraft bei den Mitternachtsduellen Ruhm und Ehre einbringen«, ergänzte er mit einem vielsagenden Funkeln in den Augen.

»Vater, nicht jeder hat das Bedürfnis, bei den Duellen anzutreten«, erwiderte Jason genervt.

»Im Gegensatz zu dir, mein Sohn. Du kannst das nächste Duell wohl kaum abwarten.«

»Weil du mich auch so gut kennst«, murmelte Jason kaum hörbar.

»Sir, ich habe gehört, diese Mitternachtsduelle sind von der Academy nicht gern gesehen?«, warf ich ein und schob den mittlerweile leeren Teller Suppe beiseite.

Ein Schmunzeln huschte über Mr Ravenwoods Züge. Für einen kurzen Moment wirkte er wie eine ältere Version von Jason.

»In der Tat. Zumindest ist das offiziell der Fall. Inoffiziell befürworte ich die Duelle. Sich mit anderen Schülern und Schülerinnen zu messen, fördert das Selbstbewusstsein.«

»Callum, vergiss bitte nicht, wie gefährlich diese Duelle sein können«, tadelte Mrs Ravenwood ihren Sohn.

Gerade als dieser antworten wollte, wurde glücklicherweise der Hauptgang serviert. Beim Anblick der Ofenkartoffel, die mit einem gemischten Salat als Beilage gereicht wurde, lief mir das Wasser im Mund zusammen.

»Jason. Wie geht es Vicky? Und wie erholt sich ihre Katze?« Mrs Ravenwood schaute ihren Enkel besorgt von der Seite an.

»Besser. Queenie ist bei Bewusstsein, schläft allerdings viel«, sagte Jason schnell, ohne Luft zu holen.

»Natürlich wird bereits ermittelt, wer für all das verantwortlich ist«, erklärte Mr Ravenwood.

»Gibt es denn schon einen Verdächtigen?« Bevor ich mich selbst stoppen konnte, kam mir diese Frage über die Lippen.

Jasons Vater schüttelte den Kopf. »Nein, bisher tappen wir im Dunkeln.«

Mrs Ravenwood seufzte. »Hoffentlich gibt es bald neue Erkenntnisse.«

Kurz herrschte Stille am Tisch, nur das Klappern des Bestecks war zu hören.

»Wird es dieses Jahr wieder ein Komitee für die Walpurgisnacht geben?«, erkundigte sich Grandma schließlich, als der Nachtisch aufgetragen worden war.

Noch während mir das erste Stück der Mousse au Chocolat auf der Zunge zerging, runzelte ich die Stirn. *Komitee für die Walpurgisnacht?*

»Wie jedes Jahr, Charlotte. Ich werde erneut die Vorsitzende sein.« Mrs Ravenwoods türkisblaue Augen funkelten.

»Was passiert denn in der Walpurgisnacht?«, hakte ich nach.

»An Walpurgis wird ein großes Fest auf dem Hexenberg veranstaltet. Dort erneuert der Hexenrat nicht nur den Schutzzauber der Academy, sondern wir feiern die Vernichtung des Teufels und die Zusammenkunft unseresgleichen. Ehemalige Absolventen und Absolventinnen der Academy sowie Hexen und Hexer des gesamten Landes nehmen an dem Fest teil«, erklärte Mrs Ravenwood.

»Das klingt nach einem aufregenden Abend«, erwiderte ich lächelnd.

»In der Tat. Aber es gibt auch viel zu organisieren. Dafür werden jedes Jahr Freiwillige gesucht.« Jasons Granny schaute mich vielsagend an. »Hättest du nicht Lust, dem Walpurgisnacht-Komitee beizutreten?«

»Das ist eine großartige Idee, Elizabeth!« Grandma klatschte neben mir freudig in die Hände.

»Ja, nicht wahr? Wie wir früher, Charlotte«, entgegnete Mrs Ravenwood verschmitzt.

»Okay«, stimmte ich ein wenig überrumpelt zu und konnte mir ein Lächeln nicht verkneifen. Vor allem, als ich sah, wie das von Grandma noch ein wenig breiter wurde.

»Jason ist dieses Jahr ebenfalls im Komitee«, verkündete Mrs Ravenwood stolz.

»Ich hatte auch keine andere Wahl«, ergänzte Jason mit hochgezogener Augenbraue.

»Das ist Tradition«, sagte sein Vater streng.

»Ach, mein Junge«, tadelte Mrs Ravenwood ihren Enkel. »Die Walpurgisnacht auf dem Hexenberg wird jedes Jahr von den Ravenwoods veranstaltet. Und die Mitglieder des Hexenrats sind unsere Ehrengäste.«

»Der Hexenrat sollte sich besser darauf konzentrieren, den

Verantwortlichen für die Anschläge zu finden, findest du nicht, Vater?« Provokativ schaute Jason seinen Vater von der Seite an.

»Der Hexenrat ist viel beschäftigt. Zwei vergiftete Gefährtinnen sollten kein Anlass sein, Tag und Nacht hier zu sein«, erwiderte Mr Ravenwood, während er mit einem herablassenden Lächeln seine Hände zusammenfaltete.

»Es ist ja nicht so, dass eine Gefährtin davon Shadow ist«, knurrte Jason.

»Sohn, wenn dich ein solcher Vorfall schon aus der Bahn wirft, was soll dann in der Zukunft aus dir werden?«, schnauzte Mr Ravenwood.

Mit einem Ruck sprang Jason auf, wobei er seinen Stuhl umwarf, der krachend zu Boden ging. »Ach, und war die Trauer über den Verlust von Mum und Grandpa in deinen Augen auch nur eine Schwäche? Lässt dich ihr Tod deshalb so kalt?«, donnerte seine Stimme durch den Raum.

»Reiß dich zusammen«, sagte Mr Ravenwood mit strengem Unterton.

Doch Jason ignorierte ihn und stürmte nach draußen.

Kurz herrschte eine unangenehme Stille, bis sich Grandma räusperte. »Wir sollten ebenfalls aufbrechen. Es ist gleich Nachtruhe.« Sie schaute rasch auf ihre silberne Armbanduhr. »Danke für die Einladung.«

»Es hat uns sehr gefreut.« Mr Ravenwood stand auf, was wir ihm gleichtaten, und schüttelte uns die Hand.

»Wir sehen uns in *Kunst der Magie,* Lilly!« Mrs Ravenwood winkte uns hinterher.

Als wir durch die Tür nach draußen traten, hüllte uns die kühle Abendluft ein. Endlich konnte ich wieder richtig durchatmen. Erst jetzt bemerkte ich so richtig, wie verkrampft ich die letzten Stunden über gewesen war. Meine Mundwinkel fühlten sich durch das höfliche Dauergrinsen komplett verspannt an. Ich war nur froh, endlich ins Bett zu kommen.

»Jason hatte es noch nie leicht mit seinem Vater. Es ist immer seine Mutter gewesen, zu der er eine enge Verbindung hatte. Seit ihrem Tod liegt eine Traurigkeit über dem Jungen, die ich ihm nicht verdenken kann.« Grandma schüttelte seufzend den Kopf, wobei sich einige Strähnen aus ihrem hochgesteckten Haar lösten.

Ich kenne diese Traurigkeit, erwiderte ich in Gedanken. »Wusstest du von dieser Sache mit meinem Geburtstag?«, lenkte ich vom Thema ab.

Grandma legte einen Arm um meine Schulter. »Ja, mein Kind.«

»Okay, aber was wäre, wenn da wirklich etwas dran ist?«, fragte ich zögerlich.

Wir blieben vor Grandmas Wagen stehen und sie drückte mir einen Kuss auf die Schläfe. »Nun, dann bist du eine sehr mächtige Hexe. Obwohl ich keinen Zweifel daran hege, dass du das so oder so sein wirst. Du bist eine Campbell. Außerdem ist dein Herz rein und offen für die Magie. Das sind gute Voraussetzungen.«

Ich nahm sie fest in die Arme. »Danke«, murmelte ich leise.

Grandma strich mir mit einer Hand über den Kopf. »Wie geht es deinem Herzen? Ich habe doch die angespannte Stimmung zwischen Jason und dir bemerkt. Was ist passiert?«

Ein Kloß bildete sich in meiner Kehle. »Das ist kompliziert«, sagte ich erstickt.

»Das tut mir leid, mein Spatz.« Sie drückte mich noch fester an sich und für einige Minuten genoss ich die tröstende Nähe, bevor ich mich wieder von ihr löste.

»Ruh dich aus, der Abend war lang.« Grandma legte mir kurz eine Hand an die Wange und lächelte mich warmherzig an.

»Bis bald.« Verstohlen wischte ich mir eine Träne von der Wange, drehte mich um und lief über den knirschenden Kies zurück Richtung Academy. Inzwischen war es stockduster und der Weg nur spärlich beleuchtet.

Es war also kein Wunder, dass ich die Strecke in Rekordtempo hinter mich brachte und erleichtert aufseufzte, als ich die ersten Stufen zur imposanten Flügeltür erklomm. Doch bevor ich ins Warme schlüpfen konnte, durchbrach ein lautes Krächzen die Stille der Nacht. Sofort musste ich an den Abend denken, als ich Mrs Ravenwoods Haus verlassen und von ihrem Gefährten verfolgt worden war. Nur hatte ich dieses Mal weniger Angst. Denn ich wusste, zu welcher Gefährtin das Krächzen gehörte. Wie zur Bestätigung flog genau diese im selben Moment von einer Baumkrone zu mir hinunter und setzte sich auf das Treppengeländer vor mir. Sie neigte leicht ihren Kopf und blinzelte ein paarmal.

»Na, Süße, wie geht es dir?« Vorsichtig streckte ich eine Hand nach Shadow aus und streichelte sanft über ihr schwarzes, weiches Gefieder. Als würde sie mir ihre Zuneigung kundtun wollen, schmiegte sie ihren Kopf an meine Hand. »Es freut mich, dass du dich wieder erholt hast.«

Sie blinzelte mich aus ihren violett-grünen Augen an und krächzte einmal leise.

Bei diesem Anblick musste ich lächeln. »Du bist ein ganz tapferes Mädchen, weißt du das?«

Anmutig hob sie ihre Flügel, um sich mir in voller Pracht zu präsentieren. Was für ein faszinierendes Tier sie doch war.

»Pass gut auf dich auf, Shadow.«

Daraufhin krächzte sie ein weiteres Mal und erhob sich geradezu majestätisch in den klaren Nachthimmel. Ich schaute ihr nach, bis sie vollständig mit der Dunkelheit verschmolzen war, und setzte mich gähnend wieder in Bewegung. Sobald ich auf die letzte Stufe trat, öffnete sich die große, schwere Flügeltür automatisch. Kopfschüttelnd stapfte ich in die menschenleere Eingangshalle, blieb aber noch mal kurz stehen und nahm die Kulisse, die sich mir bot, in mir auf. Die hohen Fenster mit den dunkelgrünen Samtvorhängen, die große Wendeltreppe und der uralte Kronleuchter über meinem Kopf. All das gehörte zu meinem neuen Zuhause.

Mit einem Lächeln ließ ich den Blick über die Gemälde an der Wand schweifen. Seltsamerweise fehlte jedoch das der Schriftstellerin Heather Kingston, das mir am Tag meiner Ankunft ins Auge gestochen war. Hatte man es etwa abgehängt?

»Das Gemälde von Heather Kingston findest du jetzt im Nordflügel.«

Erschrocken fuhr ich herum und entdeckte Chris hinter mir.

»Sorry, ich wollte dich nicht stören. Allerdings hast du laut gedacht.« Schief grinste er mich an.

»Und wieso wurde es umgehängt?«

»Nun ja, die Gemälde bleiben nie an derselben Stelle. Sie wurden verhext und nehmen regelmäßig einen anderen Platz an der Academy ein.« Chris deutete auf ein Gemälde, auf dem ein hell erleuchteter Hügel mit Felsen abgebildet war. Darunter stand in goldener Schrift *Hexenberg, Walpurgisnacht 1958*.

»Also willst du mir damit sagen, dass die Gemälde wie in *Harry Potter* ihre Plätze tauschen und immer an verschiedenen Orten in der Academy hängen?« Ich konnte mir ein Schmunzeln nicht verkneifen.

»Genau genommen sind es bei *Harry Potter* nur die Figuren, die ihren Platz tauschen, aber ja. Angeblich hat vor etlichen Jahrzehnten einer der ehemaligen Schulleiter einen Bann über diese Gemälde gelegt. Wenn sich der Mond in der zunehmenden Phase befindet, wechseln sie ihre Plätze. Und bisher hat es niemand geschafft, den Bann zu lösen. Daher wandern die Gemälde munter weiter.« Chris machte eine ausladende Handbewegung zu den unzähligen antiquarischen Porträts.

»Und weshalb wanderst du hier noch zu so später Stunde herum?« Ich lächelte ihn fragend an, wobei mein Blick auf sein Outfit fiel. Er trug bereits eine karierte Schlafanzughose sowie ein enges, weißes Oberteil, das seinem definierten Oberkörper schmeichelte. Seine blonden Haare waren zerzaust und einige Strähnen fielen ihm ins Gesicht.

»Ich habe mich gerade ins Gewächshaus geschlichen, um zu schauen, wie gut sich der Beruhigungstrank entwickelt. In dieser klaren Nacht scheint das Mondlicht besonders hell durch das gläserne Dach.«

Ich runzelte die Stirn. »Ist das nicht verboten?« Nachts in ein Klassenzimmer zu schleichen, klang für mich falsch.

Chris schüttelte den Kopf. »Es gibt keine Schulregel, die das verbietet. Die Klassenzimmer und damit auch das Gewächshaus sind nicht abgeschlossen.«

Das wunderte mich, doch ich wollte Chris nicht weiter danach ausfragen. Allerdings schien er bemerkt zu haben, wie unglaubwürdig ich das fand. »Die Academy unterstützt es, dass Schüler und Schülerinnen nach dem Unterricht in den Klassenzimmern lernen. Es gibt in jedem Raum einen Schrank mit Sach- und Geschichtsbüchern. So haben wir uneingeschränkten Zugriff auf das Lernmaterial.«

»Das klingt logisch.« Eine kurze, unangenehme Stille entstand zwischen uns. Ich tat so, als würde ich auf die goldverzierte Uhr gegenüber an der Wand schauen. »Es ist schon spät. Ich sollte jetzt besser ins Bett gehen.«

Chris nickte nur knapp.

Ich wandte mich zum Gehen.

»Ach, und Lilly?«

Ich drehte mich noch einmal zu ihm um. »Ja?«

»Das Kleid steht dir ausgesprochen gut.« Verlegen fuhr sich Chris mit der Hand durchs Haar, wobei er sich auf die Unterlippe biss.

Ich lächelte ihn an. »Danke, Chris.«

KAPITEL 15

Als die ersten dreizehn Hexen den Teufel im vierzehnten Jahrhundert verflucht und in Ketten gelegt hatten, wurde ein Gegenfluch ausgelöst. Denn in der Welt der Hexen besteht immer ein Gleichgewicht, das aufrechterhalten werden muss. Der Preis für die Festsetzung des Teufels war jedoch hoch und entscheidet bis heute über das Schicksal der gesamten Hexengemeinschaft.

– AUSZUG GRIMOIRE, KAPITEL 4 –

»Bereit?« Elanor schaute mich durch den Spiegel an.

»Bereit«, gab ich zurück und fuhr mir noch einmal mit den Fingern durch die rötlichen Strähnen. Dann schnappte ich mir meine Jeansjacke, die an der Stuhllehne hing, und zog sie über das graue T-Shirt. Und auch wenn ich es nur ungern zugab, aber da war ein nervöses und zugleich aufgeregtes Flattern in meiner Magengrube. Was vermutlich der Tatsache geschuldet war, dass ich gleich Jason bei dem traditionellen Lagerfeuer zum ersten Mal wiedersehen würde. Zwar waren seit dem Dinner bei den Ravenwoods erst zwei Tage vergangen, aber es waren zwei Tage gewesen, in denen mein Gedankenkarussell nicht hatte stillstehen wollen.

»Nimmst du Mrs Blueberry mit?« Elanors Frage katapultierte mich zurück in das Hier und Jetzt.

»Nein, sie hat Angst vor Feuer«, erwiderte ich, was Mrs Blueberry mit einem lauten Bellen quittierte.

»Okay, dann los.« Elanor griff nach meiner Hand und zog mich lachend aus unserem Zimmer.

Als wir kurz darauf den Wintergarten betraten, flüsterte sie ein »Wow« und ich konnte ihr nur zustimmen. Draußen dämmerte es bereits, wodurch das Meer aus Lichterketten an den gläsernen Wänden wie tausend kleine Sterne funkelte.

»Da seid ihr ja! Kommt, das Lagerfeuer beginnt gleich«, rief Chris und erhob sich von dem Sofa vor dem Kamin. »Melina und Tessa sind schon vor einer halben Stunde hier vorbeigekommen und Dave hält mit seinem Freund Lian einen Platz für uns frei.«

»Warum wird eigentlich mitten im März ein Lagerfeuer veranstaltet? Ist das nicht so ein Sommer-Ding?«, fragte ich stirnrunzelnd, während wir ins Freie traten.

»Mit dem Feuer heißen wir unter anderem unsere Vorfahren in unserer Mitte willkommen und gedenken der dreizehn ersten Hexen. Die lodernden Flammen, deren Licht die Dunkelheit der Nacht durchbricht, sollen sie auf den richtigen Weg führen und ihnen verdeutlichen, dass sie noch immer ein Teil von uns sind«, erklärte Chris.

Ich nickte verstehend und nahm die abendliche Kulisse in mir auf. Der Mond erstrahlte hell über den Baumkronen des Verhexten Waldes und sein Licht tanzte auf dem gläsernen Dach des Gewächshauses. Rings um das vorbereitete Lagerfeuer saßen Schüler und Schülerinnen auf Strohballen verteilt und unterhielten sich aufgeregt miteinander. Außerdem entdeckte ich Lichterketten, die an den Ästen der umstehenden Bäume befestigt waren, und Laternen, die auf Obstkisten platziert waren.

»Dort drüben sind die anderen.« Elanor deutete auf die Anderson-Cousinen, die bei Dave und Lian saßen.

Gemeinsam bahnten wir uns einen Weg durch die Masse und gesellten uns zu ihnen auf die Sitzgelegenheiten.

»Der Abend hat etwas Magisches, nicht wahr?«, seufzte Melina.

Auf Elanors Lippen stahl sich ein Lächeln. »Den ersten Frühlingsnächten wohnt immer ein ganz besonderer Zauber inne.«

Lian, der uns neben Dave gegenübersaß, räusperte sich. »Wusstet ihr, dass das Lagerfeuer nach den Sternen ausgerichtet wird? Für jede der dreizehn ersten Hexen gibt es ein Sternbild, das entscheidet, wann genau das Lagerfeuer zelebriert wird.« Er deutete in Richtung Himmel. »Seht ihr? Dort sind die Sterne, die das Sternbild des Löwen ergeben. Direkt über dem Feuer.«

Ich legte meinen Kopf in den Nacken und tat es Lian gleich. Und tatsächlich leuchtete das Sternbild in einem Meer aus Sternen auf uns nieder.

Dave legte einen Arm um den Jungen mit den lockigen, braunen Haaren und grinste ihn an. »Dein Wissen über die Geschichte der Hexen ist einfach unschlagbar.«

»Es geht los!« Tessas Ausruf unterbrach unsere Unterhaltung und alle drehten sich um.

Ich tat es ihnen gleich und entdeckte sogleich Jason, der sich einige Meter von uns entfernt mit Pfeil und Bogen positioniert hatte. Für einen kurzen Moment blickte er in meine Richtung und zwinkerte mir zu. Dann hob er seinen Bogen, legte einen Pfeil an und schaute in Richtung Himmel. Zielsicher spannte er den Bogen und schoss den Pfeil in die sternenklare Nacht. Ein lauter Knall ertönte und das Schulwappen erschien am Himmel. Der Mond aus Sternen und die Raben-Silhouette leuchteten prachtvoll über unseren Köpfen und erinnerten mich an meine erste Nacht in Watford. Gespannt beobachtete ich, wie die einzelnen Sterne des Mondes nun auf uns hinabrieselten. Kaum waren sie endgültig erloschen, hob die Raben-Silhouette ihre Flügel und stürzte sich im Steilflug auf die gestapelten Hölzer am Lagerfeuer. Binnen Sekunden tanzten hohe Flammen in der Dunkelheit.

»Wow«, flüsterte ich.

»Es ist atemberaubend«, erwiderte Elanor.

»Da gebe ich euch recht«, erklang plötzlich neben uns eine tiefe, melodische Stimme mit irischem Akzent.

Freudig sprang Elanor vom Strohballen auf und fiel dem Neuankömmling um den Hals. Unauffällig gab sie ihm einen Kuss auf die Wange.

Nun würde ich also auch endlich Elijah kennenlernen. Mit einem Lächeln stand ich auf und begrüßte ihn.

»Schön, dich endlich kennenzulernen, Lilly. Elanor hat mir schon viel von dir erzählt.«

»Ach, hat sie das?« Schmunzelnd hob ich eine Augenbraue.

Prompt schoss ihr die Röte in die Wangen, was bei ihrem sonst so hellen Teint sehr niedlich aussah. »Elijah und ich würden uns für eine Weile zurückziehen. Kann ich dich allein lassen?«

»Ja, natürlich. Genießt die Zeit zu zweit«, winkte ich ab und grinste die beiden an.

Elanor nickte mir dankbar zu und verschwand Arm in Arm mit Elijah Richtung See.

Ich schaute den beiden noch einen Moment hinterher und ließ mich dann wieder auf dem Strohballen nieder, um die tanzenden Flammen des Feuers zu beobachten und mit einem Ohr den Gesprächen der anderen zu lauschen. Tessa und Melina löcherten Chris mit Fragen, während Lian mit Dave über den Sternenhimmel philosophierte.

»Darf ich dich kurz entführen?«, ertönte plötzlich Jasons Stimme und bevor ich reagieren konnte, ließ er sich auch schon neben mir nieder.

»Was tust du hier?«, verwirrt drehte ich meinen Kopf zu ihm und hob eine Augenbraue. Durch den begrenzten Platz auf dem Strohballen war sein Gesicht nur wenige Zentimeter von meinem entfernt. Wie automatisch wurde mein Blick von seinen türkisblauen Augen gefesselt, in denen sich die Flammen des Lagerfeuers widerspiegelten.

»Wie bereits gesagt. Dich entführen.« Ein freches Grinsen stahl sich auf seine Lippen.

»Und wohin?«

Mit einem vielsagenden Zwinkern stand er auf und schob seine Hände in die Hosentaschen seiner schwarzen, engsitzenden Jeans. »Wenn ich dir das verrate, wäre es keine Entführung mehr. Oder, Sherlock?«

»Na gut«, gab ich nach und raffte mich ebenfalls auf. Zugegebenermaßen war ich schon neugierig, was Jason von mir wollte. Hatte es mit seinem abrupten Abgang bei dem Diner zu tun? Oder mit dem Gespräch zwischen Vicky und ihm? Ich sah Richtung Lagerfeuer, wo ich meine Mentorin entdeckte, die zu uns hinüberschaute. In ihren Augen loderte ein noch größeres Feuer als das, das nur ein paar Meter von uns entfernt war.

»Vergiss sie. Wenigstens heute Abend«, sagte Jason zu mir, bevor er meine Hand ergriff und mich vom Feuer wegzog.

Als wir bereits fast das Schulgebäude erreicht hatten, löste er sich von mir und hielt mir die Tür zum Wintergarten auf. Für ein, zwei Sekunden schaute ich ihn an. Nicht in der Lage zu verstehen, was dieser viel zu attraktive Junge mit dem schiefen Grinsen von mir wollte. Doch dann riss ich mich von seinem Anblick los, lief an ihm vorbei, hinein in den großen, aus

Glas errichteten Raum, der einsam und verlassen dalag. Nur der Schein des Mondes, die hellen Flammen des Feuers und die Lichterketten an den Fenstern leisteten uns Gesellschaft.

Jason ließ die Tür hinter sich zufallen und trat dann zu mir. Für eine Weile herrschte Schweigen zwischen uns, bis ich den Kopf schief legte und das fragte, was mich gerade am brennendsten interessierte. »Jason, was … warum hast du mich hierhergebracht?«

»Ich weiß es nicht.« Er verstummte und mein Herz klopfte mit jeder Sekunde schneller. »Okay, wenn ich ehrlich sein soll, ich weiß es doch. Ich wollte Zeit mit dir verbringen.« Mit einem verschmitzten Lächeln fügte er hinzu: »Allein.« Er lehnte sich gegen die Glasscheibe hinter ihm und fuhr sich durch sein Haar. Dadurch verrutschte sein enges, schwarzes T-Shirt unter seiner Lederjacke und ein Stück seiner Boxershorts blitzte hervor. Was vielleicht auch der Jeans geschuldet war, die unverschämt tief saß.

»Lilly, ich weiß, dass ich mich dir gegenüber nicht fair verhalten habe. Und das tut mir leid. Ich habe versucht mich von dir fernzuhalten. Mich von dir zu distanzieren. Weil es die einzig vernünftige Entscheidung ist … aber verdammt, Lilly. Ich verstehe nicht, was du mit mir machst.«

»Und ich versteh das *alles* nicht«, erwiderte ich ehrlich. »Ich meine … du und Vicky scheint euch sehr nahezustehen und …«, ich verstummte und wusste nicht, wie ich die Worte formulieren sollte.

»Wir stehen uns sehr nahe, das ist richtig«, entgegnete Jason.

»Und … und ist sie deine Freundin?«, sprach ich endlich das aus, was mir schlaflose Nächte bescherte.

»Nein, ist sie nicht.«

Vier Worte. Vier verdammte Worte, die mein Gefühlschaos

Achterbahn fahren und meinen Puls rasen ließen. In Gedanken wiederholte ich sie, immer und immer wieder. Dennoch war da diese leise Stimme, die mir zuflüsterte, dass die beiden etwas verband. Vielleicht war es keine Beziehung, aber … »Und wenn ihr kein Paar seid, was hat es dann mit diesem Es-ist-kompliziert-Ding auf sich?«, platzte es aus mir heraus.

»Wir kennen uns schon einige Jahre und haben schon viel gemeinsam erlebt. Aber das, was zwischen uns besteht, ist schwer zu erklären«, sagte Jason und noch während er die Worte aussprach, tobte in seinen Augen wieder dieses altbekannte Gewitter.

»Und … und was ist das zwischen uns?«, fragte ich leise.

»Sag du es mir«, erwiderte er mit rauer Stimme und überbrückte die letzte Distanz zwischen uns. Sein Gesicht näherte sich meinem und schließlich streiften seine Lippen hauchzart über meine Wange. Und während sein Atem auf meiner Haut kitzelte, seine Finger sich mit meinem Haar verwoben, ließ ich meine Hände über seine Oberarme wandern, unter denen ich deutlich die angespannten Muskeln wahrnahm. Langsam fuhr Jason mit seinen Lippen zu meinem Mund. Sanft und kaum spürbar strich er über die meinen. Doch bevor er mich küsste, verharrte er in der Bewegung. Ich krallte meine Finger noch fester in seine Jacke. Wollte nicht, dass dieser flüchtige Moment bereits endete.

»Komm, ich möchte dir etwas zeigen«, flüsterte Jason heiser. Wie in Zeitlupe ließ er von mir ab, griff nach meiner Hand und zog mich ans andere Ende des Wintergartens.

Dort angekommen hielten wir vor einem alten Teleskop an, das unscheinbar auf einem kleinen Podest stand. Bisher war es mir nie aufgefallen.

»Das Teleskop hat meinem Grandpa gehört. Bevor er starb,

hat er dafür gesorgt, dass es der Academy zur Verfügung gestellt wird. Als Kind habe ich viele Stunden damit verbracht.« Ohne Vorwarnung schlang er seine Hände um meine Taille und hob mich auf das hölzerne Podest.

»Los, schau hinein.«

Das ließ ich mir nicht zweimal sagen und sogleich funkelte mir ein Meer aus Sternen entgegen. Einige Sekunden nahm ich den Anblick in mir auf, ließ mich verzaubern von der Unendlichkeit des Himmels. Und als eine Sternschnuppe vorbeihuschte, stahl sich ein Lächeln auf meine Lippen. Es gab so viele Dinge, die ich mir in diesem Moment hätte wünschen können. Aber mein Herz flüsterte immer und immer wieder nur einen Namen. Jason. Denn das war das Einzige, an das ich gerade denken konnte.

»Was hast du gesehen?«, fragte Jason, als ich von dem Teleskop abließ und mich zu ihm umdrehte.

»Eine Sternschnuppe, kannst du dir das vorstellen?«, gab ich zurück.

»Ja, ich habe sie ebenfalls gesehen. Selbst mit dem bloßen Auge war sie unschwer zu erkennen«, erwiderte er mit einem Funkeln in den Augen. »Und, was hast du dir gewünscht?«

Ich winkte ab, sprang vom Podest und lief auf das Sofa vor dem Kamin zu. »Wenn ich dir das verrate, geht der Wunsch nicht in Erfüllung.« Gedanklich fügte ich hinzu, dass er vielleicht nie in Erfüllung gehen würde.

»Verstanden, Sherlock.« Jason zwinkerte mir zu, bevor er mir folgte und sich neben mir in die bequemen Polster sinken ließ.

Einige Minuten blieben wir schweigend sitzen und betrachteten die tanzenden Flammen.

»Wie geht es dir nach der Sache mit deinem Dad … also bei dem Diner?«, unterbrach ich die Stille.

»Ist es traurig, wenn ich sage, dass ich von ihm nichts anderes erwartet habe? Diese kühle, distanzierte Rolle spielt er wirklich perfekt. Zumindest seit meine Mutter nicht mehr bei uns ist.« Er senkte die Lider und fuhr sich mit der Hand über das Gesicht. »Sie war immer der Fels in der Brandung und hat unsere Familie zusammengehalten.«

»Ich weiß genau, was du meinst«, gestand ich leise und dachte an Dad. Doch als Jason mir einen fragenden Seitenblick zuwarf, lenkte ich vom Thema ab. »Übrigens habe ich deine Rabendame an dem Abend getroffen.«

»Shadow mag dich«, erwiderte Jason.

Ich lächelte. »Und ich mag Shadow. Sie ist klug und höflich. Eben eine richtige Dame.«

Er zwinkerte mir zu. »Na ja, wenn sie nicht versucht mein Essen zu stibitzen.«

»Besorgt sie sich ihr Essen nicht selbst?« Neugierig musterte ich ihn von der Seite. Erst jetzt bemerkte ich die kleinen Grübchen, die sich zeigten, sobald er lachte.

»Im Normalfall ist das auch so. Allerdings steht sie total auf Schokolade. Ich meine, hast du so was schon einmal gehört?«

Ich konnte nicht anders, als in sein Lachen einzustimmen.

Als wir uns wieder beruhigt hatten, schaute er mich auffordernd an. »Aber wo wir gerade bei Gefährtinnen sind: Wie war dein Leben, bevor du erfahren hast, dass du eine Hexe bist?«

Ich atmete tief durch und erzählte ihm dann von meiner Mum, meiner Zwillingsschwester Mia und sogar von Anny. Nur das mit meinem Dad ließ ich aus. Ich wollte und konnte in diesem Moment nicht darüber sprechen. Doch ich schilderte Jason, wie ich mit nach Italien hatte fahren wollen und letztendlich bei Grandma gelandet war. Ich zählte auf, welche Bücher ich ins Herz geschlossen hatte, welche Pizzasorte ich bevorzugte und auf wie vielen Musikkonzerten ich mit Anny bereits gewesen war. Ich gestand, wie sehr ich den Regen und den Herbst liebte. Und berichtete auch von dem Moment, als ich zum ersten Mal meine Hundelady in die Arme geschlossen hatte. Jason hörte mir aufmerksam zu und unterbrach mich kein einziges Mal.

Nachdem mein Mund vom vielen Reden bereits trocken war, stellte ich ihm eine Gegenfrage. »Wenn du hättest wählen können … welchen Beruf hättest du gerne erlernt?«

Für einen kurzen Moment kniff Jason die Augen zusammen, als würde er nachdenken müssen. »Als Kind wollte ich immer Tierarzt werden. Früher haben Ryan und ich verletzte Tiere im Wald aufgespürt und sie dann versorgt.« Traurigkeit lag in seiner Stimme.

»Wer ist Ryan?«, fragte ich vorsichtig.

»Eine längst vergessene Erinnerung.«

»Erinnerungen halten unsere Vergangenheit am Leben.« Ich legte meine Hand in seine und drückte sie sanft.

»Woher hast du denn diese Weisheit?«

Ich grinste ihn an. »Aus dem Lillys Lebensweisheiten-Ratgeber.«

Lachend schüttelte er den Kopf. »Den sollte ich mir definitiv mal ausleihen.«

»Sorry, der existiert nur in meinem Kopf.«

»Und du? Was wolltest du machen, bevor du erfahren hast, dass du auf die Ravenhall Academy gehen wirst? Vielleicht einen Lebensweisheiten-Ratgeber schreiben?«, neckte er mich.

»Mein Studium in Literaturwissenschaften beginnen und in der Buchszene arbeiten.«

Jason schmunzelte. »Was hätte es auch anderes sein können, bei deiner Begeisterung für Bücher.«

Da musste ich ihm allerdings zustimmen. Ich hatte schon

früher in einem großen Verlag arbeiten wollen. Neue Geschichten entdecken und der Welt zeigen. Doch dieser Traum war für die nächsten paar Jahre nichts mehr als das. Ein Traum.

Gerade als ich meinen Gedanken hinterherhing, ging die Tür zum Wintergarten auf und Elanor wirbelte herein. »Lilly, da bist du ja! Ich habe dich überall gesu–« Sie verstummte augenblicklich, als sie Jason neben mir entdeckte. »Oh, sorry! Ich, äh, wollte nicht …«, gab sie überrascht zurück, grinste dann schief und wandte sich ab. »Ich bin auf unserem Zimmer, lasst euch nicht von mir stören!«

»Warte, ich komm mit dir«, sagte ich an Elanor gewandt und stand auf. Jason tat es mir nach und hauchte mir einen Kuss auf die Wange. »Danke für den Abend«, flüsterte er und sein Atem kitzelte dabei die empfindliche Stelle hinter meinem Ohr.

Einen Schauder unterdrückend biss ich mir auf die Unterlippe und machte mich dann ebenfalls auf den Weg Richtung Ausgang. Allerdings kam ich nicht weit, denn Jason rief mir ein »Montag um drei Uhr Training« hinterher.

Ich wirbelte herum und hob schon protestierend die Hand.

»Keine Widerrede, Ms Campbell«, kam er mir zuvor.

Ich streckte ihm die Zunge raus, drehte mich um und folgte Elanor zu unserem Zimmer.

KAPITEL 16

Der Seherkessel wird seit Jahrhunderten von Hexen und Hexer zur Kommunikation verwendet. Ein Tropfen der Essenz der Vollmondblüte aktiviert die Verbindung. Bei der Benutzung des Seherkessels nimmt der Rauch stets die Farbe der Aura der Hexe oder des Hexers an.

– AUSZUG GRIMOIRE, KAPITEL 104 –

»Wo bist du denn eigentlich nun am Samstag gewesen, nachdem du mit Jason verschwunden bist?« Tessa hob neugierig eine Augenbraue, als Elanor und ich uns am kommenden Montag nach dem Mittagessen im Fach *Kräuterkunde* zu ihr und Melina setzten. Den ganzen Sonntag über hatten Elanor und ich im Wintergarten vor dem Kamin verbracht. Der Unterrichtsstoff wurde täglich anspruchsvoller und wir lernten in jeder freien Minute.

»Er hat mir nur …«

Na, was hatte er nur? Ich holte tief Luft und versuchte so nah wie möglich an der Wahrheit zu bleiben.

»Er hat mir nur ein altes Teleskop gezeigt. Die klare Nacht war perfekt, um den Sternenhimmel zu erkunden.«

Tessa kicherte. »Und das wars? Mehr war da nicht?«

»Ich weiß nicht, was du meinst«, sagte ich unschuldig, jedoch wenig überzeugend. Schließlich wusste ich selbst nicht so genau, was ich von dem Abend halten sollte. Ich hatte den Sonntag ungewollt dafür genutzt, mir den Kopf über all seine Worte zu zerbrechen und mich in ein Meer aus Fragen zu stürzen. Denn auch wenn Jason mir gesagt hatte, dass Vicky und er kein Paar waren, so hallten seine Worte immer wieder in meinem Kopf wider. *Das, was zwischen uns besteht, ist schwer zu erklären.* Aber was meinte er damit? Und wieso verschloss er sich vor mir? Ich schluckte schwer und konzentrierte mich schnell wieder auf die anderen, bevor ich mich in dem Gedankenstrudel verlor.

»Du«, ich zeigte auf Tessa, »hattest aber anscheinend auch ein nettes Gespräch mit Chris.«

Wie auf Kommando lief Tessa rot an.

»Chris ist wirklich nett«, erwiderte sie knapp.

»Das ist er«, stimmte ich ihr lächelnd zu.

»Was ist mit dir, Elanor? Wer war dieser heimliche Verehrer, der dich abgeholt hat?«, warf Melina interessiert ein.

Elanors Blick huschte kurz zu mir, dann wieder zurück zu Tessa und Melina, die gespannt auf eine Antwort warteten.

»Er ist ebenfalls eine Fee. Wisst ihr, Feen sind einfach gerne ab und zu unter ihresgleichen«, erklärte sie schließlich und entlockte den beiden Mädchen damit ein verständnisvolles Nicken.

Elanor konnte wirklich lügen, ohne rot zu werden. Aber wahrscheinlich war das bei der Geschichte zwischen ihr und Elijah auch überlebenswichtig. Umso mehr fühlte ich mich geehrt, dass sie mir so viel Vertrauen entgegenbrachte und mich in ihr Geheimnis eingeweiht hatte.

Um ihr meine Unterstützung zu zeigen, tastete ich unter dem Tisch nach ihrer Hand und drückte sie einmal sanft. Die beiden anzulügen, war bei allem Selbstschutz bestimmt trotzdem nicht einfach für sie gewesen.

Elanor lächelte mich an und formte ein lautloses »Danke« mit den Lippen, bevor sie sich zur Tafel wandte. Die Reihen vor uns hatten sich mittlerweile mit Schülern und Schülerinnen gefüllt, die sich nach und nach im Gewächshaus eingefunden hatten und mehr oder weniger motiviert auf Grandma warteten. Wobei es mir vorkam, als wäre sie schon längst anwesend. Über dem Stuhl am Lehrerpult hing ihre rot-grün karierte Strickjacke, daneben hatte ein kleiner geflochtener Korb mit einem blauen Kissen für Biscuit einen Platz gefunden. Außerdem stand auf dem Pult eine Pflanze, aus der lavendelfarbene Rauchschwaden aufstiegen. Ihre Blätter waren dunkelgrün und durchzogen von goldenen Streifen, die wie kleine Äderchen aussahen. Und überall hatte Grandma Hängepflanzen angebracht, die nun von der Decke baumelten. Ich entdeckte sogar Lavendelkerzen, die sie in den Regalen untergebracht hatte. Alles in allem schrie der ganze Raum nach Grandma. Und ich fühlte mich pudelwohl.

Als hätte sie nur auf ihr Stichwort gewartet, trat in dem Moment Grandma über die Schwelle. Zu meiner Überraschung lief hinter ihr eine Handtasche her. Kleine krokodilartige Beine, die an der ledernen Tasche angebracht waren, stampften fröhlich in Richtung Pult. Sie hatte sogar einen stacheligen, moosgrünen Schwanz, der hin und her schwang. Als Grandma zum Stehen kam, klopfte sie auf ihre skurrile Begleitung. Die kleinen Beinchen sowie der Schwanz verschwanden. Anschließend öffnete sie die Tasche und zog einen Stapel Bücher und Utensilien hervor.

Kurz nahm sie ihre Brille ab und putzte sich mit dem Saum ihres Gewands die Gläser. Sie sah müde aus und unter ihren sonst so leuchtenden Augen hatten sich Augenringe gebildet.

Automatisch machte ich mir Sorgen.

»Herzlich willkommen zur nächsten Unterrichtsstunde! Heute nehmen wir das Thema Heilsalben durch und stellen eine Heilsalbe gegen äußere Wunden her. Holt euch dafür eins der Kräuterbücher aus dem Schrank dort.« Grandma zeigte auf eine uralte braune Vitrine, die mit kleinen Schnitzereien verziert war. »Und dann schlagt Kapitel dreizehn auf.«

Ich erhob mich und bedeutete den anderen, sitzen zu bleiben. Als ich mit vier Exemplaren auf den Armen zurückkam und sie gerade austeilten wollte, sah ich aus dem Augenwinkel Chris. Irgendetwas war komisch. Ich drehte mich komplett in seine Richtung und ließ prompt alle Bücher fallen. Mit einem lauten Rums kamen sie auf dem Boden auf. Allerdings beachtete ich sie nicht. Zu sehr war ich von Chris eingenommen. Sein Gesicht war schmerzverzerrt und blass. Einzig die Farben seines Amuletts, das unnormal hell leuchtete, tanzten auf seinen Zügen. Verdammt, was war hier los?

Voller Sorge schaute ich zu Grandma, doch sie lächelte bloß … Verwirrt ließ ich meinen Blick weiterwandern. Selbst die anderen Schüler und Schülerinnen schienen sich zu freuen. Manche applaudierten sogar. Wieso half ihm denn keiner? Das Leuchten schien immer mehr zuzunehmen und er keuchte auf, als würde er keine Luft mehr bekommen. Langsam stieg Angst in mir hoch und gerade als ich im Begriff war, zu ihm rüberzueilen, hörte das Leuchten seines Amuletts wieder auf und er atmete ganz normal weiter. Einfach so.

Als wäre nie etwas gewesen, saß Chris nun da und grinste dämlich in die Runde. Ich traute meinen Augen kaum. Wieso sah er so glücklich aus? Alle im Raum fingen an ihm zu gratulieren. Dann fiel es mir wie Schuppen von den Augen. Ja, natürlich! Chris' Magie hatte sich entfaltet!

Wieso hatte er mir nicht erzählt, dass er heute Geburtstag hatte? Ich versuchte meine Gedanken zu sortieren, während mich meine Füße wie ferngesteuert zu ihm trugen. Als ich vor ihm stand, musste ich mich einfach vergewissern, dass es ihm gut ging. Ich beugte mich nach vorne und flüsterte ihm ein »Alles gut bei dir?« ins Ohr.

Freudestrahlend nickte er und nahm mich fest in die Arme. Für eine Sekunde war ich überfordert von dieser Geste, dann entspannte ich mich. Als ich mich von ihm löste, umspielte ein verschmitztes Lächeln seine Lippen. Ich erwiderte es und lief zurück zu den anderen.

»Das sah megacool aus, findest du nicht?«, fragte Elanor euphorisch.

Ich nickte nur und sammelte die Bücher ein, die ich kurz zuvor fallen gelassen hatte.

Als ich wieder an meinem Platz saß, räusperte sich Grandma. »Um eine Heilsalbe herzustellen, bedarf es höchster Präzision. Eine Heilsalbe kann sehr hilfreich sein, aber bei falscher Durchführung des vorgegebenen Rezepts auch gefährlich werden.« Sie machte eine kurze Pause, wie um die gesagten Worte zu unterstreichen. »Es gibt verschiedene Arten von Heilsalben. Zur Wundheilung, gegen Ausschläge und Juckreiz oder für die Behandlung verschiedener Hauterkrankungen. Der Vorteil von Salben besteht darin, dass sie sofort wirksam sind. Heute stellen wir wie gesagt eine Wundheilsalbe her. In Kapitel dreizehn findet ihr das Rezept. Bitte sammelt wieder die nötigen Kräuter zusammen und dann gehen wir die einzelnen Schritte gemeinsam durch.«

Elanor und ich machten uns direkt auf die Suche. Die wichtigste Komponente bestand aus zwei Blättern der magischen Nymphäa, einer Pflanze mit leuchtenden hellrosa Blättern, aus der kleine goldene Bläschen aufstiegen. Die restlichen Zutaten waren Spitzwegerich, Aloe Vera und Zaubernuss. Außerdem noch eine Löffelspitze Bienenwachs und ein Tropfen Lavendelöl.

Nachdem alle ihre Kräuter beisammenhatten, fuhr Grandma fort. »Auch für eine Heilsalbe gibt es einen passenden Hexenspruch, der die Wirkung unterstützt. Also sprecht mir nach: *Unguentum auxilium me sana.*«

Zusammen mit dem Rest der Klasse intonierte ich den Spruch und ließ meine Magie durch die Fingerspitzen in den Mörser fließen. Wie auf Kommando begann er sich in der Schale zu drehen und zerkleinerte die Kräuter. Eine klebrige Masse entstand und ein herrlicher Duft hüllte mich ein, der mich an meine Kindheit erinnerte. Denn dank Grandma hatten wir diese Wundheilsalbe in unserem Erste-Hilfe-Kasten. Immer wenn Mia oder ich hingefallen waren und uns zum Beispiel das Knie blutig aufgeschlagen hatten, hatte Mum mit dieser Salbe die Wunde eingeschmiert. Ich zog den Geruch tief ein und dachte an meine unbeschwerte Kindheit zurück, in der meine größte Sorge eine verpasste Folge meiner Lieblingssendung gewesen war. Aber diese Zeit lag schon lange hinter mir und ich musste mich darauf konzentrieren, Erinnerungen für die Zukunft zu schaffen.

Als wir nach *Kräuterkunde* über die Wiese zurück zur Academy liefen, wurde der Gedanke an das, was vorhin passiert war, immer präsenter in meinem Kopf. Obwohl es für alle anderen offensichtlich ein großartiges Erlebnis gewesen war, hatte ich beim bloßen Gedanken daran das Gefühl, keine Luft mehr zu bekommen. Spontan traf ich eine Entscheidung.

»Ich muss noch einmal zu Grandma. Ich habe etwas vergessen«, wandte ich mich an Chris und Elanor.

Mir war bewusst, dass ich mit ihnen über meine Ängste hätte reden können. Trotzdem brauchte ich jetzt Grandma.

Mit dem Versprechen, dass ich gleich nachkommen würde, eilte ich mit Mrs Blueberry zurück zum Gewächshaus.

Als ich durch die noch geöffnete Tür trat und gerade nach ihr rufen wollte, hörte ich ihre aufgebrachte Stimme.

»Mir ist bewusst, dass wir bislang keine Spuren haben.«

Telefonierte sie etwa? Vorsichtig linste ich durch die angelehnte Tür zu ihrem Büro und sah, wie sie sich über ihren Seherkessel beugte. Nebelschwaden stiegen daraus empor und hüllten ihr Gesicht fast vollständig ein.

»Mir egal, wie lange es dauert. Die Kinder sind verunsichert und haben Angst!« Kurz hielt Grandma inne, bevor sie nach einem Reagenzglas mit dem Trank der Vollmondblüte neben ihrem Kessel griff und einige Tropfen davon in den Kessel gab. Der Nebel verfärbte sich lavendelfarben und blubbernde Bläschen waberten über den Rand. »Die Verbindung ist schlecht. Wir werden heute Nacht weitersuchen«, sagte sie mit fester Stimme.

Langsam schob ich die Tür weiter auf, was meine Hundelady als Zeichen deutete, um an mir vorbeizuschlüpfen. Freudig eilte sie auf Grandmas krokodilartige Handtasche zu, die neben dem Sofa stand. Sie stupste die Tasche mit der Nase an, woraufhin sich diese schüttelte und die kleinen Beinchen sowie der stachelige Schwanz zum Vorschein kamen. Mit trägen Schritten fing die Tasche an, sich ihren Weg an Mrs Blueberry vorbeizubahnen. Allerdings deutete meine Hundelady das als Aufforderung zum Spielen und bellte freudig auf, bevor sie einen Satz machte und der davonlaufenden Handtasche den Weg versperrte.

»Ich muss jetzt aufhören.« Grandma wischte mit einer Hand

über den Seherkessel und die aufsteigenden Nebelschwaden verschwanden.

»Liebes, ich habe dich nicht kommen gehört. Was kann deine alte Grandma für dich tun?«

»Mit wem hast du gesprochen?« Stirnrunzelnd blickte ich sie an.

»Mit Mrs Ravenwood. Aber nun, da du mein Büro entdeckt hast, wie gefällt dir mein neues, zweites Zuhause?« Grandma zwinkerte mir zu.

Für einen kurzen Moment vergaß ich das seltsame Gespräch und schaute mich im Raum um. Die Decke bestand komplett aus Glas und helle Backsteine zierten die Wände. Pflanzen, Kissen und Bücher waren überall verteilt und unterstrichen die heimelige Atmosphäre. Doch meine Aufmerksamkeit wurde schnell auf ein mindestens drei Meter hohes Bücherregal gelenkt, das sich an der hinteren Wand erstreckte. Davor hatte ein Schreibtisch aus Holz seinen Platz gefunden, der wirkte, als hätte er schon einige Jahre auf dem Buckel. Außerdem gab es einen Kamin, vor dem ein großes, bequem aussehendes Sofa stand. Darauf stapelte sich ein Meer aus Kissen in verschiedenen Formen und Farben sowie eine Wolldecke, in der sich Biscuit eingerollt hatte und vor sich hindöste. Zumindest bis Mrs Blueberry auf den Kater zutrottete und ihm einmal quer über das Gesicht schleckte, woraufhin dieser laut miaute. Ein Grinsen unterdrückend ließ ich meinen Blick erneut zu Grandma schweifen, die soeben durch eine angelehnte Tür neben dem Bücherregal verschwunden war. Als sie nur wenige Sekunden später wieder heraustrat, hatte sie ihre Haare mit einer Klammer hochgesteckt.

»Wohin führt diese Tür?«

Grandma lächelte. »Ach, sie führt nur zum angrenzenden Schlafzimmer.«

»Moment mal … du hast ein eigenes Schlafzimmer?«

»Ja. Falls ich hier übernachte.«

Ich runzelte die Stirn. »Übernachten?«

Sie nickte. »Genau. Ich habe auch diese Nacht hier geschlafen.«

»Wieso hast du mich nicht angerufen und gesagt, dass du schon früher da bist? Dann hätte ich dir Gesellschaft geleistet.«

Grandma tätschelte mir den Unterarm. »Das ist lieb von dir. Trotzdem wollte ich dich nicht stören.«

»Du störst nicht.«

Müde erwiderte sie mein Lächeln.

»Du hast heute erschöpft auf mich gewirkt«, gab ich zögernd zu.

»Es war eine lange Nacht.«

»Weshalb?«

»Ach, damit will ich dich nicht belasten.« Sie winkte ab. »Aber mach dir keine Sorgen um mich. Ich mach mir eher welche um dich, Kleines.«

Ich zog verwirrt die Augenbrauen zusammen. »Wieso?«

»Als sich Chris' Magie entfaltet hat, sahst du alles andere als glücklich aus.«

»Tut es weh, wenn sich die Magie entfaltet?«, platzte die Frage aus mir heraus, bevor ich sie aufhalten konnte. Angespannt hielt ich den Atem an.

»Nein. Auch wenn der Körper in diesem Moment unter einer enormen Anspannung steht, fühlt sich die vollständige Entfaltung der Magie aufregend und berauschend zugleich an.«

Erleichterung machte sich in mir breit und ich stieß die angehaltene Luft wieder aus. »Da bin ich ja froh. Woher weiß ich eigentlich, wann genau sich meine Magie entfaltet? Oder passiert das einfach irgendwann im Laufe des Tages?«

»Das ist unterschiedlich. Aber schon öfter wurde beobachtet, dass sich die Magie zur Geburtsstunde zeigt.«

Apropos Zeit. Ich schaute auf meine Armbanduhr. Bereits in einer Dreiviertelstunde würde ich mich mit Jason treffen. Er hatte mir gestern Abend in einer kurzen Nachricht mitgeteilt, dass wir heute am Schießstand trainieren würden. Woher er genau meine Nummer hatte, war mir schleierhaft. Nicht einmal Elanor besaß sie.

»Ich treffe mich gleich mit Jason. Bist du noch eine Weile da? Wenn es geht, würde ich Mrs Blueberry bei dir lassen.« Mein Blick ging zu meiner Hundelady, die mit ihrer Nasenspitze immer wieder den murrenden Biscuit anstupste.

»Ja, natürlich! Hab viel Spaß und richte Jason Grüße von mir aus.«

Ich nickte knapp, eilte in einem halsbrecherischen Tempo in den Speisesaal, um wenigstens eine Kleinigkeit in den Magen zu bekommen, und machte mich dann auf den Weg zum Schießstand. Kaum trat ich aus dem Wintergarten ins Freie, hüllte mich Kälte ein, die mir durch Mark und Bein ging. In der letzten halben Stunde war die Temperatur deutlich gesunken und Regen lag in der Luft. Ich kuschelte mich enger in meinen Parka und hoffte einfach, dass der Himmel über mir nicht gleich seine Pforten öffnete. Mit schnellen Schritten lief ich den Weg zum Bogenschießstand entlang, blieb jedoch abrupt stehen, als ich Jason entdeckte. Denn er war nicht allein. Neben ihm stand Vicky. Eine ihrer Hände ruhte auf seinem Unterarm und sie schienen ein intensives Gespräch zu führen. Aber nicht nur das versetzte mir einen ungewollten Stich, sondern auch die Tatsache, dass sie sich sehr nah waren. *Zu nah,* flüsterte mein verräterisches Herz. *Sie ist nicht seine Freundin, Lilly. Sie sind kein Paar,* redete ich mir immer und immer wieder ein. Aber irgendetwas in mir kämpfte dennoch dagegen an, Jasons Worten vollkommen zu vertrauen. Vielleicht lag es daran, dass er das Verhältnis zu Vicky als »kompliziert« bezeichnet hatte, aber im gleichen Atemzug sagte, dass sie und ihn vieles verband.

Ich verstand einfach nicht, was ihn noch immer von mir fernhielt, obwohl er mir offensichtlich doch so nah sein wollte. Und all diese Unsicherheit sorgte dafür, dass in diesem Moment ein Funke Eifersucht aufflammte. Selbst wenn er noch klein war, so drohte ich mich doch daran zu verbrennen. Angespannt umklammerte ich den Riemen meiner Umhängetasche fester, zählte bis drei und lief auf die beiden zu.

Bereits nach wenigen Schritten fand Jasons Blick den meinen und er lächelte mich an. Im Gegensatz zu Vicky, die mich mit hochgezogener Augenbraue musterte, bevor sie Jason noch mal ein Lächeln zuwarf und dann ohne ein weiteres Wort an mir vorbeiging.

»Da ist ja unser neues Talent im Bogenschießen«, begrüßte Jason mich, während er symbolisch seinen Bogen in die Höhe hob und verschmitzt grinste.

»Lass uns loslegen. Du hast bestimmt genauso wenig Lust auf die Nachhilfestunde wie ich.« Kaum hatten die Worte meinen Mund verlassen, wollte ich sie wieder zurücknehmen. Offenbar hatte die Eifersucht aus mir gesprochen, anders konnte ich mir mein zickiges Verhalten nicht erklären.

»Lilly, was ist los?«, fragte Jason und warf mir einen irritierten Blick zu.

Ich biss mir auf die Unterlippe. *Hätte ich doch nur nichts gesagt,* schoss es mir durch den Kopf.

»Äh, nichts, was soll los sein?« Ich versuchte mich an einem aufrichtigen Lächeln.

»Lilly …« Er hob auffordernd eine Augenbraue.

»Es ist nur … nun ja, also Vicky und du … ihr habt gerade *so* vertraut miteinander gewirkt und …«, ich stockte und wusste nicht, was ich sagen sollte.

Auf Jasons Lippen stahl sich ein Lächeln. »Bist du etwa eifersüchtig?«

Meine Augen wurden groß und ich schüttelte den Kopf. Dabei lösten sich einige rote Strähnen aus meinem Zopf.

»Nein, ja. Okay, vielleicht war ich das für den Bruchteil einer Sekunde«, gestand ich leise und versuchte Jasons amüsiertem Blick auszuweichen.

»Lilly …«, setzte er erneut an, doch ich unterbrach ihn.

»Ich begreife einfach nicht, was du damit meinst, wenn du sagst, dass es kompliziert zwischen euch beiden ist. Und ich weiß, sie ist nicht deine Freundin. Aber Jason, wenn ich euch miteinander sehe … es wirkt beinahe so, als wäre sie das. Und ich möchte dir glauben, aber es fällt mir einfach schwer.« Die Worte sprudelten regelrecht aus mir heraus, bevor ich sie aufhalten konnte.

»Du bist verdammt süß, wenn du eifersüchtig bist.« Sein Grinsen wurde noch eine Spur breiter.

»Lenk nicht vom Thema ab«, murmelte ich. »Ich weiß, es sollte mich nichts angehen, doch ich versuche es nur zu verstehen.«

»Das, was Vicky und mich verbindet, ist aber nicht einfach zu verstehen. Denn die Vergangenheit ist der Dämon unserer Zukunft und um diese Tatsache zu akzeptieren, brauche ich selbst Zeit. Doch vertrau mir, wenn ich dir sage, dass ich keine Gefühle für Vicky hege«, antwortete Jason und wieder begann dieses Gewitter in seinen Augen zu toben.

»Mir fällt es schwer zu vertrauen, wenn ich nicht einmal weiß, ob ich dir wirklich vertrauen kann.« Ich seufzte auf und lief an ihm vorbei. Ich wollte jetzt nicht weiter über dieses Thema reden. Ansonsten würde mein Gefühlschaos überhandnehmen. Nach ein paar Schritten drehte ich mich zu ihm um: »Kommst du, Ravenwood? Oder brauchst du eine Extraeinladung?«

Kopfschüttelnd und vermutlich auch ein wenig überrascht über den plötzlichen Themenwechsel setzte er sich in Bewegung und holte den Trainingsbogen vom Schulunterricht aus der Hütte neben dem Schießstand. »Heute steht ausschließlich Bogenschießen auf dem Plan. Schließlich hast du im Fach *Kunst der Magie* bereits deine Kräfte angewandt.«

»Na großartig«, stöhnte ich.

»Bitte mit ein bisschen mehr Begeisterung, Ms Campbell.«

KAPITEL 17

Die Hexengemeinschaft orientiert sich seit Jahrhunderten an den Mondphasen. Insbesondere an Vollmond verspüren Hexen eine starke Verbindung zu ihrer Magie. Aufgrund dessen werden in diesen Nächten Rituale durchgeführt, Duelle veranstaltet und jahrhundertealte Traditionen gepflegt.

– AUSZUG GRIMOIRE, KAPITEL 99 –

»Darauf freue ich mich schon die ganze Woche!«, sagte Chris aufgeregt, als wir gemeinsam mit Dave und Lian am Freitagabend zum See liefen.

In den letzten Tagen hatte es kaum noch ein anderes Thema als das Mitternachtsduell gegeben. Was mitunter an Finley lag, der Wetteinsätze angenommen und Spekulationen darüber angefacht hatte, welche Schüler oder Schülerinnen gegeneinander antreten würden. Gerüchten zufolge war Jasons Name dabei wohl am häufigsten gefallen. Ob das allerdings der Wahrheit entsprach, konnte ich nicht beurteilen, denn ich hatte das Thema Jason seit unserem letzten Training so gut es ging vermieden.

Auch jetzt versuchte ich mich vor allem auf das zu konzentrieren, was vor mir lag. Und der Anblick, der sich mir bot, war definitiv sehenswert. Dunstschwaden stiegen von der Wasseroberfläche auf und aufkommender Nebel legte sich wie eine Decke über die Wiese. Lichterketten hingen zwischen den Bäumen und erhellten den sich anbahnenden Nachthimmel. Überall standen Schüler und Schülerinnen in kleinen Gruppen zusammen und unterhielten sich ausgelassen, während im Hintergrund laute Musik durch große Boxen drang.

»Der perfekte Abend für ein Mitternachtsduell, findet ihr nicht?« Chris ließ seinen Blick über die Menge schweifen.

»O ja«, stimmte ich ihm zu.

»Wird Elanor nachkommen?«, fragte Lian.

Ich nickte. »Das hat sie zumindest gesagt.«

Heute fand nicht nur das Duell statt, sondern auch eine Zusammenkunft der Feen. Welche Rituale dort aber genau vollzogen wurden, hatte mir Elanor nicht verraten wollen.

»Seid ihr schon gespannt, wer heute antreten wird?« Mit einer lässigen Bewegung zog sich Chris seine Basecap, die er auf die Back-to-Front-Art trug, etwas zurecht.

»Wie wird eigentlich entschieden, wer gegen wen antritt?« Stirnrunzelnd schaute ich mich um.

Dave, der uns in der Zwischenzeit etwas zu trinken geholt hatte, zeigte auf eine von Fackeln in Szene gesetzte große Holzbox, die auf einem Podest in der Nähe stand. »Ganz einfach. Die Gegner werden ausgelost. Jeder, dessen Magie sich bereits entfaltet hat, darf seinen Namen hineinwerfen. Anschließend werden zwei Zettel gezogen. Das sind dann die Teilnehmer des Duells.«

Ich nickte, doch bevor ich weiter nachhaken konnte, trat Finley bereits an die Holzbox heran, ein Mikrofon in der Hand und über die Köpfe der Schüler und Schülerinnen hinwegstrahlend. Seine lila gefärbten Haare fielen ihm tief in die Stirn und sein Nasenpiercing funkelte im Licht der Fackeln. Wie so oft trug er auch heute sein Stirnband, was seiner kleinen Fledermaus ebenfalls zu gefallen schien. Sie hatte es sich auf seiner linken Schulter bequem gemacht und zupfte fröhlich an dem hinteren Knoten des weiß-schwarz karierten Bandes herum.

»Es freut mich, euch zum ersten Mitternachtsduell des Schuljahres begrüßen zu dürfen.« Er machte eine kurze Pause, während die Menge jubelte. »Seid ihr auch so gespannt wie ich, wer heute antritt?« Wieder ein Grölen. »Dann möchte ich euch nicht länger auf die Folter spannen und übergebe das Mikro an die bezaubernde Vicky Davies.«

Unter lautem Applaus eilte diese auf die Bühne und legte mit ihrem Auftritt los. »Wie bereits vergangenes Jahr darf ich heute eure Glücksfee sein.« Sie griff nach der Holzbox und kramte gespielt lange darin herum, um Spannung aufzubauen. »Mhmm, ist das aufregend. Ich ertaste hier so viele Zettel mit Namen darauf.« Mit einer fließenden Handbewegung zog sie einen davon heraus. »Und der erste Teilnehmer ist …« Kurz warf sie einen prüfenden Blick darauf, blieb noch einen Moment stumm und hob dann ihren Kopf. »Jason Ravenwood«, trällerte sie voller Freude ins Mikro und warf diesem ein breites Lächeln zu.

Lautes Gejohle erklang und ich beobachtete, wie Jason selbstbewusst nach vorne lief. Doch sobald er auf dem Podest angekommen war, wurde er von Vicky in die Arme gezogen. Kurz versteifte er sich, setzte dann jedoch ein perfekt einstudiertes Pokerface auf, um den Zuschauern und Zuschauerinnen siegessicher zuzuwinken.

Mit einem leicht verkniffenen Gesichtsausdruck, den sie nicht ganz hinter einem Lächeln verbergen konnte, griff Vicky erneut in die Box und fischte einen zweiten Zettel heraus. Ihr Blick wanderte durch die Menge und blieb an uns hängen. Wieso denn an uns? Wer hätte …?

»Chris Edwards!«, donnerte Vickys Stimme durch die Lautsprecher.

Ungläubig schaute ich abwechselnd zu Chris und Jason. Die beiden würden gegeneinander antreten? Das war ja wohl ein schlechter Scherz. Chris' Magie hatte sich doch erst vor wenigen Tagen entfaltet! Außerdem war Jason ihm haushoch überlegen. Sprachlos verfolgte ich, wie Chris ebenfalls nach vorne marschierte und seinem Gegner die Hand reichte. Das Gewinnerlächeln, das sich bereits auf Jasons Gesicht abzeichnete, sprach Bände. Herr im Himmel, das konnte nicht gut enden. Ich seufzte.

»Ist das nicht großartig?« Tessa tauchte neben mir auf.

»Das wird so spannend!«, stimmte Melina ihr zu und hüpfte voller Vorfreude auf und ab.

»Das Duell Jason Ravenwood gegen Chris Edwards wird um Mitternacht beginnen«, verkündete Vicky erneut durch die Lautsprecher. Sie schenkte dem Publikum ihr hollywoodreifes Lächeln, bevor sie sich bei Jason unterhakte und ihn hinter sich herzerrte. Chris blieb für einen kurzen Moment ratlos stehen und blinzelte in die Menge. Dann kam er zu uns zurück.

»Chris, das ist so aufregend!«, begrüßte ihn Tessa auch gleich freudestrahlend.

Er nickte zustimmend und wandte sich mir zu. »Ich hätte nicht gedacht, dass ich gezogen werde.« Sichtlich nervös zog er seine dunkelblaue Basecap ab, nur um sie ein paar Sekunden später wieder aufzusetzen.

»Möchtest du das wirklich durchziehen? Ich meine, deine Magie hat sich erst vor wenigen Tagen vollständig entwickelt.« Fragend blickte ich ihn an.

Er schob die Hände in seine Hosentaschen, während er sich kurz auf die Unterlippe biss. »Ja«, sagte er schließlich bestimmt.

»Ich habe meinen Namen in diesen Lostopf geschmissen, also werde ich meinem Namen nun auch alle Ehre machen.«

Seufzend gab ich nach. »Ich hoffe, dir ist bewusst, auf was du dich da eingelassen hast.«

»Vertrau mir, das weiß ich«, erwiderte er leise.

Für einen Moment schaute ich ihm tief in die Augen. »Gut. Ich brauch jetzt eine Cola.« Ohne Chris' Antwort abzuwarten, drehte ich mich um und schlängelte mich durch die Menge zu den Tischen mit den Getränken.

Kaum hatte ich mir eine Colaflasche gegriffen, tauchte neben mir Finley auf. Seine Fledermaus saß nach wie vor auf seiner Schulter und blinzelte mich interessiert an.

»Wie schön dich hier zu sehen.« Mit einem schiefen Lächeln auf den Lippen zwinkerte er mir zu.

»Finley«, begrüßte ich ihn knapp.

»Also, Ms Campbell, was ist denn nun an den Gerüchten dran? Stimmt es, dass du Nachhilfe von Jason bekommst?« Finley nahm sich ebenfalls eine Cola und prostete mir zu.

»Das scheint ja schnell die Runde zu machen«, entgegnete ich mit hochgezogener Augenbraue.

»Das ist normal an der Ravenhall Academy. Sieh es positiv, alle reden über dich.«

»Darauf könnte ich verzichten.« Ich nahm einen großen Schluck von meiner Cola.

»Wenn du möchtest, könnte ich ein neues Gerücht über dich in die Welt setzen.« Schmunzelnd hob Finley eine Augenbraue.

Ich verschränkte die Arme. War das jetzt sein Ernst?

»Kein Interesse.«

»Finley, ich habe dich überall gesucht. Mit wem red–«, Henry quetschte sich durch die Menge und schaute neugierig zwischen uns beiden hin und her. »Ah, dich kenn ich doch.« Er grinste mich an, wobei seine schwarzen Augen aufblitzten.

»Ich habe sie nur gefragt, ob das Gerücht stimmt«, setzte Finley Henry in Kenntnis.

»Welches Gerücht? Dass sie was mit Jason am Laufen hat oder die Tatsache, dass sie bis vor Kurzem nichts von unserer Existenz wusste?«, gluckste Henry amüsiert, während er sich mit der Hand durch sein fast wasserstoffblondes Haar fuhr.

»Ach, die Sache mit Jason ist bestimmt wirklich nur ein Gerücht. Vicky würde ihm die Hölle heißmachen.«

»Macht sie doch schon längst«, erwiderte Henry, wobei er Finley dessen Cola aus der Hand nahm und ebenfalls einen kräftigen Schluck trank.

»Es freut mich sehr, dass ihr anscheinend so viel Interesse an meinem Leben habt, aber ich geh dann mal.« Ich drehte mich um und ließ die beiden am Stand zurück. Hinter mir hörte ich nur noch Finley aufgebracht »Henry, gib mir meine Cola zurück! Das war die letzte Dose!« schreien.

Grinsend schüttelte ich den Kopf und fragte mich, wie es Jason mit diesen zwei Chaoten aushielt. Der Anflug guter Laune verschwand jedoch mit jedem Schritt, den ich machte, ein wenig mehr. Meine Gedanken wanderten wieder zu Chris zurück und damit auch leider zu Jason. Plötzlich wollte ich nur noch weg von all dem Trubel und schlug hastig den Weg Richtung See ein. Allmählich wurde die Musik immer leiser und erst jetzt bemerkte ich, wie sehr ich mich verspannt hatte.

Ich atmete tief durch und ließ mich auf einen Felsen sinken. Nachdenklich wanderte mein Blick über den See. Der aufsteigende Dunst war dichter geworden und der Mond kam hinter den Bäumen hervor.

»Na, was geht in deinem kleinen, süßen Köpfchen vor, Sherlock?«

Erschrocken zuckte ich zusammen und schaute über die Schulter.

»Die Frage ist wohl eher, was du hier machst … musst du dich nicht auf das Duell vorbereiten oder so?«

»Und wenn ich jetzt lieber bei dir sein möchte?« Das Funkeln in seinen Augen wurde eine Spur intensiver.

Ich konnte nicht verhindern, dass mein Herz bei seinen Worten schneller schlug und sich ein Lächeln auf meine Lippen stahl.

»Wieso lässt du dich eigentlich immer wieder bei diesen Duellen aufstellen?«, lenkte ich gekonnt vom Thema ab.

Er schaute zu Boden und kickte einen Stein weg. »Als Sohn des Schulleiters denken alle, ich werde verhätschelt und mir fällt alles in den Schoß. Bei den Duellen zählt das jedoch alles nicht, nur mein Können.«

Ungläubig schüttelte ich den Kopf. »Das ist dein Ernst, stimmts?«

Er seufzte. »Es ist nicht mein erstes Duell. Vertrau mir bitte einfach.«

Da Chris mir etwas ganz Ähnliches versichert hatte, konnte ich mir ein Augenverdrehen nur mit viel Mühe verkneifen.

»Pass bitte auf dich auf«, flüsterte ich schließlich nur.

Jason rutschte noch ein Stück näher zu mir und legte seine Hand auf meine. Bei seiner Berührung durchlief meinen gesamten Körper ein wohliges Kribbeln.

»Du machst dir Sorgen um mich«, sprach er die offensichtliche Tatsache aus.

Nachdem ich ein paar Sekunden auf seine Hand gestarrt und nach passenden Worten gesucht hatte, schaute ich wieder zu ihm. Im selben Moment drehte auch er seinen Kopf zu mir und unsere Gesichter waren nur wenige Zentimeter voneinander entfernt.

»Lilly …«, murmelte Jason, bevor er den restlichen Abstand zwischen uns überbrückte, mit seinen Händen meine Wangen umschloss und mich endlich küsste.

Als seine warmen Lippen auf meine trafen, explodierte ein Feuerwerk in meinem Herzen und Hitze loderte in mir auf. Ich schmiegte mich enger an ihn und krallte meine Hände in sein T-Shirt, das er unter einer schwarzen Lederjacke trug. Alles in mir verlor sich in seinem Kuss. Wollte mehr, brauchte mehr, sehnte sich nach mehr. So viele Emotionen und unausgesprochene Worte lagen darin. Es fühlte sich gut an. Richtig. So verdammt richtig. Und im gleichen Moment wusste ich, dass es falsch war. Eine Stimme in meinem Kopf, wenn auch nur eine sehr leise, flüsterte mir das immer und immer wieder zu. Doch ich beachtete sie nicht. Mein Herz übernahm die Oberhand und besiegte den Verstand.

Gefühlt verstrich eine halbe Ewigkeit, bis wir uns erneut schwer atmend voneinander lösten. Mit einem verschleierten Blick fuhr Jason sich mit der Hand übers Gesicht. »Shit«, fluchte er leise.

Ein trauriges Lächeln schlich sich auf meine Lippen. »Nicht unbedingt die Worte, die man nach einem Kuss hören möchte.«

»Lilly … es ist so verdammt kompliziert.« Jason atmete tief durch und schien nach den passenden Worten zu suchen. »Mein Leben. Es ist ein einziges Chaos. Und in dieses Chaos bist du reingestolpert, hast mich wie ein Wirbelwind mitgerissen und einfach nicht mehr losgelassen.«

»Weißt du, manche Hexen fühlen sich im Chaos wohl«, flüsterte ich kaum hörbar und schaute in seine türkisblauen Augen.

Wortlos griff Jason nach meiner Hand und streichelte mit seinem Daumen sanft darüber, während ich meinen Blick weiter über die Bäume am See schweifen ließ. Shadow saß nicht weit von uns auf einem Ast, der beinahe das Wasser berührte. Mrs Blueberry hätte sich sicherlich gefreut, die Rabendame zu treffen. Allerdings hatte ich sie bei Grandma gelassen, die den heutigen Abend ebenfalls an der Academy verbrachte.

»Siehst du dieses Leuchten?«, durchbrach Jason schließlich die Stille. Er zeigte in die Richtung des Sees, auf dem jetzt jede Menge kleine Lichtpunkte über den sanften Wellen tanzten.

Ich blinzelte ein paarmal. Bewegten sich diese Lichtpunkte etwa auf uns zu? Und tatsächlich. Sie kamen näher.

»Woher kommen diese Lichter?« Unsicher und fasziniert zugleich schaute ich weiter dem wunderschönen Lichtspiel zu.

»Das sind Glühwürmchen. An Vollmond versammeln sich Tausende von ihnen auf dem See.«

Ich konnte nicht aufhören zu staunen, denn der Anblick war atemberaubend. Doch die Realität holte mich allzu schnell wieder ein und erinnerte mich daran, was dieses Naturschauspiel ankündigte. Ich stand auf und klopfte mir den Schmutz von der Hose. »Komm, lass uns zurückgehen.«

Ich richtete mich auf und wollte gerade an ihm vorbeilaufen, da packte er mich am Handgelenk, wirbelte mich zu sich herum, nahm mein Gesicht in seine Hände und küsste mich auf die Stirn. Diese Geste war unschuldig, im Vergleich zu dem, was vor einigen Minuten zwischen uns passiert war. Und doch war sie intimer als alles andere.

Schließlich lösten wir uns voneinander und kehrten ohne ein weiteres Wort zur Party zurück. Ich schaute mich in der Menge um, die bereits einen großen Halbkreis um das Seeufer herum gebildet hatte, während Jason sich durch die anderen drängelte.

Von Weitem konnte ich Tessa und Melina ausmachen, die bei Dave und Lian standen. Aber wo war Elanor? Hatte sie nicht schon längst da sein wollen? Als ich die drei erreichte, fragte ich direkt nach meiner Freundin. Doch sie hatten die Fee auch nicht gesehen. Ein leichtes Gefühl der Sorge machte sich in mir breit, aber in dem Moment nahm Vicky wieder das Mikro an sich.

»Endlich ist es so weit! Der Augenblick, dem ihr alle entgegengefiebert habt. Ein paar Regeln für das Duell gibt es allerdings noch, die ich jetzt verkünde.«

Violet kam auf die Bühne und reichte ihr eine Pergamentrolle. Vicky warf die Haare in den Nacken, setzte erneut ein perfektes Lächeln auf und rollte das Stück vergilbtes Papier auseinander. »Den Gegner vorsätzlich schwer zu verletzen, führt zur Disqualifikation. Das hier ist ein faires Duell und es gewinnt der, der am längsten durchhält und den Gegner mit seiner Magie übertrumpft.« Vicky schaute zu Jason und lächelte zufrieden. »Möge der Bessere gewinnen!« Mit diesen Worten legte sie das Mikro beiseite und gesellte sich zu der Menge, die sich um Jason und Chris gebildet hatte. Die beiden standen direkt am Ufer des Sees und funkelten sich herausfordernd an.

Ich war nervös und gleichzeitig gespannt, was gleich passieren würde. Wer machte den Anfang und mit welcher Magie? Doch ich musste nicht lange auf eine Antwort warten, denn schon hob Jason seine Hände und machte eine kurze Handbewegung in Chris' Richtung.

»*Oriri sit ventus*«, donnerte seine Stimme über unsere Köpfe hinweg.

Wenige Sekunden später kam ein starker Wind auf und sorgte dafür, dass Chris' Füße vom Boden abhoben. Ungläubig riss ich die Augen auf. Egal, wie oft ich in den letzten Wochen Magie erlebt hatte, es war nach wie vor surreal. Und dann wurde das Szenario noch skurriler. Lässig machte Jason mit seiner linken Hand kreisende Bewegungen, die immer mehr an Fahrt aufnahmen. Chris' Körper drehte sich passend dazu im Kreis. Dabei wurde er schneller und schneller. Ich wusste nicht, ob ich es faszinierend oder erschreckend finden sollte. Nur die tobende Menge schien eine eindeutige Meinung zu haben. Mit Jubelrufen feuerte sie Jason an. Und was machte dieser? Grinste dämlich vor sich hin, während seine kreisenden Bewegungen wieder langsamer wurden. Als er seine linke Hand sinken ließ, kam auch Chris zum Stehen. Zumindest für wenige Sekunden. Dann plumpste er zu Boden. Sein Gleichgewicht schien von den Drehungen komplett außer Bahn geraten zu sein. Für einen kurzen Moment blieb er sitzen, bevor er sich aufrappelte und einmal schüttelte.

»Was Besseres hast du nicht drauf, Ravenwood?«, knurrte er provokativ. Chris schloss die Augen und streckte seine Handfläche über dem Boden aus. »*Terra elementum mihi obedit*«, zischte er.

Prompt begann die Erde unter Jasons Füßen Wellen zu schlagen. Jason versuchte mithilfe seiner ausgestreckten Arme das Gleichgewicht zu halten, schaffte es jedoch kaum. Die Erschütterungen des Bodens wurden stärker und stärker. Irgendwann verlor er den Kampf und stürzte. Für einen kurzen Moment dachte ich, er würde direkt mit seinem Gesicht aufkommen. Doch in letzter Sekunde konnte er sich dank seiner Magie abfedern.

Dann raffte er sich auf und nickte in Chris' Richtung. »Kein schlechter Schachzug, Edwards.« Anerkennung schwang in seiner Stimme mit. »Aber jetzt bin ich wieder an der Reihe.« Jason blickte hinter sich, direkt auf den See.

Was war sein Plan? Was ging in seinem Kopf vor?

»*Pendere*«, brüllte er in Richtung See.

Einen Moment herrschte eine fast bedrohliche Stille. Dann schossen Dutzende von Seealgen vom Grunde des Sees an die Oberfläche. Erneut murmelte Jason einen Hexenspruch und in Sekundenschnelle rasten die Algen auf Chris zu und legten sich wie Ketten um ihn, schnitten ihm in die Haut. Nicht so stark, dass sie ihn verletzten, und dennoch stark genug, dass er sie nicht abwimmeln konnte.

»Verdammt noch mal, was soll das?«, keuchte Chris wutentbrannt.

Die Menge jubelte und wurde immer lauter. Die Vorstellung schien ihr sichtlich zu gefallen. Ich schaute zu Jason, der jetzt amüsiert auflachte. Auch neben mir erklang Gelächter. Misstrauisch blickte ich zu Chris. Jason hatte die Algen dazu gebracht, Chris komische Bewegungen machen zu lassen. Und erst, als sich die Menge wieder beruhigt hatte, fielen die Algen zu Boden.

Chris rieb sich mit den Armen über den Körper. »Wirklich urkomisch.« Seinen sarkastischen Unterton konnte man bis hier wahrnehmen. Und wie aus dem Nichts wandelte sich sein Gesichtsausdruck von angepisst zu zornig. Entschlossen ließ er seinen Blick Richtung See gleiten.

»*Elementum aqua obedire!*«, brüllte er.

Mein Bauchgefühl sagte mir, dass gleich nichts Gutes passieren wurde.

Als ich schließlich erkannte, was Chris heraufbeschworen hatte, hielt ich die Luft an. Eine mindestens fünf Meter hohe Welle türmte sich mitten auf dem See bedrohlich über uns auf. Auch die anderen Schüler und Schülerinnen hatten bemerkt, dass damit nicht zu spaßen war, und machten sich eilig aus dem Staub. Von einigen Seiten vernahm ich vereinzelte Warnrufe. Ich war allerdings wie gelähmt und konnte nicht aufhören, auf diese gigantische Welle zu starren, die zielsicher auf Jason zuraste. Von irgendwoher hörte ich jemanden einen Schrei ausstoßen, bis ich realisierte, dass dieser von mir kam.

Dann lief ich.

Nein, ich rannte.

Schneller und schneller.

Jedoch nicht in die gleiche Richtung wie die anderen. Sondern in Jasons. Er musste von dort weg. Sofort.

Als ich ihn erreichte, sah ich seinen panischen Gesichtsausdruck. Doch es galt mir, nicht der Welle.

»Lilly!«, schrie er, bevor er mich packte und mit sich zu Boden riss.

In der nächsten Sekunde schlug die Welle mit einer unbeschreiblichen Wucht über uns zusammen. Das tosende, kalte Wasser nahm uns in seine Fänge und schwemmte Jason und mich einige Meter Richtung See. Wir tauchten unter, in die verschlingende Dunkelheit hinein. Die immense Kraft der Welle riss uns tiefer und tiefer. Verzweifelt klammerte ich mich an Jason. Egal was passieren würde, ich durfte ihn nicht loslassen. *Ich darf ihn nicht verlieren.*

Das Gefühl von erdrückender Enge machte sich in meiner Brust breit und schnürte mir die Kehle zu. Wild strampelnd versuchten wir die Wasseroberfläche zu erreichen. Vergebens. Meine Lungen füllten sich mit Wasser und dessen Tosen rauschte in meinen Ohren. Mit allerletzter Kraft schlang ich meine Arme um Jasons Hals, während sich die seinen um meinen ertrinkenden Körper legten und mich an ihn drückten. Und dann wurde mir schwarz vor Augen. Ich wollte mich wehren. Wollte gegen meine schwindende Kraft ankämpfen, doch ich konnte nicht mehr. Also ließ ich mich in die alles verschlingende Dunkelheit fallen.

KAPITEL 18

In Vollmondnächten sollte der Verhexte Wald nicht betreten werden. Alte Schriften besagen, dass dort dunkle Kreaturen ihr Unwesen treiben. Die in Felsen verbannten Wächter des Waldes sollen verirrte Hexen und Hexer zu sich locken und sich deren Magie bedienen. Daher hüte sich, wer in dieser Nacht in der Nähe des Waldes ausharrt.

– AUSZUG GRIMOIRE, KAPITEL 87 –

Ein Hustenanfall überkam mich, gefolgt von einem Liter Wasser. Ich würgte ins nasse Gras und schnappte gierig nach Luft.

»Spinnst du? Was geht eigentlich in deinem erbsengroßen Hirn vor?«, fuhr Vicky mich wutentbrannt an.

Noch immer nach Sauerstoff ringend, blinzelte ich zu ihr auf, zu mehr war ich nicht in der Lage.

»Hör auf, sie anzuschreien! Sie wollte mich nur retten!«, kam es plötzlich von Jason, der neben Vicky auftauchte. Die klitschnasse Kleidung klebte an seinem Körper und schwarze Haarsträhnen hingen ihm ins Gesicht.

»Und wer hat euch im Endeffekt beide gerettet? Genau. Ich. Danken könnt ihr mir später. Jetzt müssen wir erst mal diesen

Nichtsnutz auf die Krankenstation bringen!« Vicky zeigte angewidert auf Chris, der ein paar Meter von uns entfernt in sich zusammengesunken dalag.

»Was ist mit ihm passiert?« Schmerzerfüllt rieb ich mir über den Hals. Durch das viele Hervorwürgen des Wassers fühlte er sich wund an.

»Chris hat sich übernommen und somit auch das Duell verloren.«

Bei Vickys Worten setzte Jason ein Siegerlächeln auf.

Das war jetzt nicht sein Ernst, oder? Wir wären gerade fast wegen einer übernatürlichen Monsterwelle draufgegangen und er freute sich über seinen Sieg? Fassungslos schüttelte ich den Kopf.

»Du hast ihn mit deiner Aktion bloßgestellt!«, mischte sich nun Dave ein. Mit schnellen Schritten eilten er und Lian auf Chris zu und hoben ihn hoch. Wie eine leblose Puppe hing dieser in ihren Armen.

»Chris, i-ist er …« Ich konnte die Worte nicht aussprechen, geschweige denn daran denken.

»Nein, du Hirni.« Vicky verdrehte die Augen. »Er ist nur bewusstlos. Die Magie hat ihn überwältigt.«

Ich atmete auf und nickte erleichtert. Dabei fiel mir eine nasse Haarsträhne ins Gesicht. Ich schaute an mir herab und realisierte nun auch endlich, dass ich vor Kälte zitterte. Zähneklappernd schlang ich meine Arme um mich.

»Moment, das haben wir gleich.«

Verwirrt blickte ich zu Jason. Im selben Moment durchströmte meinen Körper eine angenehme Hitze. Binnen weniger Sekunden waren wir wieder trocken. Okay, das musste er mir unbedingt beibringen.

»Lass uns zurückgehen.«

Ich nickte erschöpft und rappelte mich langsam auf, um Vicky und Jason hinterherzustapfen.

Stille legte sich über uns und ich bemerkte verspätet, dass außer uns niemand mehr unterwegs war. Offensichtlich waren alle restlichen Schüler und Schülerinnen bereits zurück in der Academy. Und Dave und Lian waren mit Chris auf den Armen vorausgeeilt. Nur Shadow hatte sich zu uns gesellt und flog neben uns her.

Eigentlich hätte sich mein rasender Puls längst beruhigen sollen. Schließlich war ich in Sicherheit. Dennoch war da diese innere Unruhe in mir. Immer wieder huschte mein Blick über die Silhouetten der Bäume am Wegesrand. Vielleicht bildete ich es mir nur ein, aber ich hatte das Gefühl, beobachtet zu werden. Je länger wir am Wald entlangliefen, desto enger wurde der Knoten in meiner Magengrube. Alles in mir sträubte sich dagegen weiterzulaufen. Plötzlich raschelte es laut hinter mir. Erschrocken wirbelte ich herum.

»Was ist denn?«, zischte Vicky über die Schulter.

»Irgendwas stimmt hier nicht.« Wie angewurzelt blieb ich stehen, während mein Atem stockend ging.

Erneut raschelte es.

»Hört ihr das?« Ich schaute Hilfe suchend zu Jason, der ebenfalls gestoppt hatte.

»Kommt jetzt!« Vicky stiefelte weiter auf die Academy zu.

Bevor ich jedoch etwas erwidern konnte, stieß sie einen lauten Schrei aus. Eine Armee von Fledermäusen schoss haarscharf über unsere Köpfe hinweg und streifte Vicky.

»AAAAH, macht diese verdammten Viecher von mir weg!«, kreischte sie armwedelnd in unsere Richtung, doch keiner von uns rührte sich.

»Vicky, das waren nur ein paar Fledermäuse. Die tun dir

nichts«, versuchte Jason sie zu besänftigen. »Lasst uns einfach weitergehen.«

Doch kaum hatten wir die nächsten Meter hinter uns gebracht, überkam mich erneut dieses seltsame Gefühl. Irgendetwas stimmte hier nicht. Ganz und gar nicht. Mein Instinkt riet mir zu rennen und gleichzeitig stehen zu bleiben.

»*Hilf mir*«, hallte plötzlich eine Stimme durch meinen Kopf.

»*Hilf mir, Lilly.*«

Nun war ich diejenige, die erstickt aufschrie. Elanor! Das war Elanors Stimme. Wieso war sie in meinem Kopf? War ihr etwas zugestoßen? Ohne darüber nachzudenken, verließ ich den Weg und marschierte wie ferngesteuert auf den Wald zu.

»Lilly! Wo willst du hin?«, brüllte Jason mir hinterher.

»Jason, bleib gefälligst da«, befahl nun Vicky.

Ich ignorierte sie. Meine Füße trugen mich tiefer in den Wald hinein. Weiter und weiter. Elanor, sie war hier. Jede Faser meines Körpers schrie nach ihr.

»*Hilf mir, Lilly.*« Ihre Stimme wurde zunehmend lauter. Sie hallte unaufhörlich durch meinen Kopf.

»Was hast du vor? Komm wieder zurück!« Jason holte mich ein und griff nach meinem Handgelenk. »Dieser Wald ist gefährlich. Vor allem an Vollmond!« In seiner Stimme schwang tatsächlich Angst mit. Die gleiche Angst, die sich mit jedem Schritt weiter in mir ausbreitete.

»Elanor, i-ihr ist was passiert. Wir müssen ihr helfen!« Ich entzog ihm mein Handgelenk und schaute mich suchend um. Irgendwas sagte mir, dass Elanor hier sein musste.

»Ich helfe dir, aber du musst mir erklären, wieso sie hier sein sollte! Diesen Wald zu betreten, ist an Vollmond strengstens untersagt!« Jason stellte sich mir in den Weg und versperrte ihn mit seinen Armen.

Unbeeindruckt duckte ich mich an ihm vorbei, wobei mein Blick zu Boden fiel.

Und dann durchbrach mein Schrei die Dunkelheit. *Nein, nein, nein.* Nein, das durfte nicht wahr sein. Nein, verdammt! Neben einem Busch, halb von Blättern verdeckt, lag Elanor. Regungslos. Und in ihrer eigenen Blutlache. Panisch überwand ich die letzte Distanz zwischen uns und rüttelte an ihr. Sie bewegte sich nicht. *Wieso bewegt sie sich nicht?* Noch einmal rüttelte ich an ihr.

»Elanor, o Gott, Elanor!« Panisch rief ich ihren Namen. Immer und immer wieder.

Jason sank neben mir auf die Knie und legte sein Ohr an ihren Mund.

»Sie atmet.«

Diese Erkenntnis sickerte nur langsam zu mir durch.

»Elanor, hörst du mich?«, fragte ich mit zittriger Stimme.

Dann endlich keuchte sie auf und ihre Augenlider flatterten leicht. Doch sie war nach wie vor nicht ansprechbar. Jason griff unter seine Lederjacke, riss ein Stück seines T-Shirts der Länge nach ab und band es vorsichtig um Elanors Kopf, der die Ursache für die Blutlache war. Wie in Zeitlupe hob er sie hoch. Der Anblick, wie sie da fast leblos in Jasons Armen baumelte, brannte sich in meine schmerzende Seele ein.

Plötzlich hallte ein Furcht einflößendes Grollen durch die Dunkelheit.

»Wir müssen weg hier! Das sind die Kobolde, sie wittern uns!«, flüsterte Jason außergewöhnlich ruhig, während er sich in Bewegung setzte. »Unsere Angst ist ihr größtes Vergnügen, also verhalte dich ganz normal.«

Stumm nickte ich und folgte ihm, auch wenn mir das Herz fast aus der Brust sprang.

»Wir haben es gleich geschafft.« Noch während Jason die Worte aussprach, raschelte etwas im Gebüsch neben uns.

Ich schluckte schwer; waren das die Kobolde?

Ein weiteres Rascheln, dieses Mal deutlich näher, durchbrach die Stille. Und dann geschah es. Plötzlich landete etwas Schweres auf meinen Schultern. Unweigerlich kreischte ich auf und schlug um mich. Ich griff ins Leere, doch die Schwere lastete nach wie vor auf mir. Sie drohte mich zu erdrücken, genau wie die unsichtbaren, eiskalten Krallen, die sich um meine Kehle legten.

»*Rigida fiunt sicut statuae*«, donnerte Jasons Stimme zu mir hinüber. Das helle violett-grüne Licht seines Amuletts durchbrach die Dunkelheit und die Verschnörkelungen seines Familienwappens verwoben sich mit den prächtigen Farben.

Es gab einen lauten Rums und etwas landete neben mir auf dem Boden. Gleichzeitig verschwand das Gewicht von meinen Schultern.

»Das war ein dunkler Kobold. Auch wenn wir ihn nicht sehen können, spüren Hexen und Hexer die Anwesenheit dieser Kreaturen. Wir hatten noch mal Glück, dass er allein war. Nur im Rudel können sie wahrhaftigen Schaden anrichten«, erklärte Jason.

»H-hast du ihn getötet?«, stotterte ich ungläubig, während wir eilig unseren Weg fortsetzten und kurz darauf die Waldgrenze hinter uns ließen.

»Nein, ich habe ihn bloß mit einem Hexenspruch versteinert. In Kürze wird er sich wieder aus der Starre lösen, weswegen wir uns schleunigst aus dem Staub machen sollten.«

Gerade als Jason die Worte ausgesprochen hatte, kam Vicky auf uns zugestürmt. »Was ist denn los? Woher kamen diese Schreie? Ich habe euch überall gesu–« Wie angewurzelt blieb sie stehen. Ihre Augen weiteten sich und ihr Mund formte sich zu einem stummen Schrei.

»Wir müssen sie sofort auf die Krankenstation bringen!« Ohne auf Vicky Rücksicht zu nehmen, eilte Jason an ihr vorbei. Dicht gefolgt von mir.

Je näher wir der Krankenstation kamen, desto schneller wurden wir. Dort brannte bereits Licht. Dave und Lian mussten kurz zuvor mit Chris eingetroffen sein. Ich eilte vor und hielt Jason die Tür auf. Er ging vorsichtig hindurch, darauf bedacht, dass Elanors zarter Körper nirgends anschlug. Kaum waren wir durch die Tür, kam schon Mrs Smith auf uns zugeeilt.

»Was ist passiert?«, fragte sie, während sie ein Bett für Elanor frei machte.

»Ich …« Meine Stimme versagte. Erneut setzte ich an. »Wir haben sie gerade bewusstlos, mit Blut am Hinterkopf, im Wald gefunden«, erwiderte ich heiser.

»Kinder, der Verhexte Wald ist gefährlich! Vor allem in Vollmondnächten! Was habt ihr dort gemacht?« Kopfschüttelnd wickelte Mrs Smith den T-Shirt-Streifen von Elanors Kopf. Erst versorgte sie ihre Wunde, dann legte sie eine Infusion an und maß den Blutdruck.

»Es ist meine Schuld. Elanors Hilfeschrei, ihre Stimme, sie … sie hallte plötzlich durch meinen Kopf«, antwortete ich verzweifelt.

»Ah, eine beeindruckende Fähigkeit von Feen. Ihr hattet Glück im Unglück. In der heutigen Nacht wimmelt es im Wald nur so von grausigen Kreaturen«, erwiderte Mrs Smith.

Ich schluckte schwer und traute mich kaum die folgenden Worte auszusprechen. »Wird sie wieder?« Bei der Vorstellung, dass sie sich nicht erholte, schnürte es mir die Brust zu und das Atmen fiel mir schwer. Schwerer als vorhin unter Wasser.

»Ihre Werte sind stabil und die Wunde nicht allzu groß. Dennoch wird erst die Blutanalyse ergeben, was ihr zugestoßen ist«, sagte Mrs Smith ruhig.

»Okay«, hauchte ich und schaute hinunter auf meine Freundin, die auf den weißen Laken immer noch beunruhigend leblos wirkte. Ich versuchte den Gedanken daran, was hätte passieren können, wenn wir sie nicht rechtzeitig gefunden hätten, krampfhaft zu verdrängen. Vergeblich. Ich schluckte angestrengt und drehte mich auf dem Absatz um.

»I-ich muss hier raus.« Ohne auf Jason und Vicky zu achten, lief ich aus der Krankenstation. Kaum schlug mir die kühle Luft entgegen, geriet ich ins Schwanken. Meine Beine verloren den Halt und das Gefühl zu fallen überwältigte mich.

»Lilly!«

Muskulöse Arme schlangen sich von hinten um mich und hielten mich fest. Ohne zu zögern, versank ich darin. Ich schniefte und schniefte und hörte nicht mehr damit auf. All die Ängste und Sorgen überwältigten mich, nahmen mich gefangen und ließen mich nicht mehr los. Das Einzige, was mich davon abhielt zusammenzubrechen, waren Jasons beruhigende Worte, die er in mein Ohr murmelte, und seine Hände, die sanft über mein Haar strichen. Gefühlt vergingen Minuten, bis ich mich von ihm löste. Tief atmete ich durch, wischte mir mit dem Handrücken meine tränenüberströmten Wangen ab. Ich versuchte meine wirren Gedanken zu sortieren, schaffte es jedoch nicht.

»Ich habe mich die ganze Zeit gewundert, wo Elanor bleibt. Hätte ich mich doch bloß früher auf die Suche nach ihr gemacht. Vielleicht wäre ihr dann nie etwas zugestoßen.« Meine Stimme klang zittrig und voller Schmerz. Schlechtes Gewissen breitete sich in jeder Faser meines Körpers aus. Verschlang jedes noch so kleine Glücksgefühl wie eine gierige Schlange.

Jason nahm mein Gesicht in seine Hände und zwang mich,

ihn anzuschauen. Das Mondlicht warf Schatten auf seine markanten Gesichtszüge und glitzerte in seinen sorgenvollen Augen. »Lilly, das, was Elanor zugestoßen ist, hast nicht du zu verantworten. Nichts davon.«

Selbst wenn seine Worte bei mir ankamen, fiel es mir schwer, sie anzunehmen. Vielleicht auch wegen der Frage, die mir immer und immer wieder durch den Kopf schoss.

»Denkst du …«, ich holte tief Luft, »denkst du, jemand hat Elanor das mit Absicht angetan?«

Jasons Blick glitt in die Ferne. »Ich weiß es nicht.« Er schüttelte den Kopf. »Okay, nein. Ich möchte ehrlich zu dir sein. Für mich sieht es so aus, als wäre dieser Vorfall ein gezielter Anschlag gewesen.«

Ein Anschlag? Wieso sollte jemand Elanor schaden wollen? Und wie lange hatte sie schon dort im Wald gelegen? So viele Fragen prasselten in diesem Moment auf mich ein, die mich drohten zu ersticken. Daher versuchte ich tief ein- und auszuatmen und mich wieder auf Jason zu konzentrieren.

»Lass uns zurückgehen. Vielleicht kann uns Mrs Smith schon Auskunft über Elanors Zustand geben.«

Ich nickte bloß, zu mehr war ich nicht in der Lage.

»Ich bleibe an deiner Seite. Du bist nicht allein, Lilly.« Er drückte mir einen Kuss auf die Stirn, bevor er mich hochzog.

Als wir wieder in der Krankenstation ankamen, war Vicky bereits verschwunden.

»Ich bin so schnell gekommen, wie ich konnte.« Nur Sekunden später fegte Grandma wie ein Wirbelwind durch die Eingangstür. Hinter ihr folgten Mrs Blueberry und Biscuit.

»Ich wusste gar nicht, dass Sie noch da waren«, stellte Jason fest.

»Nun, da eine spontane Lehrerkonferenz einberufen wurde

und Mrs Blueberry einen Hundesitter brauchte, bot es sich an, hier zu übernachten«, erklärte Grandma.

Erst jetzt bemerkte ich, wie sehr ich meine Hundelady die letzten Stunden vermisst hatte. Ich lief zu ihr, ging in die Hocke und drückte mein Gesicht in ihr Fell. Sie roch nach zu Hause. Nach Geborgenheit. Nach Sicherheit. Erneut drohten meine Gefühle überhandzunehmen. Mrs Blueberry stupste sanft mit ihrer Nasenspitze gegen mein Haar und ich löste mich wieder von ihr, wobei ich erfolglos versuchte die aufkommenden Tränen wegzublinzeln. Grandma legte ihre Hand auf meinen Rücken und streichelte beruhigend auf und ab.

»Mein armes Kind. Es wird alles gut.« Sie reichte mir ein Taschentuch, in das ich reinschniefte.

»Ah, Charlotte, gut, dass du noch da warst!« Mrs Smith eilte auf Grandma zu und tätschelte ihren Arm.

»Guten Abend, Miranda.«

»Hast du die Mixtur dabei?«

Grandma nickte und holte aus ihrer Umhängetasche ein kleines Reagenzglas mit einer grünlichen Flüssigkeit hervor.

»Hier. Ich hoffe, es hilft.«

Mrs Smith nahm das Glas entgegen und steuerte auf Elanors Bett zu.

Ich folgte ihr und beobachtete, wie sie die Flüssigkeit mit einer Spritze aufzog und sie dann mithilfe einer Kanüle in den Infusionsbeutel gab. »Was ist das?«

»Das ist ein Gegengift.«

Prompt verfärbte sich der Inhalt des Beutels von einer klaren in eine grünliche Flüssigkeit.

Ich glaubte mich verhört zu haben. »Gegengift? Für was?« Ich war mir nicht sicher, ob ich die Antwort hören wollte. Aber ich musste.

»Vermutlich wurde Elanor vergiftet, doch bis wir das sicher wissen, ist es eine reine Vorsichtsmaßnahme.«

Ungläubig starrte ich abwechselnd zu Grandma und Mrs Smith. »Aber wieso … wieso vergiftet?«

»Das wissen wir leider nicht. Doch bevor ihr das Gift verabreicht wurde, hat sie anscheinend mit einem stumpfen Gegenstand einen Schlag auf den Hinterkopf bekommen.« Mrs Smith schüttelte den Kopf, als könnte sie es selbst nicht fassen.

Mir war speiübel. Erst Shadow und Queenie. Und jetzt Elanor? Welcher schreckliche Mensch würde so etwas tun?

»Kleines, du solltest schlafen gehen. Elanor wird sich bald erholt haben.«

Grandma hakte sich bei mir unter und führte mich Richtung Ausgang. Jason folgte uns.

»Also wird sie wieder gesund?« Ich bekam die Frage nur flüsternd über die Lippen.

»Ja, das wird sie. Es ist Vollmond. Da sind die Kräfte, besonders die Heilkräfte einer Mondfee, besonders stark.«

Erleichterung machte sich in mir breit. Das waren gute Neuigkeiten.

»Könntest du meine Enkelin zurück auf ihr Zimmer begleiten?« Fragend lächelte Grandma Jason an.

»Selbstverständlich, Mrs Campbell.«

»Danke, mein Junge.« Sie nickte und verschwand erneut im Behandlungszimmer.

Schweigend traten wir durch die Eingangstür nach draußen ins Freie und bahnten uns den Weg über die Wiese. Gerade als der Wintergarten in Sicht kam, wurde die Stille der Nacht von einem lauten Krächzen durchbrochen. Wenige Sekunden später landete Shadow vor uns. Mrs Blueberry lief direkt auf sie zu und stupste Jasons Gefährtin sanft an. Zur Begrüßung legte diese ihren Kopf schief, krächzte leise und hüpfte zu uns hinüber. Dann flatterte sie mit ihren Flügeln und schaute mich mit ihren leuchtenden violett-grünen Augen an.

Jason lächelte. »Sie möchte auf deinen Arm.«

Ich blickte ihn verwundert an. »Wirklich?«

Jason nickte und bedeutete mir, den Arm auszustrecken. Ein paar Sekunden später breitete Shadow ihre pechschwarzen Flügel aus, hob ab und ließ sich auf ihm nieder. Erneut hob sie einen ihrer Flügel und legte ihn schützend um meinen Hinterkopf. Sie blinzelte einige Male und musterte mich aufmerksam mit schräg gelegtem Kopf.

»Das hat sie noch nie bei jemand anderem gemacht«, murmelte Jason.

Ehrfürchtig lächelte ich die Rabendame an, als mich sogleich eine angenehme Wärme einhüllte. Sie breitete sich in meinen Gliedmaßen aus, bis hin zu meinem schmerzenden Herzen. Die Wärme umhüllte es, nahm einen Teil meines Schmerzes. War Shadow dafür verantwortlich? Oder bildete ich mir das nur ein? Ein Blick zu Jason genügte und ich hatte meine Antwort. Dankend zwinkerte ich ihr zu und streichelte vorsichtig über ihr weiches Gefieder.

Nach einigen Minuten krächzte sie ein weiteres Mal, bevor sie zum Abschied den Kopf leicht senkte und in den Nachthimmel abhob. Wir schauten ihr hinterher, bis man nicht mehr als einen schwarzen Punkt zwischen den unzähligen Sternen wahrnahm.

Als wir im Stockwerk der Mädchen ankamen, drehte ich mich noch einmal zu Jason um. Er hatte die Hände in die Hosentaschen geschoben und seine türkisblauen Augen ruhten auf mir. »Ich, äh, gehe dann mal ins Bett«, sagte ich ein wenig unbeholfen.

»Wenn du möchtest, kannst du heute mit Mrs Blueberry bei mir schlafen.« Verlegen fuhr er sich mit einer Hand durch sein schwarzes Haar. »Also nur, wenn du –«

»Ja, ich möchte«, schnitt ich Jason das Wort ab und machte einen Schritt auf ihn zu. In diesem Moment war es mir egal, ob das eine gute oder eine schlechte Idee war. Ich wollte heute Nacht nicht allein sein. Wollte nicht zurück in Elanors und mein Zimmer. Nicht ohne sie. Also gab ich meinem Herzen nach und pfiff meine Hundelady zu uns, die bereits zur Zimmertür vorgeprescht war.

Ein kurzes Lächeln huschte über Jasons Gesicht, doch bevor ich es genauer analysieren konnte, drehte er sich um und ging zielstrebig voran, die Treppe nach oben. »Inzwischen sollte niemand mehr unterwegs sein. In der Nacht des Mitternachtsduells gilt die Nachtruhe zwar erst ab ein Uhr, danach traut sich jedoch keiner mehr auf die Korridore.«

»Wenn einen ansonsten diese gruselige Raben-Uhr heimsucht, ist das kein Wunder.« Kaum hatte ich die Worte ausgesprochen, schaute ich mich um. Wenn wir bereits Nachtruhe hatten, wieso war die Uhr bisher nicht aufgetaucht?

»Man nennt sie auch den Wächterraben. Eine grandiose Idee meines Urgroßvaters«, erklärte Jason mit sarkastischem Unterton. »Glücklicherweise hat er beim Verhexen dieser grausamen Uhr die gesamte Ravenwood-Familie nicht berücksichtigt. Daher werde ich von diesem ätzenden Wächterraben verschont.«

Ich blieb auf der obersten Stufe stehen und runzelte die Stirn. »Wieso hat sie mich dann noch nicht aufgesucht?«

»Die Uhr ist nicht sonderlich klug. Alle, die sich unweigerlich in meiner Nähe aufhalten, werden von ihr ignoriert. Was praktisch sein kann.« Jason grinste spitzbübisch. »Nun komm, du siehst erschöpft aus.« Er legte eine Hand auf meinen Rücken. Doch anstatt in den Korridor mit den Schlafräumen abzubiegen, öffnete Jason eine Tür direkt am Absatz der Treppe.

»Hast du dein Zimmer nicht bei den anderen?« Wir standen in einem runden Raum, der zu einem der zwei Türme der Academy gehören musste.

»Nein, ich habe mein eigenes«, gab Jason mit einem Schmunzeln zu und begann eine Wendeltreppe zu erklimmen.

Als wir samt Mrs Blueberry das obere Geschoss erreichten, kam ich nicht mehr aus dem Staunen heraus. Der runde Raum war über und über mit Büchern ausgestattet, die sich reihum an der Wand des Turms stapelten.

»Ich wusste nicht, dass du so viel liest«, staunte ich, während ich Jason mit Mrs Blueberry in ein weiteres Zimmer folgte, das einem Dachboden ähnelte.

»Sherlock, du weißt vieles noch nicht über mich«, erwiderte er mit einem schrägen Lächeln, schälte sich dann aus seiner Lederjacke und warf sie auf das Fußende eines Bettes, das mitten im Raum stand. Unzählige karierte Kissen stapelten sich darauf und harmonierten mit der dunkelbraunen Wolldecke, die einladend auf dem hellen Laken ausgebreitet lag. Gerade als ich mich weiter umschauen wollte, wurde mein Blick von dem runden Nachttischchen angezogen, auf dem eine Laterne mit tanzendem Licht Schatten auf ein dickes Buch mit ledernem Einband warf. Es war das gleiche, das ich in den Händen gehalten hatte, als Jason in Grandmas Buchhandlung gekommen war. Mit dem verschnörkelten Titel aus schimmernder, silberner Schreibschrift.

»Du besitzt die neueste Ausgabe von Sherlock Holmes?« Ich wandte mich zu Jason und hob triumphierend eine Augenbraue.

»Gut erkannt, Sherlock«, konterte er schmunzelnd.

»Dann scheint auch in dir eine gewisse Neugierde zu schlummern.« Ich konnte mir ein Grinsen nicht verkneifen.

»Neugierde ist eine vielseitige Charaktereigenschaft.« Verschwörerisch zwinkerte Jason mir zu und ging an mir vorbei auf einen Kamin aus Backsteinen zu. Er holte einige Holzbriketts hervor und legte sie hinter das bronzefarbene Gitter in den Kamin. »*Servite Ignis*«, murmelte er leise.

Ein Feuer begann zu knistern und wenige Sekunden später erfasste den Raum eine angenehme Wärme. Das orangerote Licht erhellte die Schießausrüstung und Bogensammlung, die an der Wand über dem Kamin angebracht war. Gespannt schaute ich mich weiter um. An der Wand gegenüber erstreckte sich eine kleine Küchenzeile mit Kühlschrank. Daneben befand sich ein großes Dachfenster, durch das helles Mondlicht auf zwei dunkelgrüne Samtsessel niederschien. Doch nirgends sah ich ein Sofa. Wo also sollte ich heute Nacht schlafen?

»Ich habe zwar nur ein Bett, aber es ist genug Platz, dass du Abstand von mir halten kannst, wenn du das möchtest. Du könntest dir aus den Kissen auch eine Mauer bauen«, sagte Jason in die Stille hinein, als hätte er meine Frage bereits geahnt.

Ich ignorierte seinen Vorschlag. Allein der Gedanke, in seiner Nähe zu sein, erfüllte mein noch immer schmerzendes Herz mit Wärme.

»Und in was soll ich schlafen?« Um meine Worte zu unterstreichen, schaute ich an mir herunter, auf die dreckige Kleidung, die erdrückend an meinem Körper klebte und mich an die Ereignisse des Abends erinnerte.

Jason lief zu einem der Schränke, die unterhalb der Dachschräge angebracht waren, machte eine Schublade auf und zog ein olivgrünes T-Shirt sowie eine graue, weite Jogginghose hervor. Dankbar nahm ich die Kleidung entgegen.

»Geradeaus findest du das Badezimmer. Du kannst gerne duschen«, sprach er auch diesen meiner Gedanken aus.

Als ich wenig später zurückkehrte, entdeckte ich Mrs Blueberry, die neben Jason auf dem Sessel saß und sich von ihm hinter ihren Ohren kraulen ließ, während er gedankenverloren aus dem großen Dachfenster schaute. Für den Bruchteil einer Sekunde blieb ich stehen und beobachtete die beiden. Dann bemerkte mich Jason. Sein Blick streifte über meinen Körper und ein schiefes Lächeln stahl sich auf seine Lippen.

»Das Outfit steht dir«, sagte er und erhob sich aus dem Sessel.

Prompt schoss mir Hitze in die Wangen und ich vergrub meine Hände in den weiten Hosentaschen seiner Jogginghose, die mir deutlich zu groß war.

»Wartest du hier auf mich?« Jason deutete auf einen der Samtsessel. »Ich sollte mich auch noch kurz frisch machen.«

»Natürlich«, erwiderte ich verständnisvoll.

Während Jason mit frischen Sachen im Badezimmer verschwand, schnappte ich mir das Sherlock-Holmes-Buch von seinem Nachttischchen und kuschelte mich in einen der Sessel. Mrs Blueberry rollte sich erschöpft vor dem Bett auf dem Teppich zusammen und schnarchte leise vor sich hin.

Ich blätterte durch die Seiten des Buches und las eine Geschichte nach der anderen. Sie halfen mir, nicht an die Geschehnisse des heutigen Abends zu denken und mich in der Buchwelt zu verlieren. Erst als die Badezimmertür wieder aufging und Jason frisch geduscht herauskam, schaute ich wieder auf.

»Soll ich dir vielleicht eine heiße Milch mit Honig machen? Bekanntlich hilft das beim Einschlafen.«

Er wartete mein Nicken ab und blickte dann in Richtung

Küchenzeile. »*Coquere.*« Noch während er den Hexenspruch murmelte, begann das Amulett um seinen Hals zu leuchten. Ein warmes Violett und Grün erhellten seine Züge und das Familienwappen der Ravenwoods verwob sich mit dem Licht. Es sah so ganz anders aus als das der Campbell-Hexen. Die feinen Linien ergaben bei genauerem Hinschauen eine Rabensilhouette, die mit einem Halbmond verschmolz. Einzig die kleinen zwölf Dreiecke und das vierzackige Symbol in der Mitte glichen dem unseren.

Als es im Schrank plötzlich zu scheppern begann, wanderte mein Blick zurück zu der Küchenzeile. Eine moosgrüne Tasse sowie eine Packung Milch und Honig flatterten heraus. Wie von Geisterhand goss sich die Milch selbstständig in die Tasse. Das Honigglas ging mit einem Ploppen auf und eine Portion Honig vermischte sich mit der Milch. Daraufhin schnipste Jason einmal. Die Tasse schwebte zu uns hinüber, direkt in meine Hände.

»*Calefiant*«, Jason legte seine Hand über das Porzellan und prompt stiegen kleine Dampfschwaden empor.

Dankbar lächelte ich ihn an und nippte genüsslich an dem Getränk, während ich mich aus dem Sessel erhob und ihm zu seinem Bett folgte. Als ich mich auf einer Seite niederließ und die Tasse auf dem Nachttischchen abstellte, räusperte sich Jason. »Übrigens steht das Angebot mit der Kissen-Schutzmauer noch.« Elegant ließ er sich zwischen die weichen Kissen fallen.

Ich nahm eins der Kissen und bewarf ihn damit. Dann rutschte ich zu Jason rüber und schmiegte mich an ihn. Als Antwort darauf legte er seinen Arm um mich und ich kuschelte mich an seine Brust. Direkt kitzelte mir sein vertrauter Geruch nach Wald und Holz in der Nase.

»Lilly, unser Kuss vorhin …« Sanft fuhr er mit seinen Fingern meinen Oberarm auf und ab.

»Schon vergessen, Jason«, erwiderte ich knapp.

»Ich möchte nicht, dass du ihn vergisst.«

Ohne meine Antwort abzuwarten, überbrückte er die wenigen Zentimeter und küsste mich. Sekunden, Minuten verstrichen und schließlich drehte er mich herum, sodass ich unter ihm lag, und stützte sich mit den Armen links und rechts von mir ab.

»Was machst du nur mit mir?«, murmelte Jason, bevor er sich zu mir herunterbeugte und seine weichen Lippen meine erneut trafen. Und schlagartig wurde der Kuss intensiver. Sein waldiger Geruch hüllte mich vollständig ein und ließ mich alles um uns herum vergessen. Es gab bloß noch Jason und mich. Und all die unausgesprochenen Worte, die zwischen uns standen. Doch in diesem Moment zählten nur wir beide und die Erinnerung, die wir erschufen.

Mit den Händen fuhr ich durch sein zerzaustes, schwarzes Haar, hinab zu seinem Rücken. Sein T-Shirt war nach oben gerutscht, wodurch ich seine warme Haut unter meinen Fingern spürte. Gleichzeitig bekam ich nicht genug von seinen Berührungen, die sich in meine Haut einbrannten und sie in Flammen aufgehen ließen.

»Lilly …«, mit heiserer Stimme löste er sich von mir.

»Ja?«, fragte ich leise und strich mir mit den Fingern über meine Unterlippe. Unweigerlich vermisste ich ihn. Vermisste seine Nähe und seinen Atem auf meiner überhitzten Haut. Selbst wenn er mir noch immer so nah war. *Aber nicht nah genug,* flüsterte mein verräterisches Herz.

»Du bist wirklich ein Wirbelwind, weißt du das?« Mit einem verschleierten Funkeln in den Augen beugte er sich zu mir herab und küsste mich ein weiteres Mal.

KAPITEL 19

Bis zum späten sechzehnten Jahrhundert waren die Hexen und Hexer davon überzeugt, sie wären die einzigen übernatürlichen Wesen, die auf dieser Erde wandelten. Erst als Hubertus Ludwig, einer der begabtesten Hexer in diesem Jahrhundert, in den Kerry Highlands im Südwesten Irlands Bekanntschaft mit Feen machte, änderte sich etwas in der Geschichte der Hexen. Nur wenige Jahre später schlossen sie ein Bündnis, das mit einem Friedenspakt einherging und bis heute Bestand hat.

– AUSZUG GRIMOIRE, KAPITEL 21 –

Die Sonne warf ihre ersten Strahlen durch das Dachfenster, als ich erwachte. Erst wenige Sekunden später realisierte ich, wo genau ich mich eigentlich befand. In Jasons Zimmer. In Jasons Armen. Mit pochendem Herzen ließ ich meinen Blick zu ihm wandern. Die Sonnenstrahlen umrahmten seine markanten Gesichtszüge und schwarze Haarsträhnen hatten sich auf seine Stirn verirrt. Er schaute friedlich aus, wenn er schlief. Da war nicht dieses Gewitter, das ich so viele Male bereits in seinen türkisblauen Augen toben gesehen hatte. Sondern nur ein sanftes Lächeln, das seine Lippen umspielte. Und für einen kurzen

Moment erlaubte ich mir, alles andere zu vergessen. All die Sorgen, Ängste und Zweifel, die mich viel zu schnell einzuholen drohten.

Aber nur wenig später flatterten Jasons Augenlider leicht und er öffnete sie. Verschlafen musterte er mich.

»Was ist?« Ein Schmunzeln stahl sich auf seine Züge.

»Du …«, murmelte ich leise.

»Ja?«, flüsterte er heiser und streckte seine Finger nach mir aus, um mir eine Haarsträhne hinter das Ohr zu streichen.

Du bist schön. »Ach nichts.« Ich biss mir auf die Unterlippe und erwiderte sein Lächeln. Fragend hob er eine Augenbraue und setzte zu einer Antwort an, doch ich kam ihm zuvor. »Ich sollte zu Elanor.«

Kaum hatte ich die Worte ausgesprochen, türmte sich wieder diese große, bedrohliche Wolke über uns auf und die Erinnerungen an den gestrigen Abend prasselten wie nasser, kalter Regen auf mich ein. Ich musste so schnell wie möglich auf die Krankenstation und nach ihr sehen. Sie sollte nicht das Gefühl haben, allein zu sein, sobald sie zu Kräften kam. Apropos allein. Jemand musste Elijah Bescheid geben! Direkt war ich hellwach.

Sollte ich Jason von Elanors Freund erzählen? Vielleicht kannte er ihn ja. Doch diesen Gedanken verwarf ich direkt. Elanor vertraute mir und das hieß auch, dass ich ihr Geheimnis für mich behalten musste.

Ich stupste Jason an und bedeutete ihm, Platz zu machen.

Aber anstatt meiner Bitte nachzukommen, packte er mich an den Hüften und wirbelte mich herum, sodass ich unter ihm lag. Dann beugte er sich zu mir herunter. »Ihr Wunsch sei mir Befehl, Mylady«, flüsterte er mir mit rauer Stimme ins Ohr.

»Danke, Mylord«, antwortete ich grinsend.

Einen Moment lang wanderte sein Blick noch über mein Gesicht, bevor er sich erhob, aufstand und auf einen hölzernen Kleiderschrank zulief. Dort angelangt, streifte er in einem Rutsch sein T-Shirt ab und flüsterte einen Hexenspruch, den ich nicht ganz verstand. Das Amulett um seinen Hals begann zu leuchten und das T-Shirt faltete sich selbstständig zusammen, bevor es davonsauste. Allerdings verfolgte ich nicht, wohin es verschwand, denn ich war zu sehr damit beschäftigt, Jason anzustarren. Die Sonnenstrahlen tanzten auf seinem nackten Oberkörper und das Zusammenspiel seiner trainierten Armmuskeln im Kontrast zu seinem schwarzen, verstrubbelten Haar und dem Dreitagebart sorgte dafür, dass ein Schauder durch meinen Körper jagte. Zu meinem Bedauern zog Jason jedoch eine der schweren Kleiderschranktüren auf und holte ein weißes T-Shirt hervor, in das er direkt hineinschlüpfte.

Also raffte ich mich ebenfalls auf und schälte mich aus dem weichen Bett. Mrs Blueberry hatte es sich direkt vor dem Bett bequem gemacht und dachte gar nicht daran, mich vorbeizulassen. Vorsichtig stieg ich über sie drüber und lief schnell ins Bad. Ich hatte gestern vergessen mich nach dem Duschen abzuschminken und in diesem Moment war es definitiv ein Fehler, in den Spiegel zu schauen. Meine Wimperntusche hatte sich verselbstständigt und stellte nun ein eigenes Kunstwerk direkt auf meinen Wangen dar. Gott, ich sah fürchterlich aus. Eilig spritzte ich mir kaltes Wasser ins Gesicht, rieb mit einem Handtuch die Make-up-Rückstände ab und band meine Haare zu einem Messydutt zusammen. Als ich gerade in meine Kleidung von gestern schlüpfen wollte, stellte ich fest, dass sie über und über mit Schlamm beschmutzt war und ein wenig Blut am Ärmel der Jacke klebte. Übelkeit stieg in mir hoch und ich ließ sie fallen. Das war einfach zu viel. Schnell stopfte ich die Sachen in einen Müllsack, den ich neben dem Mülleimer im Bad fand, knotete ihn fest zu und hielt noch mal die Hände unter den Wasserhahn. Als könnte ich damit das Geschehene einfach von meinem Körper abwaschen. Verdammt, wie hatte das alles nur passieren können?

»Meine Kleidung kann ich kein weiteres Mal anziehen.« Bitterkeit schwang in meiner Stimme mit, als ich zurück in Jasons Zimmer trat. Er stand gerade am offenen Fenster und hielt zwei Tassen in den Händen, von denen er mir eine reichte. Ich nahm einen kleinen Schluck und der Geschmack von Schokolade explodierte auf meiner Zunge. Mein Blick glitt aus dem Fenster. Von hier aus hatte man eine herrliche Aussicht auf den Verhexten Wald. Dichter Nebel stieg zwischen den üppig bewachsenen Bäumen empor, was die malerische Kulisse nur noch mehr unterstrich.

»Du kannst meine Klamotten behalten«, riss mich Jason aus den Gedanken. Er deutete an mir herunter.

»Du hast mir schon dein Sweatshirt geschenkt. Bald besitze ich deinen halben Kleiderschrank.« Ich lächelte ihn an.

»Nun, das wäre halb so wild. Dir stehen meine Klamotten sowieso viel besser als mir.« Mit einem Funkeln in den Augen zwinkerte er mir zu.

Unwillkürlich schoss mir Hitze in die Wangen.

»Wenn du möchtest, kannst du dich kurz in eurem Zimmer umziehen. Anschließend brechen wir zur Krankenstation auf.«

Ich nickte zustimmend, stellte mich auf die Zehenspitzen und gab Jason einen Kuss auf die Wange. »Danke, für alles«, sagte ich leise.

»Immer.« Kurz drückte er meine Hand und räumte dann unsere Tassen auf. Anschließend verließen wir gemeinsam sein Zimmer, hinein in die Höhle der Löwen.

Auf dem Stockwerk der Jungs herrschte bereits reges Treiben. Fast wäre ich mit einem Kerl zusammengestoßen, der einen beachtlichen Stapel Bücher vor sich herschweben ließ und dadurch nicht sah, wo er hinlief. Ein anderer Junge hingegen schrie seiner Katze hinterher, die waghalsig auf dem Holzgeländer der Wendeltreppe herumbalancierte.

»Jason, habe ich da etwas nicht mitbekommen?« Finley kam uns auf der Treppe entgegen und pfiff anerkennend. Mit einem vielsagenden Lächeln legte er den Kopf schief und musterte uns aus seinen grauen Augen. Auf seiner Schulter saß wieder die kleine Fledermaus und beobachtete uns ebenfalls aufmerksam.

»Sei still, Finley«, erwiderte Jason genervt.

»Von mir erfährt niemand etwas.« Er machte eine pantomimische Bewegung mit den Händen, als würde er mit einem Schlüssel seine Lippen versiegeln.

»Und wenn du deine Gedanken der ganzen Welt verkünden würdest, wäre es mir auch egal.« Jason verschränkte seine Arme vor der Brust und schaute ihn herausfordernd an.

»Na gut, ihr zwei Turteltauben.« Gerade als Finley an uns vorbeigehen wollte, drehte er sich noch einmal um.

»Die Fee, die gestern Nacht angegriffen wurde … Sie ist deine Freundin, nicht wahr?« Neugierde lag in seiner Stimme.

Zögernd nickte ich. Wie viel wusste er bereits?

»Schrecklich. Wirklich schrecklich.« Bedauernd schüttelte er den Kopf.

»Bis heute Abend, Finley.« Jason legte seine Hand auf meinen Rücken und gemeinsam überwanden wir die letzten Treppenstufen zum Stockwerk der Mädchen.

»Es tut mir leid, Finley ist einfach ein wandelndes Klatschmagazin«, seufzte Jason.

»Kennt ihr euch schon lange?«

»Ja, wir lagen bereits in der Wiege nebeneinander. Unsere Eltern sind gut befreundet. Seine Mutter ist im Hexenrat. Genau wie meine Mutter es war.« Traurigkeit schwang in seiner Stimme mit.

»Sie war bestimmt eine einzigartige Hexe«, sagte ich leise.

»Das war sie.« Ein Lächeln huschte über seine Züge, was jedoch nur von kurzer Dauer war. Denn seine Aufmerksamkeit wurde auf zwei Mädchen gelenkt, die offensichtlich über uns tuschelten.

»Was macht Jason Ravenwood in Begleitung dieser Erstsemesterin?«, hörte ich eins der Mädchen flüstern.

»Sonst sieht man ihn bloß mit Vicky«, ergänzte ihre Freundin.

»Bisher hat Jason kein anderes Mädchen auch nur angeschaut und jetzt die da?«, bemerkte nun wieder das Mädchen mit den knallrot gefärbten Haaren.

»Ignorier sie«, murmelte Jason leise an meinem Ohr.

Doch je näher wir meinem Zimmer kamen, desto mehr verurteilende und neugierige Augenpaare hefteten sich auf uns. Und als wäre der Weg durch den Korridor nicht schon schlimm genug, kam uns Violet entgegen. Großartig. Die beste Freundin von Vicky hatte mir gerade noch gefehlt.

»Na, offensichtlich scheinen diese verrückten Gerüchte ja zu stimmen. Hältst du das etwa für eine gute Idee?«, zischte sie und versperrte uns den Weg.

Jason blieb stehen und schaute sie von oben herab an. »Ich wüsste nicht, was dich das angeht«, entgegnete er genervt.

»Nun ja …« Kritisch ließ sie ihren Blick zwischen uns hin und her schweifen.

»Gut, wars das dann jetzt? Wir würden gerne weitergehen«, unterbrach Jason sie und verschränkte seine Arme.

Violet verdrehte daraufhin nur die Augen, machte uns jedoch Platz und verschwand um die Ecke.

Nachdem ich in aller Eile eine enge schwarze Leggins und ein hellblaues Oversize-Shirt übergezogen und noch schnell meine Zähne geputzt hatte, war ich bereit für den Besuch bei Elanor. Zwar befürchtete ich das Schlimmste, trotzdem versuchte ich mich mit dem Gedanken zu beruhigen, dass Mrs Smith schon wusste, was sie tat.

Jason hatte es sich in der Zwischenzeit auf der Fensterbank gemütlich gemacht und las in dem Grimoire seiner Granny.

»Du kannst das Buch gern behalten. Dieses Grimoire ist bestimmt eine Art Familienerbstück oder so.« Zögerlich schaute ich ihn an.

Jason schüttelte den Kopf und schlug das Buch wieder zu. »Nein. Granny hat es dir überlassen. Ich bin mir sicher, sie hatte dafür einen guten Grund.« Er legte das Grimoire zurück auf das Nachttischchen.

Ich nickte nur knapp und zog mir dann meinen olivgrünen Parka über.

»Was sind das eigentlich für Werke?« Er deutete auf die drei Bücher auf meinem Nachttischchen.

Prompt bildete sich ein Kloß in meinem Hals. »Das sind die Bücher meines Dads«, antwortete ich mit zittriger Stimme.

Jason nahm sich das oberste vom Stapel und klappte es auf. Mein erster Reflex war, ihm das Exemplar wegzunehmen. Schließlich waren sie mein größter Schatz. Ich wollte nicht, dass jemand anderes sie in den Händen hielt. Auch wenn dieser Jemand Jason war. Doch ich unterdrückte den Drang. Denn je mehr Menschen die Geschichten meines Dads lasen, desto lebendiger war er in deren Herzen.

»War dein Dad Schriftsteller?« Jason schaute mich fragend an, wobei er vorsichtig durch die einzelnen Seiten blätterte.

Ich schluckte schwer. »Ja, das war er. Er hat unzählige Bücher geschrieben. Die drei sind seine allerersten Werke gewesen und auch seine einzigen Kinderbücher. Er hat die Geschichten geschrieben, als meine Mum mit Mia und mir schwanger war. Als wir klein waren, hat er uns dann vor dem Schlafen immer daraus vorgelesen.«

»Das klingt nach einem schönen Ritual.« Lächelnd legte er das Buch mit dem schwarzen Einband wieder zurück auf den Stapel.

»Das war es«, flüsterte ich und räusperte mich dann. »Komm, lass uns gehen.«

Jasons Blick verharrte noch einige Sekunden auf mir, bevor er mir und Mrs Blueberry auf den Korridor folgte.

Kaum in der Krankenstation angekommen, lief ich zielsicher auf Elanors Zimmer zu und wollte bereits eintreten, doch Jason hielt mich kurz am Arm fest. »Ich warte mit Mrs Blueberry hier draußen auf dich«, gab er mir zu verstehen.

Dankbar lächelte ich und atmete einmal tief ein und aus. Mit zittrigen Knien griff ich nach der Türklinke und zog die Tür einen Spaltbreit auf.

Zu meiner Überraschung wurde ich von Elijah empfangen, dessen Gesichtsausdruck Tausende Emotionen widerspiegelte.

Erleichtert über die Tatsache, dass ihm jemand Bescheid gegeben hatte, seufzte ich auf. »Ist sie wach?«

Elijah legte einen Zeigefinger auf die Lippen und schüttelte den Kopf. Dann ging er einen Schritt beiseite und ich erhaschte einen Blick auf Elanor. Ihre Augen waren geschlossen und sie schien noch nicht wieder bei Bewusstsein zu sein. Über ihr lag eine dunkelrote Wolldecke ausgebreitet und rosafarbene Tulpen standen auf dem Nachttischchen. Erst vor einigen Tagen hatte sie mir bei einem unserer nächtlichen Gespräche erzählt, dass diese Blumen ihre liebsten waren. Es war schön zu sehen, dass Elijah sich so gut um sie kümmerte.

Ich blickte wieder zu Elanors Freund und bedeutete ihm, mit vor die Tür zu gehen. Denn ich musste unbedingt wissen, ob es schon neue Informationen zu ihrem aktuellen Zustand gab.

Als wir auf den Flur traten, schaute Mrs Blueberry direkt auf und Jason erhob sich von seinem Stuhl. Er machte einen Schritt vor und klopfte Elijah vertraut auf die Schulter.

Dieser brachte ein schwaches Lächeln zustande. »Danke, Kumpel, dass du mir direkt Bescheid gegeben hast.«

Ich runzelte die Stirn und sah zwischen den beiden hin und her. Offensichtlich waren sie befreundet. Also wusste Jason von Elanors und Elijahs Beziehung. Doch wann hatte er ihn über den Vorfall in Kenntnis gesetzt?

Als hätte Jason meine wirren Gedanken mal wieder gelesen, erklärte er ruhig: »Nachdem du eingeschlafen bist, habe ich mich noch einmal auf den Weg gemacht und Elijah aufgesucht, um ihm von dem Vorfall zu berichten.«

Dankbar, aber gleichzeitig ein wenig verwirrt nickte ich. »Und … und woher kennt ihr euch?«

»Über unsere Familien. Elijahs Vater ist im Feenrat.«

»Es gibt auch einen Feenrat?«

»Ja, wir Feen haben ebenfalls einen obersten Rat. Soviel ich weiß, sind drei der Ratsmitglieder auf dem Weg hierher. Sie wollen in Elanors Fall ermitteln«, erklärte Elijah.

»Okay, und wie geht es ihr? Ist sie schon aufgewacht?«

Er schüttelte den Kopf. »Bisher ist sie noch nicht bei Bewusstsein gewesen, was vermutlich daran liegt, dass deine Grandma ihr ein starkes Mittel gegeben hat, das sie ein paar Stunden durchschlafen lässt, damit ihr Körper sich regenerieren kann.«

Das war mir neu. Ich hatte gedacht, Grandma hätte ihr nur ein Gegengift verabreicht.

»Hat man schon das Ergebnis ihrer Blutwerte?« Vielleicht würde die Analyse mehr aussagen.

»Ja. Der Verdacht hat sich bestätigt. Elanor wurde vergiftet. Und zwar mit einem Fliegenpilzgift in Kombination mit Blüten der Eisenhutpflanze.« Kurz schwieg Elijah. Es wirkte beinahe so, als könnte er die folgenden Worte kaum aussprechen. »Nur dem Vollmond haben wir es zu verdanken, dass sie überhaupt noch lebt. In diesem Zyklus ist ihr Körper stärker und heilt schneller.« Elijah vergrub sein Gesicht in den Händen. »Sie hätte sterben können. In jeder anderen verdammten Nacht hätte sie sterben können! Und ich … ich bin daran schuld.«

»Du konntest nichts dafür, Elijah. Elanor wird wieder gesund. Sie ist eine Kämpferin«, versuchte ich ihn zu beruhigen. Auch wenn sich in mir ein Sturm anbahnte, der mich drohte mitzureißen. *Vergiftet.* Dieses Wort hallte in meinem Kopf wider und schnürte mir die Kehle zu. Vergiftet wie Shadow und Queenie. Zu meiner Sorge und Angst mischte sich ein Gefühl von Unverständnis. Weil ich nicht verstehen konnte, weshalb das alles passiert war.

Völlig in Gedanken versunken bemerkte ich erst, dass Mrs Smith zu uns gestoßen war, als Jason mit ihr ein Gespräch begann. Sie schien aus Chris' Zimmer gekommen zu sein.

»Ich komm gleich wieder«, sagte ich tonlos und lief, ohne weiter darüber nachzudenken, durch die noch geöffnete Tür.

Chris war wach und tippte auf seinem Handy herum. Aika, die am Bettende in eine kleine Decke eingewickelt lag, hob neugierig den Kopf. Als meine Hundelady sie entdeckte, winselte sie freudig und stupste Aika mit ihrer Nase an.

»Hey.« Zögerlich machte ich einen weiteren Schritt ins Zimmer hinein.

»Hey«, erwiderte Chris und legte sein Smartphone beiseite.

»Wie geht es dir?«

Ich wusste nicht, was ich sonst fragen sollte. Eigentlich wusste ich auch nicht, was mich geritten hatte, ihn überhaupt zu besuchen. Das, was gestern am See geschehen war, war außer Kontrolle geraten. Ich wollte mir gar nicht ausmalen, wie schlimm die Situation hätte enden können, wenn Vicky uns nicht gerettet hätte.

»Mir geht es wieder ganz gut.« Er atmete hörbar ein und aus. »Quatsch, mir geht es beschissen. Ich habe ein schlechtes Gewissen. Niemals hätte ich meine Magie für so etwas einsetzen dürfen. Egal, wie wütend ich wegen Jasons Aktion war. Die Welle ist viel zu groß geraten. Ich wollte ihm nicht schaden. Geschweige denn dir.« Er senkte seinen Blick.

Ich wollte gerade etwas erwidern, als Jason durch die Tür spazierte. Als er Chris entdeckte, flammte Zorn in seinen Augen auf. Wutentbrannt zeigte er mit dem Finger auf ihn und brüllte: »DU!«

Chris und ich zuckten gleichermaßen zusammen. Nie zuvor hatte ich Jason so außer sich erlebt.

»Ist dir eigentlich bewusst, dass Lilly und ich hätten draufgehen können? Verdammt, du hast eine fünf Meter hohe Welle auf mich gehetzt, die im Endeffekt Lilly und mich verschluckt hat! Bist du noch ganz bei Trost? Wenn du deine Magie nicht unter Kontrolle hast, dann nimm nicht an so einem Duell teil! Schließlich war das nicht das erste Mal!« Abrupt drehte Jason sich um und verließ das Zimmer ohne ein weiteres Wort.

»Das habe ich wohl verdient«, erwiderte Chris stirnrunzelnd.

»Ja, das hast du.« Ich verschränkte die Arme und schaute zu Mrs Blueberry und Aika, die uns aufmerksam beobachteten.

»Komm, wir müssen gehen«, sagte ich zu meiner Hundelady und steuerte mit ihr auf den Ausgang des Gebäudes zu.

Als wir aus der Krankenstation traten, kickte Jason gerade einen Ast, der auf dem Weg lag, frustriert beiseite. Dann wandte er sich mir zu und schob die Hände in seine Hosentaschen.

»Tut mir leid, dass ich eben so laut geworden bin.« In seinem Blick spiegelten sich nach wie vor jede Menge Emotionen wider.

Ich schüttelte den Kopf, machte einen Schritt auf ihn zu und berührte sanft seinen Oberarm. »Es ist in Ordnung. Das, was am See passiert ist, hat Chris zu verantworten«, versuchte ich ihn zu beschwichtigen.

»Hätte ich ihn mit dieser Algen-Aktion nicht provoziert, wäre es nicht so weit gekommen«, erwiderte er voller Reue.

»Das darfst du nicht denken. Du weißt nicht, was passiert wäre«, sagte ich mit fester Stimme. Wir alle hafteten für unsere eigene Taten. Chris hatte die Wahl. Nun musste er mit den Konsequenzen leben und dafür geradestehen.

»Ich bin nur so wütend, verstehst du? Was wäre passiert, wenn ich dich losgelassen hätte? Gott, ich will es mir nicht vorstellen.« Er presste seine Lippen aufeinander.

»Es war meine eigene Entscheidung, auf dich, auf die Gefahr zuzulaufen. Außerdem hat Vicky uns gerettet«, fügte ich leise hinzu.

Jason nickte knapp. »Ich treffe mich gleich mit Granny zum Mittagessen.« Er zögerte kurz. »Möchtest du vielleicht mitkommen? Ein wenig Ablenkung würde dir sicherlich guttun.«

Verlegenheit schwang in seiner Stimme mit. Etwa wegen

mir? Unwillkürlich stahl sich ein Schmunzeln auf meine Lippen. Irgendwie war es süß, den sonst so selbstbewussten Jason schüchtern zu erleben.

»Ich glaube, dass ich bei Elanor bleiben sollte. Aber danke für die Einladung«, entgegnete ich trotzdem entschuldigend.

»Keine Sorge, Elijah wird bei ihr bleiben. Und wir haben vereinbart, dass er sich direkt mit mir in Verbindung setzt, wenn sich Elanors Zustand verändert.«

Ich blinzelte einige Male, bis ich realisierte, was er mir damit sagen wollte. »Moment, du wusstest, dass ich dir genau das antworten würde, und hast deshalb bereits mit Elijah darüber gesprochen?«

Er grinste mich schief an. »Scheint so, Sherlock. Also, begleitest du mich?«

Kurz warf ich noch einmal einen Blick in Richtung Krankenstation. Solange Elijah bei Elanor sein würde, war sie in guten Händen. Davon war ich überzeugt. Also nickte ich langsam. »Okay. Wo und wann trefft ihr euch?«

Jason checkte kurz die Uhrzeit auf seinem Handy. »Um ein Uhr in London, in der Nähe des Hyde Park. Dort befindet sich ihr Lieblingspub.«

»Und wie kommen wir dorthin?« Die Academy lag viel zu tief im Wald, um zu Fuß in die Stadt zu gelangen.

»Na, mit dem Besen. Wie auch sonst?«, erwiderte er.

Ungläubig starrte ich ihn an. »Ist das dein Ernst?« Auf einem Besen fliegen, wie in den ganzen Hexenfilmen? Wohl kaum, oder? *Oder?*

Jason schien bemerkt zu haben, dass ich ernsthaft über seine Aussage nachgrübelte, denn er lachte laut los.

»Keine Sorge. Unser Transportmittel besteht nicht aus einem hölzernen Stiel und Reisig, sondern fährt auf vier Rädern. Ich habe einen Führerschein und ein eigenes Auto«, fügte er mit einem Augenzwinkern hinzu.

Das hörte sich tatsächlich besser an als ein fliegender Besen. »Puh, noch mal Glück gehabt. Bei dem starken Wind heute könnte so ein Ausflug turbulent werden«, konterte ich grinsend.

Erst als Jason erneut einen Lachanfall bekam, stimmte ich mit ein. Immerhin hatte ich ihn dazu gebracht, die Sache mit Chris zu vergessen. Wenn auch nur für einen kurzen Augenblick.

»Treffen wir uns um halb eins auf dem Parkplatz?«, brachte Jason hervor, nachdem er sich wieder beruhigt hatte.

»Gerne. Dann sehen wir uns später.«

Er nickte knapp und warf dann einen kurzen Blick auf meine Hundelady, die damit beschäftigt war, Vögel am Himmel zu beobachten. »Bring Mrs Blueberry gerne mit. Shadow wird auch dabei sein.«

Ein Schmunzeln stahl sich auf meine Lippen. Die Vorstellung, wie ein Rabe in einem Pub saß, war schon amüsant. Aber eigentlich sollte mich inzwischen nichts mehr wundern. Wie sehr mein Leben sich doch verändert hatte.

KAPITEL 20

Raben haben seit Gründung der Ravenhall Academy ein Zuhause auf dem Gelände. Manche von ihnen werden speziell für das englische Königshaus ausgebildet und trainiert. Verschwindet oder stirbt dort ein Rabe, nimmt ein neuer Rabe der Ravenhall Academy seinen Platz ein. Die Ravenmaster des Tower of London sind einige der wenigen Menschen, die über die Hexenwelt in Kenntnis gesetzt werden.

– AUSZUG GRIMOIRE, KAPITEL 119 –

Jason wartete bereits auf uns, als ich etwas abgehetzt mit meiner Hundelady am Parkplatz ankam. In einer schwarzen, zerrissenen Jeans und einem grauen Sweatshirt lehnte er lässig an seinem dunkelgrauen Pick-up.

»Sorry für die Verspätung. Mrs Blueberry hat aus Versehen mit ihrer Schnauze den Wasserhahn in der Dusche aufgedreht und dabei das halbe Badezimmer geflutet.«

Schuldbewusst gab meine Hundelady ein Winseln von sich.

»Kein Problem. Das Kleid steht dir gut.« Jason zwinkerte mir zu und schob die Hände in seine Hosentaschen.

»D-danke«, sagte ich ein wenig überrascht. Das langärmlige fliederfarbene Kleid war ein Geburtstagsgeschenk meiner Mum und ich hatte es nur in Kombination mit einer Jeansjacke angezogen, weil ich dank Mrs Blueberry auf die Schnelle nichts Passenderes gefunden hatte.

»Wo ist eigentlich Shadow?«, versuchte ich vom Thema abzulenken.

»Shadow mag keine Autos. Sie fliegt lieber. Und keine Sorge, nicht auf einem Besen, sondern tatsächlich durch die Kraft ihren eigenen Flügel«, zog er mich auf.

»Wirklich lustig.« Ich verdrehte die Augen und verkniff mir ein Lächeln.

»Los, steig ein, Ms Campbell.« Jason ging zur Beifahrertür und hielt sie mir auf.

Ich legte den Kopf schief und hob eine Augenbraue. »Seit wann bist du so ein Gentleman?«

»Wann war ich jemals keiner?«

Lachend schüttelte ich den Kopf und machte es mir auf dem Sitz bequem.

Wenige Minuten später fuhren wir vom Parkplatz ab, vorbei an unzähligen Bäumen, bis wir endlich auf die Hauptstraße bogen. Mrs Blueberry schaute währenddessen neugierig aus dem Fenster und jedes Mal, wenn ein Vogel an uns vorbeiflog, bellte sie laut.

Mein Blick glitt ebenfalls nach draußen und ich beobachtete, wie wir die unberührte Natur immer weiter hinter uns zurückließen, um schließlich über die Autobahn zu fahren. Und von da an dauerte es nicht lang und ich sah bereits die Sehenswürdigkeiten Londons aufblitzen. The Shard und das London Eye waren unverkennbar.

Ich seufzte innerlich auf. In wenigen Wochen wäre ich mit Anny hierhergezogen. Und nun war der ursprüngliche Plan, in London Literaturwissenschaften zu studieren, ins Wasser gefallen und ich hatte den Kontakt zu meiner besten Freundin verloren. Dabei hatten wir so viel vorgehabt.

Als wir über die Tower Bridge fuhren, vorbei an dem Tower of London, drückte ich mir fast meine Nase an der Scheibe platt. Über die Geschichte des Towers hatte ich schon viel recherchiert. Das Leben der Ravenmaster und deren Raben faszinierte mich. Vielleicht auch wegen meines Dads, der mir zu jedem Geburtstag ein neues Werk eines Londoner Autors geschenkt hatte, das den Lesern und Leserinnen einen Blick hinter die Mauern des Towers gewährt hatte.

»Wusstest du, dass die Ravenmaster hier, direkt im Tower of London, leben? Sie haben sich der Sicherheit der Raben verschrieben.« Ich konnte mich einfach nicht zurückhalten, so aufgeregt war ich, der Geschichte Londons nun so nah zu sein.

»Ja, das wusste ich. Die Ravenhall Academy kümmert sich seit Jahrzehnten um die Nachwuchsraben für den Tower.«

Ich wirbelte zu ihm herum und musterte ihn mit großen Augen, in der Hoffnung, er würde mir mehr darüber erzählen.

»Das ist eine Art Danksagung. Sie akzeptieren uns und die Academy. Im Gegenzug sind wir für den Nachwuchs der Raben verantwortlich«, erklärte er selbstzufrieden.

»Wo an der Academy werden die Raben denn untergebracht?«, fragte ich.

»Ein gut gehütetes Geheimnis der Ravenwoods.«

»Und du möchtest mir dieses Geheimnis nicht zufällig verraten?« Spielerisch klimperte ich mit den Wimpern.

»Du scheinst Geheimnisse nicht zu mögen, Sherlock.«

»Wer weiß«, erwiderte ich achselzuckend, doch so gelassen, wie ich wollte, kam ich bestimmt nicht rüber. Was mir im nächsten Moment auch die zuckenden Mundwinkel von Jason bestätigten. Innerlich über mich den Kopf schüttelnd versuchte ich noch ein paarmal die Antwort aus ihm herauszuquetschen, aber er blieb stur. Mit jedem Kopfschüttler und jeder Verneinung auf meine Fragen wurde ich neugieriger. Ich meine, wie cool war das bitte? An der Academy wurden einfach Raben für das Königshaus großgezogen! So viele Bücher hatte ich über die Geschichte des Towers gelesen und nie hätte ich mir erträumen lassen, dass ich einem Teil der Geschichte so nah war.

»Glaubst du daran, dass das gesamte Königshaus zugrunde geht, falls die Raben jemals den Tower verlassen?« Fragend schaute ich Jason von der Seite an, der sich auf die belebte Straße vor uns konzentrierte und sich durch den Verkehr Londons kämpfte.

»Ich glaube, das ist tatsächlich nur ein Märchen. Ich meine, was hat die Flucht von Raben mit dem Untergang des Königshauses zu tun? Trotzdem … Es bleibt ein Märchen, an das die Menschen glauben. Und die Aufgabe der Ravenhall ist es, dafür zu sorgen, dass es auch immer eins bleibt und der Tower nicht ohne seine Raben ist. Daher befinden sich stets mindestens sieben Raben in der Obhut des englischen Königshauses.« Er zuckte mit den Achseln und warf mir einen kurzen Seitenblick zu. »Übrigens. Wir sind da. Granny sitzt bestimmt schon im Restaurant.« Jason parkte in eine Parklücke direkt am Hyde Park ein.

»Ich dachte, der Weg wäre kürzer«, erwiderte ich, nachdem mir die Digitaluhr am Armaturenbrett verraten hatte, dass wir bereits etwas mehr als eine halbe Stunde unterwegs gewesen waren.

Jason lächelte schief. »Ist er auch. Allerdings sind wir einen Umweg gefahren.«

»Wieso denn das?« Ich war verwirrt.

»Na ja, als wir uns der Innenstadt genähert haben, wirktest

du so entspannt. Da dachte ich, wir machen eine kleine Stadtrundfahrt.«

Bevor ich darauf etwas antworten konnte, war er bereits aus dem Auto geglitten und hielt mir wenige Sekunden später die Beifahrertür auf.

Sobald ich meine Füße auf den Bordstein gestellt hatte, landete bereits Shadow vor uns. Es war faszinierend, wie schnell ihre Flügel sie hierhergetragen hatten. Sie krächzte einmal laut, was Mrs Blueberry zum Anlass nahm, an mir vorbeizuflitzen und auf die Rabendame zuzueilen, um sie schwanzwedelnd zu begrüßen.

»Komm, lass uns reingehen«, sagte Jason an mich gewandt.

»Und was ist mit Shadow? Ich habe zumindest noch nie einen Raben in einem Pub gesehen«, entgegnete ich schmunzelnd.

Mit einem vielsagenden Grinsen auf den Lippen und einem Funkeln in seinen türkisblauen Augen schaute er mich an. »Tja, dann wird das heute wohl das erste Mal für dich sein.« Mit diesen Worten streckte er seinen Arm aus. Beinahe zeitgleich breitete Shadow ihre Flügel aus, hob ab und landete Sekunden später auf seinem Unterarm.

Lächelnd folgte ich den beiden mit Mrs Blueberry zu dem Pub und kaum betraten wir das urige Lokal, wurden wir von irischer Volksmusik willkommen geheißen. Wir bahnten uns den Weg durch die engen Sitzgruppen, die aus alten, hölzernen Stühlen und Bänken bestanden. Allgemein wirkte hier alles sehr alt, aber genau das machte den Charme solcher Pubs aus. Da ich hinter Jason herlief, entdeckte ich erst einen Augenblick nach ihm Mrs Ravenwood. Und neben ihr saß Grandma. Mein Herz machte einen freudigen Sprung. Genau wie Mrs Blueberry, die nun winselnd zu ihr vorpreschte. Jason hatte gar nicht erwähnt, dass sie dabei sein würde. Doch ich wandte mich zuerst höflich an seine Granny.

»Guten Tag, Mrs Ravenwood. Freut mich, Sie wiederzusehen.«

Sie lächelte mich an. »Die Freude ist ganz meinerseits.«

Im nächsten Moment trat Grandma zu mir und tätschelte meinen Arm.

»Was machst du denn hier?« Ich fiel ihr in die Arme und sie drückte mich fest an sich.

»Hallo, mein Kind. Das war Jasons Idee.«

Als ich mich von ihr gelöst hatte, schaute ich verwundert zwischen den dreien hin und her.

»Mrs Campbell und meine Granny beginnen jeden Samstagmorgen mit einem Frühstück in Watford. Und daher dachte ich mir, dass Granny Mrs Campbell zum Mittagessen einladen kann«, erklärte Jason, während er seine Hände verlegen in die Hosentaschen schob.

Mrs Ravenwood klopfte ihm stolz auf die Schulter. »Mein guter Junge. Das war eine grandiose Idee.«

Bevor eine unangenehme Stille eintreten konnte, entschied sich Grandma, unsere Bestellung an der Theke aufzugeben. Eine halbe Stunde später stand auch schon ein dampfender Teller mit einem Burger und Pommes vor mir. Über uns saß Shadow tatsächlich auf einem Balken und steckte freudig ihren Schnabel in eine Schale mit kleinen Walnüssen. Währenddessen hatte es sich Mrs Blueberry unterhalb des Tisches bequem gemacht und kaute genüsslich auf ihrem Fressen herum.

»Charlotte und ich sind früher oft in diesem Pub gewesen. Immer am Wochenende sind wir mit dem Fahrrad von der Academy hierhergefahren«, schwelgte Mrs Ravenwood in Erinnerungen.

»Ich wusste gar nicht, dass Sie und Grandma gemeinsam die Schulbank gedrückt haben.« Neugierig blickte ich die beiden an.

Bevor Mrs Ravenwood antworten konnte, kam ihr Grandma zuvor. »Wir haben uns sogar ein Zimmer geteilt, nicht wahr?« Sie lächelte Mrs Ravenwood an und sah dabei aus wie ein Teenager.

»O ja. Das war eine unvergessliche Zeit«, erwiderte sie mit wehmütiger Stimme.

»Einmal«, Grandma gluckste, »haben wir uns in der Bücherei verschanzt und wurden aus Versehen eingeschlossen. Die ganze Nacht haben wir dort verbracht und erst am nächsten Morgen hat uns die Bibliothekarin gefunden.« Sie schüttelte lachend den Kopf.

»Das gab vielleicht Ärger.« Mrs Ravenwood schlug sich die Hand vor den Mund, um nicht laut loszulachen.

»Das waren noch Zeiten, Charlotte.«

Es war schön zu sehen, wie die beiden über ihre Jugend sprachen. Es wirkte beinahe so, als wären seitdem nicht mehrere Jahrzehnte vergangen.

»Hast du bereits etwas von Elanor gehört?« Grandma schaute mich fragend an.

»Sie schläft.« Kurz drohte sich wieder ein Sturm in mir anzubahnen, der mich mit sich riss.

»Das Gegengift wird sie heilen. Dieser Genesungsschlaf ist nun sehr wichtig«, beruhigte mich Grandma.

»Ich weiß.« Und dennoch bekam ich das Bild von der bewusstlosen Elanor nicht aus meinem Kopf.

»Wird eigentlich schon ermittelt, wer für den Anschlag verantwortlich ist?« Ich schaute vorsichtig in die Runde, da ich mir nicht sicher war, ob ich die Antwort hören wollte.

»Ja, der Hexenrat wurde eingeschaltet. Wobei auch gemunkelt wird, dass die Feen dafür verantwortlich sind«, erzählte Mrs Ravenwood.

Ich runzelte die Stirn. Wieso sollten Feen ihre eigenen Leute um die Ecke bringen wollen?

»Das ergibt gar keinen Sinn«, versuchte ich mir selbst einzureden.

»Ein paar der mächtigen Feenfamilien sind verfeindet, genau wie einige der schottischen und irischen Feenclans«, warf Jason ein.

Ich wusste zwar, dass Elanors Familie Elijah als Waldfee nicht akzeptierte, aber dass sogar auch andere Feenfamilien verfeindet waren, war mir neu.

»Und wieso? Die Feen machen doch auch gemeinsam ihr Austauschjahr an der Academy?« Mein Kopf war voller Fragen.

Grandma nickte zustimmend. »Das stimmt. Die meisten Feen leben friedlich miteinander. Nur gibt es leider schwarze Schafe, die sich immer noch bekriegen. Es sind bereits Hunderte Unschuldige dem jahrtausendelangen Krieg zum Opfer gefallen.«

Die Sonne war bereits am Untergehen, als wir uns wieder auf den Rückweg machten. Dachte ich zumindest. Denn kaum hatten wir ein paar Kilometer hinter uns gebracht, hielt Jason wieder am Straßenrand an. Erstaunt blickte ich zu ihm und setzte gerade zu einer Frage an, doch er kam mir wie immer zuvor.

»Ich möchte dir etwas zeigen.«

»Und was?«

»So neugierig, Sherlock. Gedulde dich«, erwiderte er geheimnisvoll und bedeutete mir auszusteigen.

Ich schüttelte amüsiert den Kopf. Dieser Junge überraschte mich immer wieder aufs Neue.

Wir gingen ums Auto herum, holten Mrs Blueberry vom

Rücksitz und liefen Richtung Themse. Gemächlich schlängelten wir uns an den Massen von Passanten und Touristen vorbei, die am Wasser standen und die letzten Sonnenstrahlen des Tages genossen. Nach einigen Metern erhaschte ich bereits erste Blicke auf den Tower of London, der sich majestätisch vor uns erhob.

»Ich war noch nie auf dem Tower«, gestand ich wehmütig. »Mein Dad und ich wollten immer gemeinsam hierherkommen und die Raben kennenlernen, doch …«, meine Stimme versagte und ein Kloß bildete sich in meinem Hals. *Dann hat uns das Leben einen Strich durch die Rechnung gemacht,* beendete ich den Satz in Gedanken.

»Falls du nicht darüber sprechen möchtest, ist das okay«, sagte Jason verständnisvoll und legte einen Arm um mich. »Doch solltest du dich bereit dazu fühlen, würde ich dir gerne das Zuhause einiger Ravenhall-Raben zeigen.«

Blinzelnd löste ich mich von ihm und starrte ihn ungläubig an. »Moment, du willst mit mir auf den Tower?«

»Wenn du möchtest.« Verschmitzt zwinkerte er mir zu.

»O-okay.« Die Aufregung in meiner Stimme war kaum zu überhören.

»Na, dann los!« Er griff nach meiner Hand und kurz darauf erreichten wir auch schon die Tore des Towers. Vor dem eisernen Gitter wartete ein Mann mit langem Vollbart, auf dessen Schulter eine mir bekannte Rabendame saß. Als er Jason und mich entdeckte, kam er in seiner eleganten dunkelblauen Robe mit rot verzierten Elementen auf uns zu, wobei der große Schlüsselbund in seiner Hand bei jedem Schritt klimperte.

»Willkommen, willkommen«, begrüßte er uns mit tiefer, warmherziger Stimme und hob elegant seinen Hut, der Teil der traditionellen Kleidung der Ravenmaster war. »Jason, wie erfreulich, dich wieder hier zu sehen. Ich habe euch bereits erwartet. Du hast einen bemerkenswert klugen Raben.«

Ich runzelte die Stirn. Erwartet? Uns?

»Eadmund, die Freude ist ganz meinerseits. Hast du noch ein wenig Zeit? Wir bleiben auch nicht lang.«

Der Ravenmaster nickte und machte einen Schritt beiseite. »Du kennst den Weg. Ich bin hier unten, solltet ihr mich suchen. Doch wenn die Dunkelheit hereinbricht, wäre es ratsam, wenn ihr euch wieder auf den Rückweg macht.«

»Folgt mir, Mylady.« Jason verbeugte sich spielerisch vor mir und nahm dann meine Hand. Gemeinsam liefen wir über einen gepflasterten Weg, vorbei an mehreren kleinen Wohnungen, die sich im Burggraben befanden. Ich wusste aus meinen Büchern, dass dort die Ravenmaster mit ihren Familien zu Hause waren. Es war beeindruckend, all das jetzt aus der Nähe bewundern zu können.

»Eadmund, er wohnt auch hier, oder? So wie alle Ravenmaster?«, fragte ich und blickte mich staunend um.

»In der Tat. Er ist hier aufgewachsen und mittlerweile der amtsälteste Ravenmaster«, erklärte Jason.

»Das ist bestimmt eine große Ehre«, sagte ich, während wir eine schmale Wendeltreppe nach oben stiegen und durch die alten Gemäuer schlenderten. In den uralten Räumlichkeiten hingen prachtvolle Gemälde und das Inventar aus längst vergangenen Zeiten ließ die Geschichte des Towers wieder aufleben.

Als wir über eine weitere Treppe eine der Außenmauern erreichten, blieb Jason stehen. So weit oben, über den Dächern Londons, herrschte ein ordentlicher Wind, der meine rote Mähne durcheinanderbrachte. Aber das hielt mich nicht davon ab, zur Brüstung zu laufen und den einzigartigen Ausblick in mir aufzunehmen.

»Ist es überhaupt erlaubt, als Besucher hier oben zu sein?«

»Nein. Ich hatte noch einen Gefallen bei ihm gut. Ich habe Shadow vorgeschickt, um ihm Bescheid zu geben, dass wir kommen.«

Verstehend nickte ich und betrachtete die Sonnenstrahlen, die auf der Themse tanzten.

Als ein lautes Krächzen die Stille durchbrach, schaute ich zu einer Turmspitze, über der Shadow mit ein paar weiteren Raben ihre Kreise zog. Ich musste grinsen und dachte an Mrs Blueberry, die sich nicht auf die Mauer getraut hatte und jetzt auf der Treppe wartete.

Nach einigen Minuten wandte ich mich wieder zu Jason um. »Es ist atemberaubend.«

Er fuhr sich mit den Händen durch die schwarzen, vom Wind zerzausten Haare und setzte ein schiefes Lächeln auf. »Das finde ich auch.«

»Kommst du oft hierher? Ich meine, weil du Eadmund gut zu kennen scheinst.«

»Ab und zu. Er ist mein Onkel. Der Bruder meiner Mutter.« Jason senkte den Blick.

»Oh, das wusste ich nicht.«

»Wir sprechen erst seit ein paar Monaten wieder miteinander. Nach dem Tod meiner Mutter habe ich jeglichen Kontakt zu ihrer Familie abgebrochen. Es war … einfach zu schmerzhaft.« Er atmete hörbar ein und aus, bevor er mich wieder anschaute. »Eadmund ist meiner Mutter so ähnlich. Sie ist mit ihm im Tower of London aufgewachsen. Hier war ihr Zuhause.«

»Danke, dass du mich mitgenommen hast und dass du mir das erzählt hast«, sagte ich leise.

»Zumindest konnten wir so feststellen, dass dein Dad und meine Mum eine Gemeinsamkeit hatten. Ihre Faszination für den Tower of London.« Jason versuchte gelassen zu klingen, doch der Schmerz in seiner Stimme war kaum zu überhören.

Ich schluckte schwer. »Jason, ich weiß, wie du dich fühlst. Mein Dad hatte ein Schreibzimmer. All seine Werke sind dort entstanden. Als Kind saß ich stundenlang vor dem Kamin und habe mit ihm über ausgedachte Geschichten geredet. Meine kleine Welt war in Ordnung – alles war in Ordnung –, wenn ich ihm einfach dabei zusehen konnte, wie er neue Charaktere und Orte erschuf. Doch nach seinem Tod habe ich keinen Fuß mehr in sein Zimmer gesetzt. Bis heute nicht. Denn falls ich das täte, müsste ich mich damit auseinandersetzen, dass er wirklich nicht mehr bei uns ist. Dass er nie wieder an seinem Holztisch sitzen wird. Mit diesem Funkeln in seinem Blick, sobald er mir aus seinen Geschichten vorgelesen hat.«

In Jasons Augen spiegelte sich meine eigene Traurigkeit. »Dein Dad wäre stolz auf dich gewesen.«

»Und deine Mutter auf dich, Jason«, erwiderte ich mit bebender Stimme.

»Ich weiß nicht.« Jason lächelte traurig. »Ich war nicht der Sohn, den sie sich gewünscht hat. Kurz vor ihrem Tod haben wir gestritten.« Reue lag in seinen Worten. »Seit damals war ich nicht mehr hier oben. Dabei war das mein Rückzugsort.«

»Sie wusste, dass du sie liebst.«

»Das hoffe ich jeden verdammten Tag.« Kurz stockte er, als würde eine längst vergessene Erinnerung wieder an die Oberfläche kommen, bevor er weitersprach: »Mein Vater hat sich nach dem Tod meiner Mutter von mir abgewandt. Er war schon früher kalt und distanziert. Allerdings hat sich diese Mauer zwischen uns erst durch ihren Tod gebildet.«

»Jeder trauert auf seine eigene Art und Weise. Gib ihm Zeit«, versuchte ich ihn zu trösten. Dabei gingen meine eigenen Gedanken zu Mum. Ich wusste genau, wie Jason sich fühlte. Allein gelassen.

»Und wie schaffst du es, mit deiner Trauer umzugehen?«

Ich atmete zittrig ein und aus. »Ich weiß nicht. Es gibt Tage, an denen ich aufwache und noch immer Dads Geruch nach Papier in der Nase habe. Und dann gibt es Tage, an denen ich aufwache und Angst habe, mich nicht mehr an seine Stimme erinnern zu können.«

Jasons Blick schweifte zur Themse. »Meine Mutter hat mich stets zur Fütterung der Raben in der Academy mitgenommen. Wir sind stundenlang dort gewesen. Sie hat mir und den Raben Geschichten aus dem Tower erzählt. Wie sie durch die Geheimgänge geschlichen ist und sich in Rüstungen versteckt hat … Mir fehlen ihre Geschichten.«

»Sie wird immer bei dir sein.« Sanft drückte ich kurz seine Hand.

»Das wird sie.«

»Möchtest du mir nun endlich verraten, wo genau die Raben der Academy versteckt sind?«, versuchte ich die gedrückte Stimmung etwas aufzulockern.

»Sherlock, dieses Geheimnis bleibt dir verwehrt.« Jason hob seine Hand und zwirbelte eine meiner roten Haarsträhnen um seinen Finger.

»Ich kann Geheimnisse gut für mich behalten, weißt du?«

Ein Grinsen huschte ihm über die Lippen. »Da bin ich mir sicher«, murmelte er, während er sich zu mir vorbeugte und mit seinen Lippen die meinen sanft streifte. Er verweilte kurz in dieser Position und ich wagte es kaum, mich zu bewegen. Doch dann zog er sich auch schon wieder zurück.

»Fuck«, fluchte Jason lachend. »Du bringst mich noch um den Verstand.«

Ich verzog die Lippen zu einem Schmunzeln. »Vielleicht war das von Anfang an mein Plan?«

Für ein paar Sekunden betrachtete er mich, bevor sich seine Miene plötzlich wandelte und ein Schatten seine türkisblauen Augen verdunkelte. »Raffiniert. Aber wenn ich ehrlich bin, war das kein guter Plan.«

»Weshalb?«

»Es gibt da etwas, das ich dir schon länger erzählen muss.«

»Und was?«, fragte ich leise und spürte, wie sich ein Knoten in meiner Magengrube bildete.

Jason holte tief Luft und für ein paar Sekunden wanderte sein Blick über die Themse. Als könnte deren Wellentreiben den aufkommenden Sturm in seinen Augen bändigen.

»Weißt du, es ist kompliziert. So verdammt kompliziert.« Er schaute wieder zu mir und griff nach meiner Hand. »Ich wollte es lange selbst nicht wahrhaben, aber du hast die Wahrheit verdient.«

»Welche Wahrheit?«, erwiderte ich mit belegter Stimme.

»Die Wahrheit, dass es ein *Uns* niemals geben kann.«

Ungläubig starrte ich ihn an, während jedes einzelne Wort von ihm mir die Luft zum Atmen nahm und den Boden unter meinen Füßen zum Schwanken brachte.

»Wieso?«, flüsterte ich den Tränen nah.

»Weil der Fluch mit den dreizehn Eisenketten, an die der Teufel gebunden ist, nur Bestand hat, wenn die Nachfahren der ersten Hexen alle hundert Jahre den Bund der Ehe miteinander eingehen. Dieses Schicksal … es trifft auf Vicky und mich zu.«

Ich schüttelte den Kopf. Immer und immer wieder. Nicht in der Lage zu verstehen, was das für uns hieß. Oder vielleicht wollte ich es auch nicht verstehen. Vielleicht wollte mein Kopf den aufkommenden Schmerz in meinem Herzen nicht akzeptieren.

»Vicky und du? Ihr seid die Nachfahren, die diesen Bund der Ehe eingehen müssen? Ich meine, ich habe zwar darüber in dem Grimoire gelesen, aber … aber ich dachte, das wäre bloß eine Legende?«

»Das dachte ich ebenfalls. Doch Tatsache ist, dass die Hexengemeinschaft nicht mit Sicherheit weiß, ob es sich nur um eine Legende handelt. Und das Risiko, dass es tatsächlich ein uralter Fluch ist, ist zu hoch. Schließlich steckt in jeder Legende ein Funken Wahrheit, oder?« Die Bitterkeit in seiner Stimme war kaum zu überhören.

»Aber es muss doch einen Ausweg geben, eine Lösung«, stammelte ich.

»In den vergangenen Wochen habe ich Stunden, nein, sogar Tage damit verbracht, in der Bibliothek nach Antworten zu suchen. Aber die traurige Wahrheit ist nun mal, dass das mein Schicksal ist. Ob ich will oder nicht.«

Seine Worte und die daraus resultierende Erkenntnis sickerten zu mir hindurch und ummantelten mein schmerzendes Herz. Dabei war ich mir nicht einmal sicher, weshalb ich so empfand. Schließlich war Jason erst vor ein paar Wochen in mein Leben gestolpert. Doch zu wissen, dass es niemals ein *Uns* geben würde, legte sich wie ein dunkler Schatten über meine Gefühle für ihn.

»Lilly …«, sagte Jason und zeichnete mit dem Daumen kleine Kreise auf mein Handgelenk.

»Ich weiß einfach nicht, was ich denken oder fühlen soll.« Kurz schloss ich die Augen und ignorierte das leichte Schwindelgefühl, das von dem Gedanken-Karussell herrühren musste. Schließlich öffnete ich sie wieder und schaute ihn an. »Du hättest mir schon viel früher davon erzählen sollen.«

»Ich wollte ja, aber ich habe nach einer Lösung gesucht. Wenn auch vergebens.« Er fuhr sich mit der Hand über sein Gesicht. »Aber weißt du, Vicky war immer ein Teil von mir, von meinem Leben. Lange Zeit habe ich das alles nicht infrage gestellt. Doch dann kamst du. Du hast meine Welt auf den Kopf gestellt. Mit deiner Neugierde, deinem Lachen und grünen Augen, in denen dieses verträumte Funkeln liegt. Ich habe durch dich gelernt, was es heißt, Gefühle zu empfinden. Echte Gefühle. Stück für Stück hast du mit deiner Art meine Abwehr untergraben und ich habe es zugelassen. Weil ich es wollte. Weil ich die Zeit mit dir genossen habe. Vielleicht war es egoistisch. Aber ich habe es nicht geschafft, den nötigen Abstand zwischen uns beiden zu schaffen. Und es tut mir leid. Alles. Dich zu verletzen, war nie meine Absicht.«

»I-ich habe keine Ahnung, was ich sagen soll«, gestand ich schniefend, während mir die Tränen nur so über die Wangen liefen.

»Du brauchst nichts sagen, ich verstehe das.«

Stumm nickte ich und ließ seine Hand los. Dann wandte ich mich zum Gehen, doch Jasons Finger legten sich um meinen Unterarm und hielten mich zurück. Vorsichtig strich er mir die nassen Haare hinter mein Ohr.

»Lilly, bitte vergiss nie, dass du mein Sternschnuppen-Wunsch warst.«

Und du warst meiner, flüsterte mein Herz kaum hörbar. Und bevor ich wusste, ob es die richtige oder falsche Entscheidung war, trafen sich unsere Lippen. Jason schlang seine Arme um meinen zitternden Körper und ich hielt mich an ihm fest. Es fühlte sich an wie ein Abschied. Und vielleicht war es das auch.

Als wir wieder an der Academy ankamen, lief ich gemeinsam mit Mrs Blueberry auf dem schnellsten Weg zurück zur Krankenstation. Jason und ich hatten die Fahrt über kaum ein Wort gewechselt. Ich musste erst einen klaren Kopf bekommen und versuchen all das zu verstehen. Vicky und er. Sie waren an das Schicksal, an den Fluch der dreizehn ersten Hexen gebunden. Ich wusste nicht, wie ich darüber denken sollte. Einerseits verstand ich, welche Verantwortung auf Jason lastete, andererseits wollte ich nicht akzeptieren, dass eine alte Legende über seine Zukunft und sein Glück entscheiden sollte. Egal, wie ich es drehte und wendete – im Moment blieb mir nichts anderes übrig, als mich von ihm fernzuhalten. Um sein und auch mein Herz zu schützen.

Als ich schließlich die Krankenstation erreichte und direkt in Elanors Zimmer eilte, saß Elijah neben ihr auf dem Bett und streichelte ihr behutsam über den Kopf.

»Hi, Lilly«, begrüßte er mich heiser.

»Wie geht es ihr?« Ich ließ mich auf einen der Stühle sinken und zupfte unruhig am Saum meines Kleides herum, während Mrs Blueberry ihren Kopf auf der Matratze bettete und leise winselte.

»Ihre Werte bessern sich und vorhin ist sie kurz aufgewacht«, erklärte er und die Erleichterung in seiner Stimme war kaum zu überhören.

»Das sind gute Neuigkeiten«, sagte ich nickend und auch mir fiel ein Stein vom Herzen.

Dann überlegte ich zögernd, ob ich ihm die folgende Frage wirklich stellen sollte. Doch ich wusste, dass kein Weg daran vorbeiführte. »Elijah, denkst du, dass eine andere Fee für diesen Anschlag verantwortlich ist?«, platzte es aus mir heraus.

Als sich sein Gesichtsausdruck schlagartig verdüsterte, bereute ich meine Worte bereits.

»Es ist kompliziert.«

»Was meinst du damit?«

Elijah seufzte. »Damit meine ich, dass es tatsächlich Rivalitäten zwischen den Feen gibt. Selbst hier an der Academy, unter den Austauschschülern und -schülerinnen. Allerdings hauptsächlich zwischen den Feen aus Schottland und den Feen aus Irland. Aber ich kann mir ehrlich gesagt nicht vorstellen, dass sie dafür verantwortlich sind. Denn in der gestrigen Nacht waren wir Feen, als es …«, er schluckte schwer, »als es passiert ist, alle anwesend. Elanor hat sich früher auf den Weg gemacht, da sie das Mitternachtsduell nicht verpassen wollte.« Er senkte den Blick und streichelte über Elanors blasse Haut.

»Ich hätte sie begleiten müssen. Das alles wäre nicht passiert, hätte ich sie begleitet«, murmelte er leise.

»Dich trifft keine Schuld. Niemand hätte ahnen können, dass so etwas passiert«, versuchte ich ihn zu beruhigen.

Elijah nickte stumm und schaute wieder zu Elanor, die sich im gleichen Moment leicht bewegte. Sekunden später blinzelte sie und öffnete ihre lavendelfarbenen Augen.

»Na, was habe ich verpasst?« Verschlafen lächelte sie uns an und griff zeitgleich nach Elijahs Hand.

»Elanor!« Erleichtert sprang ich von meinem Stuhl auf und kam an ihr Bett.

»W-wie geht es dir?«

»Vorhin hatte ich starke Kopfschmerzen, aber der Schlaf hat gutgetan«, entgegnete sie grinsend.

Ich erwiderte ihr Lächeln. »Das ist schön zu hören.« Bevor ich jedoch noch mehr sagen konnte, wurden vor der Tür Stimmen laut. Eine schien Mrs Smith zu gehören.

»Ich habe Ihnen bereits erklärt, dass sie sich erst erholen muss!«

»Leider habe ich keine Wahl, Mrs Smith. Der Hexenrat und auch der Feenrat müssen schleunigst in dem Fall ermitteln und dazu brauchen wir eine Aussage«, sagte nun ein Mann.

»Sie bekommen fünf Minuten mit ihr, und das auch nur, wenn sie einverstanden ist«, gab sich Mrs Smith geschlagen. Sogleich wurde die Tür aufgestoßen und sie kam hereingeeilt.

»Elanor, Liebes, ein Mitglied des Hexenrats möchte dich zu dem Vorfall befragen. Im Anschluss wird dich eine Dame aus dem Feenrat aufsuchen. Sie haben ebenfalls Fragen, wie du dir sicherlich denken kannst.« Verständnisvoll fügte sie hinzu: »Doch wenn dir das noch zu viel ist und du lieber deine Ruhe möchtest, schicke ich sie wieder weg.«

Elanor nickte langsam. »Sie können mich gern befragen. Ich weiß nur leider nicht mehr, was an dem Abend vorgefallen ist.«

»Gar nichts mehr?«, hakte Elijah vorsichtig nach.

Elanor zuckte mit den Schultern. »Das Letzte, woran ich mich erinnere, ist, dass ich mich auf den Weg zum See befunden habe. Ich wollte mich beeilen, um noch das Mitternachtsduell mitzuerleben.«

Ich wollte gerade etwas dazu sagen, als es bereits klopfte und ein älterer Mann seinen Kopf durch die Tür streckte. »Darf ich reinkommen?«

Mrs Smith seufzte. »Ja, aber denken Sie daran: Sie haben nur fünf Minuten!« Mit diesen Worten wirbelte sie herum und eilte wieder aus dem Zimmer.

Elanor räusperte sich und schaute mich fragend an. »Lilly?«

»Ja?«, erwiderte ich und drückte ihre Hand.

»Könntest du mir meinen Laptop aus unserem Zimmer bringen? Wenn ich schon hier liegen muss, kann ich wenigstens ein paar Folgen *Vampire Diaries* schauen.«

»Natürlich«, sagte ich und bedeutete Mrs Blueberry, mir zu folgen. »Wir beeilen uns. Brauchst du sonst noch etwas?«

»Was braucht man mehr als einen Haufen Vampire, eine Stadt wie Mystic Falls und jede Menge Liebesdrama?« Sie zwinkerte mir zu und ließ sich wieder in ihr Kissen sinken.

Lachend stimmte ich ihr zu und trat nach einer allgemeinen Verabschiedung mit Mrs Blueberry auf den Flur, wo ich beinahe mit Chris zusammengestoßen wäre.

»Oh, sorry! Ich habe dich nicht gesehen«, entschuldigte er sich.

Ich winkte ab und musterte ihn. Um seine Schulter hing eine Tasche und auf einem seiner Arme lag Aika, in ihre kleine Decke eingewickelt. »Darfst du wieder gehen?«

Chris nickte erleichtert. »Ja, ich wollte meine Sachen auf mein Zimmer bringen und dann direkt zum Abendessen.«

»Okay, ich muss in dieselbe Richtung«, entgegnete ich und ging voran, durch die Eingangstür nach draußen. Sofort hüllte mich der vertraute Geruch von Regen ein und aufkommender Wind wirbelte durch mein langes Haar.

Ein paar Minuten liefen wir schweigend nebeneinanderher, doch als wir den Wintergarten erreichten, durchbrach Chris die Stille. »Lilly, ich weiß, dass ich mich heute Morgen schon bei dir entschuldigt habe … aber es tut mir wirklich leid, wie das gestern gelaufen ist.«

Ich nickte nur und grinste ihn schief an. »Vielleicht ist es besser, wenn du an solchen Duellen nicht mehr teilnimmst.«

»Ja, vielleicht hast du recht«, stimmte er mir schmunzelnd zu.

KAPITEL 21

Der Teufel wird seit jeher von der Menschheit gefürchtet. Aber auch Hexen und Feen hüten sich vor der dunklen Kreatur. Laut Volksglauben wurde er zwar von den ersten dreizehn Hexen gebannt, dennoch gibt es Schriften darüber, dass er sich in den Köpfen seiner Opfer einnistet und sie um den Verstand bringt. Daher hüte sich, wer kann, vor einer lieblichen Stimme, die einem in tiefster Nacht die verführerischsten Wünsche zuflüstert.

– AUSZUG GRIMOIRE, KAPITEL 66 –

»Ziehen Sie nicht solche Gesichter oder sind Sie etwa aus Zucker?«, waren die ersten Worte von Mr Brown, als wir an einem verregneten Freitag in der zweiten Aprilwoche am Bogenschießstand ankamen. Die letzten Wochen hatte ich regelmäßig trainiert und definitiv Fortschritte gemacht. Nichtsdestotrotz verspürte ich bei dem Wetter wenig Motivation, mein Können unter Beweis zu stellen. Regentropfen prasselten auf uns nieder und die nasse Kälte bahnte sich einen Weg durch meine Kleidung.

»Heute ist ein ganz besonderer Tag. Ihr erstes Training mit richtigen Pfeilen. Da stört doch so ein bisschen Regen nicht«, sagte Mr Brown leichthin.

Ich unterdrückte ein genervtes Lachen. Er hatte gut reden. Schließlich beherrschte er das Bogenschießen ausgezeichnet. Aber wie sollten wir Schüler und Schülerinnen eine Zielscheibe treffen, während unaufhörlich Regen auf uns niederprasselte. Und noch dazu mit echten Pfeilen? Was, wenn ich mit dem Pfeil am Bogen abrutschte? Im schlimmsten Fall jemanden damit verletzte? Mr Brown hatte echt Nerven. Vor allem in den letzten Wochen. Er war bekannt für seine strenge Art, allerdings war es in letzter Zeit häufiger vorgekommen, dass er Schüler und Schülerinnen reihenweise zum Verzweifeln brachte. Auch heute sahen nur die wenigsten von uns begeistert aus.

Elanor, die sich bis gerade eben noch unter ihrem großen Wollschal versteckt hatte, seufzte auf und murmelte etwas, das sich verdächtig nach »*Unterricht im Freien sollte bei so einem Wetter verboten werden*« anhörte.

Zumindest ist sie wieder so fit, dass sie auch an dieser Stunde teilnehmen kann, dachte ich. Der Hexenrat und Feenrat ermittelten nach wie vor in Elanors Fall, bisher gab es jedoch keine neuen Erkenntnisse.

Vor Kälte zitternd versuchte ich mich wieder auf den Unterricht zu konzentrieren und kuschelte mich ein Stück tiefer in meine Jacke. Erleichtert stellte ich fest, dass der Regen immer mehr nachließ. Das hätte noch gefehlt, dass ich meinen Pfeil in die verkehrte Richtung abschoss, nur weil es rutschig war.

In der nächsten Sekunde tauchte allerdings eine weitere potenzielle Gefahrenquelle für mich auf und lief direkt auf uns zu. Ich schluckte schwer und wandte schnell den Blick ab. In den vergangenen Wochen hatte ich mich bemüht einen klaren Kopf zu bekommen und über all das nachgedacht, was Jason mir anvertraut hatte. Allerdings hatte mein Herz dem Versuch einen Strich durch die Rechnung gemacht. Vielleicht war es deshalb auch gut, dass ich ihn seit dem Gespräch auf dem Tower außerhalb der Nachhilfestunden kaum gesehen hatte. Aber andererseits sehnte ich mich nach ihm. Mit jedem Atemzug. Ob ich wollte oder nicht.

Inzwischen hatte Mr Brown Jason ebenfalls entdeckt. »Mr Ravenwood, es ist mir immer wieder eine Freude, Sie als Unterstützung im Unterricht willkommen zu heißen«, schallte es über den Übungsplatz.

Jason hatte mir während der etlichen Trainingsstunden einiges über Mr Brown erzählt. Er war nicht nur sein Trainer, sondern auch sein Mentor. Und als dieser fuhr er Jason zu seinen Wettkämpfen und bildete ihn aus. Die beiden standen sich sehr nah, trotz der mürrischen Art von Mr Brown.

»Mr Ravenwood wird Ihnen heute bei Fragen zur Verfügung stehen«, unterbrach unser Lehrer meine Gedanken. »Sollten Sie Hilfe benötigen, zögern Sie nicht, um Unterstützung zu bitten! Das erste Mal Bogenschießen mit echten Pfeilen erfordert eine Portion Konzentration und Verantwortungsbewusstsein. Nur wenn Sie sich im Umgang mit Pfeil und Bogen sicher fühlen, dürfen Sie heute schießen. Trauen Sie es sich selbst noch nicht zu, benutzen Sie bitte erneut die Pfeile mit den Saugnäpfen.«

Kurz war ich in Versuchung, genau das zu tun. Vor allem, da ich jetzt wusste, dass Jason zusah. Aber nein. Wozu hatte ich die letzten Wochen private Trainingsstunden mit ihm genießen dürfen? Er wäre sicherlich enttäuscht, wenn ich nun zu den Übungspfeilen griff. Also nahm ich meinen Mut zusammen und holte mir einen der Köcher mit den richtigen Pfeilen. Elanor tat es mir gleich. Tessa und Melina entschieden sich für die Übungspfeile.

Schließlich stellten wir uns wie bei fast jeder Trainingsstunde hintereinander in einer Reihe auf. Chris, der vor mir stand, pfiff leise vor sich hin. Irgendwie erinnerten mich die Töne an die Titelmelodie von *Game of Thrones*. Wie passend.

Schmunzelnd stellte ich mich auf die Zehenspitzen, um nah an sein Ohr zu kommen, und flüsterte: »Na, mal wieder ein bisschen zu viel *Game of Thrones* geschaut?«

»Offensichtlich nicht nur ich, sonst würdest du wohl kaum die Titelmelodie erkennen.« Er drehte sich zu mir um und hob grinsend eine Augenbraue. Aber bevor er noch etwas sagen konnte, war er an der Reihe und ein Gefühl von Aufregung gemischt mit Nervosität keimte in mir auf. Was vermutlich größtenteils an Jasons Anwesenheit lag und den verstohlenen Blicken, die er mir immer wieder zuwarf.

Währenddessen platzierte Chris zielsicher zwei Pfeile direkt in der Mitte der Zielscheibe und die Menge begann zu applaudieren. Als Jason zu ihm blickte, lag erneut diese Finsternis und Rivalität in seinen Augen. Seufzend schüttelte ich den Kopf. Ich verstand einfach nicht, was die beiden für ein Problem miteinander hatten.

Als Chris den Platz vor mir räumte und mit einem Augenzwinkern an mir vorbeilief, wurde ich richtig nervös. Doch im gleichen Moment schossen mir Jasons Worte durch den Kopf, die er mir vor einigen Wochen versucht hatte einzutrichtern. *»Glaub an dich und deine Willensstärke, dann wirst du alles schaffen.«* Und genau das tat ich jetzt.

Mit gestrafften Schultern trat ich nach vorne und bemühte mich um einen sicheren Stand, was sich allerdings als schwerer herausstellte als gedacht. Der Boden war durch den Regen aufgeweicht und dementsprechend rutschig. Ich versuchte diese Tatsache zu ignorieren und mich auf das Wesentliche zu fokussieren. Diese Pfeile auf die Zielscheibe zu bekommen. Mit einem tiefen Atemzug entnahm ich einen der Pfeile aus dem Köcher, hob den Bogen, spannte die Sehne, fixierte die Zielscheibe und schoss.

Kurz hielt ich die Augen geschlossen, atmete tief durch. Es wäre schon ein Erfolg, wenn ich die Scheibe getroffen hatte. Ich zählte bis drei und hob die Lider. Mit angehaltenem Atem ließ ich meinen Blick zu der Zielscheibe wandern, in der tatsächlich ein Pfeil steckte. Geschafft. Ich hatte es geschafft! Zwar war er außerhalb der Ringe gelandet, trotzdem hatte ich getroffen. Doch um mich lange darüber zu freuen, blieb keine Zeit. Weiter ging es. Erneut nahm ich einen Pfeil aus dem Köcher, spannte die Sehne und schoss. Wieder der Rand. Aber immerhin, ich hatte getroffen. Nun ein letztes Mal. Wie sagte man so schön? Aller guten Dinge waren drei. Also holte ich noch einmal tief Luft und schoss ein letztes Mal. Schneller als ich reagieren konnte, brach Jubel hinter mir aus.

Erst als ich wieder zu der Zielscheibe schaute, stellte ich fest, dass ich genau in die Mitte getroffen hatte. Mir klappte der Unterkiefer nach unten. Ich hatte getroffen. In die Mitte! Ich! Unwillkürlich stahl sich ein Grinsen auf meine Lippen. Beschwingt lief ich auf die Zielscheibe zu, um meine Pfeile herauszuziehen, begegnete dabei jedoch Jasons stolzer Miene. Kurz verharrte ich lächelnd, räumte dann aber das Feld für Elanor.

Auch meine Freundin verfehlte die Zielscheibe nicht. Zweimal traf sie den äußersten Ring.

»Großartig gemacht«, lobte ich sie nach dem Unterricht.

»Danke, du ebenfalls.« Sie grinste mich an und fügte hinzu: »Ich glaube, das will dir dein Trainer auch noch mal persönlich sagen.« Ihr Blick ging an mir vorbei, bevor sie sich aus dem Staub machte.

»Das war wirklich beeindruckend. Als hättest du es vom Besten gelernt.« Jason kam grinsend auf mich zugelaufen.

»Suhl dich nur im Eigenlob, Mr Ravenwood.« Ich streckte ihm die Zunge raus.

»Natürlich. Selbst Mr Brown hast du überzeugt. Das muss was heißen«, antwortete er mit einem Zwinkern.

Bevor ich allerdings etwas erwidern konnte, hob er bereits die Hand zum Abschied. »Ich muss wieder los. Mein Vater erwartet mich.« Und schon verschwand er aus meinem Sichtfeld.

»Deine Wangen sind ja ganz rot. Was hat Jason denn zu dir gesagt?«, neckte mich Elanor, als ich mich zu ihr gesellte, nachdem ich meinen Köcher und Bogen zurückgebracht hatte.

Seufzend schüttelte ich den Kopf, konnte aber ein Lächeln nicht unterdrücken. Elanor wusste von dem Gespräch, das ich mit Jason auf dem Tower of London geführt hatte. Aber sie war eine Verfechterin von Liebesromanen mit Happy End und wollte einfach nicht akzeptieren, dass es für uns keine Chance gab.

»Er hat mir nur gesagt, dass ich gut geschossen habe.« Leider konnte ich die Euphorie in meiner Stimme nicht ganz unterdrücken, sodass Elanor mir direkt auf die Schliche kam.

»Aha! Ich wusste es, du freust dich über seine Worte!« Verschwörerisch grinste sie mich an.

Ich verdrehte die Augen, stimmte jedoch in ihr Lachen mit ein. »Wer freut sich denn nicht über ein Lob?«

Sie funkelte mich wissend an und hakte sich bei mir unter, während wir den schmalen Pfad zurück zum Wintergarten liefen. Aber kaum erreichten wir die große Glastür, stupste Elanor mich an.

»Äh, Lilly, wo hast du deine Umhängetasche?«

Verwirrt schaute ich an mir runter. Und tatsächlich. Ich war ohne Tasche losgelaufen.

»Ich hol sie kurz und komm dann nach«, entschied ich und sprintete zurück. Gott sei Dank lag meine braune Ledertasche nach wie vor unter einem Kastanienbaum und ich hängte sie mir schnell über die Schulter. Doch bevor ich mich wieder in Bewegung setzen konnte, drangen plötzlich Stimmen aus dem Schuppen neben mir. Aus einem Impuls heraus überwand ich die letzten Meter und linste durch das kleine, verschmutzte und von Spinnweben überzogene Sprossenfenster. Ich musste einige Male blinzeln, bis sich meine Augen an die Dunkelheit im Inneren gewöhnten und ich etwas erkennen konnte. Verblüfft stellte ich fest, dass dort Chris stand und mit Mr Brown diskutierte.

»Dein altes Ich war weniger boshaft«, keifte Chris, während er mit einem der Pfeile herumspielte.

Ich runzelte die Stirn. *Was meint er damit?*

»Du hast mir nicht zu sagen, wie ich mich zu verhalten habe. In wenigen Wochen ist es so weit und ich kann ihn endlich erledigen.«

»Ich mach da nicht mehr mit. Du veränderst dich!«

»Du hast keine andere Wahl.« Aus Mr Browns Kehle drang ein boshaftes Lachen, das mir durch Mark und Bein ging. Und irgendwie kam es mir bekannt vor. Schon einmal hatte ich genau dieses Lachen gehört. Böse, einnehmend und finster. Ich kam nur nicht drauf, woher ich es kannte.

»Du bist genau wie ich an ihn gebunden«, fuhr Mr Brown fort.

Wen meinte er mit *ihn*? Wer war er?

»Ich habe keine Lust mehr auf diese Spielchen. Soll er dich weiter manipulieren, mich bekommt er nicht«, knurrte Chris, dann hob er seinen Pfeil und stieß ihn mit voller Wucht in die gegenüberliegende Wand.

»Warte ab. All die Jahre war ich ein Niemand und nun ist es so weit. Bald ist meine Zeit gekommen.« Mr Brown warf den Kopf in den Nacken und erneut erklang ein kehliges Lachen.

Chris schüttelte nur den Kopf, als würde er Mr Brown für verrückt erklären, wobei sein Blick in Richtung des Fensters glitt. Schnell duckte ich mich. Mit rasendem Herzen, aber so leise wie möglich lief ich über den Kiesweg zurück zum Wintergarten. Mir brummte der Schädel und ich schaffte es nicht, das aufkeimende Gedankenchaos in mir zu sortieren. Wieso kannten sich Mr Brown und Chris so gut? An wen waren sie gebunden? Und die noch viel größere Frage: Was hatte Mr Brown vor?

Auch Stunden später beschäftigte mich noch das seltsame Gespräch zwischen Chris und Mr Brown. Selbst der Filmabend mit Grandma hatte mich nicht auf andere Gedanken bringen können. Zumal sie sich weiterhin geweigert hatte, mir irgendetwas zu den Ermittlungen bezüglich der Überfälle zu verraten. Seit ich das Gespräch belauscht hatte, das sie über den Seherkessel geführt hatte, versuchte ich Informationen aus ihr herauszubekommen.

Ich seufzte und sah zu meiner Hundelady, die neben mir in der Dunkelheit herlief. »Ich vertraue ihr ja, doch ich wüsste einfach nur gerne, welches Monster Elanor angegriffen hat.« Ich straffte die Schultern und beschleunigte meine Schritte. Zwar war der Weg von Grandmas Wohnung bis zum Hauptgebäude nicht lang, aber der Mond war durch die Wolkendecke kaum sichtbar und einzig eine Laterne beleuchtete den gepflasterten Pfad bis zum Wintergarten. Ich hoffte einfach, dass meine Hundelady Alarm schlagen würde, wäre ich in Gefahr. Allerdings fragte ich mich nach einigen Minuten, ob das nicht eine Fehleinschätzung gewesen war. Denn Mrs Blueberry winselte bei jedem kleinsten Geräusch und wollte nicht weitergehen. Ich musste sie regelrecht hinter mir herziehen.

»Du bist zu schwer, als dass ich dich tragen kann, das ist dir bewusst, oder?«, tadelte ich meine Hundelady, als sie beim Pfeifen des Windes an mir hochsprang.

»Wuff«, bellte sie mich beleidigt an.

Kopfschüttelnd lief ich weiter, doch auf einmal erklang ein unheimliches Rascheln. Als würde jemand über das Laub von welken Blättern laufen. Mein Herz begann schneller zu schlagen. Vielleicht bildete ich mir dieses Geräusch auch nur ein. Oder es war einfach eine Maus, die sich ihren Weg durch das Geäst bahnte. Wieder ertönte das Rascheln. Dieses Mal schien es aber näher zu kommen. Das Winseln von Mrs Blueberry wurde lauter und sie zog mich an der Leine hinter sich her. Unsere Schritte wurden schneller, genau wie mein Herz.

Wir hatten fast den Eingang zum Wintergarten erreicht, als mich plötzlich von hinten eine Hand an der Schulter festhielt. Ich schrie auf, wirbelte herum, begab mich in Kampfstellung und machte mich auf alles gefasst. Ein heller Lichtstrahl blendete mich. Perplex kniff ich die Augen zusammen. Was um Himmels willen war das? Ich versuchte zu blinzeln, aber das grelle Licht ließ es nicht zu.

»Wieso stehst du hier wie eine schlechte Imitation von Karate Kid?«

Moment mal, was? Ich ließ die Arme wieder sinken.

»Jason!« Ich stieß ihn gegen die Schulter und er stolperte einen Schritt rückwärts.

»Nicht so stürmisch, Ms Campbell.«

»Was machst du hier?«, fauchte ich ihn an.

»Na, na. Du weißt doch, Sherlock, zu viel Neugier ist nicht gesund.« Er zwinkerte amüsiert und grinste schief.

Genervt verdrehte ich die Augen. Für seine Scherze war ich gerade nicht zu haben. Er hatte mich zu Tode erschreckt. Also riss ich, ohne ein Wort zu sagen, die Tür zum Wintergarten auf. Mrs Blueberry nahm das zum Anlass, schnell an mir vorbeizuschlüpfen. Und ich stampfte hinterher.

Aber Jason ließ sich wie immer nicht so einfach abwimmeln. »Ich wollte dich nicht erschrecken. Auch wenn ich deine Version von Karate Kid urkomisch fand.«

Ich drehte mich zu ihm um und verschränkte die Arme. »Möchtest du mir erzählen, was du so spät hier treibst?« Mit hochgezogenen Augenbrauen schaute ich an ihm herunter und entdeckte in seiner rechten Hand einen Bogen. Verwirrt runzelte ich die Stirn.

»Richtiger Gedanke, Sherlock. Ich war beim Bogenschießen.«

»Im Dunkeln?«, fragte ich ungläubig.

»Scheint so«, stimmte er mir zu.

»Das heißt?«, bohrte ich weiter nach.

Jason zuckte mit den Achseln. »Ab und zu trainiere ich bei Dunkelheit, um ein Gefühl für den Bogen zu bekommen. Dann sind meine Sinne geschärfter.«

Ich konnte mir ein Lachen nicht verkneifen. »Auf solche Ideen kommst nur du.«

Ein wissendes Lächeln umspielte seine Züge. »Gut möglich, Sherlock. Aber nun komm, lass mich euch aufs Zimmer begleiten.«

Ich seufzte und nickte bloß. Durch den Adrenalinschub war ich mehr als ausgelaugt. Der Gedanke an mein warmes Bett war verlockend.

»Was hast du eigentlich um die Uhrzeit hier gemacht?«, unterbrach Jason die Stille, während wir die Wendeltreppe nach oben stiegen.

»Ich habe Grandma besucht. In letzter Zeit verbringt sie viel Zeit an der Academy.«

»Verständlich. Schließlich sind die Lehrkörper fast jede Nacht dort draußen.«

Mir klappte der Unterkiefer nach unten. »Was weißt du darüber?« Ich blieb mitten auf der Treppe stehen und musterte ihn prüfend.

»Na ja, auch nicht viel«, erwiderte er achselzuckend.

»Raus mit der Sprache. Verrate mir, was du weißt.«

»Viel ist es nicht. Ich habe sie mit den anderen bei einem ihrer nächtlichen Spaziergänge beobachtet. Ehrlich gesagt sieht es eher danach aus, als würden sie Wache stehen.«

»Was sollten sie denn bewachen?«

»Uns, Sherlock. Wenn solche Anschläge passieren, ist das ein Zeichen, dass es eine Lücke in unserer magischen Schutzmauer gibt. Und natürlich erzählen sie uns nichts davon und behalten es für sich, sonst würde nur unnötige Panik ausbrechen.«

Ich setzte gerade dazu an, etwas zu erwidern, als auf einmal Finley die Treppe hinuntergestürmt kam. »Ich möchte euer nettes Gespräch ja nicht unterbrechen, aber Abraxas hat sich mal wieder auf dem Dach verschanzt und weigert sich runterzukommen. Und über das Fenster in deinem Zimmer komme ich am schnellsten zu ihm, Jason.« Seufzend richtete er sein locker gewordenes Haarband. »Jedes Mal zu dieser Mondphase fängt er damit an und gesellt sich zu den Raben auf das Dach. Als würden sie dort irgendein Mondritual der Nachttiere abhalten oder so was.«

»Finley, deine Fledermaus wird schon von allein den Weg zu dir finden. So wie sonst auch immer«, versuchte Jason seinen Kumpel zu beruhigen.

»Beim letzten Mal hat Abraxas es hochgeschafft, sich jedoch

geweigert, wieder runterzufliegen«, erklärte Finley kopfschüttelnd. »Er saß bis zum Sonnenaufgang dort oben. Manchmal kann ich diese kleine, sture Fledermaus wirklich nicht verstehen.«

»Na gut, ich komm schon«, sagte Jason an ihn gewandt, schaute dann entschuldigend in meine Richtung und verschwand mit Finley die Treppe nach oben.

Grinsend blickte ich den beiden hinterher. Eine Fledermaus, die mit den Raben den Mond anhimmelte. So was konnte es nur in der Welt der Hexen geben.

Als mich Mrs Blueberry auffordernd anstupste, folgte ich ihr die restlichen Stufen zum Stockwerk der Mädchen. Wenigstens wusste ich jetzt, warum Grandma hier nachts unterwegs war, und ich konnte eine der brodelnden Fragen in meinem Kopf streichen.

Auf dem Weg durch den Korridor kam uns erneut der Wischmopp entgegen, der seine einsamen Kreise zog. Und dieses Mal hatte er einen kleinen Kehrbesen bei sich, der vor ihm herfegte. Mrs Blueberry eilte darauf zu und knurrte das Gespann an. Doch der Wischmopp fuhr ihr einfach einmal quer über die Nase. Anklagend bellte meine Hundelady auf und nieste einmal.

»Gleich darfst du zurück in dein Körbchen, meine Süße«, erwiderte ich sanft, bevor ich die Türklinke nach unten drückte. Mrs Blueberry schob sich sogleich an mir vorbei in das warme Zimmer.

Elanor saß in ihrer *Vampire Diaries*-Decke eingekuschelt auf dem Bett. Auf ihrem Schoß lag ein großes, schweres Buch und sie hatte Kopfhörer auf. Dabei hörte sie so laut Musik, dass ich problemlos auch ohne Kopfhörer mithören konnte. Natürlich lief One Direction in Dauerschleife. Erst bemerkte sie mich nicht, doch als ich das Zimmerlicht anknipste, schnellte ihr Kopf erschrocken in die Höhe.

»Tut mir leid, ich wollte dich nicht erschrecken«, sagte ich entschuldigend, als sie ihre Kopfhörer abgenommen hatte.

Elanor lächelte mich an. »Ist nicht schlimm. Ich war nur versunken in einen Bericht.«

»Einen Bericht? Worüber?« Ich machte es mir neben ihr auf dem Bett bequem und schaute sie fragend an.

»Über das Traumwandeln bei Feen.«

Ich runzelte die Stirn. »Ich dachte, du weißt alles darüber.«

Elanor schüttelte den Kopf. Dann nickte sie. Was denn nun?

Sie schien meinen verwirrten Blick zu bemerken. »Dachte ich auch. Aber in der Nacht, bevor …«, Elanor stockte kurz und holte tief Luft, »bevor ich angegriffen wurde, hatte ich ein seltsames Erlebnis. Das Letzte, woran ich mich erinnern kann, ist, dass ich in einen fremden Traum gestolpert bin. Zwei Männer unterhielten sich, im Verhexten Wald.« Sie rieb sich die Schläfe. »Jedes Mal, wenn ich versuche mich an die Gesichter der Männer sowie den Inhalt dieses Gespräches zu erinnern, bekomme ich unerträgliche Kopfschmerzen. Es … es fühlt sich so an, als hätte mir jemand meine Erinnerungen an den Traum genommen. Zumindest einen Teil davon.« Ihre Stimme klang verzweifelt.

»Konntest du dich vor dem Vorfall an den Traum erinnern?«, fragte ich vorsichtig.

Elanor kniff die Augen zusammen, als würde sie angestrengt darüber nachdenken. »Ich … ich glaube schon.« Sie schaute mich frustriert an. »Ich wollte dir davon erzählen. Nach dem Mitternachtsduell. Bei einem unserer nächtlichen Gespräche.«

Ich seufzte auf und betrachtete Elanor genauer. Das Thema schien sie nicht mehr loszulassen. Die dunklen Schatten unter ihren Augen bestätigten meinen Verdacht.

»Seit wann versuchst du etwas über diesen Traum herauszufinden, Elanor?« Sorge schwang in jedem meiner Worte mit.

»Seit ich wieder bei Bewusstsein bin. Kaum hatte ich die Augen geöffnet, schoss mir diese lückenhafte, schwammige Erinnerung durch den Kopf.«

Das erklärte zumindest ihr Verhalten in den letzten Wochen. Nachts hatte sie unruhig geschlafen und tagsüber war sie oft unkonzentriert gewesen. Meine Sorge um sie war immer stärker geworden, zumal das Monster, das ihr schaden wollte, weiterhin dort draußen war. Aber wieso hatte sie nie etwas erzählt?

Als würde sie meine Gedanken lesen, antwortete sie leise. »Tut mir leid. Ich wollte dich nicht in die Sache reinziehen. Zumindest nicht, bis ich weiß, ob der Traum mit dem Vorfall zusammenhängt.«

»Elanor, ich werde immer an deiner Seite sein. Du darfst dir bei mir alles von der Seele reden«, versuchte ich ihr klarzumachen.

Erleichterung huschte über ihre Züge. »Danke«, erwiderte sie unter einem erstickten Schluchzer.

»Wir finden raus, was es mit dem Traum auf sich hat«, sagte ich mit fester Stimme und meinte jedes Wort genau so.

Sie nickte, bevor ihre Lippen bebten und sie in Tränen ausbrach. Ich legte tröstend den Arm um sie, während meine Hundelady leise winselte und ihren Kopf in Elanors Schoß bettete. Mit einem traurigen Lächeln kraulte sie Mrs Blueberry hinter den Ohren. »Braves Mädchen«, murmelte sie immer wieder in ihre Richtung.

»Was steht denn in dem Bericht?«, kam ich erneut auf das eigentliche Thema zu sprechen und löste mich wieder von ihr.

Elanor reichte mir das schwere Buch, bei dem es sich laut Titel um das *Lexikon der Feen* handelte, und ich begann zu lesen:

Traumwandeln ist eine Kunst, die nur wenige Feen beherrschen. Es ist Fluch und Segen zugleich. Segen, da die Ebene der Kommunikation selbst über eine weitreichende Entfernung zustande kommen kann. Fluch, weil die Welt der Träume unendlich ist. Oft wird von Vorfällen berichtet, bei denen Traumwandler-Feen nicht mehr in die Realität zurückfanden und in einen ewigen Schlaf fielen. Oder von Feen, die nur darauf warten, andere in ihren Traum einzusperren. Aber es gibt auch Geschichten von Feen, die in Träume anderer hineingezogen und verrückt geworden sind. Man sagt sogar, dass der Teufel nach seiner Gefangennahme sein Unwesen in Träumen anderer treibt.

Mindestens dreimal las ich mir den Text durch, bevor ich wieder zu Elanor schaute. Eine Gänsehaut hatte meinen Körper überzogen und ich wusste nicht, was ich denken sollte. Dass sich der Teufel in der Traumwelt aufhielt, war bestimmt nur ein Ammenmärchen. Doch dass Feen von anderen Feen in Träumen eingesperrt wurden, war erschreckend.

»Ist es dann nicht gefährlich, wenn du Elijah über deine Träume besuchst?« Vorsichtig blickte ich sie an.

»Ja, natürlich. Gefährlicher ist es allerdings, unsere Liebe öffentlich zu machen.«

Ich nickte verständnisvoll. Dennoch gefiel mir der Gedanke nicht, dass Elanor sich durch das Traumwandeln in Gefahr begab.

»Es ist Liebe, verstehst du?«, sagte sie leise, mehr zu sich selbst als zu mir. »Liebe macht dich blind, aber gleichzeitig schärft sie deine Sinne für die schönen Dinge im Leben.«

»Das verstehe ich. Elijah und du habt ein Recht auf Glück. Pass dennoch bitte auf dich auf, Elanor«, erwiderte ich mit einem schwachen Lächeln und erhob mich von ihrem Bett.

»Versprochen.« Elanor hob feierlich die Hand und verschränkte ihre Finger. Dann zog sie ihr Kopfkissen heran und kuschelte sich tiefer in ihre Bettdecke.

Ich seufzte auf. »Ich habe Jason auf dem Rückweg getroffen. Von ihm weiß ich nun, dass Grandma und ein paar andere Lehrer nachts eine Art Beschützertrupp aufstellen.«

»Soll ich fragen, ob euer Aufeinandertreffen tatsächlich reiner Zufall war?« Kurz huschte ein Lächeln über Elanors Lippen.

»Reiner Zufall«, erwiderte ich, konnte mir ein Lächeln aber nicht verkneifen. »Außerdem wurde er auf der Treppe eh von Finley abgefangen.«

Elanor schaute mich ein paar Sekunden lang nachdenklich an. »Die Sache mit Vicky und ihm ... das ist schwer für dich, oder?«

Unweigerlich bildete sich ein Kloß in meinem Hals und ich versuchte die aufkommenden Tränen in meinen Augen wegzublinzeln. »Ich weiß einfach nicht, wie ich damit umgehen soll. Gerade erst dachte ich, dass es eine Chance für uns gibt, und dann ...« Meine Stimme versagte.

»... dann erzählt er dir, dass er an ein uraltes Schicksal gebunden ist«, beendete Elanor den Satz.

Ich fuhr mir mit dem Handrücken über meine Wangen, als könnte ich damit den Schmerz jeder einzelnen Träne einfach wegwischen.

»Ihr solltet noch einmal über alles reden.«

»Weshalb? Was sollte das noch bringen?«, flüsterte ich erstickt.

»Weil es deinem Herzen vielleicht helfen wird zu akzeptieren und zu verstehen.«

Womöglich hatte Elanor recht. Aber ich war mir nicht sicher, ob ich das noch einmal konnte. Mich mit dem Schmerz auseinandersetzen, der sich seit unserem Gespräch auf dem Tower in meinem Herzen eingenistet hatte.

KAPITEL 22

In der Walpurgisnacht wird traditionell ein großes Feuer entfacht, das böse Geister vertreiben soll. Erle, Lärche, Birke, Eberesche, Ulme, Eiche, Hasel, Wacholder, Eibe. Das sind die neun heiligen Hölzer, die für das Ritual in den mächtigen Flammen zu Asche verglühen sollen.

– AUSZUG GRIMOIRE, KAPITEL 77 –

Gähnend lief ich am Sonntagmorgen mit Mrs Blueberry im Schlepptau die große Wendeltreppe zur Eingangshalle hinunter. Heute fand die Sitzung des Komitees zur Walpurgisnacht statt und anscheinend waren wir die Einzigen, die zu dieser unchristlichen Stunde bereits auf den Beinen waren.

Erneut überkam mich ein Gähnen; ich brauchte schleunigst einen Kaffee. In den letzten zwei Tagen hatte ich kaum ein Auge zubekommen. Immer wieder waren meine Gedanken zu Chris geschweift. Nicht einmal Elanor hatte ich von dem belauschten Gespräch erzählt, denn ich wollte erst mit ihm reden, bevor ich weitere Schlüsse zog.

Ich seufzte auf, blieb stehen und betrachtete einige Sekunden gedankenverloren die große Flügeltür zum Speisesaal. Ein filigranes Muster war in das Holz eingelassen, bestehend aus unzähligen goldschimmernden Ästen und Blättern. Wenn man genau hinsah, erkannte man sogar kleine Raben, die mit ausgebreiteten Flügeln auf den verschnörkelten Ranken saßen. Was mich unweigerlich daran erinnerte, weshalb ich um kurz vor sieben bereits hier unten und nicht in meinem Bett war. Entschlossen setzte ich mich erneut in Bewegung, kam jedoch nicht weit, denn in diesem Moment schwang die Tür nach innen auf und ein herrlicher Duft nach Scones und Kaffee wehte uns entgegen. Wie auf Kommando begann mein Magen zu knurren. Mrs Blueberry eilte voraus, wohl in der Hoffnung auf eins der Gebäckstücke. Schnell folgte ich ihr.

»Da hatten wir wohl das gleiche Bedürfnis nach Kaffee«, ertönte plötzlich eine tiefe Stimme hinter uns, als ich gerade dabei war, Mrs Blueberry davon abzuhalten, einen Scone vom Tresen zu stibitzen. Ich wirbelte herum und starrte in ein grünes Augenpaar, das mich amüsiert anfunkelte.

»Chris.« Sein Name war das Einzige, was ich herausbrachte. Ich schluckte gegen den Kloß an, der sich unweigerlich in meiner Kehle gebildet hatte, und beobachtete, wie er sich mit der einen Hand einen Scone schnappte und mit der anderen Aika auf dem Arm balancierte. Ebenso wie Mrs Blueberry beäugte sie das Gebäckstück in Chris' Hand mit einem gierigen Hecheln.

»Ist die Stille am Morgen nicht herrlich?«, sagte er leicht sarkastisch.

»Warum bist du schon so früh morgens hier unterwegs?«

»Aus dem gleichen Grund wie du«, erwiderte Chris und nahm einen Bissen von dem Scone.

»Wegen Kaffee?«, versuchte ich mich an einem Scherz, der jedoch ziemlich lahm ausfiel.

»Wegen der Sitzung des Komitees.« Er grinste mich schief an.

»Okaaay«, presste ich hervor und legte den Kopf schief. »Nimmst du freiwillig teil?«

»Ich habe eine Wette mit Dave verloren«, erklärte er mir mit einem Zwinkern.

Verstehend nickte ich, doch die Erinnerung an sein Gespräch mit Mr Brown drängte sich mit Macht in den Vordergrund.

Konnte ich dem charmanten, blondhaarigen Jungen mit der schwarzen Basecap und dem grauen Hoodie wirklich trauen? Wie würde er darauf reagieren, wenn ich ihm erzählte, dass ich ihn und Mr Brown belauscht hatte?

»Lilly, ist alles in Ordnung?« Fragend schaute Chris mich an.

Automatisch schüttelte ich den Kopf, bevor ich nickte. »Äh, ja, na klar.«

»Bist du dir sicher?«

»Ich habe das Gespräch zwischen Mr Brown und dir belauscht«, platzte es einfach so aus mir heraus. Innerlich fluchend wappnete ich mich für seine Reaktion. Das konnte ja nur schiefgehen. Nervös zupfte ich am Ärmel meines Parkas.

»Okay und was möchtest du jetzt von mir wissen?«, entgegnete Chris stirnrunzelnd.

Er ist nicht sauer? »Also, irgendwie wirktet ihr so vertraut miteinander. Als hättet ihr eine gemeinsame Vergangenheit«, sagte ich zögerlich.

Chris nickte und kaute genüsslich auf seinem Scone herum. Gefühlt vergingen Minuten, bis er mir antwortete. »Die haben wir. Mr Brown ist mein ehemaliger Mentor.«

»Mentor?« Verwirrt kniff ich die Augen zusammen.

»Ich bin oder besser gesagt *war* Bogenschütze«, erwiderte er leichthin, bevor er ein Stück von seinem Scone abriss, in die Höhe schmiss und das direkt in Aikas Maul landete.

Mir klappte der Unterkiefer nach unten. »Bogenschütze? Wieso hast du mir das nie erzählt?«

»Weil es Vergangenheit ist.«

»Was hat das Gespräch dann zu bedeuten? Chris, wer ist euer gemeinsamer Feind?«

Kaum hatte ich die Worte ausgesprochen, verfinsterte sich Chris' Blick. »Als Bogenschütze hatte ich viele Konkurrenten und einige davon kann man durchaus als Feinde bezeichnen. Ich jedenfalls werde nicht mehr antreten. Nie wieder. Aber genauso wie ich meine Entscheidung getroffen habe, hat sie auch Mr Brown getroffen.«

»Und welche Entscheidung ist das?«

»Die Entscheidung zu kämpfen«, erwiderte er knapp. Seine Stimme deutete mir, nicht weiter nachzubohren. »Wir sollten uns auf den Weg in den Festsaal machen. Die Sitzung beginnt gleich.« Abrupt wandte er sich ab, schnappte sich im Vorbeigehen einen Kaffeebecher und marschierte aus dem Speisesaal.

Mir schwirrte der Kopf. Wie viel wusste ich noch nicht über Chris? Stirnrunzelnd schaute ich in Richtung Tresen und murmelte leise »*Pendere*«.

Prompt erhoben sich einer der Scones sowie ein Kaffeebecher und schwebten zu mir hinüber. In den letzten Wochen hatte ich vor allem den Schwebezauber perfektioniert, was nicht zuletzt an den vielen Nachhilfestunden mit Jason lag.

»Komm, meine Süße«, sagte ich zu Mrs Blueberry und lief gemeinsam mit ihr zum Treffpunkt in der Festhalle. Ein kurzer Blick durch den Raum verriet mir, dass Chris mir trotz seines unwirschen Verhaltens einen Platz in der letzten Reihe frei gehalten hatte. Wobei das gar nicht nötig gewesen wäre, denn außer uns waren erst fünf weitere Schüler und Schülerinnen anwesend. Ich schaute auf die Uhr. Punkt sieben Uhr. Wir waren also nicht zu früh. Aber wo war der Rest? Verwirrt setzte ich mich neben Chris, der ebenfalls keine Ahnung zu haben schien und nur ratlos mit den Schultern zuckte.

Gerade als ich einen anderen Schüler fragen wollte, ob die Besprechung vielleicht verschoben worden war, ging die Tür hinter uns auf und Vicky kam mit Jason hereinspaziert.

Unwillkürlich blieb mein Blick an ihm hängen und für ein paar Sekunden verlor ich mich wieder in dem Gedankenkarussell, das mir seit Tagen schlaflose Nächte bereitete. Doch als er ebenfalls in meine Richtung schaute, betrat Mrs Ravenwood mit ihrem Raben Murray den Saal. Ich blinzelte einige Male und konzentrierte mich wieder auf die Gegenwart. Jasons Granny stellte sich vor uns und klatschte gut gelaunt in die Hände. Für sieben Uhr morgens sah sie erstaunlich fit und munter aus. Ihre Haare waren streng nach hinten gebunden und die Bluse unter ihrem dunkelgrünen Samtgewand wies keine einzige Falte auf.

»Meine Herrschaften. Es freut mich, dass Sie dieses Jahr ehrenamtlich im Komitee helfen.« Sie machte eine kurze Pause und sah auf. »Bald ist es so weit und die Academy richtet ihr berühmtes Fest zur Walpurgisnacht aus. Dieses hat seit Jahrzehnten Tradition an der Ravenhall. Ehemalige Schüler und Schülerinnen sowie Lehrkräfte anderer Schulen werden anwesend sein. Womit wir schon bei unserem ersten Punkt der Liste wären. Ich bräuchte einen Freiwilligen, der die Einladungskarten herausschickt.«

Direkt schnellte die Hand eines Mädchens aus dem zweiten Schuljahr in die Höhe.

»Ms Nelson. Wie schön.« Mrs Ravenwood lächelte sie dankbar an, bevor ihr Blick erneut auf das Klemmbrett in ihrer Hand wanderte. »Als Nächstes steht die Planung der Dekoration auf den Plan. Dafür werden zwei von Ihnen benötigt.«

Wieder hoben sich Hände, dieses Mal von einem Jungen aus dem ersten und einem Mädchen aus dem zweiten Schuljahr.

»Sehr gut, sehr gut. Dann teile ich Mr Wardfield und Ms Adams für diese Aufgabe ein.« Schwungvoll hob sie ihre Hand und ließ die Feder, die vor ihr in der Luft tanzte, die Namen auf dem Klemmbrett notieren. »Außerdem brauchen wir zwei freiwillige Helfer, die sich um die Organisation der Speisekarte, Flyer und Musik kümmern.«

Jetzt meldeten sich die anderen beiden Schüler, bevor ich überhaupt die Möglichkeit hatte, meine Hand zu heben. Dabei klang es verlockend, eine Speisekarte zu erstellen. Obwohl es bei mir vermutlich nur Pizza geben würde. Aber wer liebte bitte keine Pizza?

»Nun kommen wir zum letzten Punkt. Das traditionelle große Feuer. Wie Sie vielleicht wissen, verlangt es der Brauch, ausschließlich Holz aus dem Verhexten Wald der Academy zu verwenden. Die vom Boden aufgesammelten Hölzer werden in dieser Nacht dem Feuer geopfert.« Erst fiel ihr Blick auf Vicky und Jason, dann auf Chris und mich.

Ich hoffte innerlich, dass Mrs Ravenwood jetzt nicht das aussprach, was ich befürchtete. Allerdings tat sie genau das.

»Da nur noch vier von Ihnen übrig sind, werden Sie das Sammeln der Hölzer übernehmen.« Sie räusperte sich kurz und fuhr dann fort. »Bitte widmen Sie sich direkt heute Ihren Aufgaben. Wir haben nur begrenzt Zeit zur Verfügung. Ich danke Ihnen für die Hilfe.« Damit verabschiedete sich Mrs Ravenwood und eilte mit ihrem Raben auf dem Arm aus dem Festsaal.

»Lasst uns aufbrechen. Ich habe keine Lust, hier Wurzeln zu schlagen.« Jason erhob sich von seinem Platz und schaute uns abwechselnd an. »Wir sollten uns aufteilen. Dann sind wir schneller fertig. Vicky, du gehst mit Chris, Lilly, du kommst mit mir.«

Vicky schnaubte laut. »Weshalb sollte ich mit dem da«, sie deutete auf Chris, »die Hölzer suchen und nicht mit dir? Lilly kann doch genauso mit ihm in den Wald.«

»Weil wir beide Mentoren sind und uns im Wald gut auskennen.« Jason verschränkte die Arme und sein Tonfall duldete keine Widerrede.

»Ich trage nicht einmal das passende Schuhwerk für einen Ausflug in den Wald.«

»Und weshalb bist du dann überhaupt im Komitee?«, fragte ich Vicky.

»Schon Jasons und meine Eltern waren im Komitee«, war ihre lapidare Antwort.

»Können wir dann gehen?«, mischte sich Chris ein.

»Vicky und Chris, ihr nehmt euch bitte das östliche Waldgebiet vor. Lilly und ich werden Richtung Westen aufbrechen. Bitte passt auf euch auf und schlagt euch nicht die Köpfe ein.« Jason nickte uns zu und stapfte gefolgt von einer immer noch vor sich hinmurrenden Vicky los.

Chris und ich setzten uns ebenfalls in Bewegung und sobald wir den Waldrand erreicht hatten, teilten wir uns auf. Widerstrebend folgte Chris Vicky, die ihren offensichtlichen Unmut am moosbedeckten Boden ausließ. Mit ihren hohen Stiefeletten bohrte sie beim Gehen ganze Krater in den Untergrund. Aika verstand sich hingegen blendend mit Vickys Katze Queenie. Die beiden trotteten freudig hinterher.

»Komm, lass uns gehen. Die Hölzer zu finden, ist nicht gerade leicht«, kam es von Jason.

Ich kuschelte mich tiefer in meinen Parka. Allein bei dem Anblick des düsteren Walds wurde mir ein wenig mulmig. Und der schmale Pfad, den Jason nun einschlug, war mir wenig geheuer. Mrs Blueberry, feige, wie sie war, quetschte sich zwischen Jason und mich. Dadurch kam ich immer wieder vom Weg ab und trat auf morsche Äste, was meine Hundelady mit einem ängstlichen Winseln quittierte.

»Jason, wusstest du, dass Chris Bogenschütze war?«, durchbrach ich irgendwann die Stille zwischen uns. Ein Seitenblick verriet mir, dass er nicht begeistert war über meine Frage.

»Edwards und ich kennen uns bereits einige Jahre. Sein letztes Turnier hat er gegen mich verloren.«

»Ihr seid Gegner gewesen?«

»Gut erkannt, Sherlock.« Jason schob den Ärmel seiner Lederjacke nach oben und zeigte mir seinen linken Unterarm. Eine feine, quer verlaufende Narbe erhob sich auf seiner Haut. Wieso war sie mir bisher nicht aufgefallen?

»Chris hat bei dem Turnier gegen die Regeln verstoßen und einen Pfeil verhext. Und da sich zu diesem Zeitpunkt seine Magie noch nicht entfaltet hatte, hat er zu allem Überfluss auch noch einen Trank von unserem Mentor gestohlen, der ihm vorübergehend mehr Magie verliehen hat.«

»Verhext?«

Jason nickte und ließ seinen Blick über die Bäume schweifen. »Er verhexte seinen Pfeil so, dass dieser sein Ziel nicht verfehlen würde. Anscheinend hat Edwards jedoch versäumt, das Ziel klar zu definieren, weswegen der Pfeil auf mich zugeschossen ist anstatt auf die Scheibe.« Jason wandte sich mir zu und schob den Ärmel seiner Jacke wieder nach unten. »Ich habe den Pfeil in der Luft gefangen. Trotzdem hat er mich gestreift.«

Ungläubig schüttelte ich den Kopf. Wer war Chris überhaupt? Hatte ich mich in ihm getäuscht?

Jason zuckte mit den Achseln. »Auch wenn das Ganze vermutlich keine Absicht gewesen ist, hat er sich seit diesem Tag von den Wettkämpfen ferngehalten.« Unwillkürlich beschleunigte er sein Tempo.

Ich stolperte regelrecht hinter ihm her und wusste nicht genau, was ich denken, fühlen oder sagen sollte.

Irgendwann blieb Jason so abrupt stehen, dass ich fast in ihn hineingelaufen wäre. »Dort ist unser Familienfriedhof.« Mithilfe seiner Magie formte er eine Lichtkugel, die die umliegende Waldfläche erhellte und fröhlich auf und ab tanzte.

Ich spähte in die Richtung, in die Jason deutete. Eine niedrige Mauer sowie ein metallenes Tor lagen wenige Meter von uns entfernt zwischen den hohen Tannen.

»Komm, ich möchte ihn dir zeigen.« Jason griff sanft meinen Unterarm und zog mich grinsend hinter sich her.

Kurz war ich überrumpelt von seiner Nähe. Schnell wurde mir aber wieder ins Gedächtnis gerufen, dass er mich auf einen Familienfriedhof zerrte! Inmitten eines verhexten Walds!

»Äh, Jason. I-ich brauch diesen Friedhof nicht unbedingt sehen«, stotterte ich. Friedhöfe waren mir nicht geheuer. Und seit dem Tod meines Dads besuchte ich sie nur ungern.

»Ich beschütze dich, falls uns ein Geist meiner Vorfahren heimsuchen sollte, keine Sorge.« Er zwinkerte mir über die Schulter hinweg zu und öffnete das Tor. Es quietschte laut auf und klang dabei eher wie ein klägliches Stöhnen.

Eine Gänsehaut überzog meinen Körper.

»Hier liegen meine Vorfahren begraben.«

Wir blieben stehen und er ließ mich wieder los. Mrs Blueberry quetschte sich nun noch panischer zwischen uns. Wenn es nach ihr gegangen wäre, hätte ich sie vermutlich auf den Armen getragen.

Die steinernen Grabsteine waren von Moos bedeckt und die

Schrift war kaum lesbar. Efeu rankte sich am Boden entlang und kniehohes Gras hüllte uns ein. Am anderen Ende des Friedhofs befand sich ein kleines Gebäude aus hellen Backsteinen, in dem ein silbernes Gitter mit Verschnörkelungen eingelassen war. Davor ragte eine hohe Tanne empor, die den Eingang mit ihren Zweigen zum Großteil verdeckte. Allgemein schien es, als hätte diesen Friedhof seit Ewigkeiten niemand mehr betreten.

»Hinter dem eisernen Tor befindet sich die alte Familiengruft der Ravenwoods«, erklärte Jason.

Plötzlich schoss mir ein Gedanke durch den Kopf. »Jason, wo liegt deine, deine …« Mir kamen die Worte nicht über die Lippen.

»Nicht hier. Sie liegt in Watford begraben. Ihrer Heimat.« Er schaute zu Boden.

Ich schluckte schwer. »Tut mir leid, dass ich gefragt habe. Dieser Friedhof sieht nur so verwahrlost aus.«

»Das muss dir nicht leidtun. Ich bin froh, dass sie nicht hier beerdigt wurde. Genau wie mein Großvater. Die letzte Beisetzung auf diesem Friedhof ist schon viele Jahrzehnte her und er wird auch kaum noch betreten.« Er blickte sich um, als würde er nach etwas Ausschau halten. »Mal abgesehen von den Geistern, die hier ihr Unwesen treiben sollen.«

»Geister?«, wiederholte ich eine Oktave höher.

»Na, die Geister meiner Vorfahren«, erwiderte Jason mit einem Zwinkern.

»Okay, genug Schaudergeschichten für heute. Lass uns zurückgehen.« Diese Bitte unterstrich Mrs Blueberry mit einem leisen Winseln.

»Keine Sorge, es soll hier nur in der Walpurgisnacht und an Halloween spuken«, versuchte Jason mich lächelnd zu beruhigen und führte uns durch das Tor auf den Weg zurück.

»Lass uns das Holz zusammensammeln«, lenkte er mich vom Thema ab und löschte die Lichtkugel in seiner Hand mit einer lässigen Bewegung.

Ich nickte zaghaft und schaute mich um. »Ehrlich gesagt habe ich keine Ahnung, wie diese Hölzer aussehen.«

Jason zuckte mit den Schultern. »Brauchst du auch nicht wissen. Ich habe vor einigen Tagen einen Hexenspruch aus einem alten Hexenbuch meiner Granny abgeschrieben.« Er kramte einen Zettel hervor, faltete ihn auseinander, legte eine Hand auf sein Amulett und begann zu lesen. »*Sanctus lignum collige te.*«

Kaum hatten die Worte seine Lippen verlassen, erhoben sich ringsum unzählige Hölzer, tanzten kurz in der Luft, bevor sie sich in der Tragetasche, die Jason mitgebracht hatte, sammelten. Anscheinend war diese ebenfalls verhext, denn so viele Hölzer würden normalerweise niemals Platz darin finden.

»Ich vermute mal, diesen Hexenspruch kennen Vicky und Chris nicht?«

»Nein, wahrscheinlich nicht.« Ein Schmunzeln umspielte seine Züge. »Ich will dir noch etwas zeigen.«

»Was hast du vor?«, fragte ich leise. Sein plötzlicher Stimmungswandel an diesem Morgen verwirrte mich. Denn es fühlte sich nicht danach an, als wäre da noch immer diese bedrohliche Gewitterwolke, die seit unserem Gespräch auf dem Tower über uns geschwebt hatte.

»Lass dich überraschen.«

Ich versuchte all die Gedanken zu verdrängen und fügte mich, indem ich meine Hand in seine legte und ihm folgte. Schon bald erkannte ich, dass er uns zu der Lichtung führte, auf der wir inzwischen oft trainiert hatten. Doch sobald wir an den Rand getreten waren, ließ er meine Hand los, nur um Sekunden später meine Augen zuzuhalten.

»Hey, mach das Licht wieder an!«, rief ich spielerisch empört.

»Gedulde dich, sonst wird es keine Überraschung.«

Vorsichtig lotste er mich weiter. Außer dem hohen Gras, das um meine Knöchel spielte, und dem Knirschen von kleinen Ästen auf dem Boden nahm ich nichts wahr.

»Ich würde wirklich gerne Tageslicht sehen.«

»Immer so neugierig, Sherlock.« Sein Lachen war Musik in meinen Ohren. »Na gut, du darfst die Augen öffnen.«

Das ließ ich mir nicht zweimal sagen. Und doch kniff ich sie fast gleich wieder zu. Dort auf der Lichtung, inmitten der blühenden Blumenwiese, lagen eine Picknickdecke und ein geflochtener Korb.

»Aber w-was?«, stotterte ich völlig überrascht.

»Ich wusste, dass Granny mich zum Hölzersammeln verdonnern würde, schließlich ist das eine Tradition der Ravenwoods. Und es ist gut möglich, dass ich sie gebeten habe, dich ebenfalls für die Aufgabe einzuteilen.« Ein Grinsen zupfte an seinen Mundwinkeln. »Ehrlich gesagt wollte ich einfach Zeit mit dir verbringen. Seit unserem Gespräch auf dem Tower hat sich diese Distanz zwischen uns aufgetan … und auch wenn es vielleicht verdammt egoistisch ist, doch Lilly, ich habe dich vermisst.«

»Ich, Jason … ich weiß nicht, was ich sagen soll.«

»Du musst gar nichts sagen. Leiste mir einfach etwas Gesellschaft.«

Einen Moment war ich hin- und hergerissen. Das alles war so kompliziert und auch wenn ich nichts lieber tun würde, als hier mit ihm die Welt um uns herum zu vergessen, wusste ich doch, die Probleme würden nicht verschwinden. Andererseits hatte ich noch Elanor im Ohr, die mir geraten hatte, ein weiteres Mal mit ihm zu sprechen. Und vielleicht war ich es mir selbst schuldig, über meinen Schatten zu springen und genau das zu tun.

Also nickte ich zaghaft und ließ mich neben ihm auf der grün-grau karierten Picknickdecke nieder. Mrs Blueberry hatte es sich in der Zwischenzeit in unserer unmittelbaren Nähe bequem gemacht.

Sie begrüßte gerade schwanzwedelnd Jasons Rabendame, die sich zu uns gesellte und wie so oft ihren Flügel über Mrs Blueberrys Körper ausbreitete. Es war schön, wie gut sich die beiden verstanden.

»Ich dachte mir, dass du vielleicht ein bisschen Hunger hast.« Jason öffnete den Korb. Ein herrlicher Duft nach Pizza kam mir entgegen. Wie auf Kommando knurrte mein Magen in freudiger Erwartung.

»Du hast Pizza mitgebracht? Zum Frühstück?«

»Ich habe gehört, du magst Pizza. Auch um 10 Uhr morgens«, antwortete Jason lachend.

»Wer mag bitte keine Pizza?«, ergänzte ich.

Zustimmend grinste er mich an. »Der Punkt geht an dich.« Dann holte er einmal tief Luft. »Bevor du die Pizza bekommst, musst du mir eine Frage beantworten.«

»Hey, das ist unfair!« Ich versuchte nach der Pizza zu greifen, doch Jason hielt sie eine Armlänge von mir fern.

»Als du mich damals im Wald hexen gesehen hast … was war dein erster Gedanke?« Neugierig hob er eine Augenbraue.

Kopfschüttelnd betrachtete ich ihn. »Das ist nicht dein Ernst, oder? Du willst im Gegenzug für ein Stück Pizza wissen, was ich damals über dich gedacht habe?«

Er schaute mich weiter auffordernd an.

»Na gut«, gab ich nach und entgegnete seufzend: »Sagen wir es mal so … du hast mir eine Gänsehaut beschert.«

»Das hört sich doch nach einem guten ersten Eindruck an«, sagte Jason mit rauer Stimme.

»Wenn ich ehrlich bin, glaube ich, dass sie mit deiner Magie einherging, mit der du den Wirbelwind heraufbeschworen hast.« Entschuldigend zuckte ich mit den Achseln.

»Wenn ich bloß schon damals gewusst hätte, was für ein Wirbelwind mein Leben auf den Kopf stellen würde.« Verschmitzt lächelte er mich an.

»Ein Wirbelwind kündigt sich nur selten an«, erwiderte ich leise.

Für ein, zwei Sekunden hielt mich sein nachdenklicher Blick gefangen, bis ich mich räusperte. »Und jetzt gib mir die Pizza!« Ich beugte mich nach vorne, wobei ich mich halb auf ihn drauf lehnte. Plötzlich verlor Jason das Gleichgewicht und ich fand mich auf einmal auf seinem Oberkörper liegend wieder.

Die Pizza war zwar nun in meinem Besitz, doch in diesem Moment war sie mir egal.

Mein Gesicht war nur wenige Zentimeter von Jasons entfernt und ich spürte seinen Atem auf meiner Haut.

»Lilly«, murmelte er, während er mit seiner Hand eine meiner roten Strähnen hinters Ohr strich. Seine andere Hand legte er sanft auf meinen Rücken und zog mich enger an sich. In seinen Augen tobte erneut dieses Gewitter, das ich nur zu gut kannte. Allerdings war da noch etwas anderes, das ich nicht ganz deuten konnte.

»Es tut mir so leid. Alles. Vielleicht hätte ich das zwischen uns niemals zulassen sollen. Dennoch bereue ich keine Sekunde davon. Deine Nähe lässt mich vergessen, mich fühlen und gleichzeitig stürzt sie mich in ein Gefühlschaos, das ich nie zuvor erlebt habe.« Er seufzte leise. Das Gewitter in seinen Augen war einem dunklen Schatten gewichen. Als würde er versuchen eine Schutzmauer aufzubauen und dennoch scheitern. »Das mit uns hat keine Zukunft. Es hängt zu viel daran, als dass ich überhaupt die Wahl hätte, eine Entscheidung zu treffen. Und ich würde es verstehen, solltest du Abstand wollen.«

Jason hatte recht. Wir hatten keine Wahl. Auch wenn es schmerzte, dass er mir nicht schon früher die Wahrheit erzählt hatte, so war ich dankbar für jeden schönen Moment mit ihm. Zwar klopfte mein Herz noch immer verräterisch schnell in seiner Nähe, aber ich lernte Stück für Stück zu akzeptieren. Ich *musste* es.

Langsam löste ich mich aus seinen Armen und räusperte mich. »Vermutlich wäre es besser, wenn wir weiterhin Abstand halten. Doch das ändert nichts daran, dass ich gerne in deiner Nähe bin.«

Jason holte tief Luft und nickte, bevor auch er sich wieder aufsetzte.

Mein Blick blieb an dem Stück Pizza hängen, das Mrs Blueberry gerade im Begriff war still und heimlich zu stehlen. Ich konnte mir ein Lachen nicht verkneifen und bedeutete ihr, mir die vollgesabberte Pizza zu geben.

Dann schnappte ich mir entschlossen ein weiteres Stück aus dem Picknickkorb und verschlang es gierig. Und nachdem Jason und ich alles bis auf das letzte Stück aufgegessen hatten, legten wir uns auf die Picknickdecke und beobachteten die Wolken am strahlenden Himmel.

»Lilly«, flüsterte Jason irgendwann.

»Ja?«, erwiderte ich und betrachtete Shadow, wie sie Kreise über unseren Köpfen zog und die Sonnenstrahlen auf ihrem glänzenden Gefieder tanzten.

»Bald ist die Walpurgisnacht«, entgegnete er. »Und da ist es üblich, mit einer Begleitung zu erscheinen.«

Bei dem Wort *Begleitung* schlug mein Herz schneller. Wollte er mich etwa fragen, ob ich …

»Und du solltest einfach nur wissen, dass ich am liebsten mit dir dorthin gegangen wäre«, sprach er weiter, bevor ich überhaupt meinen Gedanken zu Ende bringen konnte.

Ich schluckte schwer und war nicht sicher, was ich darauf erwidern sollte. »Ich, äh, okay?« war schließlich das Einzige, was ich hervorbrachte.

»Bereits letztes Jahr hat Vicky mich als meine …«, er stockte kurz und schluckte schwer, »als meine Zukünftige begleitet«, fuhr er hastig fort.

»Das kann ich verstehen«, antwortete ich leise. Und das tat ich. Ich verstand, weshalb er keine Wahl hatte und weshalb er mit ihr zur Walpurgisnacht gehen musste. Schließlich waren die beiden an ein uraltes Schicksal der Hexen gebunden. Egal, ob ich daran glaubte oder nicht: Das Risiko war zu groß, um es einfach zu ignorieren.

»Das alles … es ist nicht fair. Gegenüber dir, mir und auch Vicky. Aber unser Schicksal stand schon vor unserer Geburt fest. Ich hatte viele Jahre Zeit, mich mit dem Gedanken abzufinden. Und diese Zeit möchte ich auch dir geben«, erklärte Jason.

Ich nickte und setzte mich auf. »Wie steht Vicky eigentlich zu alldem?«

Jason richtete sich ebenfalls auf und zuckte mit den Schultern. »Ihr geht es wie mir. Uns hilft die Freundschaft zueinander, dieses Schicksal zu akzeptieren. Vermutlich werden wir nie mehr als Freundschaft füreinander empfinden, aber das ist besser als Gefühle, die mit Abneigung einhergehen.«

»Sie scheint nicht sonderlich begeistert von dem zu sein, was zwischen uns ist«, murmelte ich.

»Vicky möchte mich nur schützen und hat Angst, dass meine Gefühle mir eines Tages zum Hindernis werden. Sie weiß genauso gut wie ich, dass wir keine Wahl haben.«

»Weißt du, was meine Mum immer zu mir gesagt hat, als ich noch klein war?« Ohne seine Antwort abzuwarten, fuhr ich fort und wiederholte ihre Worte: »Lilly, vergiss nie, dass sich das Schicksal nicht an unsere Pläne hält.«

»Da ist etwas dran«, antwortete Jason und fuhr sich nachdenklich mit der Hand durch sein Haar.

»Es ist nur schwer zu akzeptieren«, flüsterte ich kaum hörbar.

KAPITEL 23

Das Lesen von Auren ist seit vielen Jahrhunderten eine besondere Gabe, über die nur wenige Hexen und Hexer verfügen. Meistens wird sie von Generation zu Generation weitervererbt und ist tief in den Wurzeln der Hexenfamilien verankert.

– AUSZUG GRIMOIRE, KAPITEL 115 –

Nach dem Pizza-Picknick mit Jason wollte ich mich nur ins Bett verkriechen und dort mit einem guten Buch in der Hand den restlichen Tag liegen bleiben. Doch ich hatte Elanor versprochen mit ihr in die Bibliothek zu gehen. Sie wollte mehr über das Traumwandeln herausfinden und ein wenig in den Büchern über Feen stöbern. Also quälte ich mich erneut hoch und folgte meiner Freundin gemeinsam mit Mrs Blueberry, die motiviert vorauslief.

Sobald wir unser Ziel erreicht hatten, wurde schnell deutlich, dass wir die Bibliothek fast für uns hatten. Bei einem sonnigen Tag wie heute auch kein Wunder.

»Lass uns erst nach Fach- und Geschichtsbüchern über die Feen schauen«, schlug Elanor vor und ich stimmte zu.

Zusammen schlenderten wir auf die ersten Regale zu und ich bestaunte wie so oft in letzter Zeit die in der Luft umherschwebenden Bücherstapel, die sich tagsüber ihren Weg durch die Regale bahnten. Immer wieder erhob sich dabei eins der Bücher und flatterte in ein Regal. Doch heute schien die uns umgebende Magie nicht das Einzige zu sein, das mich zum Staunen bringen wollte. Denn in diesem Moment kam uns eine Frau mittleren Alters entgegen. Sie trug ein langes Kleid mit unzähligen Buchstaben darauf gedruckt und auf ihrer Nasenspitze saß eine große, runde Brille. Ihre knallroten Haare hatte sie zu einem Zopf geflochten.

»Ich bin Finola, die Bibliothekarin. Kann ich euch behilflich sein?«, trällerte sie mit einer hohen Stimme, in der unverkennbar ein schottischer Akzent durchkam.

Verwundert fragte ich mich, wieso sie mir bei meinen regelmäßigen Besuchen bisher nicht aufgefallen war. Doch bevor ich nachhaken konnte, meldete sich Elanor schon zu Wort.

»Wir suchen Bücher über Feen«, erklärte sie mit einem Lächeln.

»Hinterste Abteilung, rechte Seite«, ratterte Finola sogleich herunter.

Dankbar nickten wir und machten uns auf den Weg. Dabei mussten wir immer wieder einem der Bücherstapel ausweichen, die an uns vorbeizischten.

Kaum waren wir in der Abteilung angekommen, stürzten wir uns in die Arbeit und durchforsteten die urigen Bücherregale. Und nachdem wir etliche Bücher über verschiedene Feenarten, den Zauber von Mondfeen und die Kunst des Gedankenlesens durchgesehen hatten, ohne dass wir wirklich etwas Hilfreiches entdeckten, schwand unsere Hoffnung. Schließlich wechselten wir in die Abteilung für Hexen, wurden dort jedoch auch nicht fündig.

»Hier gibt es zu jedem Feen-Thema ein Buch, aber keins, das

uns helfen kann.« Frustriert ließ sich Elanor gegen eins der Regalen sinken.

»Mein Dad hat immer gemeint, dass es zu allem das passende Buch gibt, wir nur manchmal an Orten suchen müssen, an denen die Geschichte am wenigsten vermutet wird«, versuchte ich sie aufzumuntern.

»Das klingt … sinnvoll«, sagte Elanor und in ihren lavendelfarbenen Augen loderte wieder ein Funken Hoffnung.

»Na, dann los. Bis die Bibliothek schließt, sind es noch ein paar Stunden. Und bis dahin haben wir bestimmt einen Großteil der Bücher einmal umgedreht«, motivierte ich die Fee.

»Herausforderung angenommen!« Schmunzelnd stieß sie sich vom Regal ab, um mich mit sich zu ziehen.

Als wir aus der Abteilung traten, einigten wir uns darauf, in verschiedenen Ecken der Bibliothek zu suchen. Mrs Blueberry und mich trieb es in Richtung Bücher, in denen alles über Hexen-Märchen, Legenden und Sagen geschrieben stand. Aufgeregt nahm ich ein Werk nach dem anderen aus dem Regal und blätterte es durch. Dabei stachen mir immer wieder Schlagworte wie *Kobolde, Wald* und *Geister* ins Auge. Eine Geschichte über Feen und Träume blieb allerdings reines Wunschdenken. Und selbst nach dem gefühlt hundertsten Buch hatte ich keinen Erfolg.

Als ich alle Exemplare überprüft hatte, machte ich mich erschöpft auf den Weg zu Elanor, die sich fünf Regale von uns getrennt befand. Doch gerade als ich um die Ecke bog, wurde mir der Weg von einem Eichhörnchen versperrt, das mich aufmerksam aus seinen golden braunen Augen anblinzelte.

»Na, wer bist du –« Noch bevor ich den Satz beenden konnte, sprang das Eichhörnchen davon und verschwand hinter den Bücherregalen.

Meine neugierige Hundelady schien das jedoch als Einladung zum Spielen zu verstehen und flitzte dem kleinen Fellknäuel freudig hinterher. Ich seufzte und folgte ihnen. Allerdings waren die zwei so schnell, dass ich sie für einen Moment aus den Augen verlor. Erst als ich Mrs Blueberrys Winseln vernahm, konnte ich die ungefähre Richtung deuten und eilte los.

Vor einem Nebenzimmer mit offener Holztür blieb ich schlussendlich stehen und stemmte meine Hände in die Hüften. Mrs Blueberry lag mitten in dem urigen Raum auf dem Boden und hechelte freudig das Eichhörnchen an. Dieses hatte offensichtlich genauso viel Gefallen an meiner Hundelady gefunden wie umgekehrt. Denn es fuhr sich mit den kleinen Pfötchen über das Gesicht und stupste dann mit seinem kleinen Näschen Mrs Blueberry an. Bei dem Anblick stahl sich ein Grinsen auf meine Lippen und ich nahm den Moment als Anlass, mich ein wenig umzuschauen. Offenbar handelte es sich bei dieser Abteilung um eine Sammlung antiker Bücher, die kreuz und quer in den Regalen standen und sich bis zur Wand hochstapelten. Unwillkürlich trat ich weiter in den Raum hinein und entzifferte die Schriften auf den Buchrücken, von denen einige kaum noch lesbar waren. Dabei fiel mir ein Buch in einem der oberen Regale auf, das aus der Menge an Werken hervorstach. Ich stellte mich auf die Zehenspitzen und zog das in dunkelrotes Leder gebundene Exemplar hervor. Nachdem ich den Buchrücken vom Staub befreit hatte, wurde auch der Titel sichtbar. *Die Magie der Traumwelt.*

Aufgeregt eilte ich aus der Tür und wäre dabei fast mit Elanor zusammengestoßen, die sich allem Anschein nach auf der Suche nach uns befunden hatte.

»Ich habe was gefunden!«, verkündete ich und hob triumphierend das Buch hoch.

»Na los! Schlag es auf«, erwiderte Elanor mindestens genauso aufgeregt.

Eilig tat ich wie geheißen und wurde von kleinen schimmernden Symbolen überrascht, die daraus emporstiegen. Eine Wolke, Sterne, ein Halbmond und ein Schlüssel tanzten über den aufgeschlagenen Buchseiten.

»Wow«, hauchte ich, während ich vorsichtig mit einer Fingerspitze den Schlüssel anstupste. Prompt zerplatzte das Symbol in tausend kleine Teilchen, die wie Schnee zu Boden rieselten und schmolzen.

»In vielen Büchern über Magie findet man solche Symbole vor. Sobald du das Buch wieder zuklappst, verschwinden sie«, erklärte mir Elanor, die mir über die Schulter schaute.

Ich begann zu lesen.

Der Zauber der Traumwelt ist uralt. Sie ist facettenreich und unergründlich. Und obwohl sie eine Versuchung für diejenigen darstellt, die das Traumwandeln beherrschen, ist sie dennoch voller Gefahren. Man erzählt sich, dass Feen dort eingesperrt wurden und nie zurückfanden. Zudem treiben dort dunkle Mächte ihr Unwesen. Wer einmal in Berührung mit diesen kam, wird die Traumwelt nie wieder so sehen, wie es reine Feen tun. Denn der Teufel selbst ist es, der in den Untiefen der Traumwelt lauert, jederzeit bereit, in den Köpfen der traumwandelnden Feen sein grausames Werk zu verrichten. Daher sei all denen gesagt, die die Traumwelt als eine Art Portal und Möglichkeit betrachten, dass die Gefahr allgegenwärtig ist.

Als das Kapitel endete, schaute ich Elanor stirnrunzelnd an.

Ungläubig schüttelte sie den Kopf. »Ich kann mir nicht vorstellen, dass so eine dunkle Kreatur dafür verantwortlich sein soll und mich heimgesucht hat. Ich meine … an der Sage mit dem Teufel ist doch nichts dran, oder?«

Unschlüssig zuckte ich mit den Schultern. »Hast du nie etwas über die Legende der dreizehn Frauen und dem Teufel aus dem Grimoire gehört? Die Entstehungsgeschichte der Hexen?«

Elanors Gesichtszüge verzogen sich zu einem nachdenklichen Grübeln. »Ja, kann sein. Ist es allerdings nicht genau das? Eine Legende?«

Ich schob das Buch in meine Tasche. Vielleicht fanden wir dort drin noch mehr Informationen.

»Und wie wurden die Hexen sonst erschaffen?«

Bisher hatte ich angenommen, dass das Grimoire nur wahre Geschichten beinhaltet. Aber was, wenn es tatsächlich nur eine Legende war?

»Na, durch das Gleichgewicht der Natur. Gut und Böse. Das Gute sind die Menschen. Das Böse sind wir, die Übernatürlichen. Zwar haben wir meistens gute Absichten, dennoch können wir die Menschen beeinflussen.«

So hatte ich das noch nie gesehen. War es tatsächlich so? Waren Hexen eine Laune der Natur? Doch wieso wurde erst in dem Grimoire und dann in diesem Buch über diese dunkle Kreatur, die der Teufel sein sollte, geschrieben? Irgendetwas musste da dran sein. Was, wenn der Teufel tatsächlich in Elanors Träumen herumgegeistert war? Vielleicht hatte er etwas mit dem Anschlag auf sie zu tun?

So schnell mir diese Gedanken kamen, so schnell verwarf ich sie wieder. Schwachsinn. Erstens war der Teufel seit Jahrhunderten unter der Erde gefangen. Zumindest, falls man dem Grimoire Glauben schenken durfte. Und zweitens ergab es keinen Sinn, dass der Teufel Elanor außerhalb ihrer Träume angriff. Oder sie überhaupt innerhalb ihrer Träume in Gefahr brachte.

Elanor tat schließlich nichts Verbotenes, wenn sie ihren Freund in seiner Traumwelt besuchte.

Nur was für einen Grund konnte es denn dann geben, dass Elanor angegriffen wurde?

✦

Nachdem wir jede freie Minute damit verbracht hatten, um nach Antworten für Elanors merkwürdige Traumbegegnung zu suchen, gönnten wir uns einen freien Tag und verabredeten uns zum Ballkleid-Shopping für die Walpurgisnacht. Vielleicht würde es mich auch ein wenig von dem Alltag und damit verbundenen Gedankenchaos ablenken.

Grandma fuhr uns in die Londoner Innenstadt und ließ uns am Piccadilly Circus vor einem Laden für Abendkleider raus. Mrs Blueberry würde derweil in ihrer Obhut verbleiben. Denn ich war mir nicht sicher, ob Hunde in einem Geschäft für Ballkleider erlaubt waren. Vor allem nicht, wenn es sich um ein so neugieriges Exemplar wie meine Hundelady handelte.

Sobald die beiden im chaotischen Straßenverkehr verschwunden waren, packte Elanor meine Hand und zog mich hinter sich her in den Laden. »Komm, lass uns Kleider shoppen«, verkündete sie strahlend. Auch sie schien über die Gelegenheit, sich mal mit etwas anderem als den düsteren Ereignissen auf Ravenhall beschäftigen zu können, heilfroh zu sein.

»Kann ich euch behilflich sein?« Eine Frau mit hochgebundenen Haaren kam bloß Sekunden später hinter einem Vorhang hervor. Um ihre Schultern hing ein pinkes Maßband und ein schwarzes Nadelkissen war um ihr Handgelenk gebunden.

»Wir suchen nur ein Kleid für die Walpu–«

»Für einen Ball«, unterbrach ich Elanor, bevor sie sich verplappern konnte. Schließlich war es für Menschen unüblich, die Walpurgisnacht als solche zu feiern.

»Ah, die Walpurgisnacht. Ich war selbst auf der Ravenhall Academy und weiß, was für ein besonderer Anlass das ist.« Bei dem Wort *Walpurgisnacht* funkelten ihre Augen. »Ich bin übrigens Aliza. Dieser Laden ist seit Generationen in Familienbesitz und wird von Hexen und Hexer gern besucht.«

»Deine Grandma hat uns offensichtlich nicht ohne Grund hier abgesetzt.« Elanor hob vielsagend eine Augenbraue.

Ailza nickte. »Wir haben ein Talent dafür, für jeden das passende Kleid zu finden. Dabei hilft uns die Aura des Kunden.«

Ich runzelte die Stirn. »Aura?«

»Ja. Jeder besitzt eine bestimmte Farbe, die ihn oder sie umgibt.«

»Auren zu lesen, lernen wir auch auf der Academy für Feen in Irland«, ergänzte Elanor voller Vorfreude.

»Du bist eine Fee? Wie schön! Ich habe meine Ausbildung zur Auralesung in Irland absolviert.« Aliza klatschte freudig in die Hände. »Aber nun kommt. Wir wollen doch passende Kleider für euch finden, schließlich ist die Walpurgisnacht schon in wenigen Tagen!« Sie wirbelte herum und bedeutete uns, ihr zu folgen.

Also setzen wir uns ebenfalls in Bewegung und kamen an den schönsten Kleidern vorbei, die ich jemals gesehen hatte. Alle Farben, die man sich nur erträumen konnte, hingen fein säuberlich aneinandergereiht an Kleiderstangen, die zwischen beeindruckenden Marmorsäulen ihren Platz gefunden hatten. Ein Meer aus Glitzer, das von dem Kronleuchter an der Decke zum Funkeln gebracht wurde, tanzte auf den unzähligen Kleidern und verlieh ihnen eine nahezu majestätische Eleganz. Es war ein beeindruckender Anblick, von dem ich mich erst löste, als Aliza abrupt vor einem großen Spiegel mit kleinen filigranen Rosenverzierungen stehen blieb.

»Stell dich bitte vor diesen Spiegel und schließ deine Augen. Konzentriere dich auf deinen Atem und verbanne alle negativen Gedanken aus deinem Kopf.« Aliza nahm Elanors Hand und führte sie zu dem kleinen Podest vor dem Spiegel.

»Ich versuche es«, entgegnete meine Freundin knapp, bevor sie ihre Augen schloss.

Die Ladenbesitzerin hob ihre Hände und legte sie auf Elanors Schultern. Auch sie senkte die Lider und atmete tief ein und aus. Sekunden später blinzelte sie und ein besorgter Ausdruck huschte über ihr Gesicht. »Elanor, deine Gedanken sind nicht frei. Dort ist eine dunkle Wolke, die mich von deiner Aura fernhält.«

»E-es tut mir leid. Mir fällt es nur schwer, mich zu konzentrieren.« Verlegen rieb sie sich am Arm.

Kurz erhaschte ich einen Blick auf ihr Spiegelbild. Sie sah auf einmal alles andere als glücklich aus. Dabei hatte sie sich so auf das Ballkleid-Shopping gefreut.

»Das macht nichts. Dafür habe ich eine Geheimwaffe.« Aliza zwinkerte uns zu, bevor sie um die Ecke verschwand.

»Was ist los?«, fragte ich voller Sorge.

Elanor schüttelte den Kopf und seufzte. »Nichts. Es ist nur …«, sie holte tief Luft und ihre Stimme zitterte, »ich wünschte, Elijah und ich könnten zusammen zur Walpurgisnacht gehen.«

Elanor und Elijah mussten ihre Beziehung nach wie vor geheim halten. Mittlerweile wusste ich, wann die beiden sich heimlich trafen. Meistens begleitete ich Elanor sogar zu dem Treffpunkt, aus Angst, dass ihr noch mal etwas zustoßen könnte. Elijah brachte sie hingegen zurück aufs Zimmer.

»Ich weiß.« Mitfühlend drückte ich kurz ihre Hand.

Sie nickte und wischte sich eine einzelne Träne, die über ihre Wange kullerte, weg.

»Jetzt, wo ich gleich eins dieser schönen Kleider anziehen werde, wird das alles erst so richtig real.« Sie seufzte erneut auf. »Wer ist eigentlich deine Begleitung für die Walpurgisnacht?«

Die Frage kam unerwartet und traf mich härter, als sie hätte tun sollen. Denn die Realität war, dass ich so in meinem Gedankenchaos versunken gewesen war, dass ich mir darüber gar kein Kopf mehr gemacht hatte. Vor allem hatte ich auch versucht die Tatsache zu verdrängen, dass Jason nicht mit mir zum Ball gehen konnte, selbst wenn er es gerne gewollt hätte. Elanor und ich waren also an diesem Abend zwei einsame Herzen. Doch da kam mir plötzlich die zündende Idee.

»Du bist mein Date«, erwiderte ich so überzeugt, als wäre es nie anders gewesen.

Elanor runzelte die Stirn und schaute mich verwirrt an.

Schnell nahm ich ihre Hand. »Elanor, möchtest du meine Begleitung für die Walpurgisnacht sein?«, fragte ich sie feierlich.

Elanor kicherte. »Ja, natürlich.«

Grinsend nahm ich sie in die Arme. »Nun habe ich mit Abstand die bezauberndste Begleitung für die Nacht.«

Als ich mich wieder von Elanor löste, strahlte sie. »Danke, Lilly.«

»Mit dieser Geheimwaffe werden alle negativen Gedanken vertrieben.« Aliza kehrte mit einem Bündel Lavendelblüten zu uns zurück.

»Lavendel?«

»Genau. Schließ deine Augen und riech daran. Nimm den Duft vollständig in dir auf und lass zu, dass er dich und deine Sinne einhüllt. Das befreit deinen Geist.« Aliza reichte Elanor das Bündel.

»Einen Versuch ist es wert.« Meine Freundin schloss ein weiteres Mal die Augen und hielt sich die Lavendelblüten vor die Nase.

Die ältere Hexe legte wieder ihre Hände auf Elanors Schultern und konzentrierte sich.

»Ich sehe die Farben Orange und Grün. Aber vor allem eine Farbe umgibt deinen Geist.« Aliza schlug die Augen auf und eilte ohne ein weiteres Wort um die Ecke.

»Wo will sie hin?« Elanor schaute ihr mit gerunzelter Stirn hinterher.

Die Frage erübrigte sich jedoch, als Aliza mit einem violetten Kleid aus Spitze zurückkam.

»Violett! Das ist deine Farbe, deine Aura. Sie steht für Liebe, Respekt, Rücksicht und –«

»Träume«, beendete Elanor den Satz. »Ich geh mal mein neues Kleid anprobieren.« Sie lächelte aufgeregt und verschwand hinter einem silberfarbenen Vorhang der Umkleidekabine.

»Der Reißverschluss klemmt!« Frustriert zog Elanor wenige Minuten später den Vorhang auf, wobei sie ihr Kleid an der Brust festhielt. Die schwarzen Haare hatten sich wie ein Schleier um ihre nackten Schultern gelegt.

»Moment, das haben wir gleich.« Aliza murmelte einen Hexenspruch, den ich nicht kannte, und einige Sekunden später erklang das Ratschen eines Reißverschlusses.

»Hui, wie hast du das gemacht?«, fragte Elanor verblüfft.

»Den Reißverschluss mithilfe von Magie angepasst.« Aliza grinste. »Hexe als Schneiderin zu sein, ist ab und zu ganz praktisch. Nun komm, stell dich vor den Spiegel.«

Das ließ sich Elanor nicht zweimal sagen und als sie ihr Spiegelbild erblickte, funkelten ihre lavendelfarbenen Augen.

»Du siehst wunderschön aus, Elanor«, staunte ich ehrfürchtig. Das violette Kleid passte wie angegossen und brachte ihre Augen zur Geltung. Die zarte Spitzenverzierung aus Blumen verlieh ihr etwas Elfenhaftes und der Tüll glitzerte bei jeder Bewegung wie tausend kleine Sterne. »Selbst wenn du nicht mit Elijah zur Walpurgisnacht gehen darfst, so wirst du dennoch sein Highlight des Abends sein. Das verspreche ich dir.« Ich lächelte sie an.

»Jetzt bist du dran, Lilly!« Elanor nahm meine Hand und zerrte mich vor den Spiegel.

Kurz huschte mein Blick zu meinen Augen. Das grelle Licht warf tiefe Schatten auf meine Augenringe. Die letzten Wochen waren nicht spurlos an mir vorbeigegangen.

»Bist du bereit?« Aliza zwinkerte mich aus ihren braunen Augen auffordernd an.

»Bin ich.«

»Dann weißt du, was zu tun ist. Schließ die Augen und sperr all die negativen Gedanken aus deinem Kopf.«

Ich tat wie geheißen und senkte die Lider. Tief atmete ich ein und aus. Versuchte dabei nicht an Jason, an die Vorfälle oder an meine Mutter zu denken.

»Das machst du gut.« Ich spürte Alizas kühle Hände auf meiner überhitzten Haut. Nervosität machte sich in mir breit.

»Ich sehe die Farbe Orange, die für Ehrgeiz und Loyalität steht. Aber auch die Farbe Rot, für Mut und Leidenschaft. Doch vor allem ist deine Aura umgeben von einem schimmernden Meeresblau. Vertrauen, Respekt, Verständnis und Mitgefühl. All das bringt diese Farbe mit sich.«

Kaum hatte Aliza den Satz beendet, öffnete ich meine Augen. Für einen Moment bildete ich mir ein, dass genau diese Farben um mich herumschwirrten. Sie tanzten freudig um die Silhouette meines Körpers und vermischten sich miteinander.

»Du siehst deine Aura, nicht wahr?«, fragte Aliza vorsichtig, als sie meinen verwunderten Gesichtsausdruck bemerkte.

»I-ich glaube schon. Was bedeutet das?«

»Dass du eine Affinität zu Auren hast.« Mit einem vielsagenden Lächeln fügte sie hinzu: »Das können nur wenige Hexen und Hexer. Aber wenn du diese Gabe trainierst, wirst du eines Tages eine große Aurenhexe.«

»Okaaay …«, erwiderte ich gedehnt, da ich nicht wusste, wie ich auf diese Neuigkeit reagieren sollte. Erst vor einer halben Stunde hatte ich erfahren, dass Auren existierten, und nun sollte ich diese Gabe selbst besitzen? Ich neigte den Kopf und schaute zu meinem Spiegelbild. Die Farben waren blasser geworden, dennoch wirbelten sie nach wie vor um mich herum.

»Du solltest mit deiner Grandma darüber reden. Bevor sie ein Faible für Kräuter entwickelt und sich dieser Kunst komplett verschrieben hat, galt sie als begabte Aurenhexe.«

»Meine Grandma war eine Aurenhexe?« Verdutzt blickte ich abwechselnd zu Aliza und Elanor.

Die Ladenbesitzerin nickte. »Sie war mit meiner Mutter auf der Academy und besucht uns alle paar Wochen.«

Ich runzelte die Stirn. Es gab so viel, was ich noch nicht über Grandma wusste.

»Warte kurz. Ich hole dein Kleid!« Aliza wandte sich ab und verschwand um die Ecke.

»Ich habe meine eigene Aura gesehen.« Ungläubig schüttelte ich den Kopf.

»Lilly, das ist großartig!«, quiekte Elanor freudig.

»Dieses Kleid hängt schon so lange in unserem Laden. Es ist wie für dich gemacht!« Aliza eilte mit einem pompösen Schmuckstück auf uns zu und reichte es mir. Schnell ging ich in die Kabine, streifte meine Kleidung ab und zog es an.

»Du siehst bezaubernd aus!« Elanor strahlte, als ich den silbrigen Vorhang beiseitezog und aus der Umkleidekabine trat.

Aufgeregt stellte ich mich vor den Spiegel und wagte es kaum hinzuschauen. Noch nie zuvor hatte ich eine solche Robe getragen. Das letzte Prinzessinnenkleid, an das ich mich erinnern konnte, hatte ich bei dem Vater-Tochter-Ball in der Grundschule angehabt. Umso schmerzhafter war der Gedanke, dass Dad nun nicht an meiner Seite sein konnte, um mich in diesem Kleid zu sehen. Um zu sehen, wie erwachsen seine kleine Lilly geworden war. Und damit ich sehen konnte, wie seine Augen vor Stolz verdächtig funkelten. Wie damals.

Bei der Erinnerung begannen meine Lippen zu beben. Ich durfte jetzt nicht weinen. Der Moment war viel zu schön. Plötzlich spürte ich Elanors Hand in meiner.

»Wir zählen gemeinsam bis drei und dann schaust du in den Spiegel, okay?«

Dankbar nickte ich.

»Eins, zwei, …«, zählten wir im Chor.

»Drei«, ich atmete tief ein und hob den Kopf. Mein Blick schweifte über das Meer aus tausend kleinen Steinchen, die von der Schleppe bis hin zur Taille reichten. Der herzförmige Ausschnitt meines Dekolletés sowie die A-förmige Linie betonten meinen Körper vorteilhaft und schmeichelten meinem rötlichen Haar. Ehrfürchtig strich ich mit den Händen über den seidigen Stoff.

»Das ist dein Kleid!« Aliza klatschte in die Hände.

»Das ist es.« So aufrichtig wie schon lange nicht mehr lächelte ich mein Spiegelbild an.

KAPITEL 24

Kraftfelder wurden von den ersten dreizehn Hexen erschaffen. Etliche von ihnen befinden sich in England, aber auch in Schottland und Irland. Kraftfelder tragen nicht nur eine besondere Macht in sich, sondern können unter anderem Hexen teleportieren und Geister in die Welt der Lebenden rufen.

– AUSZUG GRIMOIRE, KAPITEL 42 –

Am Freitag vor der Walpurgisnacht fand ganz normal Unterricht statt. Dabei konnte man die Vorfreude der ganzen Academy regelrecht spüren. Schüler und Schülerinnen redeten ununterbrochen über das große Ereignis. Auch der Hexenhügel der Academy hatte sich inzwischen in eine prächtige Location verwandelt. Die Atmosphäre des ganzen Tages hätte so schön sein können, wäre da nicht die bevorstehende Entfaltung meiner Magie gewesen. Und obwohl ich wusste, dass ich mich irrational verhielt, so konnte ich mich doch nicht gegen das beunruhigende Gefühl wehren, das mir immer dann die Kehle zuschnürte, wenn ich daran dachte. Und je näher mein Geburtstag – und damit die Walpurgisnacht – rückte, desto ruheloser wurde ich. Letzte Nacht hatte ich kaum Schlaf gefunden und ich musste mich sehr zusammenreißen, um nicht laut und herzhaft zu gähnen. Zusammen mit dem Rest der Klasse hatte ich mich in der Eingangshalle eingefunden und wartete darauf, dass Mrs Ravenwood uns erklärte, warum wir an diesem grauen Morgen keine übliche Stunde *Kunst der Magie* bekamen.

»Meine Damen und Herren, wir machen heute einen Ausflug«, verkündete Jasons Granny nun feierlich. Mittlerweile war sie, neben Grandma, zu meiner Lieblingslehrerin geworden. Ich lauschte ihren Worten gerne und die Art, wie sie uns die Magie näherbrachte, war berauschend.

»Kommen Sie, bitte!« Mrs Ravenwood winkte uns hinter sich her und wir folgten ihr wie eine Schafherde ihrem Hirten.

Sobald wir ins Freie traten, empfing uns eine herbstliche Atmosphäre. Dabei hatten wir Ende April. Ich kuschelte mich noch etwas stärker in meinen Parka und genoss den Anblick. Nebelschwaden, die von den Feldern aufstiegen und sich ihren Weg über den Hof bahnten, Nieselregen, der mit dem Nebel um die Wette tanzte, und graue Wolken, die so tief hingen, dass man sie fast berühren konnte. Kurz gesagt, es war das perfekte Lesewetter. Wenn es nach mir ginge, könnte ich stundenlang auf der Fensterbank in unserem Zimmer sitzen und mich in fantastischen Buchwelten verlieren. Lesen und die Welt um mich herum vergessen, während vor dem Fenster das Wetter tobte.

Ich seufzte. Was würde ich für einen Moment vollkommenen Friedens geben. Keine Sorgen, die in meinem Kopf hin und her geisterten. Sorgen um Elanor, den morgigen Tag und auch ein bisschen Sorge um die Zukunft. Was, wenn Mr Ravenwoods Theorie, dass Hexen und Hexer, die bei Vollmond an Mitternacht geboren wurden, mächtiger waren als andere? Und was würde das für mich bedeuten? Stopp. Nein. So durfte ich nicht denken. Das alles war bestimmt nur Aberglaube.

»Über was grübelst du?« Elanor schien bemerkt zu haben, dass ich meinen Gedanken nachhing, denn sie musterte mich mit einem besorgten Blick von der Seite.

»Nichts Wichtiges. Ich bin nur neugierig, was uns Mrs Ravenwood gleich zeigen wird«, versuchte ich vom Thema abzulenken. Doch ich konnte Elanor ansehen, wie wenig sie mir das abkaufte. Aber was sollte ich ihr sagen? Dass ich mir Sorgen um die Zukunft machte, mir Sorgen um *sie* machte? Um die dunklen Ringe unter ihren Augen, die von Tag zu Tag größer wurden? Ich wollte sie nicht noch weiter belasten. Sie hatte so viel eigenen Mist, mit dem sie fertigwerden musste.

Letztendlich retteten mich Tessa und Melina, die neben uns liefen und sich aufgeregt über den Ball unterhielten. Ihre Gefährtinnen saßen auf ihren Schultern und wippten bei jeder Bewegung mit, was niedlich aussah. Mrs Blueberry hingegen trottete neben uns her und schien, im Gegensatz zu uns, keine Lust auf einen Ausflug zu haben. Vermutlich verfluchte sie mich gerade dafür, dass ich sie überhaupt mitgenommen hatte. Aber um sie wieder zurück auf unser Zimmer zu bringen, war es zu spät. Denn wir marschierten bereits durch das Tor zur Academy, dann einen schmalen Weg entlang, vorbei an jeder Menge Felder, und über einen holprigen Pfad, der durch ein Waldstück ging. Immer wieder musste ich Mrs Blueberry ermahnen weiterzulaufen, da sie von Eichhörnchen, die über Äste jagten, abgelenkt wurde. Außerdem fröstelte es mich mit jeder Sekunde mehr. So gerne ich das Wetter auch hatte, der Nebel und somit die Kälte kroch regelrecht an meinen Beinen hoch.

»Wir sind gleich da«, hallte Mrs Ravenwoods Stimme von vorne zu uns.

Ein erleichtertes Raunen ging durch die Klasse. Ich war wohl nicht die Einzige, der diese morgige Kälte zu schaffen machte.

»Hier ist es.« Mrs Ravenwood winkte uns zu sich und bedeutete uns, einen Halbkreis zu bilden.

Wir standen am Rande des Waldes und vor uns erstreckte sich eine große, kreisförmige Fläche, deren Boden von kleinen Erdhügeln unterbrochen wurde. Kaum setzte ich einen Fuß auf das grüne Gras, überkam mich ein mulmiges Gefühl, das mit einer Gänsehaut einherging. Ich konnte nicht ganz deuten, womit das zusammenhing. Doch es stand auch in den Gesichtern ein paar anderer Schüler und Schülerinnen geschrieben. Irgendetwas *war* seltsam.

»Wir befinden uns hier auf einem Kraftfeld.« Mrs Ravenwood streckte die Arme aus und drehte sich einmal im Kreis. »Diese Felder findet man ausschließlich in England, Schottland und Irland. Sie sind ein wichtiger Bestandteil in der Welt der übernatürlichen Wesen. Es gibt genau dreizehn von ihnen.« Mrs Ravenwood machte eine kurze Pause und schaute uns dann eindringlich an. »Empfindliche Hexenseelen spüren die Macht, die von diesem Feld ausgeht.« Ihr Blick fiel auf mich und kurz huschte ein Lächeln über ihre Züge. »Diese Kraftfelder können nicht nur Ihre Magie verstärken, sondern in Nächten, in denen das Band zur Anderswelt sehr dünn ist, die Kommunikation mit Geistern ermöglichen. Zu diesen Nächten gehören die Walpurgisnacht sowie die Halloweennacht. Aber Vorsicht sei geboten.« Sie musterte uns streng. »Es ist verboten, Geister in unsere Kreise zu rufen. Die meisten von ihnen sind gefährlich.«

Dave, der ein paar Meter weiter neben Chris stand, hob fragend eine Hand. »Mrs Ravenwood, weshalb sollte man überhaupt Geister rufen?«

Jasons Grandma nickte leicht, bevor sie zu sprechen begann. »Sind Sie bereit, einen Geist zu befreien, so besteht die Möglichkeit eines Paktes, der Ihnen zum Vorteil gereicht. Zumindest hat es gern den Anschein. In Wirklichkeit geht es meist nicht gut aus und man bezahlt im schlimmsten Fall mit seinem Leben.« Mrs Ravenwood räusperte sich. »Unter den Geistern gibt es verschiedene Arten. Am bekanntesten ist wohl der Poltergeist. Er kann Objekte um sich herum manipulieren. Dann gibt es noch die Banshee. Sie ist eine Jägerin und attackiert gerne. Außerdem verfolgt sie ihre Opfer. Am schlimmsten ist allerdings der Mare-Geist. Er ist die Quelle aller Albträume und entfaltet vor allem nachts seine Macht. Er kontrolliert Träume und kann damit den Verstand manipulieren.«

Bei Mrs Ravenwoods letzten Worten musste ich sofort an Elanor denken. Ein Blick zu ihr genügte und mir war klar, dass sie denselben Gedanken hatte. War vielleicht ein Mare-Geist für all das verantwortlich? Aber weshalb sollte jemand einen Geist heraufbeschwören und Elanor damit schaden wollen? Ich seufzte leise. Es kamen immer nur mehr Fragen dazu und ich hatte das Gefühl, noch tiefer im Morast aus Ungeklärtheiten zu versinken. Also lauschte ich wieder aufmerksam Mrs Ravenwoods Worten.

»Aber zurück zu der Magie, die so ein Kraftfeld mit sich bringt. Die Felder sind wie eine Art Magnet, der dafür sorgt, dass die Magie verstärkt wird. Wenn sich mehrere Hexen und Hexer auf einem Kraftfeld vereinigen und Magie wirken, können dabei mächtige Kräfte entstehen.« Mrs Ravenwood schaute in die Runde und lächelte. »Stellen Sie sich bitte in einen Kreis und halten Sie sich an den Händen. Lassen Sie uns diese Kraft einmal ausprobieren.«

Ich beobachtete kurz das ausbrechende Gewusel und positionierte mich dann zwischen Elanor und Chris. Was jetzt wohl gleich passieren würde?

»Bitte schließen Sie nun Ihre Augen. Das Ziel ist, einen starken Wirbelwind heraufzubeschwören, der Ihnen regelrecht um die Ohren pfeift. Stellen Sie sich vor, wie sich ein stürmischer Herbsttag anfühlt. Wenn die Haare vom Wind zerzaust werden und die Augen tränen.«

Folgsam schloss ich die Lider und stellte mir die Szene bildlich vor. Erst spürte ich das Kribbeln in meinen Fingerspitzen und das erwärmte Amulett auf meiner kalten Haut. Doch es fühlte sich anders an. Fremd. Als wäre es nicht meine eigene Magie, sondern ein Teil von etwas Großem. Im Gegensatz zu sonst breitete sich dieses Gefühl in meinem ganzen Körper aus. Selbst mein Rücken überlief ein Schauder, gefolgt von einem erneuten Kribbeln, das wie eine Welle aus meinen Fingerspitzen herausbrach und zu Elanor und Chris hinüberschwappte.

»Feen stellen in diesem Fall eine Art Verbindung dar. Sie können zwar keine Magie wirken, dennoch spüren. Da Kraftfelder auf jegliche Art von übernatürlichen Wesen reagieren, können Feen für einen kurzen Augenblick die Magie durch sich hindurchströmen lassen«, erklärte Mrs Ravenwood.

Ich konzentrierte mich weiterhin auf den Wirbelwind. Wie er um die Hausecken pfiff und Blätter von den Bäumen wehte. Wie er meine Haare zum Tanzen und mich zum Lachen brachte.

Und plötzlich hörte ich tatsächlich ein leises Pfeifen, das immer lauter und lauter wurde. Der Wind nahm in Sekundenschnelle an Fahrt auf und wurde stärker.

»Öffnen Sie nun Ihre Augen wieder ohne sich loszulassen.«

Ich tat wie geheißen und traute meinen Augen kaum. Der Wind hatte sich kleine Äste und Blätter von den Bäumen zu eigen gemacht. Vor uns im Kreis wirbelte ein Meer aus Laub, Geäst und Moos herum. Der Spektakel raubte mir den Atem. Es sah so aus, als würde der Wald einen Tanz für uns aufführen. Augenblicklich flammte eine Erinnerung in mir auf. An meine erste Begegnung mit Jason im Wald. Als er mit den Blättern einen kleinen Wirbelwind heraufbeschworen und ich gedacht hatte, das wäre ein Physikprojekt. Ich musste schmunzeln. Magie, es war reine Magie gewesen, die ich an diesem Tag gesehen hatte. Hätte ich damals bereits gewusst, dass sich allein mit der Kenntnis, was dort geschehen war, mein Leben komplett verändern würde, hätte ich es mir selbst nicht geglaubt.

Aber nun stand ich hier. Vor mir unzählige Blätter, die fröhlich herumwirbelten.

»Sie können Ihre Hände wieder voneinander lösen«, erklärte Mrs Ravenwood.

Kaum war ich ihrer Aufforderung gefolgt, hörte dieses euphorische Kribbeln in meinem Körper auf und die Blätter fielen zu Boden.

»Das war die Magie, die wir alle zusammen dank des Kraftfeldes wirken können.« Begeisterung lag in Mrs Ravenwoods Stimme. »Doch denken Sie daran, welche Gefahren diese Kraftfelder mit sich bringen. Hexen und Hexer mit dunklen Absichten können sie für ihre Zwecke missbrauchen und vor allem in den besagten Nächten sind sie besonders stark. Dann kann die Magie nämlich in den eigenen Körper aufgenommen werden. Deswegen werden die Felder von einem Wächter des Hexenrats bewacht.«

Ein Raunen ging durch die Klasse. Auch mir wurde bei dem Gedanken, was passieren würde, wenn jemand diese Macht an sich riss, flau im Magen. Schließlich war das Feld nicht allzu weit von der Academy entfernt.

»Sie fragen sich sicherlich, wie diese Kraftfelder entstanden sind. Nun, ich möchte es Ihnen erzählen.« Mrs Ravenwood ging in die Mitte des Kreises und räusperte sich. »Laut unseren Aufzeichnungen erschufen die ersten dreizehn Hexen diese Kraftfelder, um einen Teil ihrer Magie miteinander zu teilen. Über Jahrhunderte hinweg versammelten sich in den Walpurgis- und Halloweennächten jeweils drei Hexen aus England, Irland und Schottland, um die Hexengemeinschaft über die Landesgrenzen hinaus zu einen. Und durch diese ganz besondere Konzentration an Macht waren die Kraftfelder irgendwann in der Lage, Hexen zwischen den drei Ländern hin- und herteleportieren zu lassen. Dennoch gibt es auch hier, wie in jeder guten Geschichte, eine Schattenseite. Denn einige Hexen und Hexer haben schnell erkannt, wie viel Macht mit den Kraftfeldern einhergeht, und sie ausgenutzt. Und seitdem unzählige Geister in der Walpurgisnacht freigelassen wurden und im September 1666 mitverantwortlich für den großen Brand in London waren, werden die Kraftfelder in den besagten Nächten bewacht.«

Mrs Ravenwood machte eine Pause, bevor sie mit einnehmender Stimme weitersprach. »Zuletzt muss auch noch gesagt sein, dass es Schüler und Schülerinnen strengstens untersagt ist, sich allein in der unmittelbaren Nähe des Kraftfelds aufzuhalten. Sollte einer von Ihnen dennoch auf die glorreiche Idee kommen, diese Regel zu missachten, so wird es Konsequenzen geben«, ergänzte Mrs Ravenwood mit Nachdruck. »Nun, die Stunde ist hiermit beendet. Ich sehe Sie morgen alle bei der Walpurgisnacht.« Jasons Grandma machte eine Handbewegung Richtung Wald und ging voraus.

»Das mit den Kraftfeldern ist ziemlich einschüchternd, findest du nicht?«, fragte ich Elanor, während wir den schmalen Waldpfad zurückliefen.

»In der Nähe unserer Academy existiert ebenfalls so ein Kraftfeld«, erklärte sie aufgeregt. »Allerdings ist es auch Feen strengstens verboten, das Feld zu betreten. Doch einmal hat sich ein Schüler getraut. Er wurde sofort suspendiert.«

Ich runzelte die Stirn. »Ich dachte, nur Hexen können es für sich nutzen?«

Elanor schüttelte den Kopf. »Die Felder wurden zwar von Hexen erschaffen, aber Feen sind in der Lage, ihre Macht zu spüren und sie zu benutzen. In einigen Berichten wird sogar erzählt, dass Feen böse Geister heraufbeschwören können. Wie genau das funktioniert, weiß ich allerdings nicht.« Sie zuckte mit den Schultern. »Ich finde dieses ganze Geisterthema eh gruselig.«

Da musste ich Elanor zustimmen. Hoffentlich kam ich nie mit solchen Wesen in Berührung.

»Na ihr, bereit für die Nachtwanderung?«

Chris tauchte hinter uns auf. Fragend schaute er zwischen uns hin und her.

Verwirrt runzelte ich die Stirn und schaute zu Elanor, die meinem Blick mindestens genauso erstaunt erwiderte.

»Sagt bloß, ihr habt es nicht mitbekommen? Heute Abend findet die traditionelle Nachtwanderung des neuen Jahrgangs statt«, erklärte Chris.

Gleichzeitig schüttelten Elanor und ich die Köpfe.

»Ihr solltet euch echt besser informieren«, gluckste er.

Verdammt. Hingen etwa Flyer dafür aus? Oder wieso wussten wir nichts davon?

»Also, ihr kommt mit, oder?« Erwartungsvoll schaute er uns an.

»Ich kann leider nicht. Wir Feen treffen uns«, flunkerte Elanor, denn freitagabends traf sie sich immer heimlich mit Elijah.

»Was ist mit dir, Lilly?«

»I-ich …« Erfolglos versuchte ich eine Ausrede zu erfinden. Nachtwanderung klang für mich nach jeder Menge Grusel. Darauf hatte ich überhaupt keine Lust. Vor allem, wenn meine Nerven eh schon verrücktspielten wegen des morgigen Tages.

»Keine Ausrede. Du kommst mit. Nach dem Abendessen geht es los«, nahm Chris mir die Entscheidung ab.

Ich seufzte auf. Ich konnte schlecht Nein sagen. Vielleicht würde mich eine Nachtwanderung aber auch gut ablenken und auf andere Gedanken bringen. Also willigte ich ein.

KAPITEL 25

Seit der Gründung der Ravenhall Academy ist die Nachtwanderung am Tag vor der Walpurgisnacht Tradition. Die Regeln und der Ablauf wurden von der Gründerin Samantha Ravenwood auf einem Stück Pergament niedergeschrieben, das sich innerhalb der Gemäuer der Bibliothek befindet und für alle Hexen und Hexer zugänglich ist.

– AUSZUG GRIMOIRE, KAPITEL 128 –

Wie besprochen machte ich mich nach dem Abendessen auf den Weg zum Treffpunkt für die Nachtwanderung. Meine Hundelady hatte ich bei Elanor gelassen. Sie würde Mrs Blueberry zu ihrem Date mit Elijah mitnehmen, was wohl auch die einfachste Lösung war. Mrs Blueberry, mein kleiner Angsthase, fürchtete sich genug vor der Dunkelheit und würde bei einer Nachtwanderung alle auf Trab halten. Wobei ich mich ja fragte, was uns erwarten würde. Ich war gespannt und ein wenig eingeschüchtert zugleich.

Kaum betrat ich den großen Wintergarten, tauchte Chris gemeinsam mit Dave und seinem Freund Lian vor mir auf. »Das wird gut werden!« Dave funkelte uns aufgeregt aus seinen braunen Augen an.

»Die Nachtwanderungen haben eine lange Tradition. Letztes Jahr hat meine große Schwester die Schüler und Schülerinnen durch den Verhexten Wald geführt«, warf Lian ein.

»Also geht es für uns jetzt tatsächlich in den Wald?«, fragte ich vorsichtshalber und war mir nicht sicher, ob ich die Antwort hören wollte.

»Lassen wir uns mal überraschen«, gab Chris augenzwinkernd zurück.

Für ein, zwei Sekunden blieb mein Blick an dem blondhaarigen Jungen mit der grauen Basecap hängen. Seit mir Jason erzählt hatte, was Chris bei dem Wettkampf getan hatte, sah ich ihn mit anderen Augen. Noch immer wusste ich nicht, ob ich ihm vertrauen konnte.

»Solange wir uns dort nicht verirren«, entgegnete ich zweifelnd und wandte mich von Chris ab, um mich im Wintergarten umzuschauen.

Es hatten sich bereits einige Schüler und Schülerinnen versammelt, die ähnlich begeistert wirkten wie Chris. Nicht weit entfernt entdeckte ich auch Melina und Tessa, die mir grüßend zulächelten.

Ich erwiderte die Geste und überlegte, wer uns wohl durch die Nachtwanderung führen würde. Oder gab es überhaupt jemanden, der das organisiert hatte?

Meine Frage wurde jedoch schneller beantwortet, als mir lieb war. Zu uns gesellte sich nämlich Vicky, die nun in die Hände klatschte, um die Aufmerksamkeit auf sich zu lenken.

»Willkommen zu der traditionellen Nachtwanderung der Ravenhall Academy. Glaubt mir, ich habe genauso wenig Lust wie ihr, dennoch werden wir uns gleich auf den Weg machen.« Sie schaute auf die Laternen in einer Kiste vor ihren Füßen und murmelte kaum hörbar: »*Pendere.*«

Sogleich erhob sich eine Laterne nach der anderen und schwebte zu jedem Einzelnen von uns.

Ein weiteres Mal sprach Vicky einen Hexenspruch, der sich nach »*Ignis Servit*« anhörte, und sogleich begannen Flammen in den Laternen zu tanzen.

»Ich möchte euch noch kurz etwas über die Nachtwanderung erzählen.« Sie musterte uns eindringlich. »Die Nachtwanderung existiert seit der Gründung der Academy. Die Schüler und Schülerinnen sollen sich in der Nacht vor Walpurgis den Gefahren des Waldes stellen. Da der Schutz der Mauer um die Academy in der Walpurgisnacht sehr schwach ist, werden die Schüler und Schülerinnen getestet. Getestet darauf, ob sie genug Mut, Durchhaltevermögen und Stärke beweisen. Ob sie im Falle eines Angriffes dazu bereit wären, die Academy vor dem Bösen zu beschützen.« Vicky hob eine Augenbraue. »Allerdings bezweifle ich stark, dass die meisten von euch diese Eigenschaften besitzen. Daher wird für euch erfreulich sein zu hören, dass das Ganze heute nichts mehr als eine alte Tradition ist. Schon lange wird nicht mehr geprüft, ob die Schüler und Schülerinnen die Academy beschützen könnten. Denn wenn ihr versagen würdet, wäre das nicht nur euer Todesurteil, sondern das der ganzen Academy.« Sie lächelte in die Runde. »Damit sollte alles geklärt sein. Schließt auf und bitte nicht trödeln.«

Während Vicky mit hohem Tempo aus dem Wintergarten marschierte, bildeten Dave, Lian, Chris, Tessa, Melina und ich den Schluss. Wir folgten unserer Mentorin quer über den Rasen, vorbei an der Krankenstation und dem Bogenschießstand, in Richtung Wald. Bereits nach wenigen Metern begannen Melina und Tessa mit den Zähnen zu klappern. In dieser Aprilnacht herrschte eine Eiseskälte und ich war froh über meine dicke Jacke. Trotzdem schauderte es mich bei der Vorstellung, gleich durch den dunklen Wald zu gehen. Tagsüber wirkte alles so friedlich. Aber nachts? Irgendwie waren die hohen Bäume und das Dickicht Angst einflößend.

Kaum übertrat ich die von Moos bedeckte Grenze zum Wald, hallte von den Baumkronen ein Krächzen wider. Neugierig, aus welcher Richtung es kam, legte ich meinen Kopf in den Nacken und scannte die Bäume ab. Wieder erklang ein Krächzen. Kurz blieb ich stehen und lauschte. Dieses Mal kam mir das Geräusch allerdings näher vor. Und in der nächsten Sekunde flog ein großes gefiedertes Etwas auf mich zu und landete direkt vor meinen Füßen. Zwei vertraute Augen funkelten mich an. Shadow. Lächelnd beugte ich mich nach unten, streckte meinen Arm aus und die Rabendame hüpfte mit einem Satz auf meinen Unterarm.

»Na, du Süße? Was machst du denn hier?«

Shadow gab nur ein weiteres Krächzen von sich, blieb aber brav sitzen, während ich schnell zur Gruppe aufholte, bevor ich sie im Wald verlor. Mit Shadow an meiner Seite fühlte ich mich gleich sicherer. So anmutig, wie sie auf meinem Unterarm mit erhobenem Schnabel saß, wirkte sie wie die Königin der Nacht.

»Ist das nicht Jasons Rabe?« Chris sprach die Worte so laut aus, dass sogar Vicky, die einige Meter vor uns ging, ihn hören konnte.

Ich legte meinen Finger an die Lippen. »Pssst!«

Zu spät. Vicky drehte sich um und schaute erst zu Shadow, dann zu mir, bevor sich ihre Augen verengten.

Ich seufzte. Na großartig. Aber Shadow machte immer noch keine Anstalten wegzufliegen. Unmittelbar hüpfte sie von meinem Arm auf meine Schulter und machte es sich dort bequem.

Selbst als wir tiefer und tiefer in den Wald hineinliefen, wich sie mir nicht von der Seite. Und mit jedem Schritt, den ich machte, wich meine Anspannung etwas mehr. Außer ein paar Fledermäusen und weiteren krächzenden Raben blieb alles friedlich. Zumindest bis zu dem Moment, in dem ich überlegte, ob diese Nachtwanderung noch ein paar halloweenmäßige Überraschungen für uns bereithielt. Denn keine Sekunde später raschelte etwas neben mir im Gebüsch. Unweigerlich überlief mich eine Gänsehaut. Ein weiteres Rascheln. War das ein Tier? Oder doch bloß der Wind? Kaum versuchte ich das Rascheln zu ignorieren, sprang eine Gestalt eingehüllt in einen Umhang hervor.

»Buuuuuh!«, ertönte eine tiefe Stimme.

Aus Schreck machte ich einen Satz rückwärts und geriet ins Taumeln. Dabei wäre mir fast Shadow von der Schulter heruntergepurzelt, die aufgeregt mit ihren Flügeln flatterte. Kaum war der erste Schock verdaut, schaute ich mir die Gestalt genauer an. Verdutzt und belustigt zugleich schüttelte ich den Kopf. Da hatte sich wohl jemand einen Scherz erlaubt. Die Gestalt mit dem Gewand sollte einen Geist darstellen. Nur dass das Gewand aus einem einfachen Bettlaken mit zwei Löchern für die Augen bestand. Und nun ja … über dem Bettlaken trug die Geistergestalt ein Stirnband. Ich konnte mir ein Lachen nicht verkneifen. Dieses Accessoire konnte bloß einer ganz bestimmten Person gehören.

»Einfallsreiches Kostüm, Finley.« Vickys Stimme troff regelrecht vor Ironie.

»War sehr aufwendig. Vor allem die Augen«, neckte Finley sie, bevor er auf Vicky zulief und seine vom Laken verdeckten Arme um sie schlang.

»Lass. Mich. Los. Finley!«, kreischte Vicky auf.

»Aber nur, wenn ich euch den restlichen Weg begleiten darf. Es ist ein langweiliges Leben als einsamer Waldgeist.«

Vicky verdrehte die Augen. »Wehe, du machst das ein weiteres Mal«, keifte sie. Doch das Lächeln, das ihr über die Lippen huschte, war schwer zu übersehen.

»Wir gehen weiter.« Sie drehte sich zu uns um und strahlte mit dem Licht der Laterne in unsere Gesichter, bevor sie sich wieder in Bewegung setzte.

Außer dem Krächzen und dem Pfeifen des aufkommenden Windes blieb es die nächste Zeit still. Irgendwann verließen wir den Wald und liefen einen Feldweg entlang.

»Kommt da noch was? Oder war dieser Bettlaken-Geist bereits das Highlight dieser Tour?« Chris verdrehte genervt die Augen. Dann wandte er sich um und blieb vor uns stehen. »Lust auf ein kleines Abenteuer?« Er hob das Licht seiner Laterne an sein Kinn, sodass die Flammen auf den Zügen seines Gesichtes tanzten. Schaurig grinste er uns einige Sekunden an.

»Klar, lass hören«, erwiderte Tessa grinsend.

»Klingt aufregend«, warf nun auch Melina ein.

»Wir machen einen Ausflug.« Chris wirbelte herum und marschierte auf eine Abzweigung zu. »Folgt mir.«

Tessa und Melina schienen nicht lange überlegen zu müssen und hefteten sich an Chris' Fersen.

War das sein Ernst? Das konnte nicht gut enden. Mein Verstand sagte mir, dass ich besser bei Vickys Gruppe bleiben sollte, aber mittlerweile hatte sie sich einige Meter entfernt und war kaum noch sichtbar. Ich seufzte. Wäre ich doch nur in der Nähe von Dave und Lian geblieben, die nichts von Chris' Idee mitbekommen hatten. Hin- und hergerissen überlegte ich, was ich nun tun sollte. Auch Shadow schien sich unsicher zu sein, denn sie blickte mich einfach nur unverwandt mit schief gelegtem Kopf an. Aber da ich mich hier nicht auskannte und keine Ahnung hatte, wo Vicky mit der Gruppe hinwanderte, schloss ich mich mit einem mulmigen Gefühl den anderen an.

Der Feldweg, über den wir stolperten, kam mir bald irgendwie bekannt vor. Erst war ich mir nicht sicher, aber als sich schließlich das Kraftfeld, das wir heute Vormittag besucht hatten, aus den Schatten schälte, wusste ich es.

Chris leuchtete mit seiner Laterne darauf. »Denkt ihr das, was ich denke?«

Ich wollte gar nicht wissen, was er dachte. Denn wenn es mit diesem Kraftfeld zusammenhing, konnten wir nur in Teufels Küche kommen.

»Erzähl es uns«, forderte ihn Tessa auf.

»Lust, einen Geist heraufzubeschwören?« Chris grinste uns an.

Was für einen Bullshit redete er da bitte? Erstens war das gefährlich und zweitens verboten! Ich schüttelte den Kopf. »Keine gute Idee.« Meine Stimme klang belegt, während mein Verstand regelrecht schrie, dass ich mich schleunigst vom Acker machen sollte. Allein bei der Vorstellung, einen Geist heraufzubeschwören, machte sich Panik in mir breit.

Auch Tessa und Melina sahen plötzlich alles andere als begeistert aus. Im Gegensatz zu mir gab jedoch keine von beiden einen Mucks von sich.

»Ach komm, Lilly. Es ist erst morgen Walpurgisnacht. Hat Mrs Ravenwood nicht gesagt, dass nur an bestimmten Tagen Geister heraufbeschworen werden können? Es wird bestimmt nichts passieren«, versuchte mich Chris zu beruhigen.

Ich lachte nervös auf. Der hatte vielleicht Nerven. Nichts passieren. Was, wenn doch etwas passierte? Schließlich waren wir Hexen! Wer wusste schon, was unsere Kräfte alles anstellen konnten. Aber bevor ich erneut etwas erwidern konnte, lief Chris bereits auf das Kraftfeld zu. Gleichzeitig machte ich mindestens fünf Schritte rückwärts. Shadow schien ebenfalls nervös zu werden, denn sie raschelte immer wieder mit ihrem Gefieder.

»Noch hast du die Gelegenheit, einfach deine Flügel auszubreiten und in den Nachthimmel zu flüchten«, flüsterte ich in ihre Richtung, doch die Rabendame schien gar nicht daran zu denken, mich allein zu lassen.

»Komm zurück!«, rief nun Tessa.

Chris ignorierte uns jedoch. Na großartig. Als würde Shadow meine Angst spüren, legte sie einen Flügel um meinen Kopf. Die Geste hatte etwas Beruhigendes und ich versuchte tief durchzuatmen. Vermutlich würde tatsächlich nichts passieren. So ganz sicher war ich mir dennoch nicht.

An Chris' Gesichtsausdruck konnte ich erkennen, dass er sich der Sache anscheinend komplett sicher war. So selbstsicher hatte ich ihn noch nie gesehen. Ein wenig merkwürdig war das schon. Und dieser selbstsichere Ausdruck in seinen Augen jagte mir Angst ein. In mir breitete sich das Bedürfnis aus, ihn einfach von dem Kraftfeld zu zerren, aber es war bereits zu spät.

Chris hob die Arme, wobei er Hexensprüche vor sich hinmurmelte, die ich nicht so recht verstand. Erst geschah nichts. Doch plötzlich hüllte uns eine Eiseskälte ein, die mir durch Mark und Bein ging. Unwillkürlich rückten Tessa, Melina und ich enger zusammen, aber die Kälte ließ nicht nach. Verdammt, wurde das etwa von einem Geist ausgelöst? Groß darüber nachdenken konnte ich jedoch nicht. Meine Sinne waren wie eingefroren. Es fühlte sich an wie Hirnfrost, wenn ich mal wieder einen Eis-Shake zu schnell getrunken hatte. Wie ein Stechen, sobald ich mich bloß bewegte. Aber es war nicht nur das. Mit jedem meiner Atemzüge schienen Eiskristalle meine Lunge zu durchbohren.

Als mein Blick erneut zu Chris ging, traute ich meinen Augen kaum. Um ihn herum schien ein Wirbelwind zu entstehen.

Seine Jeansjacke flatterte im Wind und Geäst tanzte um ihn herum. Sein Gemurmel wurde immer lauter und lauter, wobei die Kälte unerträglich wurde. Ich wollte, dass es stoppte, doch ich konnte mich nicht bewegen. Gerade als ich kaum noch Luft bekam, so weh tat meine Lunge, gab es einen lauten Knall, der uns ein paar Meter nach hinten katapultierte. Shadow krächzte auf und landete neben mir im Gras. Aber auf einen Schlag war wieder alles still. Es war eine unnatürliche Stille. Kein Wind wehte und kein Tier war zu hören. Einfach gesagt, es war zu still.

»Chris! Was hast du getan?«, schrie ich ihn an, während ich mich panisch umschaute. Zu meiner großen Erleichterung konnte ich keinen Geist entdecken. Vermutlich hatte er recht gehabt und es hatte nicht funktioniert. Dennoch machte sich Misstrauen in mir breit. Irgendetwas war seltsam.

»Beruhige dich, ich habe nur ein wenig mit der Magie des Kraftfeldes gespielt.«

Ich riss die Augen auf. »Ist das dein Ernst? Hältst du das alles für einen schlechten Scherz?«

»Es ist doch nichts passiert«, erwiderte Chris achselzuckend und meiner Meinung nach viel zu ruhig.

Und selbst wenn wir keinen Geist gesehen hatten, wer wusste schon, was gerade wirklich geschehen war? Niemand von uns kannte sich mit Geistern aus. Sie waren unberechenbar. Gefährlich. Verdammte Seelen. Böse und auf Rache aus. Bei dem Gedanken, dass wir vielleicht solch ein Wesen freigelassen hatten, wurde mir ganz anders.

»I-ich habe auch keinen Geist entdeckt. Es hat bestimmt nicht funktioniert«, versuchte Tessa uns zu beruhigen, wirkte jedoch selbst nur wenig überzeugt.

»Lasst uns von hier verschwinden.« Melinas Stimme klang schrill.

Wir nickten zustimmend.

Shadow krächzte mir noch einmal zu, neigte den Kopf und hob ab in den Nachthimmel.

»Irgendwie fühle ich mich nicht wohl«, sagte Melina, als wir durch das Waldstück zurück zur Academy liefen.

»Könnte daran liegen, dass uns ein Geist auf der Spur ist«, spekulierte ich.

»Mir ist so kalt.« Tessa klapperte mit den Zähnen und zog sich ihren Mantel enger um den Körper.

»Schwachsinn. Uns ist kein Geist auf der Spur und es wird uns auch keiner heimsuchen«, knurrte Chris.

Ich runzelte die Stirn, verkniff mir aber jeglichen Kommentar, da gerade die hell erleuchtete Academy vor uns auftauchte.

»Ich war noch nie so froh, Ravenhall zu sehen«, sagte Tessa.

Melina und ich nickten zustimmend, doch unsere Erleichterung währte nur kurz. Denn kaum betraten wir die Eingangshalle, kam Vicky wutentbrannt auf uns zugerannt. »Ach, findet die feine Gesellschaft auch mal zurück?« Ihre Stimme war bedrohlich leise und in ihren Augen zuckten Blitze. »Was denkt ihr euch eigentlich dabei, einfach zu verschwinden?«, schnaubte sie, wobei ihre Nasenflügel bebten.

»Die Nachtwanderung war langweilig«, gab Chris zu.

Na großartig, super Begründung. Jetzt würde sie uns erst recht auf ihre Abschussliste setzen.

»Langweilig? Ihr könnt froh sein, dass ich Mr Ravenwood nichts von eurem Alleingang erzählt habe! Denn glaubt mir, Nachsitzen ist noch langweiliger.« Sie fuchtelte mit ihrem Zeigefinger in der Luft herum, bevor sie sich umdrehte und die Treppe nach oben marschierte.

Verdammt. Sie war richtig wütend. Trotzdem war ich ihr dankbar, dass sie uns nicht verpfiffen hatte. Ich wollte mir gar nicht ausmalen, was das für Folgen gehabt hätte. Nachsitzen wäre bestimmt das kleinere Übel gewesen.

»Ich gehe ins Bett«, verkündete ich erschöpft.

Tessa und Melina schlossen sich mir an. Der Schock stand den beiden noch immer ins Gesicht geschrieben. Und auch ich musste die letzte Stunde erst einmal verdauen.

✦

Als ich nach gefühlt einer Stunde Duschen endlich im Bett lag, fühlte ich mich noch immer ausgelaugt. Ich kuschelte mich tiefer in meine Bettdecke und schloss müde die Augen. Nach und nach driftete ich in die Welt der Träume ab, wurde jedoch von einem plötzlichen Klopfen wieder in die Realität gerissen. Ich schreckte hoch und schaute auf die Uhr. Es war kurz vor Mitternacht. Vielleicht war es Elanor? Sie hatte zwar vorgehabt, bei Elijah zu schlafen, aber vielleicht hatte sie sich kurzfristig umentschieden. Andererseits war bereits Nachtruhe. Jetzt auf den Gängen erwischt zu werden, wäre keine gute Idee.

Mit einem lauten Gähnen stand ich auf und schlurfte zur Tür. Wieder erklang ein Klopfen.

»Ich komm ja schon«, murmelte ich und drehte den Knauf um. Als das Holz aufschwang, weiteten sich meine Augen. Was machte er hier?

Ohne ein Wort lief Jason an mir vorbei ins Zimmer. Sein Duft erfüllte den Raum. Noch immer zutiefst verwirrt beobachtete ich, wie er sich auf die Fensterbank setzte und aus dem Fenster blickte.

Zögernd nahm ich neben ihm Platz. Minuten vergingen, bis er mich wieder anschaute. Sein Unterkiefer mahlte und die Wut in seinen Augen war unverkennbar.

»Sag mir, dass es nicht deine Idee war«, knurrte er.

»W-was?«, fragte ich.

»Verdammt, Lilly! Du weißt genau, was ich meine!« Er fuhr sich mit der Hand durch sein schwarzes Haar, während er fassungslos den Kopf schüttelte.

Aber woher wusste er ... da fiel es mir wie Schuppen von den Augen. Shadow. Er musste die Gedanken seiner Gefährtin gelesen haben.

»Shadow«, flüsterte ich.

Jason nickte. »Ja, sie war verängstigt, als sie an mein Fenster klopfte. Ihre Gedanken waren ein einziges Chaos. Von Angst erfüllt.«

Das schlechte Gewissen schnürte mir fast die Kehle zu. Ich hatte nie die Absicht gehabt, Shadow Angst einzujagen. Obwohl in diesem Moment meine Angst mindestens genauso präsent gewesen war.

»I-ich wollte das nicht. Ich hatte keine Ahnung, was er vorhat«, gestand ich leise.

»Wer?« Jasons eindringlicher Blick haftete auf mir.

Mir war bewusst, dass er die Antwort kannte. Er wollte den Namen nur aus meinem Mund hören.

»Chris. Es war seine Idee.«

»Lilly, langsam solltest du wissen, dass Edwards nie sonderlich gute Ideen hat. Du solltest dich besser von ihm fernhalten.«

»Hätte ich gewusst, was er plant, wäre ich ihm nie gefolgt!« Langsam wich die anfängliche Überraschung und machte einem anderen Gefühl Platz. Denn den befehlenden Unterton in Jasons Stimme hatte ich sehr wohl registriert. »Und was fällt dir eigentlich ein, mir vorschreiben zu wollen, mit wem ich befreundet sein darf!« Aufgebracht stand ich auf und funkelte ihn an.

Einen Augenblick wirkte es so, als ob Jason mir widersprechen wollte. Ich sah, wie er den Mund öffnete und die wütende Flamme in seinen Augen aufloderte. Doch dann atmete er einmal tief durch und schien sich zusammenzureißen. »Shit, Lilly, du machst mich manchmal wirklich wahnsinnig. Jetzt bin ich in einem halsbrecherischen Tempo durch die ganze Academy gestürmt.« Er lachte leise und sah mir eindringlich in die Augen. »Entschuldige, ich hätte dich nicht so anschnauzen dürfen. Es ist nur so, der Gedanke, wie sehr du Edwards vertraust, ich …« Er stockte.

Und das war der Moment, in dem ich begriff, dass er eifersüchtig war. Eifersüchtig auf einen Kerl, der nicht mal ansatzweise das in mir auslöste, was ich bei Jason fühlte. Und auch wenn ich wusste, dass das zwischen uns nie etwas werden würde, schob ich alle Gedanken und Gewissensbisse beiseite, überbrückte die Distanz zwischen uns und presste meine Lippen auf seine.

Kurz war er überrascht, dann erwiderte er den Kuss stürmisch. Ich wusste, dass es leichtfertig und egoistisch war, konnte jedoch nicht anders. Ich wollte ihn. Jetzt und hier. Als ich mich an ihn drängte, keuchte er auf. Seine Hand wanderte unter mein T-Shirt. Meine Haut war wie elektrisiert von seiner Berührung. Ich schob meine Finger in sein Haar, während seine Zunge um Einlass bat. Mehr, ich brauchte mehr. Seine Zunge umspielte meine und ich versank in dem Kuss. Es lagen so viele unausgesprochene Worte darin. Sehnsucht. Verlangen. Leidenschaft.

Mein Atem ging schwer, als wir uns kurz voneinander lösten.

»Lilly«, keuchte Jason meinen Namen, bevor er mich packte, hochhob und aufs Bett legte. Er stützte sich über mir ab und ich schlang meine Beine um seinen Körper, um ihn enger an mich zu ziehen. Dann küsste er mich erneut. Aber dieser Kuss war wilder, ungezähmter. Seine Hand wanderte wieder unter mein T-Shirt, wobei er es nach oben zog und meine Rundungen erkundete. Meine Haut kribbelte erwartungsvoll. Er küsste mich am Hals abwärts, über mein Dekolleté. Ein Stöhnen entrang sich meiner trockenen Kehle. Verdammt. Ich wollte ihn so sehr, wollte mehr von ihm spüren und ihn ganz nah bei mir haben. Also bedeutete ich ihm, sein T-Shirt auszuziehen. Mit einem frechen Grinsen kam er meiner Bitte nach. Bei dem Anblick seines durchtrainierten Körpers schluckte ich schwer und fuhr mir mit der Zunge über die Lippen.

»Du bringst mich noch um den Verstand«, knurrte er, bevor ich seinen Mund wieder auf meinem spürte.

Während ich mich in dem Kuss verlor, fuhr ich mit meinen Fingern die Konturen seiner Muskeln nach, ließ meine Hand über seinen Bizeps gleiten und streichelte über seinen muskulösen Rücken. Als er sich schließlich enger an mich drückte, krallte ich meine Fingernägel in seine Haut. Jason stöhnte auf, was mir eine unbändige Hitze durch den Körper jagte.

»Jason«, flüsterte ich.

Er hob seinen Kopf und schaute mich an. Mit einem einzigen Wimpernaufschlag gab ich ihm zu verstehen, dass ich mehr von ihm brauchte. Mehr von uns brauchte. Dass es mir in diesem Moment egal war, dass wir keine gemeinsame Zukunft haben konnten.

Mit tiefer Zuneigung erwiderte er meinen Blick und ohne mich aus den Augen zu lassen, ließ er seine Hand langsam abwärts zu meinem Hosenbund wandern. Vorfreude, aber auch Nervosität machte sich in mir breit. Zwar war ich schon dem ein oder anderen Jungen nähergekommen, allerdings war es mit Jason anders. Intimer. Vertrauter. Ich wollte ihn auf eine Art und Weise, wie ich sie noch nie verspürt hatte.

Doch in dem Moment, als Jasons Finger sich unter meinen Hosenbund schoben, hörte ich einen Schlüssel im Türschloss. Elanor.

»Shit!«, fluchte ich erschrocken, während Jason wie von der Tarantel gestochen nach oben fuhr.

Ich schaffte es gerade so, mein T-Shirt überzustreifen, bevor die Tür aufschwang und meine Freundin mit meiner Hundelady das Zimmer betrat. Ihr Blick blieb sofort an Jason hängen, wobei ihre Augen groß wurden. Er war nicht ganz so schnell wie ich gewesen und stand nun oberkörperfrei vor Elanor.

»Also … soll ich später noch mal kommen?« Grinsend schaute sie zwischen uns beiden hin und her.

Als hätte Mrs Blueberry Elanors Frage verstanden, wandte sie sich ab und trottete auf die Tür zu. Schmunzelnd schaute ich ihr hinterher.

Jason klaubte inzwischen sein T-Shirt vom Fußboden und lief ebenfalls zur Tür. Auf halbem Weg blieb er noch mal stehen und lächelte mich an. »Happy Birthday, Sherlock«, sagte er mit tiefer, rauer Stimme.

Ich realisierte seine Worte erst, als er die Tür hinter sich schloss. Es war nach Mitternacht. Heute war der Tag. Ich hatte Geburtstag. Doch bevor ich weiter darüber nachdenken konnte, stürmte Elanor auf mich zu und zog mich in eine feste Umarmung. Mrs Blueberry folgte ihr und sprang freudig an mir hoch.

»Alles Gute zum Geburtstag!«

Als sie sich wieder von mir gelöst hatte, machte sie es sich auf ihrem Bett bequem und warf mich mit einem Kissen ab.

»Ich will jetzt alles wissen!« Auffordernd zwinkerte sie mir zu.

»Wieso bist du überhaupt hier … also ich meine, weil du doch bei Elijah schlafen wolltest?«

Sie seufzte. »Erzähl mir erst, wie die Nachtwanderung war und was Jason hier gemacht hat. Ich kann ein wenig Ablenkung gerade gut gebrauchen.«

Voller Sorge musterte ich Elanor ein, zwei Sekunden lang und setzte gerade zu einer Antwort an, als erneut ein Kissen aus ihrer Richtung auf mich zugeflogen kam.

Ich gab mich geschlagen und kuschelte mich unter meine Bettdecke. Mrs Blueberry hatte sich in der Zwischenzeit in ihrem Körbchen zusammengerollt und wartete offensichtlich ebenfalls darauf, dass ich zu erzählen begann. Also holte ich tief Luft und schilderte die Ereignisse des Abends, wobei Elanors Augen sich vor Schreck weiteten, als ich das mit dem Geist erwähnte. Als ich zu der Stelle mit Jason kam, schüttelte sie nur den Kopf.

»Was soll bloß aus euch beiden werden?«

Ich schluckte schwer. Wenn ich das nur wüsste. Zwar bereute ich das, was zwischen Jason und mir passiert war, keine Sekunde lang und dennoch wusste ich, das mit ihm und mir hatte keine Zukunft. Aber ich schaffte es nicht, ihn aus meinen Gedanken zu streichen. Mein Herz verlangte nach ihm. Nein, es schrie nach ihm. Schrie seinen Namen. Immer und immer wieder.

»Es ist verdammt schwer, wenn das Herz und der Verstand sich nicht einigen können«, erwiderte ich frustriert.

Elanor schaute mich mitfühlend an. »Ich weiß.«

Erst jetzt fiel mir auf, dass ihr Make-up verschmiert war. Verdammt, hatte sie etwa geweint? »Elanor. Was ist los?«, hakte ich nach.

Kurz geriet ihre Fassade ins Wanken, doch sie fing sich schnell wieder. »Elijah und ich haben uns gestritten. Jedes Mal dasselbe Thema. Unsere Geheimnistuerei. Die ständige Angst, entdeckt zu werden. Hier gibt es zwar weniger Hindernisse für uns, dennoch sind sie allgegenwärtig. Ich halte das nicht mehr aus, Lilly.« Ihre Stimme klang erstickt.

»Ihr seid stark. Und ihr gehört zusammen. Glaub daran«, versuchte ich sie aufzumuntern.

Elanor nickte traurig. »Gerade wenn so ein Ereignis wie die Walpurgisnacht ansteht, ist es besonders schwer.«

»Ich weiß«, flüsterte ich. »Bitte gebt euch nicht auf, nur weil andere Feen denken, dass eure Gefühle füreinander falsch sind. Denn Liebe ist nie falsch«, sagte ich mit fester Stimme. Und hoffte, dass das auch für mich galt.

KAPITEL 26

Die Vollendung des achtzehnten Lebensjahres geht mit der Entfaltung der Magie einher. Weshalb Hexen und Hexer ihre vollständige Magie erst in diesem Alter erlangen, lässt sich laut uralten Schriften auf die Entstehungsgeschichte der ersten Hexen zurückführen. Diese waren laut Überlieferung bereits erwachsen, als sie ihre Kräfte erhielten, und dies wirkte sich auf die Magie der Nachfahren aus.

– AUSZUG GRIMOIRE, KAPITEL 149 –

Der nächste Morgen kam viel zu schnell. Elanor und ich hatten noch bis spät in die Nacht hinein geredet. An Schlaf war nicht zu denken gewesen, zumindest für mich. Elanor war zwar irgendwann eingeschlafen, doch die bevorstehende Entfaltung meiner Magie hatte diese seltsame Unruhe in mir nur weiter angefacht. Ich hatte mich stundenlang von einer Seite auf die andere gewälzt und war erst in den frühen Morgenstunden eingenickt. Entsprechend gerädert fühlte ich mich auch, als ich mich gemeinsam mit Mrs Blueberry nach dem Frühstück auf den Weg zu Grandma machte.

Auf halber Strecke zum Gewächshaus bekam ich einen Anruf von Mum und Mia. Bei dem Gedanken, sie heute nicht bei mir haben zu können, wurde mir schwer ums Herz. In den letzten Wochen hatte ich genau zweimal mit Mum telefoniert. Und jedes Mal war das Gespräch nur mit den nötigen Floskeln abgelaufen. Nicht wie ein Gespräch zwischen Mutter und Tochter sein sollte. Aber sobald ich ihre Stimme gehört hatte, war ein Gefühl von Heimweh in mir aufgeflammt. Ich vermisste mein Zuhause. Mum und Mia. Mein Zimmer mit dem großen Bücherregal. Den alten Hängesessel an meinem Erkerfenster. Meinen Leseplatz in unserem kleinen Wintergarten. Ja, sogar unser quietschendes Gartentor vermisste ich.

Ich seufzte schwer und mein Blick wanderte noch einmal zu dem Handy in meiner Hand. Immer wieder öffnete ich den Chatverlauf mit Anny und las ihre Worte.

Alles Gute zum Geburtstag, Lilly.

Nichts als ein paar Worte. Früher hätte sie mich direkt um Mitternacht angerufen. Wir hätten bis in das Morgengrauen geredet und über das neue Lebensjahr nachgedacht. Welche Konzerte wir besuchen wollten, welche Bücher neu erscheinen würden und über Momente, die wir gemeinsam erleben wollten. Und jetzt erhielt ich nur fünf einfache Worte. Und doch bedeuteten sie so viel mehr. Sie machten mir klar, dass unsere Freundschaft nichts mehr als eine schöne Erinnerung war. Selbst wenn ich mir das selbst noch nicht eingestehen wollte.

Kopfschüttelnd steckte ich mein Handy wieder in die Hosentasche und zog die Tür zum Gewächshaus auf. Kaum hatten Mrs Blueberry und ich den von Pflanzen übersäten Raum betreten, begann es auch schon zu regnen. Große Regentropfen bahnten sich ihren Weg nach unten und prasselten auf das Glasdach.

»Grandma, ich bin's«, rief ich laut, bekam jedoch keine Antwort.

Vorsichtig spähte ich in ihr Büro. Zwar brannte Licht, aber außer zwei Stricknadeln, die selbstständig eine kunterbunte Decke mit kleinen Kürbissen häkelten, war anscheinend niemand da. Ob sie sich im Nebenraum befand?

»Grandma, bist du hier?«, rief ich erneut.

Wieder keine Reaktion. Nur das knisternde Feuer des Kamins und die klackernden Geräusche der silbernen Stricknadeln waren zu hören.

Verwirrt runzelte ich die Stirn. Wo war sie? Ich zog meine Jacke aus und hängte sie über den Garderobenständer direkt neben der Tür, wobei mein Blick auf die vielen kleinen Gefäße fiel, die neben- und aufeinander in hohen Regalen gestapelt standen. Ich wusste, dass Grandma in diesem Gewächshaus ein riesiges Lager hatte. Auch die Tränke, die wir im Unterricht brauten, fanden hier ihren Platz. Als ich einen Aufkleber mit der Aufschrift *Beruhigungstrank* entdeckte, schoss mir ein Gedanke durch den Kopf. Was, wenn ich einen Beruhigungstrank zu mir nahm? Würde er mir dabei helfen, entspannter zu werden?

Als würden meine Hände ein Eigenleben führen, griff ich nach einem Fläschchen und betrachtete das grünliche Gebräu. Wäre ich nicht so überzeugt davon, dass dieser Trank bestimmt widerlich schmeckte, würde ich ihn vielleicht probieren. Ich schwenkte das Gefäß einmal leicht und kleine Blubberbläschen begannen darin aufzusteigen. Kopfschüttelnd stellte ich es schnell wieder zurück.

Nur wenige Sekunden später ging die Tür zum Gewächshaus auf und Grandma flüchtete vor dem Regen ins Innere, während Biscuit sich an ihr vorbeiquetschte und sich einmal schüttelte.

Als mich Grandma erblickte, stahl sich ein breites Lächeln auf ihre Lippen. »Alles Gute zum Geburtstag, mein Kind.« Sie kam auf mich zu und drückte mir einen Kuss auf die Stirn. »Du machst deine alte Grandma sehr stolz.« In ihrer Stimme schwangen jede Menge Emotionen mit.

»Danke, Grandma«, sagte ich leise, wurde jedoch im gleichen Moment abgelenkt, als Biscuit schnurrend um mein Bein strich. Mrs Blueberry begrüßte den Kater mit einem Nasenstupser und ich bedeutete den beiden, mit in Grandmas Büro oder, wie ich es mittlerweile auch gerne nannte, ihre zweite Wohnung zu kommen. Ich machte es mir mit meiner Hundelady auf der Couch bequem und beobachtete Grandma dabei, wie sie aus dem Schrank neben dem Kamin eine kleine Schatulle hervorholte. Stolz überreichte sie mir das viereckige Kästchen.

»Mach sie auf«, forderte Grandma mich mit einem aufgeregten Funkeln in den Augen auf.

»Grandma, du brauchst mir doch nichts schenken«, erwiderte ich kopfschüttelnd.

»Das ist kein Geburtstagsgeschenk. Sondern ein Familienerbstück. Und nun öffne sie.«

Ehrfürchtig tat ich wie geheißen. Und was dann zum Vorschein kam, ließ mich erstaunt aufkeuchen. Denn mir schimmerte ein Armband entgegen, das mit dem Licht des Kaminfeuers um die Wette funkelte. Es war aus Gold gefertigt und mit mehreren verschiedenfarbigen Edelsteinen besetzt.

»Grandma, das Armband ist wunderschön.« Vorsichtig hob ich das Schmuckstück aus der Schatulle und ließ es durch meine Finger gleiten.

»Komm, ich lege es dir an.« Sie nahm mir das Armband ab und befestigte es an meinem rechten Handgelenk. »Dies war ein Geschenk von meiner Mutter, zur Entfaltung meiner Magie.

Deine Mutter hat es wiederum von mir bekommen.« Eine Spur von Traurigkeit huschte über ihre Züge. »Aber sie hat mir die Schatulle zurückgegeben, nachdem, nun ja …« Sie brachte den Satz nicht zu Ende, doch ich wusste, was sie sagen wollte. Nachdem sich meine Mum von der Hexengemeinschaft abgewandt hatte.

»Bist du schon aufgeregt?«, versuchte Grandma mich vom Thema abzulenken.

»Weswegen?«, fragte ich vorsichtig.

»Ich glaube, heute gibt es ein paar Ereignisse, wegen denen du aufgeregt sein darfst.« Sie lächelte mich vielsagend an.

Ich seufzte. Da hatte sie definitiv recht.

»Ich bin gespannt, was der heutige Tag für mich bereithält«, erwiderte ich mit Bedacht.

»Es wird alles gut werden. Hab keine Angst.« Grandma nahm meine Hand und streichelte sanft darüber.

»Was, wenn Mr Ravenwood recht hat und an der Legende mit der Besonderheit von Hexen und Hexer, die in der Walpurgisnacht an Vollmond das Licht der Welt erblickt haben, etwas dran ist?«, konnte ich mir dann doch nicht verkneifen zu fragen.

»Dann vergiss bitte eins nicht, mein Kind: Du bist immer noch du, egal, welche Kräfte du in dir trägst.« Grandma schaute mich warmherzig an.

»Danke«, erwiderte ich lächelnd.

Ich kuschelte mich tiefer in die weichen Kissen des Sofas, wo ich mit Grandma auch die nächsten Stunden verbrachte. Es tat gut, sie in meiner Nähe zu wissen. In den letzten Wochen war sie zu meinem Anker geworden, meinem Fels in der Brandung. Ich konnte mich bei ihr fallen lassen und wusste, dass sie mich wieder auffing.

Eingekuschelt in einer großen Wolldecke, mit einer heißen

Tasse Schokolade und jeder Menge selbst gebackener Kekse schauten wir einen Film nach dem anderen. Normalerweise war das eine Tradition, die ich mit Mia teilte. Jedes Jahr verbrachten wir unseren Geburtstag mit Filmen und aßen dazu Unmengen an Torte. Selbst wenn wir uns über all die Jahre voneinander entfernt hatten, so hatte diese gemeinsame Zeit Bestand gehabt. Umso dankbarer war ich, dass Grandma diese Tradition mit mir weiterführte.

Dennoch war ich etwas nervös und blickte immer wieder auf die Uhr. Bei dem kleinsten Kribbeln, Jucken oder Zucken meiner Haut dachte ich, dass es losgehen würde. Doch als zwei Stunden später noch nichts passiert war, ließ meine Aufregung ein wenig nach.

Irgendwann entschieden Grandma und ich, einen Spaziergang zu machen, damit Mrs Blueberry und Biscuit ein wenig rauskamen. Obwohl sich meine Hundelady beim Anblick des Wetters fast schon weigerte. Typisch. Wenn es nach ihr ginge, würden wir den ganzen Tag eingekuschelt in mehreren Schichten von Decken verbringen.

Wir liefen eine große Runde und als wir vom Regen durchnässt zurückkamen, eilte uns Elanor aus dem Gewächshaus entgegen. Sie sah aufgeregt aus. Hatte sie mich etwa gesucht? Aber weshalb?

»Elanor, was ist los?« Stirnrunzelnd schaute ich sie an.

Doch meine Freundin winkte uns nur rein und grinste mich dabei an.

Kaum betraten wir das Gewächshaus, hallte ein lautes »Happy Birthday«-Lied durch den Raum. Ich traute meinen Augen kaum. Dort standen Elanor, Chris und Dave. Und sie sangen. Für mich! Sobald sie ihr Ständchen beendet hatten, eilten alle auf mich zu und schlossen mich in eine feste Gruppenumarmung. Zwar war ich immer noch angefressen wegen dem, was Chris gestern Abend gemacht hatte, allerdings konnte das auch bis morgen warten. Heute wollte ich die Zeit mit meinen Freunden genießen.

»Danke für die Überraschung«, sagte ich überwältigt.

In der kurzen Zeit, in der ich mit Grandma spazieren gewesen war, hatten sie einfach das Gewächshaus umdekoriert. Überall hingen Luftschlangen und jede Menge Luftballons in allen möglichen Farben. In der Mitte hatten sie die Tische aus dem Unterricht zusammengeschoben und darauf lag eine riesige Pizza mit verschiedenen Belägen.

»Woher wusstet ihr, dass ich Pizza liebe?« Aufgeregt setzte ich mich auf einen der Stühle.

Die anderen machten es sich ebenfalls bequem, während Grandma die Pizza austeilte.

»Also, bei deinem Gesichtsausdruck, wenn du Pizza inhalierst, liegt das auf der Hand«, erwiderte Elanor grinsend.

»Stimmt. Wenn du Pizza isst, bist du regelrecht in deiner eigenen Welt«, ergänzte Chris.

Ich wandte mich an Grandma und hob eine Augenbraue. »Wusstest du von alldem?«

»Gut möglich«, erwiderte sie mit einem spitzbübischen Funkeln in den Augen.

»Das war die Idee deiner Grandma.« Elanor lächelte mich an.

»Danke«, entgegnete ich aus tiefstem Herzen.

Grandma nickte. »Jetzt esst die Pizza, bevor sie kalt wird!«

Das ließ ich mir nicht zweimal sagen.

Und kaum war das letzte Stück aufgegessen, trug Grandma eine zweistöckige Torte herein, die mit rosafarbenem Fondant, unzähligen verschiedenfarbigen kleinen Hexenhüten und goldenem Glitzer verziert war.

»Grandma, hast du die selbst gebacken?«, fragte ich staunend. Das musste einfach ihr Werk sein.

»Zusammen mit Mrs Ravenwood«, gab sie zu.

Gerührt von so viel Liebe schloss ich sie fest in die Arme.

»Danke! Sie sieht viel zu schön aus, um aufgegessen zu werden«, kicherte ich.

Natürlich war das kein Hindernis. Ich verputzte mindestens drei Stücke der himmlischen Schokoladentorte. Eine Regel besagte, dass Nachtisch immer ging, egal wie vollgestopft man war.

Es war fast Nachmittag, als die anderen aufbrachen, um sich für den Abend herzurichten. Als ich mich etwas später ebenfalls von Grandma verabschiedete, flüsterte sie mir noch einmal zu: »Sei nicht aufgeregt, mein Kind. Es wird alles gut werden. Deine Magie wird sich bald entfalten.« Sie drückte meine Hand und strich mir eine Strähne hinters Ohr.

Tatsächlich hatte ich die Sache mit der Magieentfaltung die letzten Stunden in die hinterste Ecke meiner Gedanken verbannt. Auch wenn die Zeit knapper wurde. Ich wollte nicht, dass es während der Walpurgisnacht geschah.

»Grandma, falls sich meine Magie heute Abend entfaltet, bist du dann an meiner Seite und schaust nach mir?« Ich schluckte schwer.

Beruhigend streichelte sie über mein Haar. »Immer«, versprach sie.

»Danke.« Ich schenkte ihr ein letztes Lächeln, bevor ich durch die Tür zum Gewächshaus trat.

Mrs Blueberry und ich hatten gerade einmal ein paar Meter hinter uns gebracht, als ich Jason entdeckte, der uns mit durchnässtem Haar entgegenlief.

»Lilly! Ich habe dich gesucht.«

Ich runzelte die Stirn. »Weshalb?«

Ohne auf meine Frage einzugehen, nahm er meine Hand und verflocht seine Finger mit meinen. »Folg mir«, forderte er mich auf und zog mich zum Wintergarten. Doch er durchquerte ihn nur und steuerte auf den Südflügel zu, vorbei an unzähligen Türen, bis hin zu einer schmalen, unscheinbaren Wendeltreppe, um die sich Hängepflanzen schlängelten. Wir stiegen die steilen Holzstufen empor und kamen in ein weiteres Stockwerk, das ich bisher noch nie betreten hatte.

»Wo befinden wir uns?« Neugierig schaute ich mich um. Wie in den anderen Korridoren hingen auch hier unzählige Gemälde an den Wänden und das Licht von Laternen tanzte auf dem hellen Marmorboden.

»Das ist das Stockwerk der Lehrer und Lehrerinnen«, erklärte Jason und grinste mich an. »Aber für uns geht es noch etwas weiter hoch.« Mit diesen Worten löste er sich von mir und lief zielstrebig auf eine hölzerne Tür mit eisernen Verzierungen zu, die in einer abgerundeten Wand eingelassen war. Kaum öffnete er sie einen Spaltbreit, hallte das Krächzen mehrerer Raben zu uns hinüber.

Aufgeregt folgte ich ihm gemeinsam mit Mrs Blueberry in den runden Raum, der sich als der zweite Turm der Academy entpuppte.

»Willkommen im Turm der Raben«, verkündete Jason feierlich und machte einen Schritt beiseite.

Ich wusste nicht, wo ich zuerst hinschauen sollte, so viele Eindrücke prasselten auf mich ein. Hier war also das Zuhause der Raben versteckt. Lächelnd beobachtete ich die gefiederten Geschöpfe der Nacht, wie sie ringsum auf ihren Stangen und Nestern saßen und lebhaft miteinander kommunizierten. Immer wieder verschwand einer der Raben durch eine eingelassene Fensteröffnung und wurde sogleich durch einen anderen ersetzt.

In der Mitte des Raums entdeckte ich eine Leiter, mit der man jedes Rabennest problemlos erreichen konnte. Außerdem waren überall an den Wänden Trink- und Fressnäpfe angebracht und auch ein Wasserbecken gab es, in dem zwei Raben munter ihre Flügel putzten.

»Wow«, hauchte ich beeindruckt und kam aus dem Grinsen nicht mehr raus.

»Zwei unserer Raben haben Nachwuchs bekommen. Und nun ja … ein Rabe davon war Shadow. Es war eine große Überraschung.« Jason blickte mich kurz an und ging dann auf Shadow zu, die nur eine Armlänge von uns entfernt in einem kleinen Nest saß und ihren Flügel schützend um das kleine Wesen gelegt hatte.

»Ich habe noch nie Babys von Raben gesehen«, erwiderte ich ehrfürchtig.

Jason streichelte seiner Rabendame behutsam über ihr Gefieder, wobei sie ein leises Krächzen von sich gab. Dann hob sie ihren Flügel. Vorsichtig nahm Jason das Rabenbaby in seine Handfläche. Es war kaum von Federn bedeckt und die rosafarbene, seidenfeine Haut ließ den Raben zerbrechlich wirken.

Mit einem Lächeln auf den Lippen trat Jason zu mir. Sanft strich ich mit meinem Zeigefinger über das kleine Köpfchen.

»Hey, na du«, flüsterte ich, woraufhin ein piepsiges Krächzen als Antwort kam.

»Möchtest du dem kleinen Knirps einen Namen geben? Es ist ein Männchen«, kam es von Jason.

»Colin«, erwiderte ich, ohne darüber nachzudenken. Dieser kleine Rabe war einfach ein Colin.

»Der Name ist perfekt«, ergänzte Jason.

»Mrs Blueberry, das ist Colin«, verkündete ich in die Richtung meiner Hundelady, die uns neugierig beobachtete.

Sie hob ihre Nase und beschnupperte den kleinen Raben. Dabei wedelte sie mit dem Schwanz und hechelte aufgeregt.

Vorsichtig streichelte ich Colin noch einmal über das kleine Köpfchen, bevor Jason ihn zurück in Shadows schützende Flügel legte. »Du tapferes Mädchen«, sagte ich zu ihr.

Stolz krächzte die Rabendame, bevor sie sich tiefer in das Stroh kuschelte und ihre Augen schloss.

Als Jason sich wieder zu mir wandte, umspielte ein verlegenes Lächeln seine Lippen.

»Ich wollte dir noch etwas geben.«

Bevor ich nachfragen konnte, was er meinte, trat er hinter mich. »Mach die Augen zu«, forderte er mich mit rauer Stimme auf.

Ich kam seiner Bitte nach. Unwillkürlich begann mein Herz schneller zu schlagen. Sanft schob er meine Haare beiseite und streichelte dabei mit seinen Fingern meinen Hals. Ich erschauderte unter seiner Berührung. Dann fühlte ich etwas Kaltes auf meiner Haut. War das etwa eine Kette, die er mir umgelegt hatte? Ich öffnete die Augen, hob meine Hand und strich vorsichtig mit dem Zeigefinger über das Metall.

»Es ist eine kleine Sternschnuppe. Erinnerst du dich noch an die Nacht im Wintergarten? Selbst wenn mein Wunsch wohl nie in Erfüllung gehen wird, so sollst du doch immer daran erinnert werden, dass er dir gegolten hat.«

Bei seinen Worten überlief mich eine Gänsehaut. Was vielleicht auch daran lag, dass seine Hände nun auf meinen Hüften lagen und sein Atem meinen Nacken kitzelte.

»Danke«, hauchte ich gerührt.

»Trägst du sie heute Abend für mich?«, fragte er mit tiefer, belegter Stimme, während sich seine Lippen kaum spürbar auf meinen Hals legten.

Instinktiv ließ ich meinen Kopf gegen ihn sinken und nickte zustimmend. Verdammt, wieso mussten sich seine Lippen nur so gut anfühlen.

Jason griff mich sanft am Handgelenk und drehte mich zu sich herum. Er ließ seinen Blick über mein Dekolleté gleiten, wobei er an der Kette hängen blieb.

»Wunderschön. So wie du«, flüsterte er, während er mich aus seinen türkisblauen Augen anfunkelte. Zögernd hob er seine Hand und streichelte erst sanft über meinen Hals, bevor er die Konturen der Kette nachfuhr.

Mein Atem ging stoßweise. Und ehe ich weiter darüber nachdenken konnte, stellte ich mich auf die Zehenspitzen, überbrückte die letzten Zentimeter und küsste ihn. Seit gestern Abend hatte sich etwas verändert. Das zwischen uns war intimer, vertrauter geworden. Dennoch wusste ich auch jetzt, genau in diesem Moment, dass es aufhören musste. Als ich drohte mich in dem Kuss zu verlieren, löste ich mich schwer atmend von ihm.

»D-danke noch einmal für die Kette.«

Jason grinste mich schief an. »Du solltest dich langsam für die Walpurgisnacht fertig machen.«

Ich nickte. »Ja, Elanor wartet sicherlich schon auf mich.«

KAPITEL 27

Die Zeremonie der Walpurgisnacht wird seit jeher auf dem Hexenberg vollzogen. Dort, unter dem Himmelszelt, wird der Schutzzauber der Academy von dem Hexenrat erneuert, auf dass ein weiteres Jahr all die geschützt werden, die die Zukunft der Hexengemeinschaft sichern.

– AUSZUG GRIMOIRE, KAPITEL 58 –

»Lilly, wo warst du? Ich bin schon so aufgeregt!«, empfing mich Elanors Stimme, sobald ich mit Mrs Blueberry über die Schwelle in unser Zimmer getreten war. Nach dem Dampf zu schließen, der aus dem Bad waberte, war die Fee gerade dabei, sich fertig zu machen.

»Jason hat mich auf dem Weg abgefangen«, erklärte ich, während ich mich zu ihr gesellte.

Elanor stand gerade vor dem Spiegel und war dabei, ihre noch nassen Haare zu entwirren. Doch als sie mich entdeckte, ließ sie ihre Hände sinken und musterte mich für einen Moment.

»Jason?« Ihr Blick wanderte zu meiner Kette. »Hat er dir das geschenkt?«

»Ja, zum Geburtstag. Aber das war nicht einmal das Spannendste.«

Freude blitzte in ihren Augen auf. Vermutlich, weil sie davon ausging, dass sich meine Magie entfaltet hatte. Doch als ich ihr schnell von unserem Ausflug zum Turm der Raben berichtete, schien sie das glücklicherweise vom Thema abzulenken.

»O Gott, wie süß!«, quiekte Elanor auf.

Ich nickte grinsend und musste fast lachen, als ich bemerkte, was das unterbrochene Styling-Programm mit ihren Haaren angerichtet hatte. »Ich glaube, du solltest dich schnell wieder dem da widmen.« Schmunzelnd deutete ich in den Spiegel.

Elanors Blick folgte meiner Geste und kurz darauf hörte ich sie entsetzt aufkeuchen. »Das sieht ja furchtbar aus!« Schnell hob sie ihren Föhn an und widmete sich erneut voller Konzentration ihrer Frisur.

Kopfschüttelnd wandte ich mich um, doch auch in mir machte sich nun leichte Aufregung breit. Und dieses Gefühl steigerte sich umso mehr, als ich nach einer gefühlten Ewigkeit des Schminkens und Haarestylens endlich in mein Kleid schlüpfte. Ich richtete mich auf und musterte mich im Spiegel neben unserer Zimmertür. Das dunkelblaue Kleid glitzerte mit dem Licht der einfallenden Abendsonne um die Wette und gepaart mit der Sternschnuppen-Kette von Jason sowie dem Armband von Grandma fühlte ich mich tatsächlich wie eine Prinzessin. Nun fehlten nur noch die Ohrringe von Mum, die sie mir vor vielen Jahren zum Geburtstag geschenkt hatte.

Schnell eilte ich zu meinem Nachttischchen und griff nach dem Knauf der Schublade. Allerdings schien irgendetwas zu klemmen, denn sie ging bloß einen Spaltbreit auf. Erneut zog ich an dem Knauf, dieses Mal ein wenig stärker. Fehlanzeige. Ich seufzte auf. Das konnte jetzt nicht wahr sein!

Einen letzten Versuch wagend, rüttelte ich wieder daran und stolperte im nächsten Moment einen Schritt zurück, als sich die

Schublade schwungvoll löste. Das Tischchen wankte bedrohlich und prompt fiel auch schon das erste Buch zu Boden. Eilig brachte ich das Möbelstück wieder unter Kontrolle und griff nach dem Buch, bei dem es sich offensichtlich um das Grimoire handelte. Dabei fiel mir auf, dass sich der Schutzumschlag gelöst hatte. Ich hob es hoch und wollte es gerade wieder richten, als mir plötzlich etwas Weißes entgegensegelte. Verdutzt fing ich es auf und stellte fest, dass es sich um einen Brief handelte.

Schnell legte ich das Grimoire beiseite, ließ mich auf den Rand meines Bettes sinken und betrachtete das Fundstück von allen Seiten. Allem Anschein nach schien es schon etliche Jahre in diesem Buch versteckt gewesen zu sein. Zumindest ließ das rote Wachssiegel darauf schließen, das bereits zu bröckeln begann. Vorsichtig strich ich mit den Fingern das kleine Rabensymbol und die verschnörkelten Buchstaben *R* und *W* nach, die dort hineingeprägt waren. Was wohl in dem Brief stand? Sollte ich ihn öffnen? Aber wenn er hier so lange Zeit versteckt worden war, dann sollte er anscheinend nicht gefunden werden …

»Lilly, bist du bereit?«, rissen mich plötzlich Elanors Worte aus dem Gedankenstrudel.

Blinzelnd schaute ich zu der Fee auf, die mich in ihrem violetten Kleid anstrahlte.

»Äh, ja, na klar«, erwiderte ich nickend.

»Lilly, was ist los?« Sie schaute von mir zu dem Brief, den ich noch immer in der Hand hielt.

»Das Grimoire ist von dem Nachttischchen geflogen und dann hat sich dieser Brief aus dem Schutzumschlag gelöst«, erklärte ich gedankenverloren.

»Und was steht drin?«, fragte Elanor neugierig und setzte sich neben mich auf das Bett.

»Ich … ich weiß es nicht.« Ich drehte den Brief so, dass sie das Wachssiegel sehen konnte. »Es steht kein Absender darauf, geschweige denn für wen er ist.«

Für einen kurzen Moment studierte Elanor ihn, bevor sich ihre Augen weiteten. »Lilly … Ich glaube, du solltest ihn öffnen.« Ihre Stimme klang entschlossen.

»Aber wieso …« Ich blickte wieder zu dem Papier in meinen Händen und traute meinen Augen kaum. In eleganter Schreibschrift stand dort *ihr* Name geschrieben. Von der Frau, die sich abgewandt hatte. Von mir, ihrer Mutter und dem Leben als Hexe. Der Frau, die siebzehn Jahre lang geschwiegen hatte. *Grace Campbell.* Meine Mum. Ihr Name schimmerte mir entgegen, als wäre die Tinte noch frisch. Ohne weiter darüber nachzudenken, löste ich das Siegel, faltete den Brief auf und begann zu lesen:

Liebe Grace,

ich weiß, dass diese Worte spät kommen. Vielleicht zu spät. Aber die Wahrheit ist, dass ich Dich nicht gehen lassen kann. Viel zu lange habe ich es nicht wahrhaben wollen, habe versucht dieses Gefühl zu leugnen. Doch spätestens, nachdem mein Vater dafür gesorgt hat, dass Du die Academy verlässt und der Hexengemeinschaft den Rücken kehrst, habe ich aufgehört, mich den Pflichten meiner Familie zu beugen. Denn ich kann keine Frau heiraten, die nicht Deinen Namen trägt. Ich habe mich darum gekümmert, dass sowohl der Hexenrat als auch meine und die Familie von Abbey Davies vergisst, was das Schicksal der Hexen von mir verlangt. Ich habe dunkle Magie angewandt, die sie annehmen lässt, dass erst meine Nachfahren an das Schicksal

gebunden sein werden. Denn das ist der einzige Weg, der uns gewährt, die Liebe füreinander zuzulassen.
Ich werde auf Dich warten.

Dein Callum Ravenwood

Sprachlos ließ ich den Brief sinken und schüttelte den Kopf. Als könnte ich so meine Gedanken sortieren. Das konnte einfach nicht wahr sein. Das *durfte* nicht wahr sein.

Elanor, die den Brief in der Zwischenzeit ebenfalls gelesen hatte, legte eine Hand auf meinen Unterarm. »Lilly …«

»Elanor, wie … ich versteh nicht …« Mein Kopf war wie leer gefegt und doch voller Gedanken. Ich fühlte mich taub und gleichzeitig tobte in mir ein Sturm aus Emotionen, die drohten mich mit sich zu reißen.

»Meine Mum und Mr Ravenwood. Sie haben …«, meine Stimme versagte.

»… haben sich geliebt«, beendete Elanor den Satz.

»Ich kann das einfach nicht glauben«, entgegnete ich und fuhr mir mit der Hand über das Gesicht. »Und Jasons Grandpa ist dafür verantwortlich, dass sich meine Mum von den Hexen abgewandt hat«, sprach ich weiter. Stück für Stück sickerten all die geschriebenen Worte zu mir durch und ich begann zu begreifen. Mein Blick fiel wieder auf den Brief. Jasons Grandpa. Jason … »Bedeutet das etwa auch, dass Jason und Vicky nicht an den Fluch gebunden sind? Sondern eigentlich Jasons Vater und Vickys Mutter?«

Elanor nickte langsam. »Ja, ich glaube schon.«

Zu all den widersprüchlichen Gefühlen in mir mischte sich Hoffnung. Jason musste Vicky nicht zur Frau nehmen, um den Fluch aufrechtzuerhalten. Das alles war nur eine Lüge seines Vaters. Gleichzeitig machte sich aber auch Wut in mir breit. Wut auf das, was Mr Ravenwood getan hatte. Seinem Sohn dieses Schicksal aufgebürdet, die Eingeweihten mit einem dunklen Hexenspruch belegt, dabei zugesehen, wie meine Mum sich von den Hexen abwendet, und das Erbe der Hexen tiefgreifend verändert. Und obwohl jeder dieser Punkte schlimm war, so war der letzte am furchteinflößendsten. Denn wenn bereits vor vielen Jahren das Schicksal der Hexen nicht durch ein Bündnis besiegelt worden war, hieß das dann, dass der Fluch seine Wirkung verlor?

»Lilly, es tut mir leid, was deine Mum durchmachen musste.« Elanor legte ihren Arm um meine Schulter und drückte mich fest an sich. »Ich bin für dich da. Immer.«

»Danke, für alles«, erwiderte ich und versuchte die aufkommenden Tränen wegzublinzeln. Es war zu viel. Dieser Brief … er veränderte einfach alles.

»Wir sollten uns auf den Weg machen«, sagte Elanor mitfühlend.

Ich nickte stumm, faltete den Brief zusammen. Mein Entschluss stand fest. Sobald ich Jason sah, würde ich ihm den Brief geben. Es war sein gutes Recht, davon zu erfahren. Und ich musste jetzt stark sein. Für Elanor, Grandma, Jason und auch für meine Mum.

Als wir kurze Zeit später gemeinsam mit Mrs Blueberry den steinigen Pfad zum Hexenberg entlangliefen, der sich in der unmittelbaren Nähe der Academy befand, dämmerte es bereits. Der Weg zu dem Feldhügel wurde von Lichterketten sowie Fackeln erhellt und unzählige Glühwürmchen schwirrten über unseren Köpfen umher. Es war eine magische Nacht. Und doch war da dieser Brief in meiner Hand, dessen geschriebene Worte sich so unerträglich schwer anfühlten. Ich musste ihn Jason geben. So schnell wie möglich.

»Lilly, sieh nur.« Elanor hakte sich bei mir unter und deutete auf das Meer aus Laternen, die von den Ästen der hohen Tannen und alten Eichen hingen. Die vielen kleinen Lichter wurden nur noch übertroffen von einer Art magischem silbernen Schleier, der wie ein Vorhang im nächsten Moment vor uns auftauchte und wohl den Eingang markierte.

Elanor und ich warfen uns noch einen entschlossenen Blick zu, dann traten wir gemeinsam hindurch. Und das, was uns auf der anderen Seite erwartete, übertraf all meine Erwartungen. Für einen kurzen Moment verbannte ich die ganzen Sorgen, Ängste und Fragen aus meinem Kopf und nahm den Anblick in mir auf.

Unzählige Sterne funkelten über unseren Köpfen um die Wette, während das Licht der Laternen zwischen den Bäumen tanzte. Felsen, die aus dem Boden ragten, waren verziert mit magischen Blüten, die sich anmutig im sanften Wind bewegten. Und im Zentrum des Platzes stand eine Feuerschale, umringt von den neun heiligen Hölzern.

»Es ist bezaubernd«, staunte Elanor und ich nickte zustimmend. Das war es. Und insgeheim hoffte ich, dass der Abend einen Teil seines Zaubers auch für uns bereithielt.

»Komm, wir schauen uns um«, entgegnete ich in ihre Richtung und zog sie hinter mir her, hinein in die Menge an Hexen und Hexer, die sich in ihre schönsten Roben gekleidet hatten.

Immer wieder scannte ich den Platz nach Jason ab, in der Hoffnung, mit ihm sprechen zu können. Allerdings konnte ich bei dem Gedränge kaum jemanden ausmachen. Im Gegensatz zu Elanor, die mich nur wenig später aufgeregt anstupste.

»Ich habe ihn gefunden!«, sagte sie. »Er steht bei Elijah.«

Ich schaute in die gleiche Richtung wie sie und für einen kurzen Moment blieb mir die Luft weg. Vielleicht vergaß ich auch zu atmen. Auf jeden Fall sah er gut aus. Verdammt gut. Der schwarze Anzug schmiegte sich an seinen Körper und verlieh ihm eine unglaubliche Eleganz. Wie automatisch griff ich für den Bruchteil einer Sekunde nach der Kette um meinen Hals und ließ die zarte Sternschnuppe durch meine Finger gleiten.

Als hätte Jason gespürt, dass ich ihn beobachtete, drehte er sich um und entdeckte mich fast sofort. Allein mit dem Funkeln seiner türkisblauen Augen gab er mir zu verstehen, dass er meinen Anblick ebenfalls genoss.

Hitze breitete sich in meinem Körper aus. Und selbst wenn meinem Unterbewusstsein klar war, dass ich ihm schleunigst den Brief geben musste, so genoss ich für unendliche lange Sekunden den Moment.

»Begleitest du mich?«, fragte ich Elanor schließlich und nickte in die Richtung von Jason und Elijah.

»Natürlich«, erwiderte sie lächelnd und griff aufmunternd nach meiner Hand. »Du schaffst das.«

Ich lächelte sie unsicher an und mit Mrs Blueberry im Schlepptau setzten wir uns in Bewegung. Langsam schlängelten wir uns an den Hexen und Hexer vorbei und ich zählte die Schritte, bis ich bei Jason war. Doch gerade als ich dachte, ich hätte die Chance, ihm die geschriebenen Worte seines Vaters zu zeigen, tauchte plötzlich Vicky an seiner Seite auf. Sie hakte sich bei ihm unter und Jason unterbrach entschuldigend den Blickkontakt zu mir.

Abrupt blieb ich stehen und wandte mich zu Elanor um. »I-ich kann da jetzt nicht hin.«

Verständnisvoll schaute sie mich an. »Dann lass uns als Erstes etwas essen.«

Dankbar nickte ich und atmete einmal tief ein und aus. Es würde sich sicherlich eine weitere Gelegenheit ergeben, heute Abend mit ihm zu reden. Zumindest hoffte ich das. Schließlich war da noch die Sache mit meiner Magieentfaltung. Aber je mehr ich darüber nachdachte, desto schlimmer schnürte es mir die Kehle zu.

»Cupcakes muntern bekanntlich immer auf«, unterbrach Elanor meine düsteren Gedanken und zog mich grinsend hinter sich her zu einem üppig gedeckten Tisch, der mit allerlei Köstlichkeiten gefüllt war.

»Einen Versuch ist es wert«, erwiderte ich, lächelte meine Zimmergenossin dankbar an und schnappte mir eine der Köstlichkeiten mit Erdbeerglasur.

Schweigend genossen wir unsere Cupcakes, bis Elanor sich irgendwann räusperte. »Meine Eltern sind hier.«

»Davon hast du mir gar nichts erzählt«, sagte ich überrascht.

»Weil ich es selbst erst heute Morgen erfahren habe. Offensichtlich hielten sie es für den perfekten Anlass, ihre Tochter an der Academy für Hexen und Hexer zu besuchen.« Sie verdrehte die Augen. »Und tatsächlich sollte ich sie schleunigst einmal suchen. Meine Mutter mag es nicht, wenn ich sie warten lasse.« Bei jedem ihrer Worte wurde deutlich, wie wenig Elanor ihrer Mutter nahestand.

»Soll ich dich begleiten?«

»Diese Begegnung erspare ich dir gerne.« Mitfühlend schaute sie mich an. »Ist es denn okay, wenn ich dich kurz allein lasse?«

Lächelnd winkte ich ab. »Geh nur. Mrs Blueberry und ich plündern noch ein wenig das Buffet.«

Kurz erwiderte Elanor mein Lächeln, dann verschwand sie in der Menge.

Einen Moment lang schaute ich ihr hinterher, bevor ich meinen Blick wieder in Jasons Richtung wandern ließ. Doch er war verschwunden. Hoffnungsvoll studierte ich die Umgebung, konnte ihn aber in der Menge nicht ausmachen. Seufzend musterte ich den Brief in meinen Händen, der sich mit jeder Sekunde schwerer anfühlte. Vielleicht weil ich wusste, welche Last er mit sich trug. Nachdenklich sah ich zu meiner Hundelady, die gierig die verschiedenen Sorten Cupcakes auf dem Buffet anschmachtete. »Irgendwann backe ich für dich einen Hunde-Cupcake«, versprach ich ihr, ging in die Hocke und streichelte über ihr Fell. Als ich mich wieder aufrichtete, tauchte Finley neben mir auf.

»Bedauerlich, findest du nicht?«

»Was ist bedauerlich?« Verwirrt musterte ich ihn.

»Wenn man sich den Forderungen der Familie beugen muss.«

Sprach er gerade von Elanor oder was meinte er?

»Welche Forderungen?« Ich kniff die Augen zusammen.

»Hat dir Jason nichts davon erzählt?« Er legte den Kopf schief. Selbst heute trug er sein Haarband, und das mit einem Anzug in Kombination. Nur dass seine lilafarbenen Haare fein säuberlich nach hinten gegelt waren.

»Was genau meinst du?« Ich verschränkte die Arme und hob eine Augenbraue.

»Echt nicht? Dabei hat er heute nach dir gesucht, um dir die Neuigkeit persönlich mitzuteilen.« Ein Schmunzeln umspielte seine Lippen, während seine grauen Augen funkelten.

»Verdammt, Finley! Raus mit der Sprache.« Genervt warf ich die Arme in die Luft.

»Du wirst es noch früh genug erfahren.« Er zwinkerte mir zu, drehte sich um und verschwand ohne ein weiteres Wort in der Menge.

»Welches Gerücht verbreitet er nun schon wieder? Dieser junge Mann macht aber auch vor nichts halt.« Grandma bahnte sich ihren Weg durch die Menge auf uns zu. Sie trug ein langes, schwarzes Samtgewand mit weißer Spitze und kleinen Sternen. Ihr silbernes Haar war hochgesteckt und funkelnde Ohrringe rundeten ihre Abendrobe ab.

Ich seufzte. »Irgendetwas mit Jason.« Dann schaute ich sie noch einmal genauer an. »Woher weißt du, dass Finley das Gossip Girl der Academy ist?«

»Deine alte Grandma weiß mehr, als du ahnst.«

»Grandma?«

»Ja, mein Kind?«

»Ich habe Angst.«

»Das musst du nicht.« Zuversichtlich lächelte sie mich an.

»Und wieso nicht?« Es gab in diesem Moment einfach so vieles, was mir Kopfzerbrechen bereitete.

»Weil am Ende immer alles gut werden wird.« Grandma schaute mich liebevoll über den Rand ihrer Brille hinweg an.

»Aber genau das bereitet mir Angst. Dass das gute Ende für mich eine Ausnahme macht«, entgegnete ich.

»Dann glaube einfach fest daran, dass alles gut werden wird. Genau wie ich daran glaube.«

Ich nickte knapp und flüsterte kaum hörbar: »Okay, dann hoffe ich, dass ich so ein Ende bekomme. So, wie es in jeder Geschichte meiner Bücher vorkommt.«

Kaum hatte ich die Worte ausgesprochen, begann neben uns jemand zu pfeifen. Ich schaute mich um. Das Geräusch kam von mehreren Hexen und Hexer, die einige Schritte rückwärts machten.

»Was passiert hier?«

Grandmas Augen ruhten wissend auf der Feuerschale, bis sie meine Hand nahm und mir bedeutete, ebenfalls ein paar Schritte zu machen.

»Die Zeremonie beginnt.«

»Die des Hexenrats?«, fragte ich aufgeregt.

»In der Tat. Dieses Pfeifen kündigt die traditionelle Zeremonie der Walpurgisnacht an. Jetzt wird der Hexenrat den uralten Schutzzauber auf die Ravenhall legen, der böse Geister und den Teufel vertreiben soll.«

Tatsächlich kamen im selben Moment dreizehn Hexen und Hexer in die Mitte und stellten sich um das lodernde Feuer. Alle trugen ein dunkelblaues, langes Gewand mit Kapuze, die tief in ihr Gesicht gezogen war.

Eine gespenstische Stille legte sich über die versammelten Gäste, und die Mitglieder des Hexenrats erhoben nacheinander ihre Hände. Dabei intonierten sie mit seltsamem Nachhall Worte, die ich kaum verstand und die doch eine Gänsehaut über meinen Körper jagten.

Das Gemurmel wurde lauter und lauter. Ein melodischer Hexenspruch wurde im Chor gesprochen und die Worte *»Lignum noctis. Tuum nobis da praesidium«* hallten durch die Nacht. Die umliegenden Hölzer richteten sich vom Boden auf und bahnten sich ihren Weg in das Feuer. Flammen begrüßten das Holz und tanzten um die Wette, während der Rauch sich verdichtete. Einige Sekunden wurde das Feuer immer größer, genau wie das Gemurmel lauter. Als die Flammen ihren höchsten Punkt erreicht hatten, verschmolzen sie mit dem Licht der dreizehn Amulette der Ratsmitglieder und ein Meer aus Farben erstreckte sich am Nachthimmel. Nach und nach formte sich ein Wappen aus feinen Schnörkeln, die sich ineinander verwoben. Dreizehn Pfeile erhoben sich aus der Mitte des Farbenspiels, explodierten am Nachthimmel und ließen die Silhouetten der Gefährten und Gefährtinnen der ersten Hexen zwischen der Sternendecke tanzen.

Hauchzarte Funken rieselten auf uns nieder und bahnten sich ihren Weg zurück in das Feuer, das sich nun in zwei Hälften teilte. Genau wie die Mitglieder des Hexenrats, die beiseitetraten, um zwei weitere Personen in ihrer Mitte zu begrüßen. Diese trugen ebenfalls ein langes, dunkelblaues Gewand, dessen Kapuze tief ins Gesicht gezogen war.

»Die Tradition uralt, das Verlöbnis vereint«, erklangen die Stimmen des Hexenrats.

Das Paar nahm Händchen haltend Anlauf und sprang über das noch lodernde Feuer. Und obwohl ihre wehende Kleidung die Flammen berührte, blieb sie unversehrt. Jubel brach aus.

»Ein offizielles Versprechen für eine Verlobung?! Das gab es seit Jahrzehnten nicht mehr«, murmelte Grandma ungläubig.

Gerade als ich sie fragen wollte, was sie meinte, drehten sich die frisch Verlobten um. Sie zogen ihre Capes ab und hielten triumphierend ihre Hände in die Höhe. Die Menge tobte. Nur ich war wie erstarrt und konnte mich nicht rühren. Konnte meinen Blick nicht von dem türkisblauen Augenpaar lösen, das ich unter hundert anderen wiedererkennen würde. Jason.

An ihn schmiegte sich Vicky, die lächelnd neben ihm stand. Jasons Miene hingegen war versteinert. Und doch spiegelte sich in seinen Augen ein Meer aus Emotionen, die dem sich anbahnenden Sturm in meinem Herzen glichen. Als er in meine Richtung schaute, erlosch etwas in mir. Es war der letzte Funken Hoffnung, dass wir doch noch eine Chance hatten.

Der Boden begann unter mir zu schwanken und ich wäre gefallen, wären da nicht Grandmas schützende Arme gewesen, die mir Halt gaben.

»Ich bin da, mein Kind.« Auch wenn Grandmas Worte bei mir ankamen, hörte ich sie kaum. Viel lauter war mein pochendes Herz, das gegen den Schmerz ankämpfte.

»D-das kann nicht wahr sein. I-ich, aber wie …«, flüsterte ich ungläubig.

Mir fehlten die Worte und ich versuchte nach und nach, meine wirren Gedanken zu sortieren. Jetzt wusste ich auch, was Finley gemeint hatte! Jason hatte es mir erzählen wollen. Im Turm der Raben. Wie automatisch hob ich meine Hand und tastete nach dem kühlen Metall um meinen Hals, das sich plötzlich viel zu schwer anfühlte und mich zu erdrücken drohte. Mit zittrigen Fingern zerrte ich an der Halskette. Jasons Halskette. Unsere Verbindung. Ich riss sie ab und schmiss sie zu Boden. So viele Emotionen drangen an die Oberfläche und drohten mich wie eine gewaltige Welle mit sich zu reißen.

»I-ich muss hier weg!« Fahrig raffte ich mein Kleid und schlängelte mich durch die Menschenmasse.

»Lilly, das ist zu gefährlich!«, hörte ich Grandma mir hinterherrufen.

Gekonnt ignorierte ich ihre Worte und lief weiter. Kurz bevor ich den Eingang erreichte, packte mich jedoch jemand an der Hand und wirbelte mich herum. Jason.

»WAS?«, brüllte ich, während mir unaufhörlich Tränen über die Wangen liefen.

»Es tut mir leid! Bitte gib mir eine Chance, das zu erklären!«

»Wann wolltest du mir erzählen, dass ihr euch heute Abend verlobt?«, fragte ich mit belegter Stimme.

»Ich habe erst heute von dem Plan unserer Eltern erfahren. Stundenlang habe ich versucht einen Ausweg zu finden. Bitte, du musst mir glauben!« Verzweifelt fuhr er sich mit der Hand über sein Gesicht. »Ich wollte doch nur einen letzten glücklichen Augenblick mit dir haben.«

»Dabei hatte ich schon längst eine Lösung.« Mit diesen Worten drückte ich ihm den Brief seines Vaters in die Hände, drehte mich um und stürmte davon. Wie der Wirbelwind, der ich für ihn gewesen war.

Meine Schritte wurden schneller und schneller. Ich wusste nicht, wohin ich wollte oder was ich wollte. Ich wusste nur, dass ich wegwollte. Weg von alldem.

Meine Füße trugen mich über den kalten Boden, verließen den Hexenberg. Vorbei an den Glühwürmchen und Laternen, bis mich die Dunkelheit vollständig einhüllte. Ich wusste nicht mehr, wo ich war. Mein Schluchzen durchdrang die Stille der Nacht und hallte zwischen den Bäumen wider.

Meine Schritte wurden langsamer und mein Atem schwerer. Keuchend versuchte ich mich zu orientieren und erkannte schließlich im Mondlicht ein paar Silhouetten, die sich aus der Dunkelheit schälten. Ich musste mich in der Nähe des Walds befinden. Als ich einen weiteren Schritt machte, wurde ich von einer unsichtbaren Kraft zurückgestoßen. Erstickt schrie ich auf. Was war das? Panisch schaute ich mich um, sah jedoch niemanden. Mit rasendem Puls drehte ich mich um, wobei ein lautes Ratschen die gespenstische Stille durchbrach. Ich blickte nach unten. Mein Kleid hatte sich in einem Ast verfangen. Vergebens probierte ich es zu entwirren und zerrte am Saum. Und dann riss ich den Stoff entzwei. Aber bevor ich mich darüber ärgern konnte, hallte ein lauter Schrei durch die Nacht, gefolgt von einem grellen Lichtstrahl. Woher kam das? Ich duckte mich hinter einen Baum und spähte in die Richtung, aus der das Geräusch gekommen war.

Drei Männer standen am Rande der Schulmauer. Verwirrt versuchte ich mehr zu erkennen, doch meine vor Tränen schmerzenden Augen machten mir einen Strich durch die Rechnung. Also nahm ich meinen Mut zusammen und schlich langsam von

Baum zu Baum. Immer darauf bedacht, mich im Schatten zu bewegen.

Erneut durchbrach ein Lichtstrahl die Nacht, wobei das Gesicht von einer der Gestalten erhellt wurde. Überrascht keuchte ich auf. Chris! Was machte er dort?

»Lassen Sie mich los!«, schallte es durch die Nacht.

Ein Mann in einem langen, schwarzen Gewand drückte mit der Hand auf die Kehle seines Gegenübers, das einen grauen Anzug trug. Als erneut ein Lichtstrahl durch die Nacht zuckte, erkannte ich ihn: Jasons Vater, Mr Ravenwood.

»Du wagst es, mir etwas zu befehlen?« Ein heiseres und boshaftes Lachen ertönte, bevor eine leuchtend grüne Flamme die Düsternis durchbrach.

»So lange habe ich auf diesen Moment gewartet! Bald ist die Tat vollbracht.«

»Wovon sprechen Sie?« Mr Ravenwood keuchte erstickt auf, wobei er vergebens versuchte die Hände um seine Kehle loszuwerden.

»Sei still«, befahl der Mann.

»Sagen Sie mir, was Sie getan haben! Sind Sie etwa für die Anschläge an der Academy verantwortlich?« Mr Ravenwood wand sich erneut unter dessen Griff, woraufhin der Mann nur noch fester zudrückte.

»Jemand musste diesen neugierigen Tieren doch ihr Gedächtnis nehmen und dafür sorgen, dass sie vergessen, was sie gesehen oder gehört haben. Genau wie diesem naiven Feen-Mädchen, das in fremden Träumen herumschnüffelt.« Ein kehliges Schnauben hallte durch die Dunkelheit.

Schockiert schlug ich mir die Hand vor den Mund. Was geschah hier? Wer war dieser Mann, in dessen Fänge Mr Ravenwood geraten war? Und was hatte Chris mit alldem zu tun? Ich wagte einen weiteren Schritt nach vorne, wurde jedoch von einer unsichtbaren Kraft davon abgehalten. Und sosehr ich es versuchte, ich kam nicht voran. Als hätte jemand eine Schutzmauer aus Magie errichtet.

»Aber weshalb?« Die Stimme von Mr Ravenwood wurde mit jeder verstreichenden Sekunde schwächer.

Lachend ignorierte sein Gegenüber die Frage. »Du bist dafür verantwortlich, dass er wieder an Macht gewinnen wird! Hättest du damals nur dein Schicksal akzeptiert.«

»Woher wissen Sie –«

»Du hast schon früher gedacht, ich würde nicht dahinterkommen, was du vorhast. Die Magie hätte dich niemals auserwählen dürfen.«

Mr Ravenwoods Augen weiteten sich, als würde gerade eine grausame Wahrheit zu ihm durchsickern. »Nein, d-das kann nicht sein. Aber wie –«

»Sei jetzt still!« Die Gestalt streckte ihre zweite Hand Richtung Chris aus. »Reiche mir den Dolch, mein Sohn!«

Bei dem Wort *Sohn* entschlüpfte meiner Kehle ein schockierter Laut. Was hatte das alles zu bedeuten?

Chris griff unter das Jackett seines Anzugs und holte eine lange, spitze Klinge hervor. Ehrerbietig reichte er sie dem Mann.

»*Sanguis pro anima. Anima pro sanguine*«, murmelte dieser, während er mit der Waffe über seinen eigenen Unterarm fuhr, um dann die blutgetränkte Klinge an Mr Ravenwoods Kehle zu drücken. Blut rann unaufhörlich herab und tropfte auf den Boden.

Ich musste Hilfe holen! Aber was, wenn sie mich bemerkten? Doch ich konnte nicht bloß zusehen!

Ich raffte mein Kleid und drehte mich um. Nur um prompt auf einen morschen Ast zu treten. Verdammt! Panisch blickte ich zu den Männern und schaute direkt in Chris' Augen. Kurz verengten sie sich zu schmalen Schlitzen, bevor er kaum merklich den Kopf schüttelte.

Ohne weiter darüber nachzudenken, begann ich zu rennen. Ich musste von hier weg und Hilfe holen, bevor es zu spät war!

Gott sei Dank schien ich diesmal zumindest etwas Glück zu haben, denn nach einigen Minuten kamen Grandma und Elanor mir bereits entgegen.

»Da bist du ja, mein Kind!« Grandma eilte zu mir und nahm mich fest in die Arme. Für einen kurzen Moment hüllte mich ihr vertrauter Lavendelduft ein.

»Wir haben uns solche Sorgen um dich gemacht!« Elanor legte eine Hand auf meinen Rücken.

»H-Hilfe! Wir müssen Hilfe holen!« Panisch deutete ich in Richtung Mauer.

Verwirrt schauten mich Grandma und Elanor an.

»Mr Ravenwood! Er ist in Gefahr!« Tränenerstickt schluchzte ich auf.

Grandma zögerte keine Sekunde und wirbelte sofort herum. Erst jetzt entdeckte ich Murray und Mrs Blueberry hinter ihr.

»Murray, hol Jason und den Hexenrat! Sofort!«, befahl sie dem Raben von Mrs Ravenwood, der, ohne zu zögern, in den Nachthimmel verschwand.

Dann packte mich Grandma am Arm. »Los, bring mich zu Mr Ravenwood!«

Ich nickte nur und hastete wieder in die Richtung, aus der ich gekommen war. Hinter mir hörte ich Grandma und Elanor; sogar meine Hundelady schien ihre Angst vergessen zu haben und lief neben mir her.

Nach wenigen Minuten, die mir doch wie eine Ewigkeit vorkamen, erreichten wir endlich die grausame Szenerie, die sich mir eingebrannt hatte und mich bestimmt bis in meine Träume verfolgen würde. Ein schneller Blick genügte und ich stellte erleichtert fest, dass Mr Ravenwood noch zu leben schien, auch wenn er sich kaum gegen den erbarmungslosen Griff des Mannes wehren konnte.

»*Facti lapis*«, Grandma hob eine Hand und deutete auf die Männer, aber nichts passierte.

»Sie haben eine Schutzmauer errichtet. Ich kann sie nicht allein durchbrechen!« Ihr Blick ging zu mir. »Lilly, nur zwei mächtige Campbell-Hexen sind in der Lage, solch einen magischen Schutz zu Fall zu bringen. Bist du bereit?«

Perplex schüttelte ich den Kopf. Meine Magie hatte sich noch nicht entfaltet. Vermutlich würde sie das auch nicht mehr. Ich war nutzlos!

»Glaub an dich, mein Kind. Du bist eine Campbell. In dir schlummert Großes!« Grandma schaute mich ermutigend an.

Stumm nickte ich.

»Du schaffst das!« Elanor legte erneut eine Hand auf meinen Rücken und plötzlich durchströmte mich ein Glücksgefühl. Es breitete sich in meinem Körper aus, erwärmte meine unterkühlten Gliedmaßen, bis hin zu meinem zweifelnden Herzen. Binnen weniger Sekunden fühlte ich mich besser. Und bereit.

»W-wie hast du?« Verdutzt schaute ich zu Elanor.

»Erkläre ich dir später«, winkte sie ab.

»Lilly, nimm meine Hände und sprich mir nach«, forderte mich Grandma auf.

»*Maleficarum potestas unitur.*«

»*Maleficarum potestas unitur*«, wiederholte ich. Mein Amulett erwärmte sich auf meiner kalten Haut. Das bekannte Kribbeln durchfuhr meinen Körper und jagte durch meine Fingerspitzen.

»*Demus per hos muros.*«

»*Demus per hos muros*«, murmelte ich mit zittriger Stimme. Das Glücksgefühl von Elanor war fort. Ich fühlte mich, als würde ich gleich in Flammen aufgehen. Die Kraft in mir war zu stark.

»Lass los, mein Kind! Schick die Kraft in dir gegen das Böse dort drüben! Glaube an dich!«

Ein lautes Krachen ertönte, während kleine Lichtfunken vom Himmel rieselten. Die Mauer war gebrochen. Das schienen auch Chris und der Mann im Gewand bemerkt zu haben.

»Chris, ergreif sie! Ich dachte mir schon, dass uns diese kleine Göre belauscht hat!«

Als er zu Chris herumwirbelte, rutschte seine Kapuze herunter. Zum wiederholten Male an diesem Abend schnürte es mir die Kehle zu. Wieso hatte ich ihn nicht an seiner Stimme erkannt? Er war schließlich mein Lehrer!

»Worauf wartest du denn noch?«, knurrte Mr Brown Chris an, doch dieser rührte sich nicht von der Stelle. »Schwächling!«

»Ihre Spielchen sind hiermit beendet! *Servite ignis*«, donnerte Grandmas Stimme, während sich in ihrer ausgestreckten Hand ein Feuerball bildete. Schwungvoll schleuderte sie ihn in Mr Browns Richtung, aber dieser hob seine Arme, wodurch der Feuerball mitten im Flug bremste. Das einzig Gute war, dass er nun Mr Ravenwood losgelassen hatte.

»Sonst können Sie nichts, alte Frau?« Ein höhnisches Lachen erklang, gefolgt von einem unnatürlich hellen Lichtstrahl. »*Pati et obedire!*«

Grandma sowie Elanor gaben einen Schmerzenslaut von sich und fielen wie Statuen zu Boden. Mrs Blueberry jaulte auf.

»Grandma! Elanor!« Ich fiel auf die Knie und rüttelte an ihnen. Sie bewegten sich nicht.

»Sie erfahren gerade die schönste Art von Folter, die du dir nur vorstellen kannst.« Mr Brown machte einen Schritt auf uns zu. »In wenigen Sekunden ist es zu spät, dann ist das Ritual vollbracht.«

Ohne weiter darüber nachzudenken, stand ich auf und sammelte meine ganze Kraft.

»*Pendere*«, schrie ich mit kräftiger Stimme. Ein grün-blaues Licht, verziert mit den Verschnörkelungen meines Familienwappens, durchdrang die Dunkelheit und raste auf Mr Brown zu. Mit einer ungeheuerlichen Wucht wurde er einige Meter weggeschleudert. Doch noch im Flug erstarrte sein Körper, um kurz darauf wie eine Puppe in sich zusammenzuklappen. Sein Gesicht war starr, seine Augen weit aufgerissen. Als er wieder zu Boden fiel, blieb er regungslos liegen. Seine Beine und Arme standen unnatürlich von seinem Körper ab.

Ich schrie auf. Was hatte ich getan? Ihn getötet? Der Hexenspruch sollte ihn nur wegschleudern! Erneut schrie ich, aber es kam kein Ton heraus. Einzig ein heiseres Keuchen. Verzweifelt schaute ich mich um.

»Es ist zu spät, junge Ms Campbell. Das Ritual ist vollbracht«, erklang plötzlich die Stimme von Mr Brown in meinem Kopf. Verzweifelt drückte ich die Hände gegen meine Schläfen.

»Lilly!« Chris kam auf mich zugeeilt und legte seine Hände um mich. Angewidert schubste ich ihn weg, doch er hielt mich weiter fest.

»Ich habe dir vertraut!« Mit allerletzter Kraft schlug ich um mich.

»Der Hexenrat, er kommt«, hörte ich Chris' Stimme ganz nah an meinem Ohr. »Es tut mir leid, aber du musst ein für alle Mal vergessen, dass du mich hier gesehen hast. Das Gleiche gilt für Elanor und deine Grandma.« Chris krallte seine Hand noch fester um meinen Oberarm. »*Obliviscatur eius!*« Seine kalten, gleichgültigen Worte ließen mich erzittern.

»Lilly! Geht es dir gut?«

Jason kam mit einigen Hexen und Hexer auf mich zugeeilt. Neben ihm konnte ich Mr William, den älteren Mann aus dem Hexenrat, ausmachen. Jason ließ sich neben mich in das Gras sinken und hielt mich fest.

Erschöpft schaute ich mich um. Ich versuchte aufzustehen, scheiterte jedoch kläglich. Ich fühlte mich so schwach und gleichzeitig tat mir alles weh.

»Grandma und Elanor, wo sind sie? Und was ist mit Mrs Blueberry?«, hörte ich mich murmeln.

»Sie sind in Sicherheit. Genau wie Mrs Blueberry.« Jason nahm mein Gesicht in die Hände, doch ich schaffte es kaum, meine Augen offen zu halten.

»Lilly, was ist hier passiert?«

Ich wollte antworten, konnte es aber nicht. Meine Kehle war wie zugeschnürt. Außerdem war da dieses unerträgliche Stechen in meinem Kopf. Und dieses Pfeifen in meinen Ohren! Woher kam das nur und wieso verschwand es nicht mehr? Verzweifelt presste ich mir die Hände auf die Ohren, allerdings machte das alles bloß schlimmer. Lauter und lauter wurde das Pfeifen, während das Stechen und der Schwindel zunahmen.

»Was ist mit ihr?«, nahm ich Jasons panische Stimme wahr.

Sie kam mir so weit weg vor, dabei war er mir so nah. Der stechende Schmerz breitete sich in meinem Kopf aus und gab mir kaum noch die Möglichkeit zu denken. Und diese Hitze. Es fühlte sich an, als würde ich brennen.

»Bringt Lilly auf die Krankenstation und nehmt ihre Gefährtin mit! Ihre Magie entfaltet sich und überwältigt sie!«

War das etwa Grandmas Stimme oder halluzinierte ich? Im gleichen Moment durchfuhr mich ein weiterer stechender Schmerz, gefolgt von einem Brennen, das sich anfühlte, als würde Feuer durch meine Adern jagen. Angestrengt versuchte ich Luft zu holen, aber meine Kehle war wie zugeschnürt. Angsterfüllt atmete ich tief ein, doch es half nichts. Ich bekam keine Luft. Blanke Panik machte sich in mir breit. Ich wollte schreien, schaffte es aber nicht. Das Gefühl zu fallen überwältigte mich. Und Stück für Stück gab ich mich der Erschöpfung hin. Ich konnte nicht länger gegen den Schmerz ankämpfen, der mich von innen drohte zu verbrennen. Verschwommen nahm ich wahr, wie starke Arme mich hochhoben.

»Du schaffst das. Bleib stark, kleiner Sherlock!« Jason.

Mein letzter Gedanke galt ihm, bevor ich schmerzerfüllt meine Augen schloss und die Welt um mich herum schwarz wurde.

ENDE VON BAND I

DANKSAGUNG

Wow, ich weiß gar nicht, wo ich anfangen soll. Monatelang habe ich mit den Charakteren der Ravenhall Academy mitgefiebert, gelacht und geweint. Und jetzt schreibe ich meine allererste Danksagung.

Der wohl größte Dank geht an euch dort draußen. An die Leser und Leserinnen der Ravenhall Academy. Danke, dass ihr die Geschichte von Lilly und Jason gelesen habt. Diese Geschichte bedeutet mir unglaublich viel. Jedes Mal, wenn ich das Manuskript geöffnet habe, war es ein Gefühl von Nach-Hause-Kommen. Umso schöner ist es, dass ich mein Zuhause, meine Geschichte, nun mit euch teilen darf. Ein mindestens genauso großes Dankeschön geht an meine Bookstagram- & Booktok-Community. Eure Vorfreude auf die Ravenhall Academy bedeutet mir einfach alles und eure Nachrichten haben mir den Mut gegeben, immer weiterzumachen, selbst wenn ich an mir gezweifelt habe. Der Austausch mit euch zaubert mir täglich ein Lächeln ins Gesicht.

Auch dem Carlsen- Team möchte ich meinen Dank aussprechen. Ohne euch wäre das alles nicht möglich gewesen. Danke, dass ihr der Ravenhall ein so wundervolles Zuhause gegeben habt. (PS: Liebe Berenike, die Vampire-Diaries-Szenen sind dir gewidmet.)

In dem Zuge möchte ich auch meiner Familie Danke sagen.

Liebe Mama, du hast Grandma Charlotte nicht nur deinen Zweitnamen geschenkt, sondern auch deinen Charakter. Deine Liebe, Güte und Treue sind unbezahlbar. Ohne dich hätte ich vermutlich niemals meine Liebe zu Büchern entdeckt. Danke, dass du mir bereits als Kind gezeigt hast, dass es in Ordnung ist, wenn ich in meiner eigenen kleinen Fantasy-Welt lebe.

Lieber Papa, du warst immer für mich da. In den dunkelsten Stunden hast du an meiner Seite gekämpft und mich aufgefangen, wenn ich gedroht habe zu fallen. Danke, dass du dein kleines Mädchen gelehrt hast stark zu sein.

Lieber Kai, du bist nicht nur mein Ehemann, sondern auch mein bester Freund. Danke, dass du immer an mich glaubst und an meiner Seite bist. Und danke, dass du mich so liebst, wie ich bin. Auch wenn das ganze Jahr über Halloweendeko in unserer Wohnung steht.

Liebe Michi, ich könnte mir keine bessere große Schwester als dich wünschen. Danke, dass du mich bei allem unterstützt und immer für mich da bist.

Lieber Chrissi, auch wenn uns sechzehn Jahre Altersunterschied trennen, sind wir uns als Geschwister doch so nah. Und egal wie alt ich bin, ich werde wohl immer dein kleines Minimonster bleiben.

Und was wäre die Ravenhall Academy nur ohne euch – Pia, Yvonne und Ulli?

Liebe Pia, danke, dass du an die Ravenhall Academy und somit an mich geglaubt hast. Dein Vertrauen, deine wertvollen Ratschläge und aufmunternden Worte bedeuten mir alles. Ich bin dir für so vieles unendlich dankbar.

Liebe Yvonne, danke, dass du das Beste aus mir herausgeholt hast. Ich bin dir so dankbar für deine Engelsgeduld, deine hilfreichen Kommentare und für die stundenlange Telefonate, in denen du geholfen hast, meine wirren Gedanken zu sortieren.

Liebe Ulli, danke für dein offenes Ohr und dass ich mit all meinen Anliegen zu dir kommen durfte.

Freundschaft ist an der Ravenhall Academy ein wichtiges Thema. Daher bin ich sehr dankbar, dass ich ebenfalls so großartige Freundinnen an meiner Seite habe.

Liebe Norena, du bist meine beste Freundin, mein Anker und meine gute Fee. Ich kann mich immer auf dich verlassen, dir blind vertrauen. Und wenn du dafür mitten in der Nacht mit dem Fahrrad, im Pyjama, durch zwei Dörfer radelst, nur um bei mir zu sein und mir Halt zu geben.

Liebe Kayli, das Schicksal hat uns auf Umwegen zusammengeführt. In der dunkelsten Nacht warst du mein Stern. Danke, dass du immer an mich geglaubt hast.

Liebe Bibi, danke, dass du stets ein offenes Ohr für mich hast und immer für mich da bist.

Liebe Elle, danke für die stundenlangen Telefonate und aufmunternden Worte.

Ein großes Dankeschön geht auch an meine Testleser*innen:

Steffi, Andreas, Sabrina, Lily, Ivy und Beril.

Danke für eure wertvollen Kommentare und lieben Nachrichten.

Wir produzieren nachhaltig
- Klimaneutrales Produkt
- Papiere aus nachhaltigen und kontrollierten Quellen
- Hergestellt in Europa

Völckersstraße 14–20, 22765 Hamburg

Lektorat: Yvonne Lübben
Umschlagbilder: shutterstock.com @Dmitriy Rybin; @Muhammad Umair Karim;
@Blue Planet Studio; @ArtCreationsDesignPhoto und freepik.com
@user21574432; @angelatriks; @rawpixel.com; @starline; @Millaly, @Peyker
Umschlaggestaltung: Makita Hirt
Illustration Landkarte: Steffen Meier, Hamburg
Satz: Pinkuin Satz und Datentechnik, Berlin
Herstellung: Gunta Lauck
Litho: Margit Dittes, Hamburg
ISBN 978-3-551-30467-4

FSC www.fsc.org
MIX
Papier | Fördert gute Waldnutzung
FSC® C083411